DIE LETZTE NEKROMANTIN

MINISTERIUM DER KURIOSITÄTEN, BAND #1

C.J. ARCHER

Übersetzt von
ANNETTE SPRATTE

WWW.CJARCHER.COM

ÜBER DIE LETZTE NEKROMANTIN

Charlotte (Charlie) Holloway hat fünf Jahre lang als Junge in den Slums gelebt. Doch als ein Diebstahl zu viel sie ins Gefängnis bringt, ist ihre einzige Fluchtmöglichkeit ein toter Mann. Charlie hat keinen Geist mehr beschworen, seit sie vor fünf Jahren herausfand, dass sie dazu in der Lage ist. Damals hat ihr Vater sie verbannt. Diesmal handelt sie sich noch mehr Ärger ein.

Die Leute jagen Charlie jetzt in ganz London, doch nur ein Mann schafft es, sie zu fangen.

Lincoln Fitzroy ist der mysteriöse Kopf einer Geheimorganisation auf der Spur eines Wahnsinnigen, der einen Nekromanten benötigt, um seine neu „erschaffenen" Kreaturen zu kontrollieren. Es gab nur eine Nekromantin auf der Welt, von der man wusste – Charlie – doch jetzt scheinen es zwei zu sein. Lincoln schnappt den widerspenstigen Charlie in der Hoffnung, dass der Junge ihn zu Charlotte führen wird. Aber was geschieht, wenn er herausfindet, dass der Junge in Wirklichkeit die junge Frau ist, nach der er die ganze Zeit schon sucht? Und wird sie sich bereit erklären, für einen Mann zu arbeiten, der sie gegen ihren Willen festgehalten hat, und für eine Organisation, der sie nicht traut?

Denn Lincoln und sein Ministerium sind möglicherweise ebenso gefährlich wie der Wahnsinnige, den sie jagen.

KAPITEL 1

LONDON, IM SOMMER 1889

*D*ie anderen Gefangenen beäugten mich, als wäre ich ein Stück zartes Fleisch. Ich war eine neue Ablenkung in ihrer Langeweile und klein genug, dass ich keinen von ihnen davon abhalten konnte, mit mir zu machen, was er wollte – geschweige denn vier auf einmal. Es war nur die Frage, wer von ihnen mich als Erstes *genießen* würde.

„Er gehört mir." Die Zunge des Gefangenen blitzte durch seinen zotteligen Bart und leckte vermutlich seine Lippen, die hinter all den drahtigen schwarzen Haaren verborgen waren. „Komm her, Junge."

Ich rückte von ihm weg, doch anstatt der Steinmauer der Zelle stieß ich gegen einen weichen Körper.

„Sieht aus, als wollte er *mich*, Dobby. Nicht wahr, Junge?" Große Hände umklammerten meine Arme und dicke Finger gruben sich durch Jacke und Hemd in mein Fleisch. Der Mann drehte mich um und ich starrte hinauf zu dem Schläger, der mich zahnlos angrinste. Mein Herz hob sich und tauchte ab, hob sich und tauchte ab, und kalter Schweiß rann mir den Rücken herab. Er war riesig und trug weder Jacke noch Weste, sondern nur ein Hemd, das mit Blut, Schweiß und Dreck verschmiert war. Der oberste Knopf war aufgesprungen, wahrscheinlich von der Mühe, seinen enormen Brustkorb zu umspannen, und ein Büschel grauer Haare ragte durch die Lücke und kroch die

Speckrollen seines Halses hoch. Heißer, fauliger Atem griff meine Nasenlöcher an.

Ich versuchte, meinen Kopf abzuwenden, aber er packte meinen Unterkiefer. Das Zerren ließ meine Haare von Stirn und Augen wegrutschen und legte deutlich mehr von meinem Gesicht frei, als ich seit Langem gezeigt hatte. Eine neue Angst durchfuhr mich, so widerlich wie der Mann vor mir. Nur zwei der Gefangenen schienen an einem Jungen Interesse zu haben, aber wenn ihnen klar wurde, dass ich ein Mädchen war, würden die anderen mich auch wollen.

„Hat dir schon mal jemand gesagt, dass du viel zu hübsch bist für einen Jungen?" Mein Peiniger schmunzelte, wirkte aber nicht so, als hätte er mein Geheimnis durchschaut. „Hübsche Jungs können in Schwierigkeiten geraten."

Mädchen noch viel mehr. Es war einfach Pech gewesen, dass ich dabei geschnappt worden war, wie ich einen Apfel vom Karren des Straßenhändlers vor dem Friedhof gestohlen hatte. Jetzt saß ich in der überfüllten Arrestzelle der Highgate-Polizeistation. Die Ironie entging mir nicht, aber sie war nicht im Mindesten erheiternd. Als achtzehnjähriges Mädchen sollte ich von den Männern getrennt werden, aber da ich mich schon so lange als dreizehnjähriger Junge ausgab, war es mir gar nicht in den Sinn gekommen, dem Polizisten etwas zu sagen. Angesichts meines halb-verhungerten Körpers und des strubbeligen Haars, das den Großteil meines Gesichts verdeckte, hatte niemand mein Geschlecht oder mein Alter infrage gestellt.

Der große Schlägertyp riss mich nach vorn, sodass ich gegen seinen Körper krachte. Meine Nase traf eine besonders besudelte Region seines Hemdes und ich würgte aufgrund des kombinierten Gestanks von Schweiß, Erbrochenem, Exkrementen und Gin. Ich war selbst nicht allzu sauber, aber der Geruch dieses Kerls war überwältigend. Galle brannte in meinem Gaumen, die ich schnell herunterschluckte. Schwäche zu zeigen würde die Sache nur schlimmer machen, das wusste ich aus Erfahrung.

„Komm her und wärme den alten Badger."

Wärmen? Es war Sommer, die für eine Person gedachte Zelle, vollgestopft mit vier erwachsenen Männern und mir, war heißer als ein Schmelzofen.

„Ich bin danach dran", sagte der bärtige Dobby und drängte näher, um mich besser sehen zu können.

„Wenn von ihm noch was übrig ist, nachdem der alte Badger ihn eingeritten hat." Badger kicherte vor sich hin und fummelte vorn an seiner Hose herum.

Ich ballte meine Hände zu Fäusten und unterdrückte meine Furcht. Nach dem Constable zu schreien, würde nichts bringen. Er hatte den anderen Gefangenen „Viel Spaß" gewünscht, als er mich in die Zelle geworfen hatte. Dass er fröhlich pfeifend weggegangen war, war erst wenige Minuten her, die sich wie Stunden anfühlten. Ich musste jetzt kämpfen. Das war der einzige Ausweg. Nicht, dass ich gegen die Männer eine Chance gehabt hätte, aber wenn ich Glück hatte, schlugen sie mich vielleicht bewusstlos. Es war das Beste, nicht wach zu sein, während sie sich ihre Freiheiten nahmen.

Ich schwang meine Faust, aber Badger war schneller, als er aussah. Er fing mein Handgelenk auf und verzog das Gesicht zu einem hässlichen Grinsen. „Das wird dir nichts helfen." Das Grinsen verschwand und er schubste mich gegen die Wand.

Ich riss die Hände hoch und schaffte es, mich abzufangen, bevor ich gegen die gekalkten Ziegel krachte, aber meine Handgelenke und Arme wurden von der Wucht des Aufpralls erschüttert. Ich schnappte vor Schmerz nach Luft, unterdrückte aber den Schrei, der in meiner Kehle aufstieg.

„Lasst den Jungen in Ruhe." Die Stimme hatte ich bisher noch nicht gehört. Sie kam nicht von außerhalb der Zelle, sondern von dem Gefangenen zu meiner Rechten.

„Was hast du gesagt?", knurrte Badger.

„Ich sagte, lasst den Jungen in Ruhe. Er ist doch nur ein Kind."

Ich drehte mich um und presste meinen Rücken gegen die Wand. Mein Retter stand in ähnlicher Pose da, die Arme vor der Brust verschränkt. Er war vielleicht Ende zwanzig, mit hellem Haar und wolkengrauen Augen, die rot umrandet waren. Er war nicht einmal annähernd so groß wie Badger, oder so schwer, und ich bezweifelte, dass er Badger oder Dobby in einem Kampf besiegen konnte. Mir rutschte das Herz in die Hose.

„Willst du uns daran hindern?", fragte Dobby.

Der Mann zuckte mit den Schultern und kniff dann die Augen zusammen, als ob die Bewegung schmerzte. Auf seiner Wange prangte ein blauer Fleck und sein blondes Haar war blutverklebt. „Man muss es versuchen. Es ist nur anständig."

„Man muss es versuchen." Badger äffte den gehobenen Akzent des Anderen perfekt nach. Dobby und der vierte Gefangene, der auf der Pritsche herumlungerte, lachten.

Dann richtete Dobby sich auf, schob die Brust vor und stolzierte wie eine Frau dorthin, wo der Mann stand. Der Gefangene auf der Pritsche lachte angesichts der Vorstellung des haarigen Biests nur noch mehr. „Oh, beschützen Sie mich vor diesen Wilden, Sir", wimmerte Dobby mit hoher Stimme. „Sie sind mein Held."

Der blonde Mann senkte die Hände an seine Seiten und ballte die Fäuste. Ich hielt die Luft an und wartete auf den ersten Schlag. Stattdessen lächelte der Mann. Es lag kein Humor in diesem Lächeln.

Dobby zupfte an den Aufschlägen der Jacke des blonden Mannes und tat so, als würde er sie richten. Dann wandte er sich dem hohen, steifen Hemdkragen zu. Der Gentleman trug keine Krawatte und sein Hut und die Handschuhe fehlten ebenfalls. Der feine Schnitt seiner Kleidung erinnerte mich an meinen Vater, immer so perfekt herausgeputzt. Selbst die aristokratische Haltung des Kerls ähnelte sehr der meines Vaters. Ob er ebenfalls eine solche Affektiertheit entwickelt hatte, war schwer zu sagen. Ich hatte inzwischen deutlich weniger Umgang mit den Mitgliedern der oberen Gesellschaftsschichten als früher.

„Fertig?", sagte der blonde Mann gelangweilt.

Ich fragte mich, warum der Gentleman im Gefängnis gelandet war und warum er sich für mich, eine Fremde, einsetzte. Wenn er nicht still war, würde ihn das noch umbringen.

Die mangelnde Furcht des Gentlemans verdarb Dobby den Spaß und er ließ schnaubend von ihm ab. Stattdessen drehte er sich wieder zu mir und leckte sich über die Lippen. Badger wischte sich mit dem Handrücken über den Mund und beäugte mich mit neuem Interesse. Er griff nach mir, doch der blonde

Mann schlug seine Hand weg. Weder Badger noch ich hatten bemerkt, wie er sich genähert hatte.

Badger bleckte die Zähne. „Du darfst Badger nicht den Spaß verderben!" Er rammte seine Faust in das Gesicht des blonden Mannes, der rückwärts auf die Pritsche stolperte.

Der dort liegende Gefangene musste schnellstens die Beine hochziehen, damit er nicht auf seinem Schoß landete. Der blonde Mann erholte sich und stürzte sich mit einem wütenden Knurren auf Badger. Allerdings schwang er seine Fäuste so wild, dass die Schläge von dem größeren, gemeineren Gefangenen einfach abprallten. Badger reagierte mit einem weiteren Schlag an das Kinn des Gentlemans. Blut spritzte aus dem Mund des blonden Mannes und er taumelte rücklings gegen die Wand. Sein Kopf krachte gegen die Ziegel und das *Knack* seines Schädels drehte mir den Magen um.

Dobby lachte, wobei Spucke aus dem Schlitz in seinem Bart flog. Badger staubte sich die Hände ab und sah zu, wie der Gentleman zusammenklappte und einer Puppe gleich auf den Boden sackte. Mir sank das Herz in der Brust und erst daran merkte ich, dass ich ihm gestattet hatte, sich hoffnungsvoll zu heben.

Mein Retter war tot.

Lähmende Angst überrollte mich zusammen mit der Erinnerung an diese furchtbare Nacht vor fünf Jahren, als meine Mutter gestorben war. Ich konnte die Anschuldigungen meines Vaters noch immer hören, die Wucht seines Gürtels auf meinem Rücken und den eisigen Regen spüren, in den er mich mit dem Befehl gejagt hatte, nie wieder zurückzukehren.

Doch die schrecklichen Erinnerungen konnten mir jetzt helfen. Wenn die Gefangenen so auf meine seltsamen Fähigkeiten reagierten wie mein Vater damals ... Es war meine einzige Hoffnung.

Ich kniete mich neben die leblose Gestalt des Gentlemans und legte meine Hände auf beide Seiten seines Gesichts, wie ich es bei meiner Mutter nach ihrem letzten Atemzug getan hatte. Während ich damals von Tränen überwältigt gewesen war, war ich das jetzt nicht und konnte sehen, wie der graue Schleier des Todes sein jugendliches Gesicht einnahm. Ich strich über sein

Kinn. Es war noch warm und sein kurzer Backenbart fühlte sich in meinen Handflächen rau an.

Jemand hinter mir lachte gehässig. „Du kannst jetzt nichts mehr für ihn tun, Junge. Lass den alten Badger dich trösten, hm?"

Ich bewegte mich nicht und er riss mich Gott sei Dank nicht von dem Körper weg. Ich musste ihn berühren. Wenigstens dachte ich das. Ich hatte das erst einmal zuvor getan. Was, wenn ich es nicht wiederholen konnte? Was, wenn meine innere Bindung an meine Mutter damals der Schlüssel gewesen war, und es bei einem Fremden gar nicht funktionierte?

Ich streichelte sein Gesicht, als wären wir die innigsten Liebenden gewesen, und zwang seinen Geist, sich zu erheben. *Bitte sprich mit mir. Tu das für mich und hilf mir zu leben. Ich will hier nicht so sterben.*

Ich wollte überhaupt nicht sterben. Das war an sich schon eine Offenbarung, aber ich hatte keine Gelegenheit, weiter darüber nachzudenken. Ein fahler Hauch stieg von dem Körper auf, erst wie ein dünnes Band aus Rauch, aber dann wurde er größer und nahm die Form des toten Mannes an. Er war noch immer so dünn wie ein Schleier aus Seidenchiffon, bewegte sich aber, als hätte er Substanz.

Der Geist blickte von seiner schwebenden Position aus finster auf mich herab, dann wanderte sein Blick auf seine eigene leblose Gestalt. Er seufzte. „Und so endet es."

Mir blieb das Herz stehen. „Es tut mir leid", flüsterte ich.

Der Geist blinzelte mich an, als wäre er überrascht, dass wir kommunizierten. „Nicht deine Schuld. Ich habe mir das selbst eingebrockt. Ich hatte genug vom Leben, weißt du?" Er seufzte wieder. „Meine Eltern sagten, aus mir würde nichts werden und sie hatten recht. Ich habe noch nicht einmal einen ordentlichen Schlag zustande gebracht." Er nickte in Richtung Badger, der hinter mir stand.

„Was sagt er?", fragte Dobby.

„Er redet mit dem Toten", sagte Badger. „Der Junge ist verrückt." Er schnaubte und spuckte grünen Schleim neben meinen Füßen auf den Boden. „Steh auf, Junge. Es wird dir übel ergehen, wenn ich dich hier rüber schleifen muss."

Das Gesicht des Geistes verzog sich angewidert. „Wünschte ich hätte etwas tun können, um dir zu helfen, Kind. Ich habe im Leben nicht viel erreicht, aber mein Hass auf Tyrannen ist allgemein bekannt. Frag meinen Vater." Er lachte über einen Witz, der sich mir nicht erschloss. „Das ist doch was, oder? Ein Vermächtnis, das ich hinterlassen kann?"

Ich fand nicht, dass das ein besonderes Vermächtnis war, sagte es aber nicht. Er war mein einziger Freund in dieser Zelle und ich brauchte ihn. „Es gibt etwas, das du für mich tun kannst, ehe du gehst", flüsterte ich.

„Was sagt er?", wiederholte Dobby.

„Ist mir sowas von egal." Badgers Hände umfassten meine Schultern und er zerrte mich von der Leiche weg, wobei er wieder an seinem Hosenlatz herumfuhrwerkte. Ich hatte nur Sekunden.

„Geh zurück in deinen Körper", befahl ich dem Geist. Meine Stimme hielt ich nicht mehr gesenkt. Er musste mich hören und es war jetzt egal, wer es noch hörte. Die Würfel waren bereits gefallen.

Der Geist rührte sich nicht. „Wie?"

Ich war mir nicht ganz sicher. Als meine Mutter es getan hatte, war sie einfach in ihren Körper zurückgeschwebt, als ich sie darum gebeten hatte. „Leg dich auf … dich drauf", wies ich ihn an.

Badgers Finger packten mein Kinn, wobei er die Innenseiten meines Mundes gegen meine Zähne quetschte. „Halt die Klappe", schnappte er. „Ich will kein irres Gerede. Hörst du?"

„Der ist nicht ganz richtig im Kopf." Dobby beugte sich vor, um mich genauer anzusehen. Wenn Badger nicht mein Kinn festgehalten hätte, hätte ich ihm meine Stirn gegen die Nase gestoßen.

„Was zur Hölle!" Der andere Gefangene sprang mit weit aufgerissenen Augen von der Pritsche. „Der lebt noch!"

Badger ließ mich los. Er stolperte zurück und starrte auf den jetzt stehenden Körper. Er lebte nicht, aber der Geist war wieder in ihn eingetreten und bewegte ihn. Obwohl ich wusste, was geschah, ließ mir der Anblick dennoch das Blut in den Adern gefrieren.

Die Leiche drehte sich zu Badger. Die leeren, ausdruckslosen Augen des Toten waren so leblos, wie sie noch vor einem Augenblick gewesen waren, und ich war mir nicht sicher, wie der Geist durch sie sehen konnte.

Der dritte Gefangene bekreuzigte sich. Dobby quäkte. Badger stolperte weiterhin rückwärts, bis er über seine eigenen Füße fiel und schwer auf dem Hosenboden landete.

„Was … ich … tun?" Die brüchige, dünne Stimme, die aus der Leiche drang, erschreckte mich ebenso wie die Gefangenen. Sie klang überhaupt nicht wie die geschmeidige Stimme des Geistes, sondern so, als ob er sich anstrengen müsste, die toten Stimmbänder zu bedienen.

„Ich weiß nicht", sagte ich.

„Jesus Christus", murmelte Dobby. Er gesellte sich zu den anderen Gefangenen in der Ecke der Zelle, so weit von der Leiche und mir weg wie möglich.

„Du … kontrollierst … mich." Die Leiche beugte sich über den zusammengekauerten schwitzenden Badger. Der Schläger sah aus, als würde er sich in die Hose pinkeln, sollte der Tote noch näherkommen. „Töten?"

„Kannst du das?", fragte ich. Es war keine Aufforderung, sondern eine ehrliche Frage, da der Gentleman zu Lebzeiten noch nicht einmal in der Lage gewesen war, Badger zu boxen. Während jegliche Farbe aus Badgers Gesicht wich, wurde mir klar, wie das geklungen haben musste. Ich korrigierte mich nicht.

„Constable!", schrie Badger. „Constable, holen Sie diesen Wahnsinnigen hier raus!"

Meinte er damit die wiederbelebte Leiche oder mich? Ich lachte. Ich konnte nicht anders. Vielleich *war* ich verrückt, aber den grausamen Badger zu Tode geängstigt zu sehen, war das befriedigendste Erlebnis meines Lebens und ich würde es bis zum Schluss auskosten.

Leider währte es nicht lange. Das Gesicht des Constable erschien in dem Schlitz in der Tür. „Was soll der Lärm?"

„Hol ihn raus! Hol ihn raus!" Badger warf sich einen Arm über das Gesicht wie ein Kind, das sich nachts unter seiner Bettdecke versteckt.

„Ruhe da drin!"

„Er ist verrückt geworden", sagte ich zu dem Wachmann.

Badger schrie den Constable immer weiter an, er solle „den Teufel" wegholen und die anderen Gefangenen stimmten mit ein. Dobby drückte sich gegen die Wand, weg von uns. Weg von der Tür.

Von der Tür, die sich jetzt öffnete. „Verdammt, zwing mich nicht, da reinzukommen, du blöder Idiot", sagte der Constable, als er in die Zelle trat. Er war nicht bewaffnet und Badger und die anderen zogen seine Aufmerksamkeit auf sich. „Welche Laus ist dir denn über die Leber gelaufen?"

„Lass uns verschwinden", sagte ich leise zu der Leiche.

Steif wie ein Automat drehte sich der Körper zur Tür. Der Constable warf nur einen Blick in diese toten Augen und fiel auf die Knie. „Teufel", murmelte er, ehe er ernsthaft anfing zu beten.

Fast hätte ich mich nicht bewegt, so schockiert war ich von der Ähnlichkeit zur Reaktion meines Vaters, als er das erste Mal Mamas Leiche hatte aufstehen sehen. Doch ein Schubs des Toten brachte meine Füße in Bewegung. Ich schlüpfte am Constable vorbei zur Tür hinaus. Der Körper tapste mit ruckartigen, unbeholfenen Schritten hinter mir her, als wären schnelle Bewegungen für die toten, unkoordinierten Gliedmaßen zu schwierig.

„He da! Halt!" Ein weiterer Polizist rannte auf uns zu, den Schlagstock erhoben.

Der Körper zog seine blutleeren Lippen zurück und zischte. Der Constable ließ den Schlagstock fallen und rannten in entgegengesetzter Richtung davon.

„Beeil dich", drängte ich die Leiche.

„Wie du wünschst." Seine Stimme klang kräftiger, nicht mehr so gezwungen, und seine Schritte waren jetzt sicherer. Er schien sich an seinen verstorbenen Zustand gewöhnt zu haben.

Wir rannten einen Gang entlang an zwei weiteren Arrestzellen vorbei. Noch drei Polizisten wichen mit Schreien und verängstigtem Gemurmel vor uns zurück. Nur einer stellte sich uns entgegen und die Leiche unter meinem Befehl schob ihn weg. Problemlos. Es schien, als wäre er jetzt, wo er tot war, stärker als im Leben.

„Du da!", rief der Constable hinter dem Schreibtisch am

Empfang. „Was—?" Er stolperte zurück, als die Leiche ihre leeren Augen und das weiße Gesicht auf ihn richtete.

Hinter uns erklang das Schrillen einer Glocke, die vor entflohenen Gefangenen warnte. Normalerweise war das ein Signal für alle verfügbaren Polizisten in der Station, uns zu verfolgen, doch keiner tat es. Ihre Angst vor „dem Teufel" überwog jegliches Pflichtgefühl.

Der Tote schob mich zur Tür. Wir rannten, aber er hielt an, ehe er die Freiheit erreicht hatte. Ich blieb ebenfalls stehen.

„Lass dich nicht erwischen, Kind!"

„Und du?", fragte ich.

„Wenn du in Sicherheit bist, lass meinen Geist frei."

„Wie?"

„Sprich den Befehl. Jetzt geh!"

Der Constable vom Empfang näherte sich uns unsicher, einen Revolver in seiner zitternden Hand. Er schluckte und richtete ihn auf die Leiche.

Ich schlüpfte zur Tür hinaus in die South Grove Street, die überraschend leer war. Doch dann wurde mir klar, dass jegliche Passanten sich beim Klang der Glocke verdrückt haben würden. Als hinter mir ein Schuss fiel, flitzte ich in eine nahe Gasse.

„Ich lasse dich frei", sagte ich leise. „Geh ins Jenseits."

Ob meine von ferne gesprochenen Worte ausreichten, den Geist aus seinem Körper zu entlassen und ihn ins Jenseits zu schicken, fand ich nie heraus. Ich hoffte es. Er war für mich gestorben und ich schuldete ihm so viel Frieden, wie es in meiner Macht stand, ihm zu geben.

Ich rannte weiter und wagte es nicht, anzuhalten oder etwas zu stehlen, trotz meines Hungers. Seit drei Tagen hatte ich nichts gegessen und da waren es nur ein paar Erdbeeren gewesen. Mein letzter Diebstahlversuch hatte mich in den Kerker gebracht. Es war das erste und einzige Mal, dass ich erwischt worden war. Ich war stolz darauf, einer der besten Diebe im Norden Londons zu sein, aber jetzt war ich mir nicht mehr sicher, ob ich meinen Fähigkeiten je wieder vertrauen würde. Im Moment spielte es keine Rolle, denn ich war zu sehr damit beschäftigt, so weit wie nur möglich von den Polizisten wegzukommen, um an Essen zu denken.

Als ich endlich Clerkenwell erreichte, wurde ich langsamer. Meine Kehle und Lungen brannten, mein Herz hämmerte gegen meine Rippen. Aber ich war weit weg von der Highgate-Polizeistation und es gab keine Anzeichen einer Verfolgung. Vorsichtshalber nahm ich den Umweg zu unserem Versteck und blieb vor dem alten, verfallenen Gebäude mit den verrotteten Schiebefenstern und Türen stehen. Ich spähte die Gasse rauf und runter und als ich niemanden sah, schob ich die losen Bretter auf Kniehöhe beiseite, zwängte mich durch das Loch und ließ die Bretter hinter mir zufallen.

„Charlie ist zurück!", rief Mink, der als Wachposten in der Nähe der Falltür stand, die in den Keller führte. Der Junge hob zur Begrüßung das Kinn. Mehr Aufmerksamkeit schenkte er mir nie. Er redete nicht viel.

„Wurde verdammt noch mal Zeit!", ertönte die brummige Stimme von Stringer unten aus der Hölle. So nannten wir den Keller. Es war ein passender Name für unseren überfüllten Wohnbereich, in dem wir aßen, schliefen und unsere Zeit verbrachten. Im Winter war es kalt und feucht, im Sommer heiß und stickig, aber wir waren weg von den Straßen und außer Gefahr.

„Hab schon gedacht, du wärst abgehauen." Stringer steckte seinen Kopf durch die Falltür. Sein Gesicht und die Haare waren verdreckt und ich konnte den von ihm ausgehenden Gestank der Kanalisation schon am Eingang riechen, wo ich stand. Er musste wieder dort unten unterwegs gewesen sein.

„Bin verhaftet worden", sagte ich.

Sowohl Stringer als auch Mink blinzelten mich an. Dann brüllte Stringer vor Lachen und fiel dabei fast von der Leiter. „Du! Der flinke Charlie, vom Abschaum geschnappt! Sowas, sowas, dass ich den Tag noch erlebe. He, Jungs, hört euch das an —Charlie hat sich verhaften lassen!"

„Wie bist du rausgekommen?", fragte Mink mit seiner leisen Stimme. Er war ein ernster Junge im Vergleich zu den anderen, und aufmerksam. An den nervigen Streichen, die die anderen so gern ausheckten, beteiligte er sich nicht, und er konnte auch recht gut lesen. Ich mochte ihn lieber als den Rest der Bande, doch das besagte nicht viel. Beinahe hätte ich ihn mal gefragt, wie er lesen gelernt hatte und wo er gelebt hatte, bevor er Teil von Stringers Bande wurde, hatte mich aber dagegen entschieden.

Über die Vergangenheit der anderen Kinder wusste ich nichts und sie wussten nichts über meine. Ich freundete mich auch nicht mit ihnen an. Dadurch wurde es leichter zu gehen, wenn die Zeit kam. Kein Abschied, keine Trauer, keine Bindungen; das war mein Motto. Ich hätte nicht mehr als fünf Jahre als Dreizehnjähriger durchgehen können, wenn ich die gesamte Zeit in einer Bande geblieben wäre.

„Ein bisschen Glück", war alles, was ich zu Mink sagte. „Mach schon Stringer, lass mich durch." Ich klopfte ihm auf die Schulter.

Er stieg die Leiter herunter und ich folgte. Mink blieb oben und bewachte den Eingang.

„Charlie!", rief ein anderer Junge namens Finley. Mink, Stringer, Finley … das waren keine echten Namen, so wie meiner, aber vermutlich nah genug dran. „Wie haben sie *dich* denn erwischt? Haben sie dir mit einer sauberen Hose vor der Nase herumgewedelt?"

Die acht Jungs, die im Keller herumlungerten, krümmten sich vor Lachen. Seit ich einmal erwähnt hatte, dass ich saubere Klamotten stehlen wollte, um meine stinkenden zu ersetzen, zogen sie mich damit auf. Das war mal etwas anderes als das ständige Sticheln, weil ich mich strikt weigerte, vor ihnen auch nur mein Hemd auszuziehen.

„Die Schweine haben sich beim Karren des Straßenhändlers versteckt", sagte ich und legte mich auf die Lumpen, die ich als Matratze benutzte. Sie waren sauberer als die eigentliche Matratze, die man von oben herunter gezerrt hatte, ehe das Dach eingestürzt war. Sauberer, aber nicht läusefrei. Ich kratzte mich abwesend. „Ich glaube, der Straßenhändler hat die angespitzt, mir aufzulauern."

„Geschieht dir verdammt recht, wenn du nachlässig wirst", sagte Stringer und trat gegen meinen nackten Fuß. Ich rieb die Stelle nicht, trotz des Schmerzes. Es war niemals gut, Schwäche zu zeigen, selbst vor den Jungs meiner eigenen Bande. Vielleicht sogar besonders vor denen. „Und dafür, dass du dahin zurück gegangen bist. Schon wieder."

Einer der anderen Jungs schnaubte. „Warum gehst du da andauernd hin, Charlie? Was ist in Highgate?"

„Idiot. Weißt du gar nichts?" Stringer lehnte sich an die Wand und verschränkte die Arme. In dieser Haltung erinnerte er mich an den Gentleman in der Arrestzelle. Beide blond und schlank mit einer gewissen trotzigen Arroganz am Leib.

Mir zog sich das Herz zusammen. Es tat mir leid, dass der Mann wegen mir sein Leben ausgehaucht hatte. Ich schickte ein stilles Dankgebet in den Himmel, die Hölle oder wo auch immer er gelandet war. Ich würde sein Opfer nicht vergessen, noch würde ich den gleichen Fehler noch einmal machen, mich erwischen zu lassen. Das Leben war gefährlich für obdachlose Kinder. Und Frauen.

Stringer rieb sich grinsend den Daumen über seine Unterlippe. „Er geht zum Friedhof."

Ich wurde ganz still. Er musste mir einmal gefolgt sein. Wie viel wusste er? Hatte er mich Mamas Grab besuchen sehen? Oder zwischen den anderen Grabsteinen herumwandern, während ich mir vorstellte, wie die Verstorbenen einmal ausgesehen und wie sie gelebt hatten? Wusste er, dass ich gern unter den Zedern saß und den ganzen Tag verträumte?

Finley verzog das Gesicht. „Verflucht, Charlie, das ist ziemlich mordide, oder?"

„Morbide", korrigierte ich automatisch.

Stringers Grinsen verzog sich wütend. „Halt die Klappe, Charlie. Es ist sowieso allen egal, was du gemacht hast. Du bist heute geschnappt worden. Du wirst langsam." Er beugte sich herunter und stieß mir gegen die Schulter. „Vergiss das nicht." Er hasste es, wenn ich sie korrigierte. Es schien immer seine übelste Seite zum Vorschein zu bringen. Vermutlich fühlte er sich mir dann unterlegen, obwohl er hier eigentlich der Älteste und der Anführer war. Nun, tatsächlich nicht der Älteste, aber das wusste natürlich keiner.

Die Jungs waren zwischen acht und fünfzehn. Stringer war nicht nur der Älteste, sondern auch der Größte. Er war schon so groß wie ein ausgewachsener Mann und es gab Gerüchte, dass er die Kinderbande bald verlassen und sich einer Gruppe skrupelloser Männer in der Nachbarschaft anschließen würde. Zwei der Jungs waren sogar auf mich zugekommen und hatten gefragt, ob ich übernehmen würde, aber ich hatte abgelehnt. Es würde wahrscheinlich bedeuten, dass ich gegen Stringer kämpfen musste, und ich hatte absolut keine Chance, gegen ihn zu gewinnen. Abgesehen davon war es an der Zeit weiterzuziehen. Besonders Mink sah mich in letzter Zeit an, als wollte er ein Rätsel lösen. Manchmal fragte ich mich, ob er bereits wusste, dass ich nicht der war, für den ich mich ausgab.

„Gibts Essen?", fragte ich, um Stringer abzulenken.

„Etwas Brot", sagte er und nickte dem Jungen in der Nähe des Brettes zu, das wir als Tisch benutzten.

Der Junge warf mir ein Stück Brot herüber. Ich fing es auf. Nicht ein Krümel fiel von der harten Kruste. Ich legte es seufzend beiseite, denn ich wollte mir keinen Zahn ausbeißen.

Der Nachmittag verstrich. Jungen kamen und gingen, manche brachten Essen und Wasser, das ich nicht anrührte. Ich war zwar hungrig, aber sie waren hungriger. Das war das Problem mit Jungen, sie waren immer hungrig. Wenigstens hatte ich aufgehört zu wachsen. Nicht, dass ich viel vorzuzeigen hätte. Manchmal fragte ich mich, ob ich wohl größer geworden und eine weiblichere Figur bekommen hätte, wenn ich in den letzten fünf Jahren Essen in Hülle und Fülle gehabt hätte. Das würde ich nie herausfinden. Meine geringe Größe half mir, nicht aufzufallen, also war ich nicht sonderlich enttäuscht.

Ich schlief, bis ich mit der Wache am Eingang dran war und schlief dann wieder, als Finley mich ablöste. Es war mitten am Vormittag eines öden Tages, als ich die ersten Anzeichen wahrnahm, dass etwas nicht stimmte. Die Jungs, die von der Futtersuche zurückkamen—so nannten wir unsere diebischen Streifzüge— beäugten mich misstrauisch. Sie flüsterten hinter vorgehaltener Hand und kicherten nervös.

„Was ist los?", sagte ich zu einem Jungen, der sich bekreuzigte, als er an mir vorbeikam. „Warum starren mich alle an, als hätte ich zwei Köpfe?"

Er wollte mir nicht antworten.

„Mink? Sag du es mir."

Aber sogar Mink blieb auf Distanz und wollte nicht mit mir reden. Allerdings hörte ich, wie er einer Gruppe von Jungs sagte, dass das nicht möglich war und der Teufel nicht existierte, ebenso wie Gott. Das brachte ihm nur ein, dass die anderen die Augen verdrehten.

Als Stringer gegen Mittag zurückkam und ebenfalls einen großen Bogen um mich machte und mich seltsam ansah, beschloss ich, dass ein Spaziergang angebracht war. Antworten bekam ich keine. Die brauchte ich sowieso nicht. Ich wusste, was sie gehört hatten. Die Buschtrommeln zwischen den Banden waren wesentlich effizienter als jedes Telegramm.

Ich verzog mich durch das Loch in der Wand und machte mich auf den Weg nördlich aus Clerkenwell heraus. Mich zwischen den Leuten zu bewegen, die kaum besser dran waren als ich, machte mir keine Angst. In dem Elendsviertel war es sicherer als in der Arrestzelle einer Polizeistation. Meine geflickte Kleidung und die bloßen Füße zeigten deutlich, dass bei mir nichts zu holen war, und falls ein Mann jemanden vergewaltigen wollte, würde er bis zur Dunkelheit warten und sich jemand langsameren und vermutlich eine Frau suchen. Es gab leichtere Opfer als einen kleinen flinken Jungen.

Stundenlang wanderte ich ziellos umher. Das dachte ich jedenfalls. Als ich mich in der Mündung einer vertrauten Tufnell Park Straße wiederfand, wurde mir klar, dass tief eingegrabene Gewohnheit mich nach Hause gebracht hatte.

Zu Hause. Das alleinstehende Haus mit den roten Ziegeln und der weißen Verkleidung konnte ich so nicht mehr nennen. Zu Hause war da, wo man nachts schlafen ging und wo die Menschen einen liebten und mit offenen Armen empfingen. Mein Vater wohnte noch dort, aber ich bezweifelte, dass er mich einlassen würde, würde ich an die Tür klopfen. Ich war hin und wieder zu Besuch gekommen, aber nie weiter vorgedrungen als zu den Büschen hinter dem Eingangstor, hinter denen ich mich versteckte und darauf wartete, dass mein Vater auftauchte. Meistens tat er das nicht. Ich hatte ihn in den ganzen fünf Jahren nur zweimal gesehen, als er Gemeindemitglieder hereingebeten hatte, die zu ihm gekommen waren. *Die* hieß er mit einem Lächeln und warmen Händedruck willkommen.

Ich schaute die Straße herauf und herunter und da ich niemanden sah, öffnete ich das Tor. Beim Quietschen der Angeln zuckte ich zusammen und tauchte blitzschnell hinter die Büsche. Dürre Zweige zerrten an meinen Haaren und ein Flicken, den ich über den Ellbogen meiner Jacke genäht hatte, zerriss. Der Busch musste dringend mal gestutzt werden. Mama war die Gärtnerin gewesen, nicht Vater. Überall bemerkte ich Anzeichen von Verwahrlosung, jetzt, wo ich näher hinsah. Unkraut wucherte entlang der Blumenbeete, und zwischen den Pflastersteinen wuchs Moos. Das Tor musste geölt und die Eingangstreppe gefegt werden. Ich fragte mich, ob die Haushälterin innen alles sauber hielt oder ob sie dort auch nachgelassen hatte, jetzt, da Mama nicht mehr da war.

Ich verlagerte das Gewicht, um meine krampfenden Beine zu entlasten. Nach einigen Minuten musste ich mich wieder bewegen. Was tat ich hier? Warum musste ich ihn sehen? Er hatte doch klargemacht, dass er mich nicht wollte. „Die Teufelstochter", hatte er mich genannt, kurz bevor er mich in den Regen hinausgescheucht hatte.

Ich hatte weinend neben genau diesem Busch gestanden und gehofft, er würde seine Meinung ändern, wenn er sich beruhigt hatte, obwohl ich gewusst hatte, dass er das nicht tun würde. Damals wie jetzt war mir klar: Er würde mir nie vergeben, dass ich Mamas Leiche zum Leben erweckt hatte. Laut meinem Vater war ich eine abartige Abscheulichkeit in den Augen Gottes. Als Vikar musste er es ja wissen.

Ich wollte gerade aufstehen, als das Tor quietschte. Durch die Blätter des Busches erspähte ich einen Herrn im grauen Anzug. Er war mittelgroß und schlank mit braunen Haaren, die unter seinem Zylinder hervorragten. Von seinem Gesicht erhaschte ich nur einen flüchtigen Blick, der ausreichte, um ihn auf vierzig zu schätzen und sein kräftiges Kinn und die Nase wahrzunehmen. Ich erkannte ihn nicht. Wenn er ein Gemeindemitglied war, musste er neu in der Gegend sein.

Jetzt konnte ich nicht weg. Vielleicht bekam ich meinen Vater zu Gesicht. Möglicherweise war es dumm, den Mann sehen zu wollen, der mich nicht sehen wollte, trotzdem wollte ich es. Ich hatte nie behauptet, kein Dummkopf zu sein.

Der Fremde klopfte und die Haushälterin öffnete. Er stellte sich vor, aber alles, was ich hörte, war „Doktor". Der Rest wurde vom Wind weggetragen. War Vater krank? Ich überlegte, was ich dabei empfand, als die Haushälterin ihn bat zu warten. Dann verschwand sie und einen Moment später erschien *er* an ihrer Stelle. Vater.

Gefühle flossen wie Flutwellen durch mich hindurch und drohten, mich zu überwältigen. Erst war ich glücklich, dass er gesund und munter war, dann traurig, weil er mich nicht wollte, und schließlich ärgerlich über die Art, wie er mich mit nur dreizehn Jahren verstoßen hatte. Viel später hatte ich gehört, dass er seinen Gemeindemitgliedern erzählt hatte, ich wäre gekidnappt worden. Die Polizei hatte sogar nach mir gesucht. Ich fragte mich, wie lange eine Person vermisst werden musste, ehe man sie für tot erklärte. Existierte ich offiziell überhaupt noch?

Bei den nächsten Worten des Fremden hörten meine Gefühle und Gedanken auf, in alle Richtungen zu purzeln. „Ich suche ein bestimmtes Mädchen von achtzehn Jahren. Ich glaube, hier lebt eines."

Der Gesichtsausdruck meines Vaters musste meinem gleichen. Sein Mund öffnete und schloss sich, wodurch die fahl gewordenen Wangen bebten. Als er endlich seine Stimme wiedergefunden hatte, drang sie klar quer durch den Garten bis zu mir. „Sie irren sich. Hier wohnen keine Mädchen."

Er wollte die Tür schließen, aber der Fremde schob seinen Fuß in den Spalt. Ich lauschte angestrengt. „Sind Sie Mr Anselm Holloway?"

„Verlassen Sie bitte mein Grundstück", sagte mein Vater.

„Erst, wenn ich Antworten habe. Ich glaube, Sie haben eine Tochter, Miss Charlotte Holloway, die achtzehn Jahre alt ist."

„Ich sagte es Ihnen bereits." Die Stimme meines Vaters hatte diesen strengen, bestimmenden Tonfall angenommen, den er in seinen Predigten benutzte. Und wenn er Töchter verbannte. „Hier leben keine Mädchen. Bitte entfernen Sie sich von meinem Grundstück, Doktor."

Einen Moment lang dachte ich, der Fremde würde sich gewaltsam Zutritt zum Haus verschaffen, aber dann tat er, wie geheißen, und zog seinen Fuß zurück. Mein Vater knallte die Tür zu und der Doktor kam den Fußweg zurück. Diesmal würde ich ihn sicher besser erkennen können. Für einen Mann im mittleren Alter sah er recht gut aus mit dem glatten Gesicht eines Menschen, der die meiste Zeit drinnen verbrachte. Er trug nur an den Seiten einen sehr kurzen Backenbart. Die grauen Strähnen darin verliehen ihm eine Autorität, die seine weichen Wangen nicht hergaben.

Sollte ich mich ihm jetzt zu erkennen geben oder warten, bis ich unbemerkt vom Haus wegkam, und ihn dann weiter oben an der Straße einholen? Als ich seine Augen sah, verwarf ich die Idee ganz. Sie waren voller Zorn. Wut ging mit jedem entschlossenen Schritt von ihm aus. Die Muskeln seines Kinns zuckten und seine Lippen zogen sich von seinen Zähnen zurück, während er etwas vor sich hin murmelte, das ich nicht ganz verstehen konnte. Er öffnete eine geballte Faust, um durch das Tor zu gehen, welches er mit Schwung hinter sich zuwarf. Nach ein paar Schritten blieb er auf dem Gehweg stehen und warf einen durchdringenden Blick zurück zum Haus meines Vaters. Dann setzte er seinen Weg fort, umrundete die Straßenecke und war verschwunden.

Nein, ich würde mich ihm noch nicht zu erkennen geben. Nicht, ehe ich wusste, ob er so gefährlich war, wie er aussah.

Während ich nach Clerkenwell zurücklief, überlegte ich, wie ich am besten mehr über ihn herausfinden konnte. Vielleicht würde mir die Haushälterin seinen vollständigen Namen verraten, wenn ich sie fragte. Aber sie machte eventuell meinen Vater auf meinen Besuch aufmerksam. Vielleicht könnte ich morgen zum Haus zurückkehren und erneut warten. Der Doktor kam auf der Suche nach mir möglicherweise auch zurück. Dann konnte ich ihm nach Hause folgen und seine Nachbarn über ihn ausfragen.

Aber was war, wenn er mich erwischte und tatsächlich nichts Gutes im Schilde führte? Ich hatte das entsetzliche Gefühl, dass seine Suche nach mir mit dem Gerede zu tun hatte, das meine Bande morgens gehört hatte, und mit der Sache in der Arrestzelle in Highgate. Möglicherweise war es schlau, ihm aus dem Weg zu gehen und eine Weile unterzutauchen. Oder die Bande ganz zu verlassen.

Ja. Das würde ich am Nachmittag machen, wenn es noch hell genug war. Nachdem ich meine paar Sachen geholt hatte, würde ich mich aufmachen, weg von Clerkenwell und Stringers Bande.

Ich zog die losen Bretter vom Loch in der Wand, aber jemand blockierte den Eingang von der anderen Seite. Stringer kam heraus, gefolgt von Finley und den anderen. Sie quollen auf die Straße wie Ratten, die durch ein Bullauge von einem sinkenden Schiff flohen.

„Hier drüben!", rief Stringer.

Ich blinzelte ihn an. „Mit wem redest du?"

„Du musst mit uns kommen." Jemand packte meinen Ellbogen, aber nicht fest. Es war nicht schwer, sich loszureißen.

Ich fuhr herum und wich vor den beiden stämmigen Kerlen zurück. „Fasst mich nicht an", schnappte ich.

Einer von ihnen hob die Hände. „Entschuldigung, Junge, aber wir müssen mit dir reden."

„Nein, er muss mit uns kommen", entgegnete der andere Mann und verdrehte die Augen. Er war ein bisschen größer als der erste Typ, und wesentlich hässlicher. Seine Gesichtszüge sahen aus wie eine grob behauene Felswand unter dem zerfurchten Grat seiner Brauen. Eine krumme Narbe zerschnitt seine Wange und zog einen Augenwinkel herunter. Sein schmaler Mund und die dünnen Lippen wirkten viel zu klein für den Rest seines Körpers.

„Richtig", sagte der erste Mann. Sein gut aussehendes Gesicht stand im krassen Gegensatz zu dem seines Freundes. Helle Haare ragten unter seinem Hut hervor und fielen über große, graue Augen, die mich ohne List anzwinkerten. Er lächelte betörend. „Komm schon, Bursche. Wir werden dafür sorgen, dass du eine warme Mahlzeit bekommst." Er schnupperte und zog die Nase kraus. „Und ein Bad."

„Ich will kein Essen oder ein Bad", sagte ich und hoffte, dass sie meine Lüge nicht durchschauten. „Ich will wissen, wohin ich gehe und warum."

„Können wir dir nicht sagen", sagte der größere Mann. „Der Befehl lautet, dich mitzubringen."

Sie schienen recht harmlos und das Angebot von Essen und einem Bad klang wundervoll. Zu wundervoll. Ich hatte schon von Straßenkindern gehört, die auf genau diese Art in Sklaverei oder Prostitution gelockt worden waren, und lebte nach der Regel, dass wenn etwas zu gut klang, um wahr zu sein, war es das meistens auch. Diese Regel hatte mich bisher geschützt und ich hatte nicht vor, sie jetzt aufzugeben.

„Warum ich?", fragte ich. Hatten sie gehört, was in der Arrestzelle passiert war? Wenn ja, wie hatten sie mich hier so schnell aufgespürt? Geld musste den Besitzer gewechselt haben und ein paar Schlüsselfragen an die richtigen Leute gestellt worden sein. Die Beziehungen der Polizei waren nicht gut genug, also waren diese Typen keine Beamten. Wer auch immer sie waren, ich bezweifelte, dass sie Gutes im Schilde führten.

„Weiß nich", sagte Mr Hässlich und zuckte seine schweren Schultern. „Wir führen nur Befehle aus."

Praktisch. „Was haben sie dir geboten, um mich zu verpfeifen?", fragte ich Stringer.

„Genug." Stringer schubste mich zurück. „Geh schon. Geh. Wir wollen dich hier nicht mehr. Du bringst Ärger, Charlie, und deine abgedrehten Tricks werden noch mehr Leute zu unserem Bau locken, wenn du dich nicht verpisst. Die Nachricht ist raus, also musst du gehen. Nicht wahr, Jungs?"

„Genau", stimmten die anderen Jungen mit ein, sogar Mink. Ich warf ihnen allen mörderische Blicke zu und wandte mich dann wieder zu den beiden Neuankömmlingen um, die sehr angespannt waren, als wollten sie gleich losspringen. Wenn ich nicht geschnappt werden wollte, musste ich schnell sein.

„Ich gehe nirgendwo mit euch hin, bis ihr mir sagt, warum", sagte ich.

Mr Hässlich stieß genervt die Luft aus. „Verdammt, hör auf, so stur zu sein, und komm einfach mit uns."

Mr Hübsch verdrehte die Augen. „Was mein Freund zu sagen versucht, ist, dass wir dir kein Leid zufügen."

„Es sei denn, du kopperierst nicht."

„Das heißt kooperieren, du Idiot, und vielen Dank auch. Jetzt hat der Junge die Hosen voll."

„Ich habe keine Angst vor euch", sagte ich ihm.

„Das solltest du aber. Der Tod wird nicht so umgänglich sein wie wir."

Der Tod? Wollten die mich etwa umbringen, wenn ich nicht mitging?

Mr Hübsch hielt die Hände hoch. „Ich will dir keine Angst machen, Bursche, aber—"

„Verdammte Scheiße", murmelte Mr Hässlich. „Wir ham keine Zeit für so was. Pack ihn und los. Der Tod wird uns ausnehmen, wenn wir zu lange brauchen."

„Der Tod wird kommen und die Sache selbst in die Hand nehmen, wie er es immer tut, wenn du verkackst."

„Ich?"

Ich drehte mich um und rannte weg.

„Jesus", knurrte Mr Hübsch. „Komm zurück! So wird das nicht gut für dich ausgehen."

Ihre Schritte stampften hinter mir, aber sie waren langsam und ich schaffte es, meinen Vorsprung auszubauen. „*Du* hättest ihn packen sollen", hörte ich Mr Hässlich sagen.

„Du hast hier nicht das Sagen, sondern ich."

„Haste verdammt noch mal gar nicht, sondern er."

„Er ist nicht hier!"

„Ach ja? Wer ist das dann, he?"

Genau als er das sagte, stolperte ich über etwas, das mir in den Weg gestreckt wurde. Ich landete auf Händen und Knien auf dem Bürgersteig und schürfte mir mehrere Schichten Haut ab. Keine Zeit, um sich vor Schmerzen zu winden oder zu schauen, was alles kaputt war. Ich rappelte mich hoch, nur um zwei starke Hände zu spüren, die meine Arme umklammerten und an meine Seiten drückten. Ich wehrte mich, aber es war nutzlos. Der Mann hinter mir war wesentlich stärker. Um ihn einzulullen, hörte ich auf zu zappeln, aber sein Griff lockerte sich nicht. Verdammt und zugenäht. Mr Hässlich und Mr Hübsch kamen heran und ich wusste, dass ich sofort handeln musste, oder es stand drei gegen einen.

Ich trat nach hinten und rammte meinen Fuß so fest ich konnte gegen das Schienbein meines Angreifers. Dann riss ich heftig den Kopf nach hinten. Leider war er durch seine Größe im Vorteil und ich traf nur Rippen anstatt den Hals, das Kinn oder die Nase. Der Tritt brachte mir von meinem Entführer kein anderes Geräusch ein als ein scharf eingesogener Atem. Er ließ auch nicht locker.

Mir fiel nichts mehr ein. Ich war—normalerweise—gut darin, nicht gefangen zu werden, aber nicht so gut darin, mich zu befreien. Die Panik, die sich meiner Atmung bemächtigte und mein Hirn lahmlegte, half auch nicht gerade. Sollte ich schreien? Würde jemand zu meiner Rettung herbeieilen, wenn ich es tat?

Instinktiv wehrte ich mich wieder und versuchte, mich loszureißen. Doch das führte nur dazu, dass seine Finger sich mit zermalmender Kraft tiefer in mein Fleisch bohrten.

„Halt still", knurrte er mit einer Stimme, die aus den Tiefen seines Brustkorbs aufstieg.

„Sonst was?" Erfreut stellte ich fest, dass ich aufsässig klang. Wenn ich schon meine Freiheit nicht haben konnte, dann konnte ich wenigstens einen Teil meiner Würde bewahren.

„Oder ich bin gezwungen, dir wehzutun."

Als ob er das noch nicht tat.

„Soll ich auf ihn schießen, Sir?" Das war die Stimme von Mr Hässlich.

„Idiot", sagte Mr Hübsch. „Was soll das denn bringen?"

„Seine Kopperation."

„Ich bezweifle, dass er mit einer Schusswunde sonderlich *kooperativ* sein wird."

Der Griff des mich haltenden Mannes veränderte sich, aber ehe ich die Gelegenheit nutzen konnte, war ich schon wieder bewegungsunfähig. Er zerrte meine Arme hinter meinen Rücken und hielt sie dort fest.

Ich zuckte zusammen, als der Schmerz in meine Handgelenke schoss und meine Finger taub werden ließ. „Sie tun mir weh!"

Der Mann, den sie Sir genannt hatten, antwortete nicht.

„Sei fair, er hat dich gewarnt", sagte Mr Hübsch.

Mr Hässlich schnaubte vor Lachen.

Sir schubste mich vorwärts, aber ich weigerte mich zu laufen. Ich würde ihm das hier nicht leicht machen.

„Beweg dich", sagte er. Seine Stimme klang überraschend ruhig neben meinem Ohr.

Ich zog die Knie hoch, sodass meine Füße den Bürgersteig

nicht mehr berührten. Er stöhnte noch nicht einmal auf, obwohl er plötzlich mein ganzes Gewicht tragen musste. Allerdings schnappte ich nach Luft, denn meine Arme kreischten vor Schmerz und meine linke Schulter wurde ausgekugelt. Ich biss mir auf die Lippe, um nicht aufzuschreien und versuchte es noch einmal mit Treten, aber das erhöhte nur den Druck auf meine bereits brennenden Arme und Schultern.

„Dummkopf", murmelte Mr Hübsch. Er tauchte rückwärts gehend vor mir auf und wollte mir die Haare aus dem Gesicht streichen.

Ich riss den Kopf von rechts nach links, und als das nichts brachte, spuckte ich ihn an. Mr Hässlich lachte.

„Ungezogener Bengel", sagte Mr Hübsch und hob die Hand, um mich zu schlagen, aber Sirs stahlhartes „Nicht" stoppte ihn.

„Geh voraus", sagte Sir. „Gib Bescheid, wenn jemand kommt."

Mr Hübsch warf mir einen wütenden Blick zu, ehe er und Mr Hässlich um die Ecke davongingen.

„Hör auf, dich zu wehren", sagte Sir zu mir. „Niemand will dir etwas tun."

„Und Ihr Name ist Mr Niemand, was?" Ich lachte über meinen Witz, obwohl ich ihn nicht lustig fand. „Ich gehe nirgends mit Ihnen hin, wenn Sie mir nicht sagen, was Sie mit mir vorhaben."

„Wir können hier nicht reden."

„Dann reden wir gar nicht, Mr Niemand."

Er trug mich weiter, nur um anzuhalten, als Mr Hässlichs Gesicht an der Ecke erschien. „Ein Trupp übel aussehender Typen ist auf dem Weg!"

Ein Trupp? Vielleicht würden die mir helfen, aber es war unwahrscheinlich. Die meisten „übel aussehenden Typen" in Clerkenwell halfen nur, wenn es für sie dabei etwas zu holen gab. Trotzdem musste ich versuchen, sie auf meine Seite zu bringen. Ich konnte behaupten, dass Sir und seine Männer Polizisten waren. „Übel aussehende Typen" hassten die Polizei. Ich öffnete den Mund, um zu schreien, aber bevor auch nur ein Pieps herauskam, legte sich Sirs große Hand über meinen Mund *und* meine Nase. Er zog mich an seinen Körper, hielt mich um die

Taille gepackt, meine Arme noch immer fest im Griff, während er mich erstickte.

Ich konnte nicht atmen, konnte mich nicht rühren, um seine Hand zu zerkratzen. Je heftiger ich zu atmen versuchte, desto schneller verbrauchte ich die verbliebene Luft in meinen Lungen. Mein Brustkorb brannte, meine Kehle setzte sich zu und die Ränder meines Gesichtsfeldes wurden schwarz.

Er würde mich umbringen und es gab nichts, was ich dagegen tun konnte. Meine Gedanken waren benebelt und ich fühlte meine Kraft schwinden. Endlich ließ er mich los, aber ich hätte nicht wegrennen können, selbst wenn ich noch bei Verstand gewesen wäre.

Die Dunkelheit verschluckte mich. Ich spürte, wie mein Körper hochgehoben wurde, war mir aber nicht sicher, ob das menschliche Arme oder der Sensenmann war, der meine Seele ins Jenseits holte. Ich wusste nur, dass alles im Begriff war, sich zu verändern.

KAPITEL 2

Ich musste meine Augen nicht öffnen, um zu wissen, dass ich mich in einer Kutsche befand. Es war schon viele Jahre her, dass ich das letzte Mal in einer mitgefahren war, aber die wiegenden Bewegungen waren unverkennbar, ebenso wie der unterschwellige Geruch des Ledersitzes, auf dem ich lag. Meine Hände und Füße waren gefesselt und ich lag auf einer Sitzbank in Fahrtrichtung vorwärts. Meine Schulter schmerzte noch, aber nicht mehr so schlimm wie vorher. Sie hatte sich wieder eingekugelt, während ich bewusstlos war. Durch pures Glück oder meine Fänger?

Mindestens einer von ihnen war mit mir in der Kabine. Ich konnte leises Atmen hören und spürte einen Blick auf mir. Meine Haare verdeckten noch immer die Hälfte meines Gesichts und reichten über die Nase. Wenigstens etwas.

„Ich habe nicht damit gerechnet, dass der sich wehrt." Das war die gebildete Stimme von Mr Hübsch vom Sitz gegenüber. Wenn er keine Selbstgespräche führte, musste außer ihm noch jemand da sein.

Niemand antwortete.

„Der Bursche hat ordentlich Mumm", fuhr Mr Hübsch fort. Trotz seiner Pause kam noch immer keine Antwort von seinem Begleiter. Ich vermutete, dass es der war, den sie Sir genannt hatten, und nicht Mr Hässlich. Mr Hässlich redete viel mehr.

„Denken Sie, er wird Antworten haben?"

„Einige." Ja, definitiv Sir. Ich erkannte seinen vollen, samtenen Tonfall.

„Glauben Sie, er weiß, wo sie ist?"

Sie? Über wen redete er?

„Vielleicht", sagte Sir.

Mr Hübsch brummte. „Und wenn, wird er uns sagen, wo sie zu finden ist?"

„Dafür werde ich sorgen."

In meinem Magen bildete sich ein kalter Klumpen Furcht. Wenn er nicht vor einer Bewusstlosigkeit zurückscheute, um mich zu fangen, was für Methoden würde er anwenden, um Antworten zu bekommen? Antworten worauf? Ich kannte den Aufenthaltsort von irgendwelchen vermissten Frauen nicht—

Es sei denn, er meinte mich, Charlotte Holloway. Wenn das der Fall war, dann hatte er anscheinend den Jungen Charlie nicht mit dem vermissten Mädchen Charlotte in Verbindung gebracht. Noch nicht. Ich musste ihm so schnell wie möglich entkommen, ehe er darauf kam. Mit gefesselten Händen und Füßen gestaltete sich das allerdings schwierig.

Die Männer redeten geraume Zeit nicht miteinander und das Schweigen zwischen ihnen fühlte sich unangenehm an. Also waren sie keine Freunde, sondern mehr wie Herr und Diener. Gute zehn bis fünfzehn Minuten vergingen, ehe der Ledersitz durch eine Gewichtsverlagerung von einem von ihnen knarzte.

Mr Hübsch räusperte sich. „Seltsam, dass er noch nicht aufgewacht ist."

„Er ist wach", sagte Sir.

Wie hatte er das bemerkt?

Der Ledersitz knarzte wieder und ich spürte eine warme Hand auf meinem Kinn. Ich öffnete die Augen und erschreckte damit Mr Hübsch.

„Wie lange bist du schon wach?", fragte er.

Ich antwortete nicht, da ich nicht wollte, dass er wusste, dass ich ihre Unterhaltung belauscht hatte.

Der neben ihm sitzende Mann antwortete stattdessen: „Seit wir losgefahren sind."

Sir war nicht, was ich erwartet hatte. Er war auffallend attraktiv, auch wenn er anscheinend sein gutes Aussehen herunterzuspielen versuchte. Seine welligen schwarzen Haare reichten ihm bis auf die Schultern, wobei einige verirrte Strähnen über eine scharfgeschnittene Wange fielen. Ich hatte noch nie einen Gentleman gesehen, der sein Haar in dieser Länge oder so unordentlich trug. Auch sein Gesichtshaar entsprach nicht der neuesten Mode. Anstatt in Form geschnitten und geölt zu sein, wirkte es eher wie ein Schatten auf seinem Kinn, als hätte er zwei Tage lang vergessen, sich zu rasieren. Wenn er nicht einen so feinen, gut passenden Anzug getragen hätte, hätte ich ihn überhaupt nicht für einen Gentleman gehalten. Er trug noch nicht einmal einen Hut oder Handschuhe.

Ich setzte mich auf, was keine leichte Aufgabe war, so verschnürt wie ich war. Keiner der beiden Männer half mir. Ich drückte mich in die Ecke, erinnerte mich aber dann, dass ich ja widerspenstig und unerschrocken aussehen wollte, also hob ich mein Kinn und starrte in Sirs schwarze, schwarze Augen.

Das war ein Fehler. Er begegnete meinem Blick mit seinem eigenen kämpferisch-direkten und ich fühlte mich, als würde ich in einen so endlos tiefen Brunnen gerissen, dass es ein ganzes Leben dauern würde, den Boden zu erreichen. Seine Augen verrieten rein gar nichts, doch spürte ich, dass er in meinen alles sehen konnte. Ganz sicher wusste er, dass ich nicht der war, der ich zu sein behauptete. Ich wollte wegschauen, ehe er zu viel sah, konnte es aber nicht. Er war viel zu fesselnd.

Erst als die Kutsche langsamer wurde, wurde ich entlassen. Er schaute aus dem Fenster und mein eigener Blick folgte seinem. Wir fuhren durch ein Paar riesige Eisentore mit speerspitzenartigen Verzierungen und folgten dann einer Auffahrt. Rasen lag auf der Landschaft wie ein Teppich, gelegentlich unterbrochen von dem ein oder anderen Baum oder Strauch. Ich verdrehte den Hals und erhaschte endlich einen Blick auf unser Ziel, als wir eine sanfte Kurve umrundeten.

Mit offenem Mund starrte ich die Villa an. Sie prangte auf einem leichten Hügel wie eine Krähe mit ausgebreiteten Schwingen. Das Gebäude bestand aus einer verrückten Ansammlung von Formen. Hohe schmale Zinnen schossen aus der Mitte quadratischer Türme, die zwischen dreieckigen Giebeln und rechteckigen Schornsteinen saßen. Doch es war der mittlere Turm, der meine Aufmerksamkeit auf sich zog. Beinahe doppelt so hoch wie der Rest des Hauses bot er einen beeindruckenden Eingang. Unter den drei Kegeln auf seiner Krone war ein kleines Fenster und dann nichts weiter als dunkler Stein, der bis zum großen Türbogen abfiel. Rapunzel hätte in dem Turmfenster nicht fehl am Platze gewirkt, aber es hätte länger als eine Lebzeit gedauert, bis ihre Haare lang genug gewachsen wären, um den Boden zu erreichen.

Ich wich zurück und unterdrückte einen Schauer. Sir beobachtete mich mit diesen alles sehenden Augen. Sein Ausdruck blieb kühl, unbeteiligt, unlesbar. Es war unwahrscheinlich, dass es ihn interessierte, was ich von unserem Ziel hielt, es sei denn, er konnte diese Angst gegen mich verwenden.

„Ist das Bedlam?", fragte ich. Ich konnte mir gut vorstellen, dass diese Villa das berüchtigte Irrenhaus war. Es sah trostlos genug aus, um solche elenden, verrückten Menschen zu beherbergen. Menschen wie mich.

Mr Hübsch schnaubte. „Eine treffende Annahme, aber nein."

Die Kutsche hielt an und Sir öffnete die Tür selbst. Keine Bediensteten kamen aus dem Haus, um es ihm abzunehmen. Die Kabine schwankte, als er ausstieg, und dann noch einmal, als jemand vom Fahrersitz sprang.

Mr Hässlich tauchte neben Sir auf. „Wie soll er laufen, wenn er die Füße so gefesselt hat?"

„Du wirst ihn tragen", sagte Mr Hübsch.

Mr Hässlich schaute zu Sir, doch der ging einfach weg. „Packt ihn ins Turmzimmer", sagte er. „Und seht zu, dass er etwas zu essen und ein Bad bekommt."

„Steh nicht so blöd rum, Pisskopf." Mr Hübsch winkte Mr Hässlich heran. „Komm und hole ihn."

Mr Hässlich verzog das Gesicht, wobei er zwei Reihen kaputter Zähne entblößte. „Warum machste das nich selbst?"

„Weil ich das Sagen habe und der, der das Sagen hat, leistet keine Schwerstarbeit."

„Du hast nich das Sagen, sondern der Tod." Mr Hässlich nickte mit dem Kopf in Richtung der Gestalt des sich entfernenden Sirs. Sie nannten ihn hinter seinem Rücken Tod und Sir von Angesicht zu Angesicht? Ich fragte mich, ob er das wusste.

„Ich bin der zweite in der Rangordnung und da er nicht mehr hier ist, habe ich das Sagen. Schnapp dir den kleinen Lausebengel und bring ihn ins Turmzimmer."

Mr Hässlich seufzte und griff nach mir. Ich rutschte den Sitz entlang in die hinterste Ecke. „Ich bin voller Läuse", sagte ich.

Mr Hässlich kratzte sich den struppigen Backenbart. „Muss ich ihn anpacken, Seth? Können wir ihm nich einfach die Beine losbinden und ihn rauf laufen lassen?"

„Und riskieren, dass er wegrennt? Ich möchte sehen, wie du das dem Tod erklärst." Mr Hübsch—Seth—griff meinen Arm und zerrte mich zur Tür der Kabine. Ohne Vorwarnung schubste er mich in die wartenden Hände von Mr Hässlich.

Der große Mann fing mich mit Leichtigkeit auf. „Du stinkst."

Ich schaffte es, ihm meinen Ellbogen in die Rippen zu rammen, und erhielt ein *Umpf* für meine Mühen.

Seth schmunzelte. „Ich glaube, ich werde dich mögen, Junge."

„Gewöhn dich nicht zu sehr an ihn." Mr Hässlich hievte mich unter seinen Arm und trug mich zum Haus wie eine Rolle Stoff. „Der Tod wird aus ihm rausholen, was er braucht, und ihn dann zurück in die Kanalisation schicken."

„Welche Informationen sind das?", fragte ich knapp.

„Hör auf zu zappeln", sagte Mr Hässlich. Sein Arm fasste mich enger und ich dachte, er würde mich in zwei Hälften zerteilen.

„Du tust mir weh!" Ich wand mich und trat mit meinen gefesselten Beinen um mich, traf aber nichts als Luft.

„Ruhig, Junge", sagte Seth. „Kooperiere und dir geschieht nichts. Kämpfe, und es wird nicht gut für dich ausgehen. Der Tod mag es nicht, wenn seine Befehle nicht befolgt werden."

„Ich muss seine Befehle nicht befolgen. Er ist nicht mein Herr."

„Trotzdem wird er von dir bekommen, was er braucht. Darin ist er gut."

Ich schluckte bei seinem ominösen Tonfall ebenso wie bei dem Versprechen in seinen Worten. Ich stellte mir vor, wie der

Mann, den sie den Tod nannten, meinen echten Namen mithilfe mittelalterlicher Folterinstrumente aus mir herausquetschte. Die bewahrte er vermutlich in seinem Kerker auf. Mit Sicherheit hatte ein so düsteres Haus wie das, welches wir jetzt betraten, einen Kerker mit so dicken Wänden, dass niemand meine Schreie hören würde.

„Warum bibberst du, Junge?", fragte Mr Hässlich und zog mich höher auf seine Hüfte. „Ist doch nich kalt."

„Das hier ist unbequem", teilte ich ihm mit. „Kannst du mich nicht absetzen und mich selbst gehen lassen?"

„Nein", sagte Seth.

„Wo sind wir?"

„Lichfield Towers."

„Sind wir noch in London?"

„Ja. Highgate."

Ich wusste, dass es in Highgate einige große Villen gab, aber ein Grundstück dieser Größenordnung war nicht üblich. Ich konnte mir nur zwei ins Gedächtnis rufen, von denen ich wusste, beide hinter hohen Zäunen und Baumreihen verborgen. Jetzt, wo ich darüber nachdachte, war mir das Eingangstor bekannt vorgekommen. Wir waren nicht weit vom Friedhof entfernt.

Zu wissen, wo ich mich befand, baute mich wieder auf. Falls ich entkommen sollte, würde es nicht allzu schwer sein, zurück nach Clerkenwell zu finden. Wenn ich in unsere Kellerhölle zurückkam, würde ich als Erstes meine wenigen Habseligkeiten einzusammeln und mir einen neuen Wohnort zu suchen, einen, wo mich niemand kannte. Irgendwo weit weg von Stringer und seiner Bande.

Von meiner Umgebung sah ich sehr wenig, so wie ich mit dem Gesicht nach unten hing. Die Bodenfliesen in der Eingangshalle waren größtenteils von einem purpurroten Orientteppich bedeckt und die Wände mit dunklem Holz vertäfelt. Mr Hässlich trug mich eine Prunktreppe hinauf, seine Schritte durch einen Läufer gedämpft. Obwohl es helllichter Tag war, bedeutete der Mangel an Fenstern, dass es im Treppenhaus ohne das Licht des Kronleuchters dunkel war. Wir stiegen immer weiter nach oben, wobei Seth uns folgte, und kamen an vielen Türen vorbei, die alle verschlossen waren. Endlich erreichten wir das, was im mittleren Turm das höchste Zimmer sein musste.

Seth schlüpfte an uns vorbei und öffnete die Tür. Der Raum war größer, als ich erwartet hatte, und enthielt mehr Möbel, als ich seit langer Zeit an einem Ort gesehen hatte. Trotzdem war er leer im Vergleich zu meinem Kinderzimmer in Tufnell Park. Es gab nur ein kleines Bett, eine Kommode, einen Tisch und einen Stuhl. Auf dem Tisch und der Kommode stand kein Schnickschnack, keine Bilder zierten die tiefroten Wände und die Tagesdecke auf dem Bett war schlicht grau. Trotzdem gefiel mir das Zimmer. Sobald Mr Hässlich und Seth gegangen waren, würde ich das erste Mal seit einem gefühlten Jahrhundert wieder allein in vier Wänden sein. Das war ein Luxus, von dem ich befürchtet hatte, ihn nie wieder zu erleben.

Nicht, dass ich es dieses Mal lange erleben würde. Wenn ich die Laken und Decken zusammenknoten konnte, würde ich Rapunzels Haare nicht brauchen. Ich konnte einfach ein Ende am Bett befestigen und aus dem Fenster klettern. Ich warf einen Blick auf das Fenster und biss mir auf die Lippe. Vielleicht nicht. Es war weit bis ganz unten.

Mr Hässlich ließ mich auf das Bett fallen. Ich federte auf der Matratze und musste ein Lächeln unterdrücken, ehe sie es sahen. Die Matratze war *weich*.

„Wie sollen wir ihn hier oben baden?", fragte Mr Hässlich.

„Ich brauche kein Bad."

„Hast du in letzter Zeit mal an dir gerochen?"

Seth betrachtete mich eingehend und ich stellte sicher, dass mein Gesicht so geneigt war, dass es hinter meinen Haaren versteckt blieb. „Du stinkst schlimmer als Gus."

„He!", protestierte Gus. „So schlimm bin ich nich."

„Abgesehen davon haben wir den Befehl, dir ein Bad zu verpassen."

Ich wurde rot und war froh, dass mein Haar mein Gesicht verbarg. Es war lächerlich, sich für meinen Schmutz zu schämen, aber ich konnte nicht anders. Meine Mutter hatte immer großen Wert auf Sauberkeit gelegt und meine Haut jeden Tag mit Seife geschrubbt und meine Fingernägel mit einer Zitronenscheibe.

Sie würde Anfälle kriegen, wenn sie den Dreck sah, der sich jetzt tief in meine Nägel und Haut gegraben hatte.

„Hol nen Waschtisch und ne Schüssel Wasser", sagte Mr Hässlich—Gus.

„Das wird nicht reichen", sagte Seth. „Das Wasser ist schwarz, bevor der auch nur halbwegs sauber ist."

„Bring ihn ins Badezimmer und mach die Wanne voll."

„Das Badezimmer ist zwei Stockwerke weiter unten. Außerdem hat der Tod nicht gesagt, wir sollen ihn ins *Badezimmer* bringen. Er hat gesagt, wir sollen ihn hierher bringen."

„Was machen wir dann?"

„Ein Krug Wasser und eine Schüssel genügen mir vollauf", sagte ich und setzte mich hin. „Ihr braucht euch nicht mit einem Bad abzumühen."

Seth nickte Gus zu. „Du holst das. Ich ziehe ihm die Lumpen aus."

„Nein!"

Beide blinzelten angesichts meiner Vehemenz. „Warum nich?", fragte Gus. „Du hast nichts, was wir noch nich gesehen hätten. Nur kleiner." Er lachte in sich hinein, während sein Blick sich auf meinen Unterleib richtete.

„Vor uns bist du sicher", sagte Seth ausgesprochen beruhigend. „Uns ist beiden egal, wie du aussiehst."

Das wäre anders, wenn sie wüssten, dass ich wie ein Mädchen aussah. „Ich habe Narben. Ich will nicht, dass jemand die sieht."

„Ich auch." Gus fing an, seine Jacke aufzuknöpfen. „Erst zeig ich dir meine. Gibt keinen Grund, Narben zu verstecken. Die zeigen, dass du'n Kämpfer bist."

„Oder in deinem Fall unachtsam." In Seths Augen glänzte Humor. Beinahe hätte ich mit ihm gelächelt.

„War nich meine Schuld, dass das Wasser verschüttet wurde." Gus knöpfte seine Jacke nicht weiter auf, knöpfte sie aber auch nicht wieder zu.

„Nein, aber es war deine Schuld, dass da noch heißes Wasser im Topf war. Du solltest das ausschütten."

Gus bedachte Seth mit einer rüden Geste. Seth ignorierte ihn und beugte sich vor, um mir die Fesseln abzunehmen. „Bewach die Tür", befahl er Gus.

Gus tat es. Er war ein stämmiger Mann, eine Wand aus Muskeln, an denen ich ohne Ablenkung nie vorbeikommen würde.

„Denk nicht mal dran wegzurennen", sagte Seth. „Der Tod erwischt dich, noch bevor du das Haus verlässt."

Ich hob das Kinn. „Wie will er denn wissen, dass ich abgehauen bin?"

„Er wird es wissen. Er weiß alles. So haben wir dich gefunden."

„Der Tod ist ne Maschine", stimmte Gus mit ein. „Und auch wie'n Gott. Ne Gott-Maschine. Reize ihn nich, sonst er kommt über dich wie ne Tonne Bibeln."

„Wahrscheinlich weiß er, dass du das gerade gesagt hast", sagte Seth und zwinkerte mir zu.

Gus schluckte und sah hinauf zur Decke, als ob er dort oben nach der Gott-Maschine in Person suchen würde.

Als meine Hände und Füße endlich frei waren, fühlte ich mich menschlicher. Ich stand auf und ging im Zimmer umher, zog die Schubladen auf—sie waren leer—und schaute aus dem Fenster. Definitiv zu hoch, um nach unten zu klettern.

„Geh und hol Wasser", sagte Seth. „Ich werde ihm was zu essen besorgen."

Gus sah mich durch zusammengekniffene Augen an. „Er wird entwischen."

Seth grinste und zog einen Schlüssel aus der Westentasche. „Nun, warum würde er dieses bequeme Zimmer verlassen und in die Kanalisation zurückkehren wollen?"

„Ich habe nicht in der Kanalisation gelebt", knurrte ich ihn an.

„Du hast in einem engen, dunklen Keller gehaust, der wie ein Abflussrohr gestunken hat. Hier bist du besser dran, Bursche. Vergiss das nicht."

„Habe ich hier meine Freiheit?", schnappte ich. „Kann ich kommen und gehen, wie es mir passt? Nein? Scheint nicht so, als wäre ich hier besser dran."

Seths Mund verzog sich zu einer mitfühlenden Grimasse.

Gus schüttelte nur den Kopf und öffnete die Tür. Die beiden schoben sich nach draußen und schlossen sie schnell wieder. Das Schloss drehte sich und ich blieb allein zurück.

Plötzlich fühlte ich mich hundemüde. Ich starrte das Bett an, weich und einladend. Das Kissen war dick aufgeschüttelt wie eine Wolke. Aber es war viel zu sauber für jemanden wie mich. Ich wollte keine Läuse hineintragen. Das Gleiche galt für den Stuhl. Er war mit einem schönen Brokatstoff gepolstert und mit grauen und roten Blumen gemustert.

Ich stellte mich ans Fenster und schaute hinaus auf den Garten und den Rasen. Große Bäume umstanden das Grundstück und dahinter konnte ich in einer Richtung Gebäude sehen und in der anderen einen Park. Es war eine hübsche Aussicht, eine, die ich fröhlich hätte anstarren können, wenn mein Magen mich gelassen hätte. Der drehte sich um vor Sorge. Das letzte Mal, als ich am Morgen zuvor eingesperrt worden war, hatten Männer versucht, mich in der Polizeizelle zu vergewaltigen. Während ich nicht glaubte, dass der Tod und seine Männer so etwas für mich parat hatten, konnten ihre Gründe für meine Entführung nicht gut sein. Nichts, was mit meiner Reanimierung von Toten in Verbindung stand, hatte sich als gut herausgestellt, die zweimal, die ich es getan hatte. Beim ersten Mal war ich von meinem Vater aus dem Haus geworfen worden, und beim zweiten Mal kamen angsteinflößende Leute, um nach mir zu suchen. Erst der Doktor, dann der Tod.

Ich sank auf den Boden und zog meine Knie an die Brust. Ich hatte das elende Gefühl, dass ich lange Zeit nirgendwo hingehen würde.

* * *

DER TOD BESUCHTE MICH, nachdem ich mich gewaschen und gegessen hatte. Seth und Gus erlaubten mir, mich allein zu waschen, als ich darum bat. Trotzdem zog ich mich nicht ganz aus und nahm auch die sauberen Sachen nicht, die mir zur Verfügung gestellt worden waren. Zum einen waren die Hose und das Hemd viel zu groß. Zum anderen wollte ich es mir in Lichfield Towers nicht allzu bequem machen. Wenn ich den

Annehmlichkeiten erlag, würde ich vielleicht nie mehr wegwollen. Und ich *musste* weg. Der Tod hatte etwas für mich, die Reanimiererin von Leichen, auf Lager. Etwas, von dem ich vermutete, dass ich keinen Anteil daran haben wollte.

Er stand mit dem Rücken zur verschlossenen Tür, die Arme vor der Brust verschränkt. Die Jacke, Krawatte und Weste hatte er abgelegt und diese Zwanglosigkeit ließ ihn weniger wie einen Gentleman als vielmehr wie einen Taugenichts erscheinen. In der Tat wäre sein dunkles, zerzaustes Aussehen auch bei einem Jahrmarktschausteller nicht fehl am Platze gewesen.

„Wie heißt du?", fragte er mich.

Ich blickte ihn von meiner Position am Fenster aus finster an. Auf den Stuhl hatte ich mich noch nicht gesetzt, da ich meine schmutzige Kleidung nicht gewechselt hatte, und stand mit ebenso verschränkten Armen da wie er.

„Sie haben dich Charlie genannt."

Hätte ich doch bloß keinen Namen gewählt, der Charlotte so ähnlich war. Zum Glück schien der Tod diese Ähnlichkeit nicht zu bemerken. Vielleicht täuschte ich mich und er suchte doch nicht nach mir—Charlotte Holloway—, sondern nach einem anderen Mädchen, von dem er dachte, ich würde es kennen.

„Mein Name ist Lincoln Fitzroy", fuhr er fort.

„Ich dachte, Sie wären der Tod." Mir war es egal, ob meine Erwiderung Seth und Gus in Schwierigkeiten brachte. Sie bedeuteten mir nichts.

Einer von Fitzroys Mundwinkeln zuckte, was bei jedem anderen ein Lächeln gewesen wäre. Bei ihm war es vermutlich wirklich nur ein Zucken. Sein Gesicht hellte sich in keiner Weise auf, sondern blieb ernst. Ich fragte mich, ob dieser Mann überhaupt jemals lächelte oder lachte, was ich bezweifelte.

„Werden Sie mich töten, Mr Tod?"

„Das wäre dumm, da ich Antworten von dir will."

„Und wenn ich mich weigere zu antworten? Werden Sie mich dann töten?"

„Habe ich das in irgendeiner Weise angedeutet?"

„Sie haben mich beinahe umgebracht, als Sie mich gekidnappt haben."

„Du warst nicht in Gefahr."

„Ich bin aus Sauerstoffmangel ohnmächtig geworden! Wie hätten Sie wissen können, dass ich nicht sterben würde?"

„Ladys werden ständig ohnmächtig, ohne zu sterben."

Ich fuhr zurück. Ahnte er etwas? Ich senkte den Kopf, um sicherzustellen, dass mein Gesicht von meinen Haaren bedeckt blieb. „Ich bin keine Lady."

„Offensichtlich." Er kam auf mich zu und begutachtete mich eingehend. „Ich weiß, wie lange ein Mensch deiner Größe ohne Luft auskommt, ehe der Tod ihn holt."

„Woher wissen Sie das? Durch Ausprobieren?"

Er hob die Hand. Ich duckte mich aus seiner Reichweite heraus und hob die Arme, um mein Gesicht zu schützen.

„Ich wollte nur dein Gesicht genauer ansehen", sagte er.

Das war genau der Grund, warum ich ausgewichen war, aber mir wurde klar, dass meine Reaktion auch als Angst vor Schlägen gedeutet werden konnte. „Das ist nicht richtig", erklärte ich ihm. „Sie können mich nicht hier festhalten."

„Wer wird mich daran hindern?" Er zuckte mit einer Schulter. „Niemand wird dich suchen. Deine Freunde haben dich für ein paar Münzen verraten. Du hast keine Familie, niemanden, der sich um dich sorgt. Was die Welt angeht, könntest du ebenso gut gar nicht existieren, Charlie Wer-Auch-Immer-Du-Bist."

Tränen brannten hinter meinen Augen. Er hatte recht, aber es so schonungslos dargestellt zu hören, schmerzte sehr. Ich war wirklich allein. Niemanden interessierte es, ob ich lebte oder starb.

Abgesehen von mir. Manchmal. Ich war mir noch nicht mal sicher, warum es mich interessierte. Es war ja nicht so, als würde ich einen wertvollen Beitrag zur Gesellschaft leisten. Selbst der blonde Mann, dessen Geist mich in der Zelle gerettet hatte, hatte den Ruf hinterlassen, die Schwachen zu beschützen. Den einzigen Eindruck, den ich hinterlassen würde, war meine merkwürdige Art, mit den Toten zu kommunizieren.

„Erzähl mir, wie du es gemacht hast", sagte Fitzroy.

„Keine Ahnung, wovon Sie reden, und ich will es auch gar nicht wissen. Lassen Sie mich gehen. Ich will hier nicht sein."

Sein Blick sprang zu der Kleidung, die noch gefaltet auf dem Bett lag, und zu dem Essen, das ich größtenteils unberührt gelassen hatte. Ich hatte am Brot und Käse geknabbert, aber die Schmetterlinge, die in meinem Magen herumflatterten, hatten mich nicht mehr essen lassen. „Gibt es noch etwas, das du dir wünschst?"

„Meine Freiheit."

Er zögerte, als erwartete er, dass ich noch etwas Materielles nannte, das er von Seth oder Gus in mein Zimmer liefern lassen könnte. „Ich werde dir deine Freiheit schenken, wenn du mir sagst, wie du ein Nekromant geworden bist."

Nekromant. War das der Name für mich? Es war deutlich besser als Teufelstochter. „Ich weiß absolut gar nichts über Nekromanten." Ich biss die Zähne aufeinander, verschränkte die Arme und setzte mich auf den Boden.

Kurz darauf hockte er neben mir. Ich hatte ihn nicht kommen hören. Der Mann bewegte sich lautlos. Was noch überraschender war, war sein fehlender Geruch. Kein Hauch von Seife oder Haaröl, kein Körpergeruch, nichts. Das war wirklich seltsam und noch nervtötender als seine lautlosen Schritte.

„Es gibt noch jemanden, der die Toten zum Leben erwecken kann", sagte er. „Eine junge Frau von achtzehn Jahren. Bist du mit ihr verwandt?"

„Ich kenne keine Frauen und bin mit niemandem verwandt." Ich umarmte meine Knie und drückte meine Stirn dagegen. „Ich weiß auch nichts darüber, wie man Tote zum Leben erweckt."

Eine weitere lange Pause, dann: „Woher kommst du?"

Ich antwortete nicht.

„Wie lange lebst du schon auf der Straße?"

Ich packte meine Knie fester. Er fuhr nicht fort und als ich aufsah, bemerkte ich, dass er sich wegbewegt hatte. Er beobachtete mich vom Fenster aus, die Arme wieder verschränkt. Das Fenster war gegenüber von der Tür—der Tür, die er nicht abgeschlossen hatte.

„Er hat dich gerettet, nicht wahr?" Fitzroy stellte damit keine Frage. „Die Gefangenen wollten dir wehtun, aber der Geist hat sie verjagt, indem er wieder in seinen Körper eingetreten ist. Auf deinen Befehl hin."

Wenn er schon so viel wusste, was wusste er noch?

„Wie hast du das gemacht?"

Ich schnaubte. „Sie haben den falschen Jungen."

„Nein."

„Ich weiß nicht, wovon Sie reden."

„Doch." Er sagte das mit absoluter Überzeugung und ich wusste, dass ich ihn nie dazu bringen würde, daran zu zweifeln. „Konntest du das schon immer?"

„Sie sind ein Säufer."

Er stöhnte. „Von einem Gassenjungen erwarte ich etwas Beleidigenderes als das."

„Ein verdammter Säufer."

„Besser. Jetzt beantworte meine Frage." Er lehnte sich mit einer Hüfte und Schulter gegen die Wand, sah aus dem Fenster und zog finster die Augenbrauen zusammen.

Seine Ablenkung eröffnete mir die Möglichkeit, die ich brauchte. Ich sprang auf und sprintete zur Tür.

Allerdings erreichte er sie zuerst. Seine Handfläche klatschte auf Höhe meines Kopfes gegen das Holz. Das Geräusch hallte durch das Turmzimmer. Ich beobachtete ihn durch den Vorhang meiner Haare und suchte nach Anzeichen, dass er diese Hand gegen mich wenden würde. Seine einzige Bewegung war ein leichtes Zusammenpressen seiner Lippen.

„Ich habe es mit freundlichem Fragen versucht", sagte er viel zu ruhig. „Ich habe dir Essen und Kleidung gegeben und dir ein weiches Bett zur Verfügung gestellt."

„Ich brauche nichts dergleichen." Das war eine kühne Behauptung in Anbetracht der Tatsache, dass der Spitzname dieses Mannes *der Tod* war, aber solange ich diejenige mit den Antworten war, würde er mich nicht töten. Was allerdings nicht bedeutete, dass er mir nicht wehtat.

Er richtete sich zu seiner vollen Größe auf—einer beeindruckenden Größe. Nicht so groß und breit wie Gus, aber trotzdem groß. Es würde ein Leichtes für ihn sein, mich bewusstlos zu schlagen oder mir die Knochen zu brechen.

Ich wich vor ihm zurück und bereute meine impulsiven Handlungen und Worte. In Zukunft war es möglicherweise schlauer, mir auf die Zunge zu beißen.

„Was brauchst du dann?", fragte er.

Ich schaute zur Tür.

„Dort draußen bist du schlechter dran als hier drinnen."

Ich zuckte mit den Schultern.

Seine schwarzen Brauen zogen sich zusammen und sein Blick bohrte sich in mich hinein. „Wer bedeutet dir etwas da draußen? Wen willst du wiedersehen?"

Meinen Vater.

Ich rückte von ihm weg und setzte mich wieder auf den Boden, den Rücken zur Wand. Die Knie zog ich an und rollte mich so fest und klein wie nur möglich zusammen. Er beobachtete mich unter diesen strengen Brauen heraus. Seine Wut schien sich weitestgehend gelegt zu haben, aber ich vertraute ihm noch immer nicht. Er war zu schnell und zu schwer zu lesen. Im Zuge eines Herzschlags konnte er mich am Hemd hochzerren und mir die Antworten, die er suchte, aus dem Leib prügeln.

Ein Klopfen an der Tür ließ mich zusammenfahren. „Mr Fitzroy, Sir", sagte Seth von der anderen Seite her. „Lord Gillingham ist hier, um Sie zu sprechen."

Ein Lord? Ein echter, lebender Lord war unter dem gleichen Dach wie ich? Plötzlich wollte ich aus dem Fenster schauen, um einen Blick auf die Kutsche und die Pferde von diesem Lord zu erhaschen. Ich würde wetten, die Kutsche war prachtvoll mit feinen Tieren.

„Sag ihm, ich bin nicht zu sprechen", sagte Fitzroy.

„Äh …" Seth räusperte sich. „Er weiß bereits, dass Sie hier mit dem Jungen reden. Gus hat ihm das gesagt, nicht ich."

Abgesehen von der zur Faust geballten rechten Hand hätte ich nicht bemerkt, dass Fitzroy gereizt war. Sein Gesicht behielt seine finstere Strenge. Ohne ein Wort öffnete er die Tür und ging. Das Schloss rastete mit einem Klicken ein und ich war wieder gefangen und allein.

Ich stieß einen langen Seufzer aus und stand auf, um aus dem Fenster zu sehen. Eine glänzende schwarze Kutsche mit zwei Grauen wartete in der Tat dort unten. Ich löste den Riegel und schob das Fenster nach oben.

„Sie da!" Mein lautes Flüstern brachte noch nicht einmal die Pferde dazu, die Ohren zu drehen. „Sie da!", rief ich.

Der Fahrer sah sich um, aber da er niemanden sah, schüttelte er den Kopf.

„Hier oben!"

Er legte den Kopf in den Nacken und berührte die Krempe seines Hutes zum Gruß.

„Helfen Sie mir! Ich werde gefangen gehalten. Sagen Sie der —" Nicht die Polizei. Die suchten mich wegen Diebstahls und Flucht. „Sie müssen mir hier raus helfen!"

Der Fahrer starrte lediglich zu mir herauf. Dann wandte er sich mit einem weiteren Kopfschütteln zurück zu seinen Pferden. Mir rutschte das Herz in die Hose. Es war hoffnungslos. Vermutlich hielt er mich für ein unartiges Kind, das sich einen Spaß erlaubte. Es würde unmöglich sein, ihn über diese Distanz vom Gegenteil zu überzeugen.

Seufzend nahm ich eine Käseecke und biss ein Stück ab. Es schmeckte köstlich, nicht wie meine übliche Kost von altbackenen Krümeln, die selbst die Ratten verschmähten. Ich verschlang den Rest, schaufelte alles in mich hinein, konnte gar nicht schnell genug essen.

Dann übergab ich mich prompt in die Zimmerecke. Was für eine Verschwendung. Ich hätte das Fenster öffnen und den Inhalt meines Magens auf der Eingangstreppe abwerfen sollen. Der Gedanke brachte mich zum Lächeln.

Das Türschloss klickte. Fitzroy musste seine Geschäfte mit Lord Gillingham bereits beendet haben und zurückgekommen sein, um mich zu befragen. Ich stählte mich innerlich und fasste Mut aufgrund der Tatsache, dass er mich bisher noch nicht geschlagen hatte.

Doch anstelle meines Fängers trat ein anderer Mann ein. Ich schätzte ihn auf ungefähr vierzig mit rostroten Haaren, die weit oben an seiner Stirn ansetzten. Sein kurzer Bart war von dunklerem Rot. In seinem dunklen Anzug, den auf Hochglanz polierten Schuhen und der goldenen Uhrenkette, die aus seiner Westentasche hing, machte er eine gute Figur. Die eine Hand hielt einen Spazierstock umklammert und ich erhaschte einen Blick auf den Knauf in Form eines Tigerkopfes, als er nachfasste. Es war jedoch nicht seine Kleidung, die mir sagte, dass er Lord Gillingham war, sondern seine Haltung. Sein Körper war stocksteif, die Mundwinkel abschätzig heruntergezogen und sein Kopf leicht nach hinten geneigt, damit er über seine Nase auf mich herunterblicken konnte, obwohl er nicht sehr groß war. Fitzroy war vielleicht ein Gentleman, aber dieser Mann stand eine Stufe höher—und er wusste es.

„Schließ die Tür", sagte er über seine Schulter zu Gus.

Gus und Seth, die im Flur vor dem Zimmer standen, sahen einander mit gerunzelter Stirn an, dann schloss Gus die Tür. Ich war mit dem Fremden allein.

Ich rang mit mir, ob ich mich vor Lord Gillingham verbeugen sollte, nicken oder ihm die Hand geben. Ich versuchte mich noch immer an die korrekte Etikette für ein Treffen zwischen einem Jungen und einem Lord zu erinnern—und, ob ich sie einhalten wollte—als er sprach.

„Du bist das Kind." Er klang, als wäre sein Mund voller Erdbeeren, die er nicht ausspucken wollte. Es war ziemlich albern. Ich musste die Lippen zusammenpressen, um ein Lachen zu unterdrücken.

„Sehen hier sonst keinen anderen, oder?", sagte ich.

„Mein Lord."

„Der Name ist Charlie, aber ‚mein Lord' tuts auch." Ich zwinkerte ihm zu, denn ich bekam Spaß an der Sache. Die Oberschicht nachzuahmen und zu verspotten war ein beliebter Zeitvertreib in den Slums gewesen, egal ob in Stringers Bande oder irgendeiner der anderen, in denen ich über die Jahre gelebt hatte.

Gillinghams Nasenlöcher weiteten sich und seine blassblauen Augen blitzten auf. „Verkauf mich nicht für dumm."

„Ja, mein Lord." Vielleicht war es keine gute Idee, ihn auf die Palme zu bringen, wenn er sich als Verbündeter herausstellen konnte. Ich kniete mich auf den Teppich und faltete die Hände. „Bitte, mein Lord, werden Sie mir helfen? Der Mann namens Fitzroy hat mich gekidnappt und hält mich hier gefangen. Gegen meinen Willen", fügte ich hinzu, als er keinerlei Anzeichen von Betroffenheit oder Überraschung zeigte.

Er stolzierte durch den Raum und zog die Nase kraus, als er mein Erbrochenes ausmachte. Dann kam er zurück und baute sich vor mir auf. „Er sagte mir, du hättest noch keine seiner Fragen beantwortet."

Ich wollte aufstehen, doch er stieß seinen Spazierstock in meine Schulter. „Bleib."

„Ich bin kein Hund", fuhr ich ihn an.

Seine Oberlippe zog sich nach oben. „Nein. Ein Hund würde tun, was sein Herr von ihm verlangt, und wäre dankbar für das, was ihm zuteilwurde. Gesindel wie du taugt nur dazu, Hundescheiße aufzusammeln."

Charmanter Kerl, auch wenn es recht amüsant war, das Wort „Scheiße" in seinem geschniegelten Akzent zu hören. Stringer und die anderen würden lachen, wenn ich ihnen dieses Gespräch vorspielte.

„Wo ist das Mädchen?", fragte er.

„Ich hab Mr Fitzroy schon gesagt, ich kenne keine Mädchen, hab keine Verwandten und weiß nich, was in irgendeiner Gefängniszelle passiert ist. Meine Antworten haben sich nich geändert."

„Noch nicht."

„Hä?"

Seine Oberlippe zog sich wieder zusammen und er umkreiste mich langsam. Er stützte sich nicht auf seinen Stock und ich fragte mich, warum er ihn bei sich trug. Es war vermutlich Teil seines Images als Nobelmann, wie der Akzent und das abschätzige Gesicht. „Fitzroy ist diesmal zu nachsichtig", sagte er leise, als würde er Selbstgespräche führen. „Ich gebe nicht vor, es zu verstehen, wenn eine ordentliche Tracht Prügel Antworten liefern sollte. Er zeigt selten Gnade, also warum jetzt damit anfangen?"

Ich schluckte. „Wo ist Mr Fitzroy?"

„Ich stelle hier die Fragen. Woher kommst du? Wer sind deine Eltern?"

Ich drehte mich, um ihn im Blick zu behalten.

Sein Gesicht wurde erst rosa, dann fleckig-rot, und seine Lippen bebten. „Antworte mir!"

Ich biss die Zähne zusammen und hielt dem Blick des Mannes stand. Ich würde mich nicht von ihm einschüchtern lassen. Er war vielleicht ein Lord, aber er war nicht mein Herr. „Buckingham Palace und ihre Majestät, die Queen. Ich nenne sie Mum."

Der Spazierstock klatschte quer auf meinen Rücken. Ich beugte mich vor und schnappte nach Luft, als stechender Schmerz aufblühte. Um die Qual zu ertragen, regulierte ich meine Atmung und behielt die Nerven. Wenn ich mich davon bestimmen ließ, würde ich nachgeben und diesem Mann wollte ich nicht nachgeben. Ich stand auf, aber er stieß mich so heftig mit seinem Stiefel, dass ich auf die Seite fiel. Ich krabbelte weg, doch er folgte mir, den Stock erhoben. Eiskalte Augen hielten mich ebenso effektiv auf dem Teppich fest wie sein Stiefel.

„Ich frage noch einmal", knurrte er. „Woher kommst du und wer sind deine Eltern?"

Ich zögerte und versuchte, die Auswirkungen zu ergründen, sollte ich ihm von meinem Zuhause in Tufnell Park und Vater erzählen. Aber ich konnte nicht denken. Das wilde Pumpen des Blutes in meinen Adern und der Angstknoten in meinem Magen brachten meinen Kopf völlig durcheinander.

Erneut hob er den Stock und ich machte mich auf den nächsten Schlag gefasst. Er landete mit voller Wucht auf meiner Schulter. Wieder hob er den Stock und ich kroch weiter, nur um an die Wand zu stoßen. Gillingham stellte mir nach wie ein Jäger seiner Beute. Mit einem Leuchten in den Augen ließ er den Spazierstock auf mich niederkrachen, wieder und wieder.

KAPITEL 3

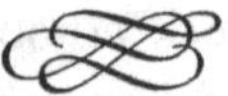

Jeden Schlag ertrug ich und schaffte es, mein Gesicht zu schützen, aber mein linker Arm, die Schulter, Seite und das Bein bekamen die volle Wucht seiner Hiebe ab.

Und dann stoppten sie plötzlich.

„Was zum Teufel tun Sie, Fitzroy?"

Ich linste zwischen meinen Fingern hindurch und sah, dass Fitzroy den Stock festhielt und Gillingham anstarrte, als wollte er ihn damit zu Brei schlagen. Ich hatte ihn nicht hereinkommen hören. An der Tür schauten Gus und Seth den Lord und ihren Herrn an wie zwei einfältige Tölpel, die Lippen geöffnet und die Augen rund.

Mit dem Ärmel wischte ich mir Tränen und Schnodder ab, um die Beweise meiner Angst und meines Schmerzes zu beseitigen. Allerdings konnte ich nicht aufhören zu zittern.

„Rühren Sie ihn nicht an", sagte Fitzroy mit so leiser Stimme, dass ich mich anstrengen musste, um ihn zu hören.

Gillingham zupfte an seinen Jackenaufschlägen und hob sein Kinn noch höher. „Das Ministerium wurde nicht zu dem, was es heute ist, ohne mal hier und da eine korrektive Hand an so kleine Ratten wie den da zu legen."

„Er ist ein Kind." Fitzroy hatte die Kiefer so fest aufeinandergepresst, dass sie sich kaum bewegten, während er sprach.

Gillingham rümpfte die Nase in meine Richtung. „Kinder sind zu heuchlerischen Gedanken und Verhalten fähig, genau wie Erwachsene. Kinder wie der da sind Ungeziefer. Er ist die Annehmlichkeiten nicht wert, die Sie ihm geboten haben. Natürlich sagt er Ihnen nichts Brauchbares. Sehen Sie sich das an." Er deutete mit einem Nicken auf die gefaltete Kleidung auf dem Bett, die noch unberührt war. „Er will sich nicht selbst helfen. Schmutzige Kreaturen wie er sind wie Wundschorf auf einer anständigen, gottesfürchtigen Gesellschaft. Er hat sogar das Essen wieder herausgewürgt, das Sie ihm gegeben haben, der undankbare kleine Schuft."

Die Kanten in Fitzroys Gesicht wurden schärfer. Seine Augen verengten sich zu Nadelköpfen und die Luft im Raum spannte sich zum Zerreißen dünn. Ich hielt die Luft an und wartete auf seinen Temperamentsausbruch. „Ich leite jetzt das Ministerium und ich sage, wie wir unsere Informanten behandeln." Fitzroys Stimme war kühl und bedrohlich ruhig.

Entweder hatte Gillingham keine Angst vor seinem Temperament, oder er war kein sonderlich guter Beobachter, denn er ging nicht rückwärts aus dem Raum, wie ich es an seiner Stelle getan hätte. Er richtete sich auf und schob die Schultern zurück. „Sie haben nur deswegen das Sagen, weil das Komitee Sie dort eingesetzt hat. Und das Komitee tut, was *ich* sage, Fitzroy."

„Nein."

„Nein?" Gillingham stieß ein humorloses Lachen aus. „Was soll das heißen?"

„Das soll heißen, dass Sie Lichfield Towers verlassen müssen, bevor ich Ihren Stock auf Sie richte."

Gillingham trat jetzt doch einen Schritt zurück. Sein Blick sprang von dem Stock zu Fitzroys drohendem Gesicht, wo er mit neuerlicher Entschlossenheit hängen blieb. „Sie übernehmen sich mal wieder, *Fitzroy*. Vergessen Sie nicht, wer ich bin, und vergessen Sie nicht, was ich weiß. Ich kann Sie zerstören."

„Seth", sagte Fitzroy.

Seth stand parat. „Ja, Sir?"

„Sorge dafür, dass Lord Gillingham sicher zu seiner Kutsche findet."

„Natürlich, Sir." Seth blinzelte noch nicht einmal angesichts des angespannten Austauschs, aber Gus hinter ihm beobachtete mit offenem Mund, wie sich Gillingham und Fitzroy einen Schlagabtausch mörderischer Blicke lieferten.

Seth räusperte sich. „Mein Lord, zur, äh, Treppe geht es hier entlang."

Gillingham schob sich an den Männern vorbei, ohne noch einmal zu mir zurückzuschauen. „Das Komitee wird von dieser Sache erfahren!" Seine schweren Schritte waren noch einige Zeit zu hören, ehe sie verhallten.

Die Spannung in dem Turmzimmer ließ deutlich nach, aber ein Gefühl der Verlegenheit blieb. Oder vielleicht fühlte auch nur ich mich verlegen, da sich jetzt alle Augen auf mich richteten. Ich wünschte, sie würden mich ignorieren. Ich blieb lieber unauffällig, mischte mich unter die anderen Jungs, wenn es ging, oder wenn nicht, verschwand ich einfach ganz. Diese Aufmerksamkeit war viel zu aufreibend.

„Er hat seinen Stock vergessen", sagte Gus mit einem Nicken in Richtung des Spazierstocks in Fitzroys Hand. „Nich, dass er ihn gebraucht hätte. Der feine Pinkel ist hier ohne die Spur eines Hinkens rausmarschiert."

Fitzroy hatte mich unter gesenkten Lidern heraus beobachtet, aber jetzt packte er den Stock mit beiden Händen und zerbrach ihn auf seinem Knie. Dann öffnete er das Fenster und warf die Stücke hinaus.

Unten fluchte jemand lautstark. Ich hoffte, dass es Gillingham war.

Fitzroy schloss das Fenster. „Hilf ihm aus seinem Hemd."

„Kommt mir nicht zu nahe", knurrte ich Gus und Seth an.

Seth runzelte die Stirn, doch Gus kam näher. Er griff nach dem obersten Knopf meines Hemdes, aber ich schlug seine Hand weg.

„Ich will doch nur helfen!"

„Kommt mir nicht zu nahe", wiederholte ich.

„Ich tu dir nich weh, halbe Portion", sagte Gus. „Nur das Hemd ausziehen und nach deinen blauen Flecken schauen." Er griff wieder nach mir und diesmal packte ich seine Hand und biss hinein.

Er jaulte und wollte mich schlagen, aber ich zuckte zurück, sodass er mich nicht traf. Es war nur eine leere Drohung.

„Lass ihn", sagte Fitzroy.

„Ich hätt' ihn nich geschlagen", grummelte Gus. „Nur'n bisschen Angst einjagen, damit er macht, was er soll."

„Hol sauberes Wasser, eine Salbe und Verbandszeug."

Seth eilte aus dem Zimmer. Gus betrachtete mich, die Fäuste auf die Hüften gestemmt. „Nehmen wir mal an, wir kriegen ihn dazu, sein Hemd selbst auszuziehen. Glauben Sie, er wird sich die Wunden von Ihnen behandeln lassen, Sir? Ich wünschte, Lady Harcourt wäre hier", fügte er hinzu, ehe Fitzroy antwortete. „Sie wüsste, wie sie den Jungen dazu bringt, uns zu vertrauen."

Eine Lady? Das hatte mir gerade noch gefehlt—noch mehr reiche Schnösel. Ich hatte erst einen kennengelernt, aber das hatte mir vollauf gereicht, um den ganzen Haufen nicht leiden zu können. „Ich kann meine Wunden selbst versorgen", sagte ich, bevor einer von ihnen auf die Idee kam, dass sie das tun würden.

„Du kannst noch nicht einmal alle deine Wunden *sehen*", sagte Fitzroy.

„Muss ich nicht."

Fitzroys Augen wurden schmal. „Hilf ihm auf."

Gus trat auf mich zu, aber ich hielt die Hand hoch. „Ich brauche keine Hilfe."

Um diese Aussage zu untermauern, erhob ich mich auf meine Knie. Schmerz raste durch meinen Körper und mir wurde schwindelig. Ich stützte mich an der Wand ab und konzentrierte mich auf meine Atmung. Alles tat weh, aber das konnte ich die Männer nicht wissen lassen, sonst würde Fitzroy darauf bestehen, meine Wunden zu inspizieren.

Das Atmen half und obwohl der Schmerz nicht nachließ, konnte ich ihn aushalten. Ich kam auf die Füße und zog triumphierend die Augenbrauen hoch.

„Setz dich aufs Bett", sagte Fitzroy lediglich.

Ich beäugte das Bett. „Ich habe Läuse."

Gus verzog das Gesicht und kratzte sich am Kopf.

„Deswegen wurden dir saubere Sachen gegeben", sagte Fitzroy. „Zieh die Lumpen aus und wirf sie in den Kamin. Wir werden dir den Kopf rasieren. Gus—"

„Nein!" Ich wich vor beiden Männern zurück. „Ich ziehe die Klamotten selbst an, wenn ihr nicht zuschaut. Und fassen Sie ja meine Haare nicht an." Als Kind hatte ich wunderschöne Haare gehabt. Lange goldene Locken, die bis zu meinem Steißbein herabfielen. Jetzt reichten sie nur bis zu den Schultern mit einem langen Pony und waren hellbraun. Sie abzurasieren bedeutete, noch ein Stück meines wahren Ichs zu verlieren, ebenso wie den Schleier, den sie boten.

„Was kümmert es dich?", sagte Gus mit einem Schulterzucken. „Sind doch nur Haare."

„Kannst du gehen?", fragte Fitzroy. Ich nickte. „Dann komm mit. Gus, hol Salz aus der Vorratskammer. Eine Menge. Und Kerosin."

„Das wird dem Koch nich gefallen, wenn ich sein Salz nehme, Sir."

Fitzroy nahm den Stapel frischer Kleidung vom Bett und stellte sich dann neben die Tür. Gus schlurfte hinaus und ich folgte ihm in langsamerem Tempo, das mich dennoch zusammenzucken ließ, sobald ich mein Bein belastete. Wenigstens waren keine Knochen gebrochen, aber es tat verdammt weh. Gus trabte vor uns her die Treppe hinunter.

„Wofür das Salz?", fragte ich Fitzroy.

„Dein Bad."

„Aber das wird brennen!"

„Und heilen."

Ich blieb stehen und verschränkte die Arme, wodurch die Prellungen auf meiner linken Seite stärker schmerzten. „Ich nehme kein Salzbad."

„Dann kannst du dir entweder von Gus oder Seth Salbe auf deine Wunden reiben lassen."

„Das sind nur ein paar blaue Flecken. Salz bringt da nicht viel."

„Du hast Blut auf dem Rücken und der Schulter."

Ich zog an der Schulter meines Hemdes, um einen Blick

darauf werfen zu können. Es war nicht viel Blut, aber selbst kleine Schnitte konnten sich entzünden.

„Du hast die Wahl", sagte Fitzroy. „Ein Salzbad oder Gus spielt Doktor." Er setzte seinen Weg die Treppe hinunter fort, ohne darauf zu achten, ob ich ihm folgte. „Du kommst selbst an die Wunden nicht dran."

Seufzend lief ich hinter ihm her. Er hatte recht. Meine Wunden mussten behandelt werden, aber ich konnte nicht zulassen, dass jemand meinen Körper sah. „Und das Kerosin? Das tu ich nicht auf meine Prellungen."

„Gegen die Läuse."

Das hatte meine Mutter das eine Mal benutzt, als ich mir Läuse eingefangen hatte. „Ich brauche auch einen Staubkamm."

Ich folgte Fitzroy zwei Treppenabsätze hinunter und einen Flur entlang. Wir begegneten niemandem und ich hörte auch sonst nirgends aus dem Haus ein Lebenszeichen. Gus hatte einen Koch erwähnt und vielleicht lebte auch die abwesende Lady Harcourt hier, aber was war mit anderen Bediensteten? Ein Haus von der Größe wie Lichfield Towers sollte Lakaien und Mägde haben, eine Hauswirtschafterin und einen Butler. Vielleicht waren ihre Aufgaben für den Tag erledigt und sie waren unten im Dienstbotenbereich zusammen mit dem Koch. Ich kannte den Tagesablauf eines so großen Haushalts nicht.

Im Badezimmer öffnete Fitzroy die Wasserhähne und die gusseiserne Wanne füllte sich mit heißem und kaltem Wasser. Das Haus meines Vaters hatte kein fließendes Wasser gehabt und die Leichtigkeit, mit der man das Bad einlassen konnte, erstaunte mich. Ich tunkte meine Hand hinein und unterdrückte ein Lächeln. Das Wasser war wunderbar warm.

Seth kam mit der Salbe, dann brachte Gus einen Beutel mit Salz und eine Flasche Kerosin. Er kippte den gesamten Beutel in die Badewanne, während Seth das Kerosin in eine Waschschüssel goss und etwas Wasser dazugab. Dann zog er einen Kamm aus der Jackentasche und legte ihn auf den Waschtisch.

Fitzroy jagte sie hinaus. „Du wirst nicht gestört. Ein Wachposten bleibt draußen und das Fenster dort muss aufgeschlossen werden. Außerdem sind wir im zweiten Stock und es gibt nichts,

woran man herunterklettern könnte. Flucht ist nicht möglich."
Mit der unausgesprochenen Warnung ging er.

Ich schob den Riegel vor und starrte die Tür an. Fast erwartete ich, dass jemand dagegen hämmern und verlangen würde, sie zu öffnen. Niemand tat es. Die Stimmen von Seth und Gus brummelten, während sie sich leise über Gillinghams Benehmen und Fitzroys kalten Zorn unterhielten. Daraus schloss ich, dass Fitzroy gegangen war.

Erst wusch ich mir die Haare auf dem Kopf und im Schambereich. Das verdünnte Kerosin brannte auf der Haut, aber ich wusste, dass es die Krabbeltiere töten würde. Ich beeilte mich nicht damit, meine Haare auszukämmen, obwohl ich in die Wanne steigen wollte. Meine Mutter hatte mir gesagt, dass die Läuse zurückkämen, wenn man die Eier nicht vollständig entfernte. Mein eigenes Haar zu entlausen war nicht einfach, selbst mit einem Spiegel, aber ich machte es so gründlich wie möglich und versuchte, nicht an verlaustes Bettzeug und Kinder zu denken, mit denen ich wieder umgeben sein würde, nachdem ich aus Lichfield entkommen war. Wenigstens würde ich ein paar Tage frei von Juckreiz sein.

Endlich pellte ich mich aus meinen Kleidern und stieg in die Wanne. Das Salz brannte in den Wunden, aber der Gedanke, wieder sauber zu sein, war so verlockend, dass ich den Schmerz ignorierte und eintauchte. Bei dem Brennen auf meinem Körper schnappte ich nach Luft. Es fühlte sich an, als würden tausend Nadeln in die Wunden gestochen werden. Der Drang, aus der Wanne zu springen, war überwältigend, aber ich widerstand ihm. Das Salz würde die Heilung beschleunigen und ich musste geheilt sein, wenn ich auf die schmutzigen, bakterienverseuchten Straßen zurückkehrte.

Nach einigen Minuten ließ die Qual nach und die Wunden zwickten nur noch. Ich hieß das Salz in meiner Haut willkommen und schloss die Augen. Lange ließ ich mich einfach nur einweichen. Meine Wäsche vorhin im Turmzimmer hatte den gröbsten Dreck entfernt, aber mich ganz ins Wasser zu tauchen, erschien gründlicher. Ich konnte *fühlen*, wie der Schmutz von Jahren aus mir heraustropfte. Ich benutzte eine exotisch riechende Seife für meine Haut und die Haare, bis der Geruch von Salz und Kerosin verschwunden war, und dann wusch ich mich noch einmal damit.

Zuvor hatte ich gedacht, dass das Baden es mir in Lichfield Towers zu angenehm machen würde, aber jetzt wünschte ich, ich hätte nicht abgelehnt. Sicher bedeutete ein Bad und ein bisschen Essen nicht, dass ich meine Geheimnisse preisgab. Es gab keinen Grund, warum ich die Bequemlichkeiten nicht genießen sollte, bis ich eine Fluchtmöglichkeit gefunden hatte.

Selbst als das Wasser abkühlte, blieb ich in der Wanne. Herauszusteigen bedeutete, in das Turmzimmer zurückzukehren und von Fitzroy befragt zu werden. Obwohl er mir nicht wehgetan hatte, vertraute ich nicht darauf, dass er nicht doch umschlug, wenn ich mit meiner Weigerung, seine Fragen zu beantworten, seine Geduld zu sehr auf die Probe stellte. Ich würde ihn genau beobachten müssen, um die ersten Anzeichen zu erkennen, dass seine harte Schale kurz davorstand aufzuplatzen. Mein Leben und meine Identität zu wahren hatte bedeutet, dass ich selbst die feinsten Hinweise derer um mich herum lesen konnte. Fitzroy war allerdings schwieriger. Er schien wenig Ausdruck zu besitzen und hielt sich reglos. Eine Maschine hatte Gus ihn genannt. Ich sah deutlich, warum.

Ein Hämmern an der Tür erschreckte mich.

„He!", rief Gus. „Biste abgesoffen oder was?"

„Verzieh dich!"

„Wir können hier nich den ganzen Tag rumstehen. Es ist fast Abendessenszeit."

War es schon so spät? Das Wasser kühlte sowieso ab, also kletterte ich heraus und trocknete mich ab. Ich strich etwas Salbe auf die Wunden, die ich erreichen konnte und zog endlich die sauberen Sachen an. Die alten ließ ich auf einem Haufen in der Ecke liegen. Die konnte man nur noch verbrennen.

Vor dem Spiegel wollte ich meinen langen Pony über mein Gesicht drapieren, hielt aber inne. Meine Haut war nicht mehr dreckig und die Haare trockneten bereits in Wellen. Ich strich sie mit den Fingern zurück und starrte die Frau im Spiegelbild an. Jetzt, wo ich sauber war, konnte ich niemandem mehr etwas vormachen. Meine Gesichtszüge waren viel zu fein und feminin, keine Rundlichkeit eines Dreizehnjährigen. Ich hatte mich so verändert, dass ich mich selbst kaum wiedererkannte.

Mit einem unbeholfenen Knicks lächelte ich einen imaginären Gentleman an, der mich zum Tanzen aufgefordert hatte. „Nun, vielen Dank, Sir", flüsterte ich. „Meine Haare sind mein ganzer Stolz, jedenfalls sagen das alle."

Ich klang albern und sah auch so aus, mit den kurzen Haarsträhnen, die zwischen meinen Fingern hochragten. Mit einem Seufzen ließ ich sie fallen, sodass sie wieder meine Augen, Wangen und die Nase bedeckten.

„Lebewohl, Charlotte", flüsterte ich und unterdrückte Tränen. „War nett, dich wiederzusehen."

Ich schloss die Tür auf und hielt die Luft an, während Seth und Gus mich beide betrachteten.

Gus schnüffelte. „Du riechst besser."

„Die Klamotten sind etwas groß", sagte Seth. „Aber wenigstens sind sie sauber." Er kicherte und wuschelte mir durch die Haare.

Ich schlug seine Hand weg, war aber erleichtert, dass sie mich noch immer als Jungen ansahen.

„Na los, ab mit dir ins Turmzimmer." Gus deute mit dem Finger auf einen meiner neuen blauen Flecken und ich zischte vor Schmerz. „Tschuldigung, halbe Portion. Hab's vergessen."

Sie marschierten mit mir die Treppen hinauf und brachten mich zurück ins Turmzimmer. Ich beäugte das Bett und gestattete mir diesmal, mir vorzustellen, wie es sein würde, in dieser Matratze zu versinken.

„Sicher, dass ich nicht nachschauen soll, ob was gebrochen ist?", fragte Seth.

„Ganz sicher."

„Wie du willst. Ich bringe dir bald dein Abendessen."

„Was glaubst du, stimmt nicht mit ihm?", hörte ich Gus Seth zuflüstern, während sie hinausgingen. „Deformierter Pimmel? Nur ein Ei? Eine dritte Brustwarze?"

Seths Erwiderung hörte ich nicht, da er die Tür abschloss. Es war egal, was sie dachten, Hauptsache, sie ließen mich in Ruhe. Und das taten sie und das Bett rief nach mir. Ich kletterte hinauf und schlug die Bettdecke zurück. Die Laken rochen nach

Sonnenschein und Lavendel und waren so weiß wie Schnee. Ich legte mich hin und mein Kopf versank im Kopfkissen. Himmlisch. Noch nie hatte sich etwas so weich angefühlt.

Plötzlich fühlte ich mich erschöpft. Das warme Bad, das warme Zimmer und das große Bett hatten sich alle gegen mich verschworen. Heute Nacht würde es keine Fluchtversuche geben, während mein Körper ausgelaugt und zerschunden war. Heute Nacht würde es nur glückseligen Schlaf geben.

Morgen war allerdings ein neuer Tag.

* * *

ALS ICH AUFWACHTE, schien die Morgensonne durch einen Spalt zwischen den geschlossenen Vorhängen durch. Eine kalte Mahlzeit stand auf dem Frisiertisch. Ich zog die Vorhänge auf und öffnete das Fenster. Draußen lachte die Art von Sommertag, die ich als Kind immer geliebt hatte. Nach der Kirche fuhr Vater uns zum Picknicken hinaus aufs Land oder Mama und ich pflückten Blumen im Garten und brachten sie zusammen mit einigen Brotlaiben zu den armen Gemeindemitgliedern. Seither hatte ich vergessen, wie man den Sommer genießt, vermutlich, weil die warmen Tage bedeuteten, dass der Gestank aus der Kanalisation überwältigend wurde und die Ratten und Läuse sich vermehrten.

Ich aß das kalte Rindfleisch und die Möhren, ließ den Rest aber liegen, da ich mich nicht wieder übergeben wollte und schon satt war. Jemand hatte das Erbrochene vom Vortag weggeputzt und ein sauberes Hemd herausgelegt. Ich würde daran denken müssen, das mitzunehmen, wenn ich mich verdrückte.

Seth und Gus kamen am späten Vormittag. Der eine hatte Bücher dabei, der andere Papier und Tinte. Beinahe wäre ich in meiner Hast, beides zu berühren, vom Stuhl gefallen. Ich nahm das oberste Buch von dem Stapel, den Gus abgesetzt hatte. Es war ein Roman mit dem Titel *Eine Studie in Scharlachrot* von Conan Doyle.

Es war fast ein Jahrhundert her, seit sich das letzte Mal ein Buch in der Hand gehabt hatte. Früher hatte ich mit Begeisterung gelesen, auch wenn Vater zu Hause keine Romane erlaubt hatte. Es schien schon fast skandalös, einen auch nur in der Hand zu halten. Ich fragte mich, was an der *Studie in Scharlachrot* so sündhaft war. Ich konnte es kaum erwarten, es herauszufinden.

Aber … *warum* brachten sie mir Bücher?

Ich legte das Buch auf den Stapel und trat zurück. „Ich kann nicht lesen", erklärte ich den Männern. „Ich weiß nicht, warum ihr die hier hereinbringt."

Gus blätterte durch die Seiten des Romans und schleuderte ihn dann achtlos aufs Bett. „Befehl des Todes. Keine Ahnung, warum er meint, du würdest sie wollen. Wenn du mich fragst, ist das bei dir reine Verschwendung."

„Bei dir auch", sagte Seth.

„Ich kann lesen."

„So gerade eben." Seth drehte sich zu mir. „Der Tod sagt, du sollst alles kriegen, was du willst."

„Ich will meine Freiheit."

„Davon abgesehen."

Gus nahm sich eine kalte grüne Bohne von meinem Teller, legte den Kopf in den Nacken und warf sie sich in den Mund, wie man einem Vogel einen Wurm füttern würde. „Er glaubt, Jungs wollen Bücher und Briefpapier", sagte er, während er kaute. „Bestimmt hat er vergessen, wie es war, ein Junge zu sein."

„Bloß, weil du nichts damit anfangen kannst, heißt das nicht, dass Charlie sie nicht will." Seth zwinkerte mir zu.

Ich machte mir Sorgen, dass er meine Reaktion auf die Bücher gesehen hatte und wusste, dass ich lesen konnte. „Ich will sie nicht", sagte ich. „Nehmt sie wieder mit."

„Geht nich", sagte Gus. „Tod hat gesagt, bring sie her, also bringen wir sie her." Er nahm den Teller und ging zur Tür.

„Wartet!"

Beide Männer blieben stehen und blinzelten mich an.

Jetzt, da ich ihre Aufmerksamkeit hatte, war ich mir nicht ganz sicher, was ich zu ihnen sagen wollte. Nein, das stimmte nicht ganz. Es gab eine Menge, was ich zu ihnen sagen wollte, ich wusste nur nicht, wo ich *anfangen* sollte. „Wo ist Mr Fitzroy?"

„Aus."

Gut. Damit hatte ich eine Person weniger, um die ich mir Sorgen machen musste, und nach meinen bisherigen Erfahrungen war ich in der Lage, Gus und Seth wegzurennen. „Wer ist noch im Haus?"

„Das geht dich nichts an", sagte Seth, bevor Gus antworten konnte. „Solange du hier drinnen bist, wirst du nur uns zu Gesicht bekommen."

„Wer ist Lady Harcourt?"

„Die Geliebte des Todes", sagte Gus.

Seth boxte ihm gegen die Schulter. „Er mag es bestimmt nicht, dass du dem Jungen das erzählst."

„Der Junge ist dreizehn und hat auf der Straße gelebt! Der hatte vermutlich mehr Mädels als du. Anders als ihr feinen Pinkel haben Burschen wie Charlie und ich unseren Docht so früh wie möglich eingetaucht. Nicht wahr, halbe Portion? Geschwätz von Liebhabern schockt dich nich, oder?"

„Ich bezog mich nicht auf die Aufklärung des Jungen über romantische Beziehungen. Ich meinte, der Tod wird nicht erfreut sein, dass du Lady Harcourt als seine Geliebte bezeichnest."

Gus schniefte. „Weil sie auch zur Oberschicht gehört?"

„Ja, aber auch weil sie möglicherweise gar nicht mehr seine Geliebte ist. Er scheint ihr gegenüber in letzter Zeit etwas kühler zu sein."

„Keine Ahnung, wo du da einen Unterschied siehst. So weit ich das sagen kann, zeigt er jedem gegenüber so viel Wärme wie ein Eiszapfen."

„Das liegt daran, dass du ein unaufmerksamer Schwachkopf bist."

Ich hörte ihrem Geplänkel nur mit halbem Ohr zu, denn ich konnte nicht aufhören, darüber nachzudenken, dass Fitzroy eine Geliebte hatte. Ähnlich wie Gus konnte ich mir ihren Anführer nicht in einer romantischen Beziehung vorstellen, wie Seth es genannt hatte. Er wirkte so leidenschaftlich wie ein Stein.

„Was ist das Ministerium?", fragte ich mitten in ihre Zankerei hinein.

„Die Frage kannst du dir für den Tod aufheben", sagte Seth.

„Wann kommt er zurück?"

„Später."

„Und was soll ich bis dahin machen?"

Er nickte in Richtung der Bücher. „Bring dir lesen bei."

Die Männer gingen. Draußen setzten sie ihren Zank fort, bis sich ein Paar Schritte entfernte. Der andere musste wohl geblieben sein, um mich zu bewachen. Das hielt ich nicht für nötig, da ich eingeschlossen war.

Ich seufzte. Die Flucht würde warten müssen. Vielleicht konnte ich das nächste Mal, wenn sie Proviant brachten, an ihnen vorbei durch die unverschlossene Tür hinausschlüpfen. Bis dahin hatte ich ein Buch zu lesen.

Ich zog den Stuhl hinüber zur Tür und stellte ihn an die Wand. Das Ersatzhemd stopfte ich mir vorn in das, das ich trug, und setzte mich dann auf den Stuhl, um zu lesen. Ich war bereit, aufzuspringen, sobald die Tür sich öffnete.

Nach den ersten zehn Seiten beschloss ich, das Buch mitzunehmen, wenn ich entwischte. Meine Lesefähigkeiten waren etwas eingerostet, aber ich konnte der Geschichte folgen, obwohl ich einige der komplizierteren Wörter nicht verstand. Ich las noch mehrere Seiten, ehe die Tür aufging.

„Das Mittagessen ist—"

Ich sprang auf, duckte mich unter dem Tablett durch, das Seth trug, flitzte durch die Tür und an Gus vorbei.

„Schnapp ihn dir!", brüllte Seth.

Gus gab eine Reihe von Flüchen von sich, die jede Dame hätten erröten lassen, und trampelte hinter mir her die Treppe herunter. Meine geschundene linke Seite pulsierte voller Protest, doch ich entkam dem größeren, langsameren Wächter mit Leichtigkeit. Ich nahm zwei Stufen auf einmal und sprang über den Handlauf des Treppengeländers, um die Absätze abzukürzen. Auf dem letzten Stück rutschte ich das Geländer hinunter.

Der Vorwärtsschub brachte mich bis zur Eingangstür. Ich hoffte, dass sie unverschlossen und ich schnell genug war, um draußen die Bäume vor Gus und Seth zu erreichen. Einmal dort konnte ich mich verstecken oder über den Zaun klettern. Ich wusste, wie man in Highgate verschwand, solange ich nicht geschnappt wurde, bevor ich die Straße erreichte.

„Komm zurück!", schrie Gus. Zwei Paar Füße stampften jetzt

hinter mir her, aber ich hatte einen erheblichen Vorsprung. Ich war fast frei.

„Halt oder ich schieße."

Ich warf einen kurzen Blick in Richtung der Stimme und sah eine wunderschöne Frau, die eine kleine Pistole auf mich richtete. Mein Herz und meine Füße blieben abrupt stehen.

Ich war nicht frei.

KAPITEL 4

„Nimm ihm das Buch ab", befahl die Frau. „Wir möchten doch nicht, dass er es als Waffe benutzt."

Gus kam, um mir das Buch aus der Hand zu ziehen, aber ich weigerte mich, es herzugeben. Es war albern, während die Pistole auf meinen Kopf gerichtet war, aber der Gedanke, das Buch für immer zu verlieren, wog schwer auf meinem Herzen. Mit einem Schnalzen der Zunge und einer machtvollen Drehung befreite Gus es aus meinem Griff. Er klemmte es sich unter den Arm und ich befürchtete, seine verschwitzte Achselhöhle würde Flecken auf dem Einband hinterlassen.

„Bring ihn in das Empfangszimmer." Die Frau kehrte mir den Rücken zu. Die Hand, die die Taschenpistole hielt, tauchte in die Falten ihrer üppigen, schwarzen Röcke und kam leer wieder zum Vorschein.

Seth und Gus sahen einander mit hochgezogenen Augenbrauen an. „Sollten wir ihn nicht zurück ins Turmzimmer bringen, Mylady?", fragte Gus.

„Er wird sich bei mir anständig benehmen." Die gleitenden Schritte der Frau erinnerten mich an eine schlanke, gelassene Katze. Vielleicht verlangsamte ihr enges Korsett ihre Bewegungen. Da ich dieses Kleidungsstück vor meiner Verbannung getragen hatte, wusste ich, wie sehr es einen einschränken konnte, und nach der winzigen Taille der Frau zu urteilen, musste sie ihrs wirklich sehr eng verschnürt haben. Es war schon ein Wunder, dass sie ihren Oberkörper aufrecht halten konnte, insbesondere in Anbetracht der Tatsache, dass sie eher reife Melonen als Himbeeren besaß, wie Stringer sagen würde.

„Bringt ihm sein Mittagessen", befahl sie den Männern. „Er darf essen, während ihr beide den Ausgang bewacht."

Gus gab mir einen Schubs in den Rücken. Ich grunzte und warf ihm einen wütenden Blick zu. Er zuckte entschuldigend mit den Schultern, was mich überraschte. Seth ging mit meinem Buch die Treppe wieder hinauf.

Gus und ich folgten der Frau in einen kleinen Raum neben der Eingangshalle. Ich versuchte, die blau-goldene Tapete, den dicken Teppich und die Möbel mit den dünnen Beinchen nicht anzugaffen, die kaum stabil genug aussahen, um einen Mann von Gus' Größe auszuhalten. Zum Glück blieb er neben der Tür stehen.

Die Frau nahm auf dem Sofa Platz und bedeutete mir, mich in einen der cremefarbenen Ohrensessel zu setzen. Ich zögerte, dann lümmelte ich mich darauf, wie ich annahm, dass ein Junge es tun würde. Ich hatte noch nie die Gelegenheit gehabt, auf einem so luxuriösen Möbelstück zu sitzen, während ich mich als Junge ausgab, also hoffte ich, dass ich es richtig machte. Normalerweise fand Sitzen auf dem Boden oder auf niedrigen Mauern statt, nicht auf Stühlen.

Das Zimmer war wundervoll dekoriert mit Unmengen von eleganten Dingen auf dem Kaminsims, an den Wänden und sowohl auf als auch in einer Glasvitrine, doch meine Aufmerksamkeit war vollkommen von der Frau gefesselt. Sie balancierte anmutig auf der Kante des Sofas, um ihrem hinten üppig gebauschten Reifrock genug Raum zu geben. Ihre nachtschwarzen Haare waren aufwendig auf ihrem Hinterkopf hochgesteckt und wurden von dem kleinen Hütchen, das obenauf thronte, nicht beeinträchtigt. Ihr Alter konnte ich nicht einschätzen. Keine graue Strähne war in ihren Haaren zu sehen, keine Falten verunzierten die glatte, blasse Haut, und trotzdem war ihre Haltung die einer Frau im mittleren Alter, die sich ihrer Wirkung ohne die Arroganz eines hübschen, verwöhnten Mädchens bewusst war.

Sie strahlte Autorität aus, von den Spitzen ihrer manikürten Fingernägel bis hin zu ihrem erhobenen Kinn. In Verbindung mit ihren markanten aristokratischen Gesichtszügen hätte ihr Selbstbewusstsein wohl die meisten Männer eingeschüchtert; und doch wurde ihr Auftreten durch das warme Lächeln auf ihren vollen Lippen abgemildert, mit dem sie mich betrachtete.

„Weißt du, wer ich bin?"

„Fettbacke hat Sie Mylady genannt", sagte ich.

„He", knurrte Gus von der Tür her. „Ich bin nich fett." Er zog den Bauch ein und schob die Brust heraus.

„Also rate ich mal, dass Sie Lady Harcourt sind", beendete ich den Satz. Beinahe hätte ich noch „Fitzroys Geliebte" hinzugefügt, nur um ihre Reaktion zu sehen, aber ich hielt mich zurück. Ich wollte nicht von einem weiteren Mitglied der Oberschicht zusammengeschlagen werden.

„Die bin ich", sagte sie mit trällernder Stimme, die nichts von den harschen Befehlen zuvor enthielt. „Dein Name ist Charlie, nicht wahr?"

„Das ist so, Mylady."

„Hat man dich gut behandelt?", fragte sie.

„Ich werde hier gegen meinen Willen festgehalten. Und als wäre das nicht schlimm genug, hat mich gestern dieser verrückte feine Pinkel grün und blau geschlagen."

Der Hauch eines Lächelns verschwand völlig und sie legte eine ihrer behandschuhten Hände in ihrem Schoß über die andere. „Ich habe gehört, dass Lord Gillingham die Hand ausgerutscht ist. Das ist bedauerlich."

Ich schnaubte. „Das will ich wohl meinen."

„Wurden deine Wunden versorgt?"

„Ja."

„Hat Lincoln—Mr Fitzroy—dir in irgendeiner Art Schaden zugefügt?"

„Er hat mich fast umgebracht, als er mich gekidnappt hat." Bei ihrem überraschten Blick fügte ich hinzu: „Ich habe nicht mehr geatmet."

Ihre schlanken Augenbrauen senkten sich. „Ich wage zu behaupten, dass er wusste, was er tat. Es ist nicht seine Art,

Kindern wehzutun, und ich bin mir sicher, dass es nötig war, was für Methoden auch immer er angewendet hat."

Sie sagte das, als wäre es vollkommen normal, dass ein Mann ein Kind kidnappte und es dabei das Bewusstsein verlor. So allmählich dachte ich, dass ich in eine andere Welt geraten war, in der ein solches Verhalten akzeptabel war. Vielleicht *war* das in der Oberschicht so. Oder Lady Harcourt war genauso verrückt und gefährlich wie Fitzroy und Lord Gillingham. Noch wusste ich nicht, was ich von ihr halten sollte.

„Hast du es bequem in deinem Zimmer?", fragte sie.

Ich zuckte mit einer Schulter.

„Bitte Lincoln, um alles, was du dir wünschst, und er wird sein Bestes tun, um es dir zu geben." Lincoln, nicht Mr Fitzroy. Interessant. Sie blinzelte mich mit großen braunen Augen an. „Erzähl mir von dir, Charlie."

Sie war ein besserer Verhörmeister als Fitzroy, das musste ich ihr lassen. Sie versuchte, mich mit Fragen nach meinem Wohlbefinden zu entwaffnen, bot ein freundliches Lächeln an und stellte dann eine harmlos weit gefasste Frage über mich, anstatt einer, die auf den Nekromanten-Vorfall abzielte.

Ein naives Kind wäre ihrem Charme erlegen, aber ich war weder naiv noch ein Kind. „Ich bin dreizehn. Ich wohne in Clerkenwell bei Stringer und seiner Bande. Ich klaue, um zu essen und es im Winter warm zu haben. Ich bin gut im Klauen, deswegen nennen sie mich flinker Charlie. Man hat mir gesagt, ich wäre zu dürr, aber wie mir scheint ist jeder in der Bande dürr. Bis ich gestern meine Haare gewaschen habe, dachte ich, sie wären dunkelbraun. Dann habe ich sie im Spiegel gesehen und sie sind wohl eher hellbraun. Meine Nase hat auf der Spitze eine Delle, die ich hasse, die ich aber bis gestern vergessen hatte, und meine Augen sind blau. Mehr gibt es nicht zu erzählen."

Der Schwung ihrer Lippen weitete sich etwas. „Was für ein Blauton?"

„Einfach blau."

„Darf ich mal sehen?"

„Nein."

„Ich würde deine Haare als honigfarben bezeichnen, nicht

hellbraun." Sie stieß ein leises, kehliges Lachen aus. „Wir Frauen haben Freude an diesen kleinen Unterscheidungen."

„Mir egal. Es ist braun."

„Warum verbirgst du dein Gesicht?"

„Ich bin hässlich."

„Willst du mir nicht das Urteil überlassen?"

Ich funkelte sie wütend an, aber es war schwierig zu erkennen, ob sie es durch meine Haare bemerkte. Zum Glück bat sie Gus nicht darum, mich festzuhalten, während sie mir die Haare aus dem Gesicht zog.

Seth kam herein und deponierte das Tablett mit meinem Mittagessen auf dem Tischchen neben mir. Er ging rückwärts bis zur Tür und gesellte sich zu Gus. Ich beäugte den Teller mit Salat, Tomaten und einem Hähnchenflügel.

„Du sprichst gut", fuhr Lady Harcourt fort. „Du hast eine Schulbildung genossen?"

„Nein", log ich.

„Aber du kannst lesen."

Ich schüttelte den Kopf. „Ich habe das Buch gestohlen, nicht gelesen. Ich dachte, es ist vielleicht was wert."

„So so." Sie deutete auf das Tablett mit dem Essen. „Lass dich von mir nicht abhalten."

„Ich habe gerade erst gefrühstückt." Eigentlich war das Frühstück das kalte Abendessen vom Vortag gewesen, aber das war mehr gewesen, als ich normalerweise an zwei Tagen aß. „Ich habe keinen Hunger."

Ihr Lächeln wurde etwas traurig und mir fiel kein Grund dafür ein. Wenn ich ihr leidtat, war das ein merkwürdiger Zeitpunkt, Mitgefühl für meine Misere zu zeigen. Sie hatte sichergestellt, dass ich nicht weglief. Wenn ich jetzt zum Fenster flitzte, würde sie dann wieder ihre Pistole ziehen?

„Hast du irgendwelche Fragen an mich, Charlie?"

Ich wusste schon alles, was ich wissen musste—diese Leute wollten mich, weil ich einen Toten zum Laufen gebracht hatte. Die Art von Leuten, die das wussten und keine Angst zeigten, waren keine normalen, moralischen Leute. An ihnen haftete etwas ebenso Diabolisches wie an mir.

„Nur eine Frage", sagte ich. „Wo ist Mr Fitzroy?"

Ihr schnelles Zwinkern war das einzige Anzeichen, dass meine Frage sie überrascht hatte. „Er wird am späten Nachmittag zurück sein." Es war keine direkte Antwort, aber ich fragte nicht noch einmal.

Die Uhr auf dem Kaminsims schlug eins und Lady Harcourt erhob sich. „Ich habe eine Verabredung. Seth, sei so gut und richte Mr Fitzroy aus, dass ich es bedaure, ihn verpasst zu haben. Wenn er ein paar Augenblicke erübrigen könnte, mich zu besuchen, wäre ich ihm zutiefst verbunden."

Also schien es, als würde sie nicht in Lichfield Towers wohnen, auch wenn sie Seth und Gus wie ihre Angestellten behandelte und sie ihr fraglos gehorchten.

„Auf Wiedersehen, Charlie", sagte Lady Harcourt. „Es war mir ein Vergnügen, deine Bekanntschaft zu machen."

Sie ging weg und ich merkte, wie meine Chance im Sande verlief. Ich hatte zu lange gewartet, was ich auf ihre liebliche, betörende Ausstrahlung schob. „Warten Sie!" Ich sprang auf und rannte ihr hinterher.

Seth und Gus traten schützend zwischen uns, aber sie schien über mein Näherkommen nicht so besorgt wie die beiden. „Was ist denn, Charlie? Möchtest du mir noch etwas erzählen?"

„Ich … ich würde gern Ihre Hand küssen, Mylady." Die Bitte erschien mir so dermaßen albern, dass ich rot wurde. Ich hoffte, dass ich dadurch unschuldig und liebenswert wirkte.

Es musste funktioniert haben, denn sie befahl den Männern, zur Seite zu treten. Sie streckte ihre Hand im Handschuh aus und ich trat heran, nah genug, um ihre voluminösen Röcke zu streifen. Dann nahm ich die Hand und hauchte einen flüchtigen Kuss darauf. Die Spitze ihres Handschuhs fühlte sich an meinen Lippen kratzig an und ihr exotischer Blumenduft füllte meine Nase. Ich atmete tief ein und speicherte den Geruch in meiner Erinnerung ab. Ich kannte die Namen der verschiedenen Düfte nicht, aus denen ihr Parfüm zusammengesetzt war, aber ich schwor mir, dass ich sie eines Tages herausfinden würde.

„Vielen Dank, Mylady", sagte ich und trat zurück. „Sie sind sehr nett und reizend. Ich wünsche Ihnen nur Gutes."

Sie lachte leise. „Du bist ein ganz schöner Charmeur. Solche süßen Worte solltest du bei deinem Schwarm anwenden."

Ich neigte meinen Kopf als Verbeugung, die Hände hinter dem Rücken, und beobachtete, wie sie ging. Sowohl Gus als auch Seth sahen ihr nach und obwohl sie sie nicht begleiteten, nutzte ich ihre Ablenkung, um schnell die kleine Pistole in meinen Hosenbund zu stecken. Ich zog mein Hemd so zurecht, dass sie versteckt war, und betete, dass Lady Harcourt ihr Fehlen erst bemerken würde, wenn sie schon weit von Lichfield Towers weg war.

„Nach oben mit dir, halbe Portion", sagte Gus fröhlich.

Ich ging vor ihnen her aus dem Empfangszimmer. Während wir an der Eingangstür vorbeikamen, hörte ich die Räder einer Kutsche davonrollen und seufzte.

„Du magst unsere Lady Harcourt wohl, was?" Gus kicherte auf dem Weg die Treppe hinauf vor sich hin. „Die ist unerreichbar für solche wie dich. Selbst wenn du zehn Jahre älter wärst."

„Ist sie verheiratet?" Ich hatte keine Ahnung, warum ich mehr über die Frau wissen wollte. Es war ja nicht so, als würde ich sie wiedersehen. Aber ich fand sie faszinierend. Vermutlich lag das daran, dass ich noch nie jemanden wie sie getroffen hatte und es unwahrscheinlich war, dass das je wieder vorkommen würde.

„Verwitwet", sagte Seth. „Ihr Mann war Lord Harcourt, aus einem sehr alten und noblen Geschlecht. Er war viel älter als sie und manche behaupten, sie hätte ihn wegen seines Geldes und seines Titels geheiratet."

„Aber du nicht?"

„Es hat nie auch nur den Hauch eines Skandals in Verbindung mit ihr gegeben."

„Warum auch?", sagte Gus. „Sie wusste, was sie an ihm hatte. Sie wäre schön dumm gewesen, das alles für ein bisschen Spaß im Bett aufzugeben."

Seth verdrehte die Augen. „Sei nicht so vulgär, besonders nicht, wenn du über Lady Harcourt sprichst. Sie ist eine echte Dame, durch und durch."

„Außer durch Geburt."

„Sie hat keine noble Abstammung?", fragte ich.

„Nö", sagte Gus. „Tochter eines Schulmeisters. Ist dem alten

Lord Harcourt ins Auge gefallen und hat ihn schnellstens in die Kirche geschleppt, bevor seine erwachsenen Kinder wussten, was los ist."

„Die haben aber nie ein Wort gegen sie verloren", warf Seth ein.

„Soweit wir wissen."

„Alle sagen, sie mochten sie sofort. Man sieht ja, warum."

„Man sieht ja, warum", äffte Gus ihn nach. „Man ist in sie verliebt, was?"

Ich sah aus dem Augenwinkel, wie Seth Gus gegen die Schulter boxte. „Du kannst gar nicht wissen, was seine Familie von ihr hält", sagte ich.

Seth richtete sich auf. „Das kann ich und das tue ich. Meine Mutter verkehrt in den gleichen Kreisen wie die Harcourts." Er seufzte. „Früher jedenfalls."

Gus stöhnte. „Seth hat schon sehnsüchtig drauf gewartet, dass du ihn ausfragst. Er möchte gern, dass jeder Gefangene weiß, dass er von der Oberschicht abstammt."

„Es gab außer mir noch andere Gefangene?"

„Nee. Nur so ne Redewendung. Du bist der Erste."

„Das erklärt, warum ihr keine besonders guten Gefängniswärter seid", murmelte ich.

Ich erwartete, für meine Frechheit gegen den Arm geboxt zu werden, aber Gus schnaubte nur ein Lachen heraus. Seth schien mich gar nicht gehört zu haben. Obwohl ich schon neugierig war, was es mit seinem Hintergrund auf sich hatte und warum er darauf reduziert worden war, für einen Bösewicht wie Fitzroy zu arbeiten, beschloss ich, nicht nachzufragen. Es war besser, wenn ich mich mit meinen Fängern nicht anfreundete, da ich sie möglicherweise verletzen musste.

Mit einem lauten Seufzen betrat ich das Turmzimmer, auch wenn ich erfreut feststellte, dass *Eine Studie in Scharlachrot* neben den anderen Büchern auf dem Frisiertisch lag. Es würde nicht schaden, sich den Nachmittag mit Lesen zu vertreiben. Solange Seth und Gus beide im Zimmer waren, konnte ich die Pistole nicht für einen Fluchtversuch benutzen. Es war eine einläufige Waffe mit nur einem Schuss, also würde ich warten müssen, bis nur einer von beiden da war.

„Denk ja nicht dran, noch mal wegzulaufen", warnte Gus. „Der Tod wird nich erfreut sein, wenn er davon erfährt."

Ich zuckte mit den Schultern. „Mir egal."

„Sollte es nich. Er ist gefährlich, wenn er wütend wird."

„Da bin ich mir sicher, aber er wird ja nicht auf mich wütend sein. Als Gefangener ist es meine Pflicht zu fliehen. Als Gefängniswärter ist es eure Pflicht, mich hier drin zu behalten. Wer von uns hat versagt?"

Gus schluckte. „Was glaubst du, was er mit uns macht?", fragte er an Seth gewandt.

Seth lächelte ihn zufrieden an und klopfte ihm auf die Schulter. „Mit mir wird er gar nichts machen. Ich habe das Tablett getragen und hatte keine Hand frei. Du warst derjenige, der angeblich Wache halten sollte."

„Das ist nich fair."

„Das Leben ist nicht fair. Wenn es das wäre, würde ich meine Abende damit verbringen, unschuldige Mädchen zu entjungfern, anstatt das Erbrochene von Kanalratten wegzuwischen."

„Ha! Du könntest noch nich mal ne Blume entjungfern."

„Das ergibt keinen Sinn. Und nur dass du es weißt, die Damen haben sich schier überschlagen, um an mich ranzukommen, als ich noch Bälle besucht habe."

„Damals hattest du noch Geld und einen guten Namen", sagte Gus und ging zur Tür. „Natürlich haben sie sich dir an den Hals geworfen. Hatte nix mit deinem hässlichen Gesicht zu tun."

Seth wirkte verletzt und ich konnte es ihm nicht verübeln. Er war nicht im Geringsten hässlich. Er schlenderte hinter Gus her. „Zu deiner Information: Vor drei Nächten hatte ich ein aufregendes Treffen mit einer Dame. Und nein, ich habe ihr keinen Penny gezahlt. Sie hat sich mir ganz freiwillig hingegeben."

„Hat dir eher freiwillig die Franzosenkrankheit verpasst." Gus' Gekicher verblasste, als er die Tür schloss.

Endlich war ich wieder allein. Ich machte es mir mit dem Buch auf dem Bett bequem und zog die Pistole hinten aus meinem Hosenbund. Ich prüfte den Lauf, um zu sehen, ob sie geladen war—war sie—und schob sie dann neben mir unter das Kopfkissen. Ich versuchte nicht daran zu denken und mich stattdessen auf das Buch zu konzentrieren, aber das fiel mir nicht leicht. Ich hatte noch nie jemanden erschossen.

Trotz der Anspannung in meinem Magen zog sich der Nachmittag nicht endlos hin. Das Buch war fesselnd und ich merkte, dass ich so schnell las wie möglich.

Das Klicken eines Schlüssels im Schloss schreckte mich auf. Wie viel Zeit war vergangen? Ich merkte mir die Seite, schloss das Buch und griff mit der Hand unter das Kissen. Das Metall der Pistole fühlte sich unter meinen Fingern kühl an. Mein Puls beschleunigte sich.

Der Tod trat ein. Sein prüfender Blick registrierte das Buch und meine entspannte Haltung. „Du bist Lady Harcourt begegnet." Meinen Fluchtversuch erwähnte er nicht.

„Sie ist sehr nett."

Hinter ihm drängten sich Seth und Gus im Türrahmen.

„Ich habe Hunger", sagte ich.

„Ich hole dir etwas aus der Küche." Seth trottete davon.

„Mein Nachttopf muss ausgeleert werden", sagte ich zu Gus, der die Nase rümpfte.

„Ich hätte anbieten sollen, das Essen zu holen." Er zog den Topf unter dem Bett hervor und verließ den Raum mit deutlich weniger Eile als Seth. Ich war mit Fitzroy allein. Mit dem Tod.

Er bewegte sich auf das Bett zu, wobei seine großen, lockeren Schritte ihn viel schneller zu mir brachten, als ich vorhergesehen hatte. Mein Herz pochte in meinem Hals, während ich die Pistole unter dem Kissen hervorzog, auf seine Schulter zielte und feuerte.

Im nächsten Moment saß er auf meinen Oberschenkeln und drückte mein Handgelenk gegen das Kopfteil des Bettes. Ich wand mich, konnte ihn aber nicht loswerden, also versuchte ich, ihm meine Stirn gegen die Nase zu rammen, doch er wich aus. Ich sammelte Speichel im Mund, aber noch ehe ich ihm ins Gesicht spucken konnte, verlagerte er sein Gewicht, hob mich hoch und warf mich mit dem Gesicht nach unten auf die Matratze. Erneut setzte er sich auf meine Beine und drückte eine Hand in meinen Rücken. Die Pistole nahm er mir ab, einfach so. Es war viel zu leicht für ihn gewesen, mich bewegungsunfähig und hilflos zu machen.

„Lady Harcourt wird erfreut sein, das hier zurückzubekommen", sagte er gedehnt.

Mehr als ein Grunzen bekam ich nicht heraus.

Schritte hallten durch den Flur und stoppten an der Tür. Die Gesichter von Gus und Seth spähten um die Ecke und als sie ihren Anführer obenauf sahen, betraten sie den Raum.

„Wir haben einen Schuss gehört", sagte Gus mit großen Augen.

„Sir!", rief Seth. „Sie bluten!"

Ich hatte ihn getroffen? Er hatte keine Anzeichen von Schmerz oder auch nur Unbehagen gezeigt, noch waren seine Bewegungen eingeschränkt gewesen. Er hatte mich so schnell attackiert, ich hatte ihn gar nicht kommen sehen. Ich versuchte, zu ihm nach hinten zu sehen, um zu erkennen, wie schwer er verletzt war, aber der Winkel war zu ungünstig, da er mir sein Knie in den Lendenbereich presste und mich in dieser Position festhielt.

Ich sog Luft durch meine Zähne, weil die Prellungen, die mir Lord Gillingham zugefügt hatte, schmerzvoll aufflammten.

„Sie sollten sich darum kümmern", fuhr Seth fort.

„Das ist nichts." Fitzroy ließ mich los und kletterte vom Bett. Ein Blutfleck breitete sich auf seiner Schulter aus, aber die Menge war kaum erwähnenswert. „Geht." Er sprach mit den Männern, wandte seinen Blick jedoch nicht von mir ab. Seine Augen waren wie zwei Teiche aus schwarzem Eis.

Gus und Seth sahen sich kurz an und verließen dann wieder den Raum. Die Tür schlossen sie hinter sich.

Ich rutschte auf dem Bett so weit von ihm weg wie möglich. Seine Rache würde blitzartig und brutal sein, wenn sie kam. Ich wappnete mich.

„Deine Hände haben gezittert."

Ich blinzelte langsam. „W-was meinen Sie?"

Er balancierte die Waffe auf seiner flachen Hand. „Du hast nicht gezögert und dein Blick war fokussiert, aber deine Hände haben gezittert. Wenn sie ruhig gewesen wären, hätte die Kugel meinen Hals getroffen."

Ich hatte nicht auf seinen Hals, sondern seine Schulter gezielt. Damit war ich besser, als er dachte, aber nicht gut genug.

Die Kugel musste irgendwo in der Wand stecken. „Sie haben sich bewegt. Wenn ich nicht gezögert habe, woher wussten Sie, dass ich schießen würde?"

„Ich kann nicht alle meine Geheimnisse preisgeben."

Alle? Bisher hatte er kein Einziges preisgegeben. „Also bleibe ich Ihr Gefangener. Ich habe heute zweimal versucht zu entkommen, und trotzdem bin ich hier. Was werden Sie mir antun?"

Trotz seiner blutenden Schulter blieb er stehen. Vielleicht dachte er, dass es ein Zeichen von Schwäche war, sich zu setzen. „Ich werde dir gar nichts *antun*, Kind."

Allmählich hasste ich es, dass er mich so nannte. Niemand nannte mich noch „Kind". Nicht, seit ich ein dreizehnjähriges Mädchen gewesen war. „Dann lassen Sie mich gehen?"

„Nein."

„Was dann?"

„Ich werde warten."

„Worauf? Dass die Hölle zufriert? Denn erst dann werde ich Ihnen Antworten liefern, vorher nicht."

„Ich bin ein geduldiger Mann, Charlie, aber die Situation erfordert eine gewisse Dringlichkeit. Die Leben britischer Bürger sind in Gefahr, möglicherweise sogar das Leben der Königin selbst."

Ich schnaubte. „Glauben Sie, dieses haarsträubende Märchen bringt mich dazu, Ihnen irgendwas zu erzählen?"

„Ich dachte, du hättest mir nichts mehr zu erzählen."

Verdammt. „Habe ich auch nicht. Sie verschwenden Ihre und meine Zeit."

„Musst du einen Termin einhalten?"

Ich warf ihm einen vernichtenden Blick zu. Sein Gesichtsausdruck zeigte keinerlei Regung.

„Ich bin heute nach Clerkenwell zurückgegangen", sagte er. „Ich habe mit deinen Freunden gesprochen."

„Das sind nicht meine Freunde."

Einen Moment später sagte er: „Ich bin froh, dass du das einsiehst. Sie waren schnell dabei, mir zu sagen, was ich wissen wollte."

„Sie haben ihnen Geld gegeben."

„Nicht viel."

Ich umklammerte das Buch und drückte es an mich. „Was haben sie Ihnen erzählt?"

„Sie haben mir gesagt, woher sie glauben, dass du kamst, bevor sie dich vor nur wenigen Monaten kennengelernt haben."

„Woher sollen die wissen, woher ich kam?"

Wieder zögerte er, als ob er abwägen müsste, wie viel er mir verraten wollte. „Dein Akzent und ein paar deiner Worte, die mehr in der Whitehall-Gegend üblich sind."

„Ich habe keinen Akzent." Dachte ich jedenfalls. Trotzdem hatte er recht. Ich hatte vor Clerkenwell in Whitehall gelebt.

„Ich bin nach Whitehall gefahren und habe mich umgehört. Ein Junge, auf den deine Beschreibung passt, hat dort ungefähr sechs Monate gelebt. Sie dachten, er sei aus Finsbury gekommen. Morgen schicke ich Gus und Seth dorthin, um etwas über ein Kind herauszufinden, das seine braunen Haare über dem Gesicht trägt, um es zu verbergen." Er trat einen Schritt auf mich zu und senkte die Stimme. „Ich werde herausfinden, woher du kommst, Charlie. Und wenn ich es herausfinde, werde ich auch entdecken, wie es kommt, dass du Tote zum Leben erwecken kannst."

Ich schluckte um den Kloß in meinem Hals herum. Wegschauen konnte ich nicht. Sein Blick hielt mich ebenso effektiv gefangen, wie sein Körper es vor wenigen Augenblicken auf dem Bett getan hatte.

„Bitte sehr", sagte Seth, während er einen Teller mit Essen hereintrug. Gus folgte ihm.

Fitzroy trat zurück und marschierte zur Tür hinaus. „Kommt mit. Bringt den Jungen und seine Bücher. Wie ich sehe, hat er bereits ein Hemd zum Wechseln."

Ich war zu verdutzt, um irgendetwas anderes zu tun, als brav zu folgen. Fitzroy war nicht nur der für ihn bestimmten Kugel ausgewichen, er hatte auch mehr über meine Vergangenheit herausgefunden, als mir lieb war. Seine Methoden würden ihn geradewegs zur Wahrheit führen. Ich konnte nur hoffen, dass seine Nachforschungen immer langsamer vorankommen würden, je weiter er in die Vergangenheit zurückging. Banden lösten sich auf und Kinder starben oder wanderten ab. Und dann würde er natürlich in eine Sackgasse geraten. Er würde nach einem Jungen fragen, dessen Haare sein Gesicht verbargen, nicht nach einem Mädchen. Meine Geheimnisse waren so lange sicher, bis ich beschloss, sie zu offenbaren.

Falls ich das beschloss. Seine alberne Geschichte über das Leben der Königin, das angeblich in Gefahr war, glaubte ich nicht. Und ganz sicher wollte ich nicht für ihn oder seine Sache Tote zum Leben erwecken, egal worum es ging. Andererseits war Lady Harcourt seine Verbündete und was auch immer sie im Schilde führten, so eine edle Dame würde doch sicher nicht von mir verlangen, dass ich etwas Falsches tat.

„Wo bringen wir ihn hin, Sir?" Seths Frage hätte ebenso gut auf taube Ohren stoßen können. Fitzroy schritt voraus, zwei Treppen hinunter und folgte dann eilig dem Flur, in dem sich das Badezimmer befand.

Gus stieß mir mit dem sauberen Nachttopf in den Rücken, den er immer noch festhielt, und ich musste traben, um mit Fitzroy mitzuhalten. Schließlich erreichten wir das Ende des langen Flures und stoppten vor einer Tür.

„Er bleibt hier drin, bis ich etwas anderes anordne", sagte Fitzroy und öffnete die Tür.

Seth schnappte nach Luft. „Aber das sind Ihre Räume?"

Ich war genauso verwirrt wie er und Gus. Warum wollte Fitzroy mich hier haben anstatt im Turmzimmer?

„Sie sind größer und bequemer für zwei."

„Zwei, Sir? Werden Sie denn hierbleiben?"

„Er scheint euch beide zu leicht übers Ohr hauen zu können. Ich werde ihn von jetzt an bewachen."

Seth trat von einem Fuß auf den anderen und Gus wurde rot. Ich fragte mich, ob sie später noch mehr Ärger bekommen würden oder ob das alles war.

Ich drückte das Buch an mich. Er hatte recht. Ich konnte Seth und Gus austricksen, aber Fitzroy war viel zu clever, um auf meine Kniffe hereinzufallen. Andererseits war er nur ein Mann, und selbst er musste schlafen. Er war *keine* Maschine.

Er trat zur Seite und winkte mich durch die Tür. Ich ging hinein und sah mich um. Es war ein großer Raum mit einem Sofa und Ledersesseln, die an einem Ende um einen Kamin herumstanden, am anderen Ende stand ein stabiler Schreibtisch.

Landschaftsgemälde hingen an den dunkelgrün tapezierten Wänden. Ein großer, frei stehender Kerzenleuchter war in der hintersten Ecke neben einem Bücherregal aufgestellt, das fast die gesamte Wand einnahm. Es reichte bis zur Decke und eine Leiter lehnte daran. Ich starrte es voller Verwunderung an, beeindruckt von so vielen Büchern unter einem Dach. Dass Seth und Gus gegangen waren, bemerkte ich erst, als sich die Tür schloss.

Fitzroy schloss sie mit einem Schlüssel ab, den er in seine Westentasche steckte. „Wir schlafen hier drüben." Er zeigte auf eine geschlossene Tür.

„Wir?", fragte ich atemlos.

„Ich werde eine Liege für dich bringen lassen. Es sei denn, du bevorzugst das Bett. Mir ist es egal."

Ich blinzelte ihn an. „Ich ... ich soll jetzt hier gefangen gehalten werden? Bei Ihnen?"

„Ich weiß, dass es nicht ideal ist, aber du bist einfach zu schlau für sie."

„Sie waren dabei, als ich die beiden weggeschickt habe, um auf Sie zu schießen. Sie sind auch auf meine List hereingefallen."

Sein Mundwinkel zuckte und ich hegte den Verdacht, dass er gewusst hatte, dass ich Gus und Seth weggeschickt hatte, um zu fliehen. Plötzlich erkannte ich, wie schwierig es sein würde, aus Lichfield Towers zu entkommen. Er war vielleicht nur ein Mann, aber er war effizient, klug und rücksichtslos. Ich hatte keinen Zweifel daran, dass er ein besserer Gefängniswärter war als seine Männer, sogar besser als die Highgate-Polizeistation. Meine Fluchtversuche würden ausgeklügelter werden müssen.

Ich setzte mich auf einen Sessel am Fenster und öffnete mein Buch. Anstatt zu lesen, überlegte ich, wie ich dem Tod selbst ein Schnippchen schlagen konnte.

KAPITEL 5

„Du bist ein frecher, kleiner Dieb." Lady Harcourts Zwinkern milderte ihren Vorwurf ab, aber ihre Worte trafen mich trotzdem. Oder vielleicht waren es meine Schuldgefühle. Ich fand es grässlich, dass ich sie in meine List mit hineingezogen hatte. Sie hatte sich schon einen rügenden Blick von Fitzroy eingefangen, als er ihr die Pistole zurückgegeben hatte.

Sie prüfte den Lauf und steckte die Waffe in ihre Handtasche. Das Abendkleid, das sie trug, hatte vermutlich keine Taschen. Es war ein exquisites Trauerkleid aus schwarzem Satin und Spitze. Goldene Perlen zierten in Blattform das Mieder und bildeten zwei lange Streifen auf dem Rock. Ein schwarzes Seidenhalsband hob ihren weißen Hals und den schimmernden Glanz der einzelnen Perle in seiner Mitte hervor. Es war schwierig, meinen Blick von ihrem Kleid und dem Schmuck loszureißen, aber ich schaffte es. Es war nicht angebracht, zu viel Interesse an femininen Dingen zu zeigen.

„Die Tasche in Ihrem Rock war nicht tief", erklärte ich ihr, als sie auf einem Stuhl im Empfangszimmer Platz nahm. Fitzroy und ich blieben stehen. Er hatte die Hände lässig an den Seiten, ich meine hinter dem Rücken. „Es ist zu einfach, etwas aus flachen Taschen zu stehlen."

„Ich werde sie tiefer machen lassen. Danke für deinen Rat,

Charlie." Sie schenkte mir ein Lächeln, das mich erröten ließ. Das war mehr, als ich verdient hatte. „Ich sehe, dass die Kugel fehlt."

„Sie steckt in der Wand im Turmzimmer."

Ihre Augenbrauen wölbten sich nach oben. „Wurde jemand verletzt?"

„Nur Mr Fitzroy."

Sie sprang vom Stuhl auf. „Lincoln!" Sie fegte an mir vorbei zu ihm, als wäre ich gar nicht da. Ich hätte ihr mit Leichtigkeit die Handtasche abnehmen können und sie hätte es in ihrer Aufregung noch nicht einmal bemerkt. „Wo? Wo bist du verletzt?"

„Ich bin unversehrt, Julia." Fitzroy wirkte peinlich berührt, während sie mit ernster Miene sein Gesicht untersuchte.

„Ich habe gefragt, wo?", sagte sie mit leiser, aber stahlharter Stimme.

Seine Lippen wurden schmal. „Die linke Schulter. Nur ein Kratzer. Es tut nicht weh."

„Natürlich muss es wehtun." Sie schnalzte mit der Zunge. „Das ist so typisch für dich, deine Verletzungen herunterzuspielen. Du bist fehlbar, Lincoln, auch wenn du gern glauben möchtest, dass dem nicht so ist."

Mehrere Sekunden verstrichen, in denen sie sich in einer Art stillem Machtkampf anstarrten. Es war fast so, als tauschten sie Worte miteinander aus, die ihre Lippen jedoch nicht verließen. Ich war mir nicht sicher, wer gewonnen hatte, aber Lady Harcourt war die Erste, die das Schweigen brach.

„Darf ich mir deine Schulter ansehen?"

„Dafür gibt es keinen Grund. Ich habe schon jemanden danach schauen lassen."

„Trotzdem würde ich mir gern selbst ein Bild machen."

Er drehte sich von ihr weg, um den Klingelzug zu betätigen. Sie richtete sich beleidigt auf. „Lincoln, hör auf, dich wie ein Kind aufzuführen und lass es mich anschauen."

„Ich bin nicht derjenige, der sich wie ein Kind aufführt, Julia. Wir haben Gesellschaft."

„Worauf willst du hinaus?"

„Ich schlage vor, dass du ihn nicht ignorierst. Er beäugt schon die ganze Zeit deine Handtasche."

Sie fuhr zu mir herum. Ich konnte sehen, wie ihr Temperament hochkochte, glaubte aber nicht, dass sie auf mich wütend war. Fitzroy war furchtbar unhöflich zu ihr. Es war eine Sache, schroff mit jemandem zu reden, der ihre ehemalige Liaison beendet hatte—ganz sicher war *sie* diejenige, die sie beendet hatte—aber es war etwas ganz anderes, eine Dame als Kind zu bezeichnen. Ich hätte mir das an ihrer Stelle nicht gefallen lassen.

„Ich werde Sie nicht noch einmal bestehlen", sagte ich schnell. „Es ist grausam von Mr Fitzroy, mich zu beschuldigen."

Ihr Gesicht wurde weicher. „Das ist er, nicht wahr?"

Fitzroy schien es egal zu sein, dass ich ihn grausam genannt hatte. Zweifelsohne war er schon schlimmer betitelt worden.

Gus tauchte auf, seine Jacke voller Krümel. „Macht der Junge Ärger, Sir? Soll ich ihn wegbringen?"

„Nein. Wie lange dauert es noch bis zum Abendessen?"

„Es ist so gut wie fertig. Sie können sich eigentlich schon zu Tisch setzen. Dann muss ich nicht noch mal kommen und Sie rufen."

„Wollen wir?" Fitzroy bot Lady Harcourt seinen Arm an.

Sie nahm ihn und schenkte ihm ein viel zu süßes Lächeln. „Hungrig, mein Lieber? Oder möchtest du mich loswerden?"

„Wenn ich dich loswerden wollte, würde ich nicht mit dir zu Abend essen."

Ihr Lächeln geriet ins Wanken und sie ließ sich von ihm herausführen.

„Komm, Charlie", sagte er. „Du musst auch etwas essen."

Ich folgte ausgesprochen verblüfft über die Einladung zum Abendessen. Es schien albern, sich um meine nicht angemessene Kleidung zu sorgen, da wir ja nur zu dritt waren, aber sie waren ein so schönes und elegantes Paar in ihrer Abendgarderobe und ich war im Vergleich zerlumpt. Das Esszimmer war auch nicht für Leute wie mich gedacht. Es bot für große Gesellschaften Platz. An dem langen Mahagonitisch konnten zwanzig Personen sitzen, auch wenn er heute Abend nur für drei gedeckt war. Der Kronleuchter darüber strahlte und fing die Facetten der Kristallgläser und der Diamantohrringe auf, die an Lady Harcourts Ohren baumelten. Ich zog den Kopf zwischen die Schultern, denn ich wollte nicht, dass sie ihre Meinung änderten und die verlotterte Kanalratte aus dem Zimmer schickten.

Wir setzten uns und Fitzroy schenkte selbst den Wein aus. Es gab keine Spur eines Lakaien oder Butlers und kurz darauf brachten Seth und Gus das Essen herein. Ich starrte die Platten an, auf denen sich Roastbeef und Geflügel, Hummersalat und Gemüse stapelten. Es gab so viel von allem!

„Du musst dich selbst bedienen", flüsterte mir Seth ins Ohr. „Und nimm ja das Besteck und nicht die Hände."

„Ich bin kein Barbar."

Hinter ihm schnaubte Gus vor Lachen. „Kanalratten sind kultivierte Burschen, was?"

„Schneidet ihm sein Essen klein", befahl Fitzroy den Männern, „dann nehmt sein Messer weg."

Nachdem Seth mein Essen klein geschnitten hatte, sah Lady Harcourt Fitzroy mit hochgezogenen Augenbrauen an, der die Männer mit einem Nicken entließ. Sie bediente sich selbst und deponierte lediglich eine winzige Portion eines jeden Gerichts auf ihrem Teller. Kein Wunder, dass ihre Taille so schmal war. Ich aß am besten ebenso wenig, aber nur, weil ich nicht an so viel Essen gewöhnt war und nicht später alles wieder ausspucken wollte. Zum einen wäre das pure Verschwendung, zum anderen sahen Fitzroys Teppiche äußerst teuer aus.

„Du hättest mir die Pistole morgen zurückgeben können", sagte Lady Harcourt und reichte die Erbsen an Fitzroy weiter. „Warum die Einladung zum Essen?"

„Ich möchte, dass du dem Jungen sagst, was wir hier in Lichfield Towers machen und warum wir ihn brauchen."

„Du hast ihn noch nicht informiert?"

„Ich habe es versucht. Er glaubt mir nicht."

Sie lachte, bis ihr die Tränen in den Augen standen. „Warum überrascht mich das nicht? Lincoln, du bist wirklich nicht gut darin, Leute zu überzeugen."

„In Paris hatte ich einigen Erfolg", sagte er milde.

„Und niemanden überrascht das mehr als mich. Normalerweise rennen Leute vor dir weg, wenn du angespannt bist. Was, wie ich bemerken darf, ein Dauerzustand ist."

Ich hielt die Luft an, unsicher, ob sie ihn necken wollte oder ihm einen Vorwurf machte. Ebenso war ich mir unsicher, wie er es aufnehmen würde. Er schien nicht der Typ Mann zu sein, den jeder einfach so necken konnte. Je länger ich mich in ihrer Gesellschaft aufhielt, desto überzeugter war ich, dass Gus und Seth recht hatten. Fitzroy und Lady Harcourt waren ein Liebespaar gewesen. Es war unklar, ob sie es noch waren.

„Nun, dann weiß ich jetzt, warum ich zum Essen eingeladen wurde", sagte sie mit einem Lächeln für Fitzroy. „Ich dachte mir schon, dass es noch einen anderen Grund geben musste."

Er sagte nichts und ich fragte mich, ob es stimmte, dass er keinen besonderen Wert auf ihre Gesellschaft legte. Es war seltsam, dass er sich ihr gegenüber so kühl geben konnte, während ihre Gefühle seit ihrer Ankunft ständig Gefahr liefen überzuschäumen. Allmählich kam mir der Gedanke, dass ich mich geirrt und *er* die Beziehung beendet hatte.

„Ich habe ihm erklärt, dass das Leben der Königin in Gefahr ist", sagte Fitzroy. „Charlie hat mir nicht geglaubt."

„Ach so. Nun, wenn wir mit dem Hauptgang fertig sind, werde ich ihm alles erzählen, was er wissen muss."

Nach ein paar Minuten, in denen nichts zu hören war als Kaugeräusche, stellte Lady Harcourt mir einige Fragen. Sie waren relativ harmlos und ich beantwortete sie so, dass ich nichts preisgab. Ich wollte auch mehr über sie erfahren, hielt mich aber zurück. Jungs wie ich stellten Damen wie ihr keine unverschämten Fragen, und dummerweise waren die einzigen Fragen, die mir einfielen, unverschämt.

„Im Vergleich zu dir ist der Junge das reinste Plappermaul, Lincoln", sagte sie, während Gus den Tisch abräumte.

Es stimmte, dass er die ganze Zeit nichts gesagt hatte, aber er war auch nicht angesprochen worden. Er fasste ihr Geplänkel ganz gut auf, indem er keinerlei Regung zeigte.

„Nachtisch, Sir?", fragte Seth. „Der Koch sagt, er hat Wackelpudding und Biskuit gemacht."

Wackelpudding! Ich hatte seit Jahren keinen Wackelpudding mehr gegessen.

Aus dem Augenwinkel sah ich Lady Harcourt mich sanft anlächeln und brachte schnell meine Gesichtszüge unter Kontrolle. Ich wollte nicht wirken, als könnte man mich mit einer Schüssel Pudding kaufen.

„Danke Seth", sagte Fitzroy. Noch ehe die beiden Männer gegangen waren, bat er Lady Harcourt anzufangen.

Sie tupfte ihren Mund mit der Serviette ab, faltete sie dann zusammen und legte sie auf den Tisch. Ich wünschte, sie würde sich beeilen, denn ich wollte die Geschichte von ihren Lippen hören.

„Hat Lincoln das Ministerium und seine Aufgabe erwähnt?", fragte sie mich.

„Nicht wirklich."

Sie schüttelte tadelnd den Kopf, aber er saß nur auf seinem Platz am Kopf des Tisches und wartete ab.

„Er ist der Leiter des Ministeriums der Kuriositäten. Es ist eine Regierungsorganisation, die allerdings außerhalb der offiziellen Zuständigkeiten des Parlaments operiert. Lincoln trifft alle Entscheidungen des laufenden Geschäfts, das Ministerium wird jedoch von einem Komitee überwacht. Das Komitee entscheidet, im Falle welcher Kuriositäten ermittelt werden soll, jedoch immer aufgrund von Lincolns Rat. Er ist das Herz und die Seele dieser Organisation. Und auch das Gehirn."

Ihr Lob überraschte mich nach ihrer Neckerei. Falls Fitzroy verlegen oder erfreut war, zeigte er es nicht.

„Das Komitee stellt auch die notwendigen Mittel zur Verfügung", fuhr sie fort. „Ich bin Mitglied des Komitees, ebenso wie Lord Gillingham, den du kennengelernt hast."

„Was sind ‚Kuriositäten'?"

„Unerklärliche Ereignisse. Phänomene, die ohne jeglichen *irdischen* Grund zu geschehen scheinen."

„So wie Geister? Engel?"

„Glaubst du an Geister und Engel?"

Ich zuckte mit einer Schulter.

„Du liegst richtig. Aber nicht nur Geister und Engel. Das Auferwecken von Toten ist ein weiteres Phänomen, das die meisten Leute als unmöglich ansehen würden. Das Ministerium hingegen ist der Auffassung, dass diese Kuriositäten—und andere—durchaus möglich sind. Wir möchten sie besser verstehen, aber auch sicherstellen, dass sie uns nicht schaden können. Alles fing mit einer Gruppe Gleichgesinnter an, die ein Interesse am Übernatürlichen hatten. In jüngerer Vergangenheit bekam das Ganze eine etwas offiziellere Rolle. Das Ministerium ermittelt in Situationen, in denen die Polizei und das Innenministerium aufgrund ihrer öffentlichen Rollen nicht involviert werden können. Das Ministerium der Kuriositäten ist verschwiegener."

Seth und Gus kamen wieder ins Zimmer. Beide trugen Tabletts. Seth setzte seins ab und ich konnte meinen Blick nicht von dem Wackelpudding abwenden.

„Die Art der Verbrechen, die wir untersuchen, muss geheim bleiben, da die Öffentlichkeit sonst in Panik verfallen würde", fuhr Lady Harcourt fort. Offensichtlich spielte es keine Rolle, was Seth und Gus hörten.

„Warum erzählen Sie es dann mir?", fragte ich.

„Weil wir darauf vertrauen, dass du außerhalb dieser Mauern nicht über das Ministerium sprechen wirst."

„Dir würde sowieso niemand glauben", sagte Gus. „Die stecken dich ins Irrenhaus."

Seth stieß ihm seinen Ellenbogen in die Rippen.

„Die Königin und der Premierminister befürworten das Ministerium?", fragte ich.

„Das würden sie, wenn sie von seiner Existenz wüssten", sagte Lady Harcourt.

Gus brummte. „Entweder das oder sie verbrennen uns auf dem Scheiterhaufen, weil wir all dieses magische Gerede glauben."

„Die Existenz des Ministeriums wurde zu ihrem eigenen Besten vor ihnen geheim gehalten", sagte Lady Harcourt. „Regierungen kommen und gehen. Die Mitglieder des Komitees sind ihr Leben lang involviert. Wir haben alle bedeutende Positionen inne, entweder bei Gericht oder im Parlament. Unser einziges Ziel ist es, dem britischen Königreich zu dienen und die Königin und unser Land zu schützen—eher vor übernatürlichen Kräften als vor militärischen."

„Stell dir vor, wir wären das Schwert des Reiches", sagte Seth und schob seine Brust vor. „Und Mr Fitzroy ist das spitze Ende."

Fitzroy hörte schweigend zu. Ich spürte, wie er mich die ganze Zeit beobachtete, und wünschte mir zu wissen, wie ich reagieren sollte. Sollte ich Überraschung oder Furcht zeigen oder so tun, als ob sie alle verrückt waren?

„Warum er?", fragte ich. „Warum ist er der Anführer?" Er war schließlich für so viel Verantwortung ziemlich jung. Ich stellte mir vor, dass jemand in Gillinghams fortgeschrittenem Alter für eine Leitungsposition besser geeignet war.

„Er wurde bei seiner Geburt ausgewählt", sagte Lady Harcourt.

„Bei der *Geburt*?"

„Sein ganzes Leben war der Aufgabe gewidmet, der Leiter des Ministeriums zu werden. Seine Ausbildung und sein Training waren spezifisch darauf abgestimmt, ihn zum Besten zu machen. Es gibt niemanden, der diese Position besser ausfüllen könnte." Sie zuckte mit ihren dünnen, blanken Schultern. „Niemand ist fähiger."

Ganz klar hatte sie die Beziehung *nicht* beendet. Ich brauchte keine weiteren Beweise als ihre überschwängliche Bewunderung und seinen steinernen Gesichtsausdruck.

Auserwählt. Der Beste. Fähig. Das klang alles so kalt und kalkulierend, aber ich schätzte, für die meisten Gentlemen, die in die Oberschicht geboren wurden, war es nicht anders. Sie wurden in dem Bewusstsein erzogen, dass sie eines Tages alles von ihren Vätern übernehmen würden. Trotzdem klang es nach einem langweiligen Leben. Mein früheres Ich, die pflichtbewusste Tochter, hätte das vermutlich nicht gedacht, aber mein neues Ich tat es. Der Gedanke, vom Tag meiner Geburt an als jemand bestimmt zu sein und nie die Möglichkeit zu haben, von diesem Pfad abzuweichen, klang in meinen Ohren wie eine Haftstrafe.

„War Ihr Vater vor Ihnen Leiter des Ministeriums?", fragte ich ihn. Obwohl mir Lady Harcourt die Geschichte erzählt hatte, schien es nicht richtig zu sein, ihr diese Frage zu stellen. „Wurden Sie deswegen auserwählt?"

„Nein.“

Ich wartete auf eine nähere Erklärung, bekam aber keine. Die Luft in dem Raum zog sich jedoch zusammen. Ich brauchte einen Moment, bis mir klar wurde, dass die drei anderen Menschen sehr still geworden waren. Hatten sie ebenfalls auf eine Antwort gewartet? Oder wussten sie es bereits und ich war über ein sensibles Thema gestolpert?

„Sie untersuchen übernatürliche Kuriositäten“, sagte ich zu ihm. „Und Sie wollen, dass Ihnen das Nekromantenmädchen hilft. Bedeutet das, dass Sie übernatürlich sind, Sir?“

Einen ausgedehnten Moment lang dachte ich, ich hätte eine Grenze überschritten; wäre zu weit gegangen. Er starrte mich einfach nur an, ohne zu blinzeln. Worauf wartete er? „Nein“, sagte er schließlich.

„Aber Sie sind der Kugel ausgewichen. Wie, wenn nicht mit übernatürlicher Geschwindigkeit?“

„Ich bin ein guter Beobachter und recht flink.“

Recht flink! Er war auch ein Meister der Untertreibung.

„Niemand im Ministerium oder im Komitee hat irgendwelche echten paranormalen Fähigkeiten“, sagte Lady Harcourt. „Du bist unser erster Angestellter dieser Art.“

„Ich arbeite nicht für Sie.“ Ich hielt meinen Ton locker, aber mein angespannter Kiefer ließ es harsch klingen.

„Warum nicht?“

Weil ich euch nicht trauen kann. Ich kann niemundem trauen. „Ich bin kein Nekromant.“

Lady Harcourt öffnete den Mund, um zu sprechen, aber Fitzroy beugte sich vor und sie schloss ihn wieder. Sie schien erpicht darauf, zu hören, was er zu sagen hatte. „Wir dachten, es gäbe nur einen auf der Welt“, sagte er. „Aber es scheint, als wären es zwei. Du und das Mädchen.“

„Ich bin kein Nekromant. Wie oft muss ich Ihnen das noch sagen?“ Ich schob meinen Stuhl zurück und stand auf.

Seth und Gus drängten sich um mich in Erwartung eines Befehls ihres Herrn, mich zu packen und aus dem Zimmer zu bringen.

„Setz dich“, schnappte Fitzroy.

„Du hast deinen Pudding noch nicht gegessen." Lady Harcourt deutete auf die Schüssel, die Seth vor mir abgestellt hatte. Sie lächelte. „Bleib bei uns. Es gibt noch mehr, was du wissen musst."

Ich nahm meinen Löffel und wünschte, es wäre ein Messer, dass ich nach Fitzroy werfen konnte. Ich setzte mich wieder. „Wenn es sein muss."

Sie kratzte etwas Pudding aus dem Schälchen, aß ihn aber nicht. Er wackelte auf ihrem Löffel, während sie mich betrachtete. „Jemand würde gern deine—nekromantischen—Kräfte nutzen, um der Königin zu schaden."

„Wer?"

„Wir wissen es nicht. Mr Fitzroy hat einen Brief von jemandem in Paris abgefangen, den wir beobachtet hatten. Er trug lediglich die Initialen des Mannes—oder der Frau—und war an ein verlassenes Haus adressiert. Trotzdem denken wir, dass der Brief ihn erreicht hat."

„Hat er", warf Fitzroy ein. „Dafür habe ich gesorgt."

„Der Brief erwähnte, dass ein bestimmtes Mädchen, welches er gesucht hatte—"

„Die Nekromantin?", fragte ich.

Sie nickte. „Die Spur der Nekromantin, die er so lange verfolgt hatte, war zum Haus eines Londoner Vikars zurückverfolgt worden."

Ich schaufelte mir Pudding in den Mund, aber er schmeckte wie Asche und war schwierig zu schlucken. Ich zwang ihn mit einem Schluck herunter, während ich versuchte, diese Neuigkeiten zu verdauen. Der Londoner Vikar war mein Vater. „In London muss es Dutzende Vikare geben."

„Das stimmt. Wir haben noch nicht ausmachen können, auf welchen der Brief sich bezog. Wir hoffen, dass er das auch noch nicht konnte."

Oh doch. Es musste der Doktor sein, den ich vor Vaters Haus gesehen hatte. Jetzt war ich noch froher, dass ich mich ihm nicht zu erkennen gegeben hatte. „Was will er mit diesem Nekromantenmädchen?"

„Ihre Kräfte nutzen, um seine … Kreationen zu beleben."

Ich hielt mit dem Löffel im Mund inne. „Kreationen?"

Ihr ohnehin schon blasses Gesicht wurde blasser. Sie sah Fitzroy an und er übernahm die Erklärung. „Er nimmt Teile von verschiedenen Leichen und näht sie zusammen, um neue, überlegenere zu machen. Alles, was ihnen fehlt, ist ein Geist, der sie zum Leben erweckt und ihm gefügig ist.“

Mir drehte sich der Magen um. Galle und Pudding stiegen in meiner Kehle hoch. „Warum würde er so etwas tun?“

„Um sich eine Eliteeinheit aufzubauen“, sagte Lady Harcourt. „Er nimmt beispielsweise die langen, kräftigen Beine eines schnellen Läufers, die starken Arme eines Arbeiters oder Boxers, das Herz und die Lungen eines guten Schwimmers. Und das Gehirn eines intelligenten Mannes, oder eins mit dem Wissen, das er für sich zum Vorteil nutzen will.“

Was für ein Monster wollte so etwas tun? Allein schon der Gedanke war krank, aber tatsächlich Leichen zu zerschneiden und die Stücke zusammenzunähen, um einen neuen Mann zu formen ... Sein Operationsraum musste voller Blut sein ... seine Arme und sein Körper ebenfalls. Es war unvorstellbar.

„Charlie?“ Lady Harcourt erhob sich und kam um den Tisch. Sie legte ihre kühle Hand auf meinen Nacken. „Du bist aschfahl.“

„Ist kein Wunder“, sagte Seth leise.

Gus murmelte seine Zustimmung. „Davon wird mir auch schlecht.“

Fitzroy schenkte mir mehr Wein ein und reichte mir das Glas. Er sah zu, wie ich trank. „Hast du jemals von so einem Mann gehört?“

„Warum sollte ich?“

„Straßenkinder hören alle möglichen Dinge. Vielleicht ist der Körper eines Obdachlosen auf unerklärliche Weise verschwunden, oder jemand hat gesehen, wie sich ein Kerl in der Nähe des Friedhofs seltsam aufgeführt hat. Du hast viel Zeit auf dem Highgate-Friedhof verbracht.“

Also hatte er das auch über mich herausgefunden. „Ich habe nichts gesehen oder gehört. Wenn der Mann wie ein gewöhnlicher Gentleman aussieht, könnte es jeder sein.“

Es *musste* der Doktor sein, den ich beim Haus meines Vaters gesehen hatte. Nur ein Mann mit medizinischem Fachwissen konnte Körperteile zusammensetzen. Aber ich wusste seinen Namen nicht. Ich wusste nicht, wo er wohnte. Ich konnte Fitzroy und Lady Harcourt nicht helfen, ihn zu finden, selbst wenn ich das wollte.

Fitzroy kehrte zu seinem Platz zurück, aber Lady Harcourt blieb an meiner Seite und strich über meine Haare. „Meine Spione haben mir erzählt, was in der Polizeistation vorgefallen ist", sagte er. „Neuigkeiten verbreiten sich wie ein Lauffeuer, ganz besonders wenn etwas Sensationelles passiert. Ich habe den Verdacht, dass die Spione dieses Mannes ihn ebenfalls informiert haben. Er wird jetzt nach dir suchen."

„Sie sehen das falsch, Mr Fitzroy. Ich war das nicht."

„Wir werden dich hier vor ihm beschützen. Er kommt nicht an dich heran, während du unter meinem Schutz stehst."

Ich schnaubte. „Sie wissen ja noch nicht einmal, wie er aussieht." Lady Harcourts Hand kam zu dicht an meine Stirnfransen und ich zog den Kopf weg. „Ich bin kein Nekromant. Ich kann Ihnen nicht helfen."

Sie kehrte zu ihrem Stuhl zurück. „Nicht einmal für ein weiches Bett, Essen und saubere Kleider?"

„Ich bin kein Nekromant", sagte ich wieder. Ich hatte keine fünf Jahre auf der Straße überlebt und alles Mögliche getan, um meine Identität zu verbergen und zu wahren, nur um alles für eine Königin über Bord zu werfen, die mir nichts bedeutete. „Ich wünschte, ich könnte Ihnen helfen, kann ich aber nicht. Mir scheint, Sie brauchen das Mädchen. Sie sollten sie besser finden, bevor er es tut."

„Das werden wir. Jetzt, wo wir wissen, dass es zwei von euch gibt—"

Ich knallte meine Handfläche auf die Tischplatte, wodurch der Wackelpudding zu tanzen begann. „Ich bin kein Nekromant!" Ich sprang von meinem Stuhl auf, wurde aber sofort von Gus und Seth blockiert. Mit verschränkten Armen und düsteren Gesichtern bildeten sie eine gefühllose Wand. Heute Abend würde ich sie nicht ablenken können. Abgesehen davon hegte ich keinen Zweifel, dass Fitzroy mich erwischen würde, sollte es mir doch gelingen.

„Ich denke, für heute reicht es", sagte Lady Harcourt. „Ordentliche Ruhe ist angebracht. Bringt ihn in sein Zimmer."

„Sir?", fragte Seth.

Fitzroy nickte. „Ich bin gleich da."

„Lincoln?" Lady Harcourt hob ihre perfekt gezeichneten Augenbrauen in seine Richtung. „Warum musst du auch gehen?"

„Ich habe beschlossen, dass es unwahrscheinlicher ist, dass er mir entwischt. Ich habe ihn in meine Gemächer verlegt."

„Deine Gemächer? Dauerhaft?"

„Ja."

„Ich glaube nicht, dass das eine gute Idee ist."

„Warum nicht?"

Etwas Farbe drang in ihre Wangen und einen schrecklichen Moment lang dachte ich, sie wüsste es. Sie musste meine Verkleidung durchschaut haben und wissen, dass ich kein Junge war und dass es unschicklich war, mich in seinen Gemächern verweilen zu lassen. „Wer wird morgen nach seiner Herkunft forschen, wenn du ihn bewachst?"

Ich stieß einen Seufzer aus.

„Seth und Gus bekommen vollständige Anweisungen."

„Ist es weise, ihnen eine so wichtige Aufgabe zu übertragen?"

Gus presste die Lippen zusammen und sah aus, als wollte er widersprechen. Seth wurde lediglich rot und starrte auf seine Stiefel.

„Die sind fähig genug und brauchen Übung. Abgesehen davon habe ich jetzt eine genauere Vorstellung davon, auf welche Gegend sie ihre Suche konzentrieren sollten." Das letzte sagte er an mich gewandt, ziemlich selbstgefällig, falls ich mich nicht irrte.

Lady Harcourt verzog das Gesicht. „Ich glaube immer noch nicht—"

„Ich habe entschieden."

Sie schaute ihn empört an. Er erwiderte den Blick und ihr stummer Willenskampf füllte die Atmosphäre im Raum erneut mit Spannung.

„Ruf meine Kutsche", sagte sie zu Seth.

Er schien erleichtert, entlassen zu sein und verschwand aus dem Zimmer. Lady Harcourt marschierte aus dem Esszimmer in den Flur. Sie sammelte ihren Hut und ihre Handschuhe ein und Fitzroy half ihr in den Mantel. Sie sprachen kein Wort. Weder seine Hände noch sein Blick verweilten auf ihren nackten Schultern oder dem Hals. Es war, als würde er ihre samtene, weiße Haut gar nicht bemerken oder sich darum scheren, dass sie ihm näherkam, als Freunde das sollten. Nichts an der Art, wie er sie behandelte, deutete auf eine Liebschaft hin. Es überraschte mich nicht. Ich konnte mir nicht vorstellen, dass er von Leidenschaft für sie erfüllt war—oder für sonst jemanden.

Seth kam zurück und die Räder der Kutsche knirschten schon bald draußen auf dem Kies. Er öffnete ihr die Haustür und verbeugte sich. Lady Harcourt bot ihm seine Hand an und er küsste sie. Gus erhielt dieses Privileg nicht und sah auch nicht so aus, als würde er es erwarten.

„Begleite mich hinaus, Lincoln", sagte sie mit milder Stimme.

Fitzroys Blick wanderte zu mir.

„Ich werde nicht versuchen zu fliehen", sagte ich.

„Bringt ihn in die Bibliothek und wartet dort auf mich." Er folgte Lady Harcourt hinaus.

Gus nickte zu einer Tür neben dem Eingang. „Die Bibliothek ist da drinnen."

Seth ging voraus und Gus folgte mir. Ich dachte, in Fitzroys Zimmer wären sehr viele Bücher gewesen, aber die Bibliothek enthielt dreimal so viele. Bücherregale reichten an allen Wänden bis zur Decke. Dazwischen waren einige Lücken für Lampen, Fenster und gerahmte Bilder. Ein kreisförmiger Eisenleuchter mit Dutzenden von Kerzen hing vom Rosenstuck der Decke über einem runden Tisch. Seth zündete einige Kerzenleuchter an und reichte einen an Gus weiter.

„Hier drüben", sagte ich ihnen. „Ich will die Bücher sehen."

„Du kannst uns nicht rumkommandieren", knurrte Gus.

Ich ignorierte ihn und wanderte durch den Raum, ließ meine Finger über die ledernen Buchrücken gleiten und sog ihren erdigen Geruch tief in meine Lungen.

„Lass dir ja nicht einfallen, die zu werfen", sagte Seth, der mir mit einer Kerze folgte.

Ich hielt am Fenster inne. Fitzroy und Lady Harcourt standen an der Kutschentür und redeten. Oder besser gesagt, stritten, wenn ich ihren Gesichtsausdruck richtig interpretierte. Fitzroy stand mit dem Rücken zu mir, aber im Licht des Mondes und der Kutschenbeleuchtung wirkte ihr Gesicht streng, ihr Körper starr.

„Was glaubst du, worüber sie streiten?", fragte ich.

Seth schaute über meine Schulter. „Schwer zu sagen. Dich vielleicht, und die Entscheidung des Todes, dich in seiner Nähe zu behalten. Seine Entscheidung, Gus und mir mehr Verantwortung zu übertragen."

„Oder seine Entscheidung, sie nicht mit ins Bett zu nehmen", sagte Gus, der auf der anderen Seite hinter mir erschien und ebenfalls aus dem Fenster sah.

„Glaubt ihr, er hat ihre … Liaison beendet?", fragte ich.

„Möglich."

Lady Harcourt wirbelte herum und stieg in die Kutsche, wobei sie Fitzroys ausgestreckte Hand ignorierte. Er zog sie zurück, als sie die Tür zuknallte.

„Wenn es so war", sagte Seth, derweil die Kutsche davonrollte, „hat er es wahrscheinlich nicht so beendet, wie ein Gentleman das tun sollte."

„Warum sagst du das?"

„Vielleicht hast du es nicht bemerkt, aber er kann nicht so gut mit Menschen umgehen."

Ich schnaubte. „Ich hab's bemerkt."

„Ich bin mir nicht sicher, ob er weiß, wie man eine Dame ordentlich behandelt. Ganz sicher glaube ich nicht, dass er das schöne Geschlecht versteht."

„Das wird Lady H nicht davon abhalten, sich ihm an den Hals zu werfen", sagte Gus. „Andere Frauen auch nicht."

Seth ging auf ihn los. „Lady Harcourt *wirft* sich niemandem an den Hals. Sie ist viel zu—" Er brach ab, als Fitzroy in der Tür erschien.

„Nach oben", sagte Fitzroy und wandte sich ab. „Jetzt."

Gus und Seth packten jeweils einen meiner Arme und führten mich aus der Bibliothek. Wir folgten Fitzroy die Treppe hinauf und den Flur entlang, dann schubsten sie mich hinter ihm

ins Zimmer und machten die Tür zu. Er schloss ab und steckte
den Schlüssel ein. Ich schluckte, als Fitzroy sich zu mir
umdrehte. Es war eine Sache, tagsüber in seiner Gegenwart so
zu tun, als wäre ich ein Junge, aber jetzt musste ich eine ganze
Nacht mit einem Mann verbringen, bei dem es mir abwechselnd
heiß und kalt wurde. Einem Mann, dessen Blick alles zu sehen
schien.

KAPITEL 6

Jemand hatte eine zusätzliche Liege in die Schlafsuite gestellt, für meinen Geschmack viel zu dicht am Hauptbett. Normalerweise schlief ich in unserem Bau so weit wie möglich von den anderen Jungs weg und blieb nur aus Sicherheitsgründen in der Nähe. Aber nicht so nah wie hier.

Ich beschwerte mich nicht, weil ich Fitzroy nicht misstrauisch machen wollte. Allerdings musste ich einige Dinge von vornherein klarstellen. Am besten gleich raus damit.

„Sie müssen den Raum verlassen, wenn ich den Nachttopf benutze", sagte ich ihm.

Er warf mir vom Kleiderständer her einen harten Blick zu, wo er sich den Smoking auszog. Ich vermutete, dass das als Zustimmung zu werten war.

„Und wenn ich mich wasche und umziehe."

„Wie du wünschst." Er hängte die Jacke an den Kleiderständer und knöpfte sich die Weste auf.

Ich schaute nicht weg, starrte ihn aber auch nicht an. Ein Junge würde keins von beidem tun. Ich hatte schon Männer gesehen, oder besser gesagt, Jungen und Jugendliche. Während ich mich nie vor ihnen auszog, hatten sie da keine Hemmungen. Sie pissten sogar vor mir und Stringer hatte einmal eine Hure flachgelegt, wo ihn die ganze Bande hatte sehen können. Die

89

männliche Anatomie und ihre Funktionen waren mir nicht fremd. Fitzroys Nacktheit würde mir nichts ausmachen.

„Du kannst dich in diesen Räumen frei bewegen", sagte er mir mit der Fliege in der Hand. „Das Buch liegt auf meinem Schreibtisch, Ersatzkerzen und Streichhölzer sind in der obersten Schublade. Brenn das Haus nicht ab."

Ich blinzelte. Hatte er gerade einen Witz gemacht? Sein Mund zuckte nicht, also nahm ich an, dass er es ernst meinte und in der Tat den Verdacht hegte, ich könnte versuchen, ein Feuer zu legen.

Ziemlich enttäuscht, dass ich nicht sehen würde, ob das prächtige Gesicht von einem ebenso prächtigen Körper begleitet wurde, überließ ich ihn sich selbst und nahm das Buch. Es war zwecklos, noch so zu tun, als könnte ich nicht lesen, also versuchte ich, mir eine plausible Erklärung für meine Bildung zu überlegen, während ich in der obersten Schublade nach den Streichhölzern suchte.

Während sich meine Hand um die Schachtel schloss, kam mir ein Gedanke. Mein Vater bewahrte früher ein kleines Messer in der mittleren Schublade seines Schreibtisches auf. Ich tastete überall herum, aber in der obersten Schublade schien keins zu sein. In den anderen war auch nichts. Ich saß auf dem Stuhl und überprüfte die Tischplatte und eine nicht verschlossene Kassette. Sie enthielt nur Papiere. Ich fühlte unter dem Schreibtisch herum und meine Finger berührten ein kleines, schmales Fach auf der rechten Seite. Es enthielt eine Sache – ein Messer.

Ich zog es heraus und drückte es gegen meinen Oberschenkel. Dann stand ich auf und trug das Buch und das Messer zum anderen Ende des Raumes, wo ich es mir auf dem Sofa bequem machte. So interessant das Buch war, ich las keinen einzigen Satz, während ich darauf wartete, dass Fitzroy aus dem Schlafzimmer kam.

Er schien ewig zu brauchen, und als er endlich herauskam, barfuß und in eine lose weiße Hose und ein orientalisch anmutendes Hemd gekleidet, hatte ich bereits Zweifel. Nicht daran, das Messer zu benutzen, aber an meinen Erfolgschancen. Er war stärker und schneller als ich. Im Nahkampf würde ich verlieren.

Ich musste es nach ihm werfen, wenn er mir den Rücken zudrehte, oder es lassen.

Der Gedanke, jemandem ein Messer in den Rücken zu rammen, war befremdlich, insbesondere, weil Fitzroy mir nichts getan hatte, außer um sich zu schützen. Ich schob das Messer unter meinen Schenkel und beobachtete ihn dann ganz direkt.

Er stand in dem freien Raum zwischen den beiden verschiedenen Teilen des Zimmers und fing an, auf der Stelle zu hüpfen, wobei er seine Knie bis zur Brust hochzog. Es war so merkwürdig, dass ich meinen Blick nicht abwenden konnte. Dann ging er plötzlich in die Hocke, drehte sich auf einem Fußballen und trat mit dem anderen Fuß nach einem imaginären Gegner. Ich legte das Buch beiseite und schaute weiter zu, während er weitere Übungen ausführte, mal tretend, mal schlagend mit geschlossener Faust oder gestreckter Hand. Sein Gesicht war hoch konzentriert und er blickte nicht ein einziges Mal in meine Richtung. Er trug gar nicht Hose und Hemd, wie ich zuvor gedacht hatte, jedenfalls keine, die ich je gesehen hatte. Die Kleidung war locker, der Stoff fließend, sodass seine Gliedmaßen nicht behindert wurden.

Nach mehreren Minuten sich wiederholender Übungen öffnete er ein Kästchen im Regal und nahm ein Objekt heraus. Oder waren es zwei? Es schienen zwei Griffe zu sein, so lang wie seine Hände, und das Ende des einen war mit einer Kette am Ende des anderen befestigt. Er kehrte zu der Freifläche zurück und setzte erneut mit seinen Übungen ein, wobei er diesmal das Gerät rauf und runter und hin und her schleuderte. Schläge mit diesem Metallding würden auf nackter Haut eine Menge Schaden anrichten. Das sollte man sich merken, ebenso wie den Ort, an dem er es aufbewahrte.

Ich sah weiter zu, fasziniert von seiner Gewandtheit und Schnelligkeit. Er trainierte eine Stunde lang und machte weder eine Pause, noch sah er in meine Richtung. Es schien ihn nicht zu stören, dass er Publikum hatte. Vielleicht gefiel es ihm. Als er nach beinahe zwei Stunden endlich fertig war, war sein Gesicht leicht gerötet und die Haare an seinen Schläfen waren feucht, ansonsten wirkte er ruhig. Ich hätte hechelnd auf dem Boden gelegen.

Ohne ein Wort tapste er zu dem Kästchen zurück und legte die Waffe hinein. Dann ging er ins Schlafzimmer. Zehn Minuten später kam er mit nichts als einem Handtuch um die Lenden wieder heraus. In der Hand hielt er ein weiteres, mit dem er sich die Haare abgetrocknet hatte.

Seine mangelnde Aufmerksamkeit gestatteten es mir, den Anblick seines Brustkorbs und der Schultern zu genießen. An der linken prangte ein Verband, wo ich ihn angeschossen hatte. Die Jugendlichen in den Banden, in denen ich gelebt hatte, hatten nie solche Körper gehabt. Fitzroys Schultern waren breit und ausgeprägte Muskeln zogen sich über seine Arme und die Brust. Die spärliche, dunkle Brustbehaarung verlief sich, noch ehe sie seinen drahtigen Bauch erreichte. Auf die Entfernung war es schwer zu sagen, ob sie wie sein Haupthaar lockig war und ich stellte fest, dass ich das gern herausfinden wollte.

Ohne wirklich zu merken, was ich tat, zog ich die Füße unter mir heraus und stellte sie auf den Boden. Er sah auf und eine kleine Falte verband seine Augenbrauen. Ich schluckte und öffnete mein Buch. Hoffentlich verbarg mein Pony die Schamesröte, die auf meinem Gesicht brannte. Unter meinem Schenkel bohrte sich die Spitze des Messers in mein Fleisch. Ich hatte es vergessen. Wahrscheinlich hätte ich seine fehlende Aufmerksamkeit während des Trainings nutzen sollen, um es nach ihm zu werfen.

Dummkopf. Dummes *Mädchen*. Sicherlich musste er jetzt mein Geheimnis kennen. Sicherlich konnte er mein Interesse an ihm *sehen*. Kein Junge würde ihn so anstarren. Um Himmelswillen, hoffentlich hatte ich nicht gesabbert. Ich wischte meinen Mundwinkel an meiner Schulter ab, nur zur Sicherheit.

„Es ist spät", sagte er und warf das Handtuch, das er für seine Haare benutzt hatte, über die Rückenlehne eines Stuhls. Er schob sich die feuchten, wirren Locken aus dem Gesicht und mein Herz hüpfte in meinem Brustkorb, weil es ihn irgendwie noch attraktiver machte.

„Und?", fragte ich auffordernd.

„Bist du nicht müde?"

„Sind Sie es?"

„Ich brauche nicht viel Schlaf." Er setzte sich an seinen

Schreibtisch. Wollte er sich nicht anziehen? Seine Halb-Nacktheit lenkte ab.

Ich sortierte mich neu auf dem Sofa, sodass ich nicht mehr in seine Richtung schaute. „Ich auch nicht." Das stimmte. Wach und aufmerksam zu bleiben war ein Grund, warum ich jahrelang sicher und am Leben geblieben war.

Er machte ein leises Geräusch, aber ich war nicht sicher, ob es Humor oder Verachtung war. Ich weigerte mich, ihn anzusehen, und lümmelte mich stattdessen auf das Sofa, legte den Kopf auf die Armlehne und streckte meine Beine aus. Ich hielt das Buch dicht vor die Nase, um in dem schwachen Licht die Worte zu erkennen, und war bald in der Geschichte versunken, hineingezogen in die Welt von Sherlock Holmes und seine Rätsel.

Einige Zeit später stellte Fitzroy einen Kerzenleuchter auf den Tisch hinter meinem Kopf. Mir stockte der Atem, während ich darauf wartete, dass er etwas sagte oder tat. Als nichts geschah, drehte ich den Kopf. Er war wieder an seinem Schreibtisch, trug immer noch nicht mehr als ein Handtuch und schien ganz gebannt von dem Papierkram, der vor ihm ausgebreitet lag.

Irgendwann schlief ich ein und wachte am nächsten Morgen in der gleichen Stellung auf, das Buch aufgeklappt auf meiner Brust, während Fitzroy auf mich herabblickte. Der Albtraum, der mich geweckt hatte, verzog sich, während wir einander betrachteten. Hatte ich im Schlaf geredet? Geschrien? Es war schwierig, von seinem neutralen Gesicht etwas abzulesen.

Ich setzte mich auf und erhielt eine scharfe Erinnerung an das Messer, das noch immer unter meinem Schenkel steckte. „Was wollen Sie?", schnappte ich.

„Es gibt bald Frühstück." Er bewegte sich weg und setzte sich an den Schreibtisch. Der Mann arbeitete gern.

Ich schob das Messer in meinen Ärmel und ging ins Schlafzimmer. Mit einem Auge auf die geschlossene Tür, steckte ich das Messer unter die Matratze der Liege, wusch mich dann hastig und zog das saubere Hemd an. Sobald meine Haare wieder vor meinem Gesicht hingen, kehrte ich ins Wohnzimmer zurück.

„Guten Morgen, Junge", sagte Seth fröhlich von dem kleinen Tisch her, auf dem er ein Tablett abstellte. „Gut geschlafen?"

„Gut genug."

Gus ging an mir vorbei ins Schlafzimmer und kam kurz darauf mit den Waschschüsseln wieder heraus. „Wann bekommen wir ordentliche Mägde, Sir?"

Fitzroy schaute nicht von seinen Papieren hoch. „Wenn wir welche finden, die nicht tratschen."

„Mädchen, die nich tratschen?" Gus stöhnte. „Solche Kreaturen gibts nich."

Seth klopfte auf den Stuhl am Tisch. „Setz dich und iss, Charlie."

Ich setzte mich und bemerkte, dass Fitzroy sein eigenes Tablett voller Schinken, Würstchen und Ei hatte. „Ich kann das nicht alles essen", sagte ich.

„Versuch es. Du musst mehr auf die Rippen kriegen." Seth wuschelte mir durch die Haare, während er vorbeiging, und ich schlug seine Hand weg. Er lachte in sich hinein und ich stellte fest, dass ich nicht sauer auf ihn sein konnte. Er war kein übler Kerl, trotz seiner Beteiligung an meiner Entführung. Er befolgte nur Befehle.

Gus reichte mir eine dampfende Tasse Tee und beugte sich nah zu mir. „Schnarcht er?", flüsterte er.

Trotz allem lachte ich. „Wie eine Trompete", flüsterte ich zurück und behielt Fitzroy dabei im Blick.

Gus grinste, wobei er ein Flickwerk von abgebrochenen und schiefen Zähnen offenbarte. „Ich wusste, dass es an ihm *etwas* Menschliches geben musste."

„Oder vielleicht klemmt seine Mechanik, wenn er sich hinlegt."

Gus brüllte vor Lachen. Fitzroy schaute über die Schulter und erwischte uns dabei, wie wir ihn beobachteten. Gus verschluckte sich an seinem Gelächter und verwandelte es in Husten.

„Iss, halbe Portion", befahl er. „Heranwachsende Jungs wie du sollten jeden Krümel verspeisen."

Seth trug Kannen und Schüsseln aus dem Schlafzimmer. „Was ist so lustig?", fragte er Gus lediglich mit Mundbewegungen, aber Gus zuckte nur mit den Schultern.

„Ihr wisst, was ihr zu tun habt", sagte Fitzroy.

„Ja, Sir", erwiderte Seth. „Wir machen uns jetzt auf den Weg."

Fitzroy schloss hinter ihnen die Tür ab und verschanzte sich wieder hinter seinem Schreibtisch. Er las die Zeitung, die er vor sich ausgebreitet hatte und aß geistesabwesend sein Frühstück. Ich vertilgte den gesamten Schinken auf meinem Teller. Es war eins der Dinge, die ich in den letzten fünf Jahren vermisst hatte, und ich genoss jeden Bissen. Den Rest rührte ich nicht an. Der Schinken hatte mich satt gemacht.

„Du isst nicht", sagte Fitzroy etwas später, als er zu mir kam.

„Ich bin nicht hungrig."

„Wenn du nicht isst, wächst du nicht."

„Vielleicht bin ich gern klein und dünn.

„Kein Junge ist gern klein und dünn."

Ich suchte nach Anzeichen, dass er etwas ahnte, aber er wandte sich bereits von mir ab und ging im Raum hin und her, wobei er ihn mit seinen langen Schritten schnell durchquert hatte. Er wirkte aufgewühlt oder frustriert.

„Die machen sicher, worum Sie sie gebeten haben", sagte ich.

Er blieb stehen und sah mich an. Dann lief er wieder weiter. Hin und her, hin und her, eine halbe Ewigkeit, wie mir schien. Ich drehte ihm den Rücken zu, aber der Takt seiner Schritte lenkte mich ab. Ich steckte mir die Finger in die Ohren, doch der Rhythmus stapfte weiter durch meinen Kopf und es war schwierig, das Buch mit den Ellenbogen offen zu halten.

Mit einem Seufzen nahm ich die Finger heraus und schloss das Buch. „Machen Sie sich Sorgen um die beiden?"

„Nein." Er klang beinahe amüsiert bei dem Gedanken. Beinahe.

„Befürchten Sie, dass sie versagen werden?"

„Möglich."

Aber nicht genug, um die Lauferei zu verursachen, dachte ich. „Befürchten Sie, sie könnten zu viel über Sie und das Ministerium verraten?"

„So inkompetent sind sie nicht."

Vielleicht war er enttäuscht darüber, wie das gestrige Abendessen mit Lady Harcourt geendet hatte. Vielleicht mochte er es nicht, dass sie sich im Streit getrennt hatten. Bei ihrer Abreise hatte er allerdings keinerlei solche Skrupel gezeigt. Merkwürdig.

Schließlich hörte er lange genug auf herumzulaufen, um aus dem Fenster zu sehen. Er schaute hinauf in den strahlend blauen Himmel, nach links und dann nach rechts und wieder hinauf zum Himmel. Dann lief er weiter.

Ich stand auf und tapste barfuß zum Fenster, um zu sehen, was er angeschaut hatte. Da war nichts außer der Kiesauffahrt, dem Garten, den Bäumen und dem Himmel. Die Rosen sahen aus wie Juwelen, die man auf einen grünen Teppich hatte fallen lassen, und der Himmel war blauer, als ich ihn seit Ewigkeiten gesehen hatte. Eine nördliche Brise musste den Fabrik-Smog wegwehen und in den meisten Häusern wurde im Sommer nur in der Küche ein Feuer entzündet. Ich war so an das Grau und Braun um mich herum gewöhnt, dass meine Augen vom blendenden Sonnenschein und den hellen Farben schmerzten. Es war ein perfekter Tag und ich sehnte mich danach, hinauszugehen.

Jetzt verstand ich Fitzroys Frustration. Er mochte es ebenso wenig, in seinen Gemächern eingeschlossen zu sein wie ich— vielleicht sogar noch weniger. Während ich mich mit den Büchern zufriedengab, schien er sich bewegen zu müssen und es gab einfach nicht genug Platz.

„Zieh deine Schuhe an." Seine Stimme ertönte viel dichter hinter mir, als ich erwartet hatte, und ich fuhr zusammen.

„Wohin gehen wir?"

„Raus."

Ich verdrehte hinter seinem Rücken die Augen und folgte ihm ins Schlafzimmer. „An einen bestimmten Ort?"

„Nein."

Kurz darauf gingen wir über den Rasen. Ich musste zweimal so viele Schritte machen, um mit seinen langen Beinen mithalten zu können, aber das machte mir nichts aus. Ich mochte es, mir die Füße zu vertreten und das Blut durch meine Adern pumpen zu spüren. Wäre ich eine Dame, hätten wir das Tempo auf ein Schlendern reduziert, aber ich wollte nicht schlendern. Ich wollte rennen. Ich fragte mich, was er tun würde, wenn ich davon schoss. Mich zu Boden ringen? Mir an den Haaren reißen, um mich zu stoppen? Oder würde es ein Wettrennen geben?

Ich beließ es bei einem flotten Schritt. Während wir den Rosengarten und den Seerosenteich passierten, in dem ein Frosch uns quakend grüßte, redeten wir nicht miteinander. Wir steuerten auf eine Baumgruppe am Rande des Grundstücks zu, änderten dann abrupt die Richtung und gingen zurück zum Haus. Ich war noch nicht bereit, wieder hineinzugehen, auch wenn mir unter meinem Hemd und der Jacke heiß war.

„Was ist hinter dem Haus?", fragte ich.

„Nebengebäude, Obstbäume, ein eingefriedeter Garten und ein Tennisplatz."

„Tennis! Spielen Sie?"

„Spielen?"

„Ja. Tennis. Spielen Sie?"

„Nein."

„Sie haben Seth oder Gus noch nie zu einem Spiel herausgefordert?"

„Wir haben keine Zeit für Spiele in Lichfield Towers."

„Wie langweilig. Ich bin mir sicher, die Männer würden es begrüßen, etwas Zeit für Spiele wie Tennis oder Karten zu haben."

„Ich habe sie schon nach dem Abendessen Karten spielen sehen."

„Sie haben sich nie dazugesellt?"

„Selten."

„Liegt das daran, dass sie nicht gefragt haben oder weil Sie nicht spielen wollen?"

Seine einzige Antwort war ein höheres Tempo. Ich musste traben, um neben ihm zu bleiben.

„Sie reden nicht viel", sagte ich. Wenn er mich schon genau im Auge behalten wollte, konnte ich ihm genauso gut auf die Nerven gehen. Das war meine Pflicht als sein Gefangener.

„Du stellst zu viele Fragen."

„Ha! Das sagt der Richtige. Sie tun nichts *anderes*, als Fragen zu stellen."

„Heute habe ich dir noch keine gestellt."

„Es ist erst später Vormittag. Ich erwarte, dass sie nach Seths und Gus' Rückkehr kommen."

„Da hast du vermutlich recht."

Ich sah ihn von der Seite an, aber er hielt seinen Blick starr geradeaus gerichtet. Er wurde allerdings deutlich langsamer, was gut war, denn allmählich ging mir die Puste aus.

„Du hast das Buch fast ausgelesen." Sein Versuch, ein neues Gespräch anzufangen, das nichts mit meinem Hintergrund zu tun hatte, überraschte mich. Ich fing an, mich an sein Schweigen zu gewöhnen.

„Es ist ein gutes Buch."

„Du hast mich auch nicht nach der Bedeutung von irgendwelchen Wörtern gefragt."

„Und?"

„Du bist gebildet."

Ah, da war es ja. Sein Versuch, in meiner Vergangenheit zu graben, hatte diesmal subtiler begonnen, aber mit dieser Bemerkung hatte er alles verdorben. „Sehr aufmerksam, Sherlock."

Er sagte nichts.

„Sherlock ist die Figur in dem Buch, das ich lese", erklärte ich. „Er ist sehr aufmerksam."

„Ich habe es gelesen."

„Oh, also finden Sie meinen Bezug darauf weder clever noch amüsant genug, um darauf zu antworten oder auch nur zu grinsen."

„Das habe ich nicht gesagt."

„So so. Sie haben nur *gedacht*, dass ich clever und amüsant war. Vorsicht, Mr Fitzroy, ich habe gehört, dass man innerlich verrottet, wenn man seine Gefühle immer unterdrückt."

„Du hast einen trockenen Humor. Das habe ich nicht erwartet."

„Und Sie, Sir, haben überhaupt keinen Sinn für Humor."

Als er nicht antwortete, befürchtete ich, ihn verletzt zu haben. Dann befahl ich mir, damit aufzuhören. Er war mein Gefängniswärter, seine Gefühle konnten mir egal sein. Abgesehen davon bezweifelte ich, dass er Gefühle hatte.

„Warum nennen Gus und Seth Sie den Tod?"

„Weil ich Menschen getötet habe."

Meine Schritte stockten. Ich hatte versucht, ihn wieder zu reizen und hatte seine Offenheit nicht erwartet.

„Wie viele?"

„Genug."

„Warum haben Sie sie getötet?"

„Sie haben zu viel geredet."

Jetzt blieb ich ganz stehen, aber er ging sorglos weiter, obwohl er mich zurückließ. Ich blinzelte mehrmals und begriff dann, dass er mich foppte.

„Und Sie bezeichnen meinen Humor als trocken", murmelte ich, als ich ihn bei den Ställen wieder eingeholt hatte. „Ihrer ist regelrecht verdorrt."

Wir gingen an den Ställen und anderen Nebengebäuden vorbei, überquerten dann einen Hof und stiegen die Hintertreppe hinauf. Er öffnete mir die Tür und ich ging hinein. Wir waren im Dienstbotenbereich in der Nähe der Küche, wenn man nach dem köstlichen Duft von frischem Brot ging.

Wir kamen am Esszimmer der Dienstboten vorbei, den Büros des Butlers und der Hauswirtschafterin, an der Spülküche und den Klingeln, an denen die Namen der Räume standen, zu denen sie gehörten. Sie waren unheimlich still, so wie das gesamte Haus, bis wir zur Küche kamen. Ein großer Mann summte, während er mit völliger Konzentration Teig knetete.

„Koch", bellte Fitzroy.

Der Koch schaute hoch und seine Augen weiteten sich. Er hatte keine Haare auf seinem Kopf oder im Gesicht, nicht einmal Augenbrauen, und ihr Fehlen brachte sein gespaltenes Kinn und die roten Wangen noch deutlicher zum Vorschein. Ich war mir nicht sicher, ob er grundsätzlich einen rosigen Teint hatte oder ob ihm schlicht heiß war. In der Küche war es furchtbar warm.

„Mr Fitzroy, Sir! Ich habe Sie nicht erwartet." Er wickelte seine Hände in seine Schürze, um sie abzuwischen, aber sie waren danach immer noch voller Teig. „Sind Sie hungrig, Sir?"

„Nein", sagte Fitzroy. „Das hier ist Charlie. Charlie, das hier ist der Koch."

„Du isst nicht viel", sagte der Koch zu mir.

„Nein."

Er runzelte die Stirn. „Kann nicht am Essen liegen. Ich bin ein großartiger Koch."

„Ja, das sind Sie. Ich habe nur nicht viel Hunger."

„Ein Bursche im Wachstum wie du sollte das aber."

Ich zuckte mit den Schultern. „Vielleicht bin ich es nicht gewohnt zu essen."

Fitzroy setzte seinen Weg durch den Flur fort und der Koch und ich blieben zurück und starrten einander an. Der Koch zuckte mit dem Kopf in die Richtung, in die Fitzroy gegangen war. „Lass ihn nicht warten", flüsterte er. Ich wollte gerade los eilen, als er hinzufügte: „Du kannst nicht nur von Schinken und Wackelpudding leben, Junge."

„Tun Sie das nächste Mal weniger auf meinen Teller und ich esse alles auf."

Er zwinkerte und zuckte noch einmal mit dem Kopf. Ich nickte meinen Dank und hastete hinter Fitzroy her. Er wartete am Fuß der Dienstbotentreppe und trat zur Seite, um mich vorgehen zu lassen. Seine Anwesenheit hinter mir war mir sehr bewusst, während wir hinaufstiegen. Vorn war ich keine besonders kurvige Frau, aber ich hatte keine Ahnung, wie ich von hinten aussah. Sicherlich nicht zu rund, sonst hätten die Jungs in den Banden mich mit meinem Weiber-Po aufgezogen. Allerdings waren sie nicht so aufmerksam wie Fitzroy und hatten auch keinen Grund zu der Vermutung, ich könnte eine Frau sein. Ich war mir nicht sicher, ob er das vermutete, aber seinen Blick auf meinem Hintern spürte ich trotzdem.

Die Dienstbotentreppe brachte uns zum Flur im zweiten Stock, nicht weit von seinen Gemächern entfernt. Ich war noch nicht bereit, wieder eingesperrt zu werden. Es gab noch so viel, was ich noch nicht gesehen hatte. „Darf ich mich im restlichen Haus umsehen, mit Ihnen als Fremdenführer?"

Er hielt inne. „Versuchst du herauszufinden, wo ich die Waffen verstecke?"

„Natürlich nicht."

„Gut. Du wirst keine Fluchtmöglichkeit bekommen und ich möchte nicht, dass du dir falsche Hoffnungen machst."

„Wie einfühlsam", spottete ich.

„Den Dachboden ausgenommen, ist das hier das oberste Stockwerk im Ost- und Westflügel. Der Turm ist noch zwei Stockwerke höher."

„Das weiß ich schon."

„Du hast das Badezimmer gesehen." Er zeigte auf die

anderen Türen im Flur. „Das hier sind alles Schlafzimmer. Sie sind nicht möbliert." Er öffnete keine Türen, sondern ging an ihnen vorbei, ebenso wie am zentralen Treppenhaus. Dann öffnete er eine weitere Tür auf der rechten Seite. Das Zimmer dahinter war groß und offensichtlich unbenutzt. Laken hingen über den Möbeln, was gut war, denn alles war völlig verstaubt. Ich zog bei dem muffigen Geruch die Nase kraus, während ich die großen Fenster, den riesigen Marmorkamin und den vielschichtigen Kronleuchter bewunderte.

„Das hier ist der Salon", sagte er.

„Was für eine Schande, ihn in so einem Zustand zu sehen", flüsterte ich. Man stellte sich die Gespräche vor, die diese Wände über die Jahre mitbekommen hatten.

Wir gingen an den geisterhaften Möbeln vorbei durch eine weitere Tür auf der anderen Seite. Der Raum dahinter war leer. „Das ist der Ballsaal."

„Er ist grandios." Er war sehr lang, aber die dunkle Holzvertäfelung machte ihn gemütlich. Ich konnte mir elegant gekleidete Damen und Herren vorstellen, die unter den drei riesigen Kronleuchtern tanzten und sich unterhielten, während ihre Juwelen im Licht funkelten.

„Haben Sie hier jemals einen Ball abgehalten?"

„Nein."

„Das sollten Sie, und wenn es nur ist, um so einen herrlichen Raum zu genießen."

„Ich werde das im Hinterkopf behalten für den Fall, dass der Genuss von Ballsälen eines der Hauptziele des Ministeriums wird."

Wir kamen wieder auf den Flur, der plötzlich nach links abbog und an einer weiteren, engen Treppe endete. „Die führt zum Dachboden und den Zimmern der Bediensteten", sagte er.

„Da schlafen Gus, Seth und der Koch?"

„Ja."

„Sind sie die einzigen Angestellten hier?"

„Ja."

„Aber Seth und Gus sind mehr Wachleute als Lakaien."

Er sagte nichts, was vermutlich daran lag, dass ich es nicht als Frage formuliert hatte.

„Sie haben nicht darüber nachgedacht, einige Mägde oder einen Butler einzustellen? Jemand, der verschwiegen ist?"

„Nein." Er drehte sich in die Richtung, aus der wir gekommen waren, und folgte der Haupttreppe hinunter ins Erdgeschoss. „Das Esszimmer, die Bibliothek und das Empfangszimmer, das wir anstatt des Salons für Besucher nutzen, hast du ja schon gesehen."

„Bekommen Sie oft Besuch?"

„Nur von Mitgliedern des Komitees."

„Was ist mit Freunden und Familie?"

Er hielt auf der untersten Stufe inne, den Rücken zu mir. „Du hast den Dienstbotenbereich in der Richtung auch schon gesehen. Neben dem Esszimmer ist das Billardzimmer."

„Spielen Sie?"

„Wir haben keinen Tisch."

„Was für ein unterhaltsamer Haushalt das doch ist. Kein Tennis, kein Billard und keine Besucher."

„Du bist nicht hier, um unterhalten zu werden."

„Stimmt. Aber *ich* wohne hier nicht und bleibe auch nicht lange. Sie, Seth und Gus brauchen allerdings *irgendwas*, was Sie abends tun können."

Er bedeutete mir, dass ich vor ihm die Treppe hinaufgehen sollte. „Ich habe dir doch gesagt, dass sie Karten spielen. Die meisten Abende verbringen sie mit dem Koch."

„Und Sie? Wie verbringen Sie Ihre Abende?"

„Mit Lesen, Korrespondenz und Berichten, die ich schreiben muss. Mit wissenschaftlichen Experimenten. Übungen. Denken."

Ich blieb stehen und er hielt neben mir an. „Sie meinen, Sie machen nichts als arbeiten?"

„Manchmal schlafe ich." Er ging an mir vorbei.

Ich lachte und trottete hinter ihm her. „Das war ein Witz. Oder? Bitte sagen Sie mir, dass Sie wenigstens zum Vergnügen lesen. Sie haben gesagt, Sie hätten mein Buch gelesen, also muss es stimmen."

„Gelegentlich. Und ja, ich habe *dein* Buch gelesen."

Mein Gesicht wurde warm. „So habe ich das nicht gemeint."

Wir kehrten zu seinen Gemächern zurück und ich nahm das Buch zur Hand. Am Nachmittag hatte ich es ausgelesen und verbrachte ungefähr eine weitere Stunde damit, ihm zuzusehen, wie er verschiedene Flüssigkeiten in kleinen Fläschchen mischte und sie über einem winzigen Gasbrenner erhitzte. Er machte sich umfangreiche Notizen mit kompliziertem Gekritzel, das eine Art Code zu sein schien. Ich verstand nichts davon, aber es machte Spaß, die Experimente zu beobachten und zu raten, was passieren würde. Er beantwortete meine Fragen, wenn ich sie stellte, aber die meiste Zeit sprachen wir nicht. Es fühlte sich gar nicht unangenehm oder angespannt an, im Gegenteil. Ich fing an, seine stille Gesellschaft zu schätzen. Es war eine nette Abwechslung zu dem ständigen dummen Geschwätz der Jungs.

Seth und Gus brachten uns ein frühes Abendessen und erstatteten Fitzroy Bericht. Ich war unbesorgt, als sie begannen und genauso unbesorgt, als sie fertig waren. Sie hatten mein Leben etwa drei Jahre zurückverfolgt. Am nächsten Tag wollten sie fortfahren.

Sie wollten gerade gehen, als ich sie aufhielt. „Habt ihr zwei vielleicht Karten?", fragte ich. „Oder Würfel?"

„Du kannst nicht um etwas spielen, was du nicht hast, Junge", sagte Gus.

„Ich will nicht um Geld spielen, ich will nur etwas anderes machen als Lesen und der Maschine beim Arbeiten zusehen."

Gus und Seth warfen Fitzroy einen nervösen Blick zu.

„Ihr dürft Karten spielen", sagte Fitzroy und wendete sich wieder den Notizen zu, die Seth ihm zusammen mit seinem Essenstablett gereicht hatte.

„Zu gütig", sagte ich mit einer Verbeugung.

Gus unterdrückte ein Kichern und beide Männer gingen. Sie kamen zurück, nachdem ich meine Mahlzeit beendet hatte—eine kleine Portion Wildpastete und einen Salat—und deponierten ein Kartenspiel auf dem Tisch. Gus rückte drei Stühle zurecht.

„Was kannst du spielen?", fragte er mich.

„Sehr wenig." Kartenspiele waren im Haus meines Vaters verboten gewesen, aber ich hatte die Jungs spielen sehen, wenn sie ein Deck in die Finger bekamen. „Bringt mir was bei."

„Wir fangen mit Loo an." Während Seth austeilte, schielte ich wiederholt in Fitzroys Richtung. Er beobachtete uns mit gesenkten Lidern.

„Machen Sie mit?", fragte ich ihn.

Er drehte sich wieder zu den Papieren auf seinem Schreibtisch. „Ich habe zu arbeiten."

„Immer nur Arbeit und kein Spaß, das macht Sir zu einem echten Langweiler", flüsterte ich.

Seth grinste und Gus prustete ein Lachen heraus. „Pass bloß auf, dass er das nich hört", flüsterte Gus zurück.

„Der tut mir nichts. Nicht, solange er denkt, ich wäre ein Nekromant."

„Und wenn du keiner bist, wie du behauptest?", meinte Seth. „Was glaubst du, tut er dann? Dir einfach erlauben zu gehen, damit du in ganz London vom Ministerium plapperst? Vergiss es, Junge."

Ich schluckte. Daran hatte ich nicht gedacht. „Ich sehe keine Beweise, dass er grausam ist."

„Ich habe nicht gesagt, dass er grausam ist. Nur, dass er alles tun wird, was nötig ist, damit du nichts ausplauderst."

„Mit Bestechung?"

„Oder Drohungen."

„Und wenn ich seine Drohungen nicht ernst nehme?"

Seth sah mir über die Karten hinweg in die Augen. „Dann setzt du dein Leben aufs Spiel."

Gus beugte sich vor. „Weißt du", flüsterte er, „Leuten vom Ministerium und Lichfield Towers zu erzählen, bringt ihn in Gefahr. Und wenn der Tod das Gefühl hat, er wäre in Gefahr ..." Er fuhr sich mit dem Finger über den Hals.

Ich erinnerte mich daran, wie Fitzroy mich bewusstlos gemacht hatte, um mich zu fangen, und mich dann schnell entwaffnet hatte, nachdem ich auf ihn geschossen hatte. Er hatte mir bei beiden Gelegenheiten nicht wehgetan, aber wenn er mich nicht mehr brauchte ... würde er es tun?

Ich verlor jede Runde und beendete den Abend, indem ich behauptete, zu müde zu sein, um noch weiterzuspielen. Sie gingen und nahmen ihre Karten mit. Ich war jedoch nicht müde und fing ein neues Buch an. Gegen neun Uhr verschwand Fitzroy im Schlafzimmer und kam mit seiner lockeren Trainingskleidung wieder heraus.

Er begann mit der gleichen Routine, hüpfte auf der Stelle und zog dabei die Knie hoch, dann trainierte er die Tritte und Schläge. Danach wandelte er das Programm ab, indem er den Rahmen der offenen Schlafzimmertür packte und sich bis zum Kinn daran hochzog und langsam wieder herabließ. Bei fünfzig Klimmzügen hörte ich auf zu zählen.

Anstatt als Nächstes die mit der Kette verbundenen Griffe zu verwenden, holte er von irgendwo aus dem Schlafzimmer einen Spazierstock und benutzte ihn wie ein Schwert gegen einen imaginären Gegner. Seine Bewegungen waren glatt und geschmeidig, doch ich nahm an, dass sie tödlich waren, wenn er jemanden traf. Sein Gesicht war starr vor Konzentration, die Augen mordlustig auf seinen unsichtbaren Feind gerichtet.

Seine kraftvollen, eleganten Bewegungen und die Ernsthaftigkeit, mit der er trainierte, fesselten mich. Was würde ihn ablenken? Ein Kitzeln? Ein Kuss? Meine Nacktheit?

Der Unruhestifter in mir war versucht, es auszuprobieren, aber ich blieb, wo ich war, und sah zu. Als er schließlich fertig war und ins Schlafzimmer zurückging, stieß ich einen langen, gleichmäßigen Atemzug aus. Ich fühlte mich etwas zittrig. Blut rauschte durch meine Adern und mein Herz hämmerte. Sein Anblick hatte so auf mich gewirkt, wie ein gut aussehender, starker Mann auf eine Frau wirken sollte.

Aber nicht diese Frau, und nicht der Mann.

Ich versuchte, mich auf mein Buch zu konzentrieren, um meine kribbelnden Nerven zu beruhigen und meinen Puls zu verlangsamen, aber ich hatte kaum ein paar Zeilen gelesen, als er wieder herauskam, lediglich ein Handtuch um die Lenden. Diese Brust, diese Schultern und Arme … Es war alles zu viel, zu überwältigend, zu *männlich*. Und ich war schwach.

Ich sprang auf und hastete an ihm vorbei, wobei ich einen Hauch seiner würzigen Seife in die Nase bekam. Ob er mein Verhalten nun seltsam fand oder nicht, ich drehte mich nicht um, sondern schloss die Tür mit dem Fuß und warf mich auf die Liege. Ich hämmerte meine Faust auf das Kissen, was aber das in mir tobende Verlangen nicht im Geringsten dämpfte. Vielleicht sollte ich auch anfangen zu trainieren und meine Frustration auf die Art loswerden.

Etwas später hatte mein Blut sich beruhigt, aber mein Kopf

war voller Bilder eines nackten Lincoln Fitzroy, der sich mit dem Handtuch die Haare trocknete, und dann eines nackten Fitzroy, der trainierte. Oh Herr, das musste die Strafe für meine Sünden sein. Meine eine wahre Sünde war die Totenbeschwörung, laut meinem Vater das Werk des Teufels.

Wenn ich nicht aus Lichfield Towers wegkam—von Fitzroy— würde ich auffliegen. Wenn ich aufflog, war ich in Gefahr. Ich war ein Idiot gewesen, mich auf die Bequemlichkeiten einzulassen. Er hatte mich absichtlich mit Essen und Kleidung eingelullt, mit einem weichen Bett und netten Spaziergängen. Es funktionierte. Alles, was er tun musste, war abwarten, bis ich gestand, damit ich in Lichfield bleiben konnte.

Bei ihm bleiben konnte.

Meinen Lebenswillen hatte ich aber nicht verloren. Den hatte ich schon so lange, dass es schwer war, die Gewohnheit aufzugeben. Sie war allem anderen übergeordnet, selbst meinem Verlangen nach Bequemlichkeit und nach ihm.

Ich rollte auf die Seite und griff unter die Matratze. Meine Hand schloss sich um das Messer. Ich zog es hervor und schob es unter das Kissen bei meinem Kopf, dann machte ich die Augen zu und wartete.

Etwas später kam Fitzroy herein, ohne Licht und so leise wie eine Maus. Er legte sich ins Bett und ich lauschte auf seine Atmung. Kein Schnarchen erklang, aber sein Atem wurde hörbarer, als er einschlief. Ich wartete weiter und dann, als ich meinte, es müsste in den frühen Morgenstunden sein, stand ich leise auf.

Mit dem Messer in der Hand überprüfte ich das Bett. Er rührte sich nicht. Die Schlafzimmertür war offen, aber ich brauchte den Schlüssel, um die Tür zum Flur zu öffnen. Obwohl ich mich in dem dunklen Zimmer nicht auskannte, fand ich den Kleiderständer, über den er seine Weste gehängt hatte. Die Tasche war leer.

Wo war der verdammte Schlüssel?

Ich durchsuchte die Weste noch einmal und machte dann bei der Hose weiter. Vielleicht hatte er ihn in die Jacke gesteckt. Aber er hatte den ganzen Tag keine Jacke angehabt. Ich hatte gesehen, wie er den Schlüssel in die Westentasche gesteckt hatte.

„Da ist er nicht." Seine Stimme erschreckte mich, obwohl er

leise gesprochen hatte. Ich spürte seinen Brustkorb an meinem Rücken, seinen Atem in meinen Haaren und seine Finger um meine Hand. Ich konnte weder die Hand noch den Arm bewegen. Ich war gefangen.

Eigentlich hätte ich Angst haben sollen. Er war stärker als ich, schneller, ein geübter Kämpfer und ich traute ihm nicht über den Weg. Aber ich verspürte keine Angst. Was ich spürte, war Erregung, die mit Wonne meine Wirbelsäule herunter hüpfte. Sein Duft füllte meine Nase, seine Berührung ließ meine nackte Haut dort kribbeln, wo sie seine berührte. Ich versuchte, gleichmäßig zu atmen, aber es war unmöglich. Mein Atem kam angestrengt und stoßweise heraus.

Die Erwartung war eine exquisite Qual. Ich wollte, dass er mich berührte, mich festhielt, mich als Frau sah. Gleichzeitig ängstigte es mich zu Tode, entlarvt zu werden. Die Teufelstochter, die nur dazu taugte, des Teufels Werk zu tun.

Wortlos nahm er mir das Messer ab. Mein Rücken fühlte sich plötzlich kalt an und ich drehte mich um. Er legte das Messer auf seinen Nachttisch, stieg ins Bett und legte sich auf die Seite. Es war zu dunkel, um zu sehen, ob er die Augen offen oder geschlossen hatte.

Ich kehrte zu meiner Liege zurück, schlief aber erst nach der Morgendämmerung ein, als er aufstand und mich im Schlafzimmer allein ließ. Ich sah auf dem Nachttisch nach, aber das Messer war weg.

KAPITEL 7

Am folgenden Tag erwähnte Fitzroy den Messer-Vorfall nicht, aber ich war neugierig. „Wann wurde Ihnen klar, dass ich es hatte?", fragte ich beim Frühstück.

„Als ich am Schreibtisch saß, habe ich danach getastet und festgestellt, dass es fehlte."

Also beinahe sofort. „Warum haben Sie mich nicht direkt konfrontiert?"

Er strich die Zeitung auf dem Schreibtisch glatt, den Rücken zu mir gedreht. Es war eindeutig, dass er mich nicht als Bedrohung empfand. „Ich wollte wissen, was du machst."

„Aber was, wenn ich Sie überrascht hätte, als Sie weniger wachsam waren?"

„Ich bin immer wachsam."

„Sogar wenn Sie allein sind?"

Er drehte sich ein Stück, sodass ich ihn im Profil sehen konnte, und überlegte, bevor er antwortete: „Manchmal."

„Wann denn?"

Er drehte sich noch weiter und betrachtete mich, die Augen verengt. „Du erwartest von mir, dass ich dir das erzähle?"

Ich lachte knapp. „Vermutlich nicht."

Mit dem Löffel klopfte er sein gekochtes Ei auf. „Du wirst mich sowieso nicht in einem solchen Moment erwischen."

„Sie sind sehr arrogant, oder?"

„Das hat man mir gesagt."

Nach dem Frühstück schlug er einen weiteren Spaziergang auf dem Grundstück vor und ich stimmte gern zu. Der Tag war bedeckt und warm mit dunklen Wolken, die sich am Horizont auftürmten. Mir wurde schnell heiß. Schweiß rann mir die Wirbelsäule herunter und sammelte sich an unangenehmen Stellen. Fitzroy wirkte nicht im Geringsten erhitzt, aber er trug nur ein Hemd ohne Weste oder Jackett, während ich meine Jacke anbehalten hatte. Sie auszuziehen würde zu viel preisgeben, jetzt, da mein Hemd feucht war.

Diesmal machten wir bei den Ställen Halt, um die Pferde anzuschauen. Fitzroy krempelte die Ärmel hoch und mistete die Boxen aus, aber ich blieb im Hintergrund. Mein Vater hatte kein Pferd besessen und obwohl sie in den Straßen ständig präsent waren und Kutschen und Karren zogen, war ich noch nie näher herangegangen. Diese Hufe sahen gefährlich aus und die Zähne riesig. Ich füllte einen Eimer mit Wasser aus der Tränke und einen weiteren mit Futter, reichte sie ihm aber, anstatt selbst hineinzugehen. Bewundernd beobachtete ich, wie er hinter ihnen herging, ohne sich um die Hufe zu scheren, und ihnen die Nasen streichelte, wobei er nahe genug herankam, sodass seine eigene abgebissen werden konnte.

„Reiten Sie oft?", fragte ich.

„Wenn ich die Gelegenheit habe", sagte er, schloss die Stalltür und gesellte sich wieder zu mir.

„Zum Spaß?"

„Nicht mehr." Er reichte mir einen leeren Eimer und ich brachte ihn ans Ende des Stalles zurück. „Magst du keine Pferde?"

„Eigentlich schon", sagte ich. „Solange sie da drüben sind und ich hier."

„Sie machen dir Angst?"

„Ich möchte nicht zu dicht an ein Tier herangehen, dass mich zerquetschen, treten oder beißen könnte. Was, wenn es sich erschreckt? Was, wenn es meinen Geruch nicht mag? Oder meinen Geruch zu gern mag?"

„Wenn du nicht wie ein Apfel riechst, ist die Gefahr relativ gering, dass ein Pferd dich frisst."

Er ging voraus nach draußen und ich musste wieder einmal traben, um ihn einzuholen. Ich kam an einigen scharfen und schwer aussehenden Werkzeugen vorbei, die ich hätte schnappen und auf ihn anwenden können, aber er schien nicht besorgt. Entweder wusste er, dass ich es nicht fertigbringen würde, ihm wehzutun, oder er hatte Vertrauen in seine Fähigkeit, mich aufzuhalten, selbst mit dem Rücken zu mir.

„Fitzroy", sagte ich. „Langsam. Ich möchte Sie was fragen."

Er reduzierte sein Tempo. „Du solltest mich mit Mr Fitzroy anreden."

„Ich könnte Sie auch der Tod nennen. Oder bevorzugen Sie Mr Tod?"

Er ging weg. „Frag schon."

Ich atmete tief aus. „Was werden Sie tun, wenn Sie meine Spur nicht so weit zurückverfolgen können, wie Sie es möchten?"

„Du glaubst, wir werden versagen?"

„Ja."

„Ich versage nicht." Er sah nicht aus, als würde er scherzen. Nicht, dass er jemals anders wirkte als todernst.

„Jeder versagt ab und zu mal."

Er sagte nichts, aber seine Schritte wurden länger, während wir den Hof überquerten. Diesmal gingen wir nicht hinten ins Haus hinein, sondern weiter zur Seite. Es schien, als wäre unser Spaziergang noch nicht beendet.

„Nehmen wir mal an, Sie würden versagen", sagte ich. „Und nehmen wir auch an, ich behaupte weiterhin, dass ich kein Nekromant bin, was ich tun werde, weil ich keiner bin. Was machen Sie dann mit mir?"

Er blieb stehen und runzelte die Stirn. Er sah mich nicht an, sondern die Hausecke. „Komm mit." Er machte sich wieder auf den Weg, mit noch längeren und schnelleren Schritten. Um mitzuhalten, musste ich halb gehen und halb rennen. Wir umrundeten die Ecke des Hauses und ich sah, was er gehört hatte—eine glänzende, schwarze Kutsche näherte sich.

Es war ein Landauer mit einem goldenen Wappen auf der Seite, keine Droschke.

„Ist das wieder Lord Gillingham?", fragte ich. Kalter Schweiß rann mir den Rücken herunter und ich erschauerte.

„Das ist nicht seine Kutsche, aber wenn er mit von der Partie ist, dann wird er dir nichts tun."

„Wie können Sie da so sicher sein?"

Er trat vor, als der Lakai von Notsitz sprang und die Tür öffnete. Lord Gillingham stieg aus, einen neuen Spazierstock in der Hand. Er hielt auf der Treppe inne, als er uns sah. Fitzroy nickte er zu, mich starrte er wütend an. Fitzroy erwiderte nichts.

„Beweg dich, Gilly", ertönte eine schroffe Stimme aus dem Inneren der Kutsche.

Gillingham betrat die Einfahrt und machte dem Mann hinter ihm Platz, sodass der ebenfalls aussteigen konnte. Der neue Kerl war sehr groß und kräftig gebaut, seine Schultern so breit wie die von Fitzroy. Selbst in seinem Alter, das ich auf ungefähr sechzig schätzte, sah er gesund aus und hatte die Figur eines deutlich jüngeren Mannes. Sein Alter zeigte sich allerdings in seinem Gesicht, das tiefe Furchen in der Stirn und um die Augen aufwies. Sein Kinnbart war grau.

„General Eastbrooke", begrüßte Fitzroy ihn.

Der Mann nahm Fitzroys angebotene Hand und schüttelte sie kräftig. „Wie ich sehe, haben Sie sich herausgeputzt, Lincoln."

„Ich wusste nicht, dass Sie kommen, Sir."

Ihre Hände lösten sich, aber Fitzroy bot seine Gillingham nicht an. Er beachtete den Lord gar nicht und Gillingham regte sich immer mehr auf, während er wartete. Mit einem Schlag des Spazierstocks auf den Boden wandte er sich mir zu. Seine kalten Augen bohrten sich in mich hinein.

Ich rückte näher an Fitzroy heran. Die Ironie der Tatsache, dass ich mich bei meinem Fänger sicherer fühlte, entging mir nicht.

„Ist das der Junge?", fragte General Eastbrooke mit einer tiefen, dröhnenden Stimme. Er legte die Hände hinter den Rücken und kam näher.

Ich blieb, wo ich war, und hob das Kinn. Fitzroy schien diesen Mann nicht so zu verabscheuen wie Gillingham, also nahm ich an, dass der General nicht so vorsätzlich grausam war wie der Lord.

„Das ist er", sagte Fitzroy und sah auf mich herab. „Charlie, das ist General Eastbrooke."

Ich verschränkte die Arme. „Noch ein Mitglied des Komitees?"

Eastbrookes dichte, graue Augenbrauen hoben sich. „Du solltest sagen: Es freut mich, Sie kennenzulernen, Sir."

„Aber ich weiß nicht, ob ich mich freue, Sie kennenzulernen oder nicht." Meine Widersetzlichkeit war Absicht, aber das war mir egal. Je mehr Leute ich während meines Aufenthaltes verärgerte, desto weniger wahrscheinlich war es, dass sie mich dabehalten wollten, wenn ihnen klar wurde, dass ich ihnen nicht helfen würde. „Sie könnten ein Arsch sein, wie der da."

Gillingham hob seinen Spazierstock, senkte ihn aber wieder, als sowohl Fitzroy als auch Eastbrooke ihn anstarrten. „Ich weiß nicht, warum Sie ihn beschützen", schnappte Gillingham.

„Er ist wertvoll für uns", sagte Eastbrooke.

Fitzroys Blick wanderte zum General. Gillingham schnaubte. „Für den Moment", murmelte er.

„Wie alt ist er?", fragte Eastbrooke.

„Dreizehn", sagte Fitzroy.

„Gilly hat mir erzählt, er hätte zu fliehen versucht."

„Das hat er."

„Und trotzdem lassen Sie ihn raus?"

„Er braucht Bewegung."

Ich brauche Bewegung? Ha!

Der General betrachtete mich. „Er wird wieder zu fliehen versuchen, wenn er frei herumläuft."

„Dann fange ich ihn ein."

„Ich bin mir sicher, dass das kein Problem für Sie ist. Er sieht ziemlich schmächtig aus."

„Das ist bei Straßenkindern meistens so."

„Hmmm." Er wanderte um mich herum, die Hände auf dem Rücken, und blieb dann wieder vor mir stehen. Er schob sein Kinn vor. „Zeig dein Gesicht, Junge."

Ich wich zurück und hielt den Blick gesenkt.

„Du widersetzt dich mir?" Er schnalzte mit der Zunge. „Ich glaube nicht, dass du dir das erlauben kannst, oder?"

„Ich bin hässlich", sagte ich. „Meine Hässlichkeit ist mir peinlich."

Gillingham schnaubte, aber der General betrachtete mich einfach weiter mit seinen kühlen Augen und seinem vorgereckten Kinn. Wenn er Fitzroy befahl, mich festzuhalten, während er meine Haare zurückstrich, würde ich mich nicht wehren können.

„Uns läuft die Zeit davon", sagte Eastbrooke. „Sie haben diesen Nekromanten, aber was ist mit dem anderen? Wenn V.F. das Mädchen findet, wird er Erfolg haben. Wir müssen sie zuerst für unsere Seite gewinnen oder die Schlacht ist verloren."

„Wir werden sie durch Charlie finden. Da bin ich mir sicher."

Fitzroy von seinem Verdacht einer Verbindung sprechen zu hören, ließ mein Herz in meiner Brust stillstehen. Wie viel wusste er und wie viel davon war geraten? Er gab nichts preis.

„Und wie wollen Sie das anstellen?", spottete Gillingham. „Dem ist doch egal, was wir erreichen wollen. Der kümmert sich nur um seine eigene Haut."

„Das kann ich ihm nicht vorwerfen, in Anbetracht der Art, wie er gelebt hat."

„Sie sind zu weich, Fitzroy. Hätte nie gedacht, dass ich mich das einmal sagen höre, aber da haben Sie es."

„Das reicht, Gilly!", schnappte Eastbrooke. Ich war mir nicht sicher, ob ein Lord höher gestellt war als ein General, aber Gillingham klappte den Mund zu. Vielleicht schüchterten ihn die militärische Haltung und der kräftige Körperbau ebenso ein wie mich.

„Vergessen Sie nicht, was wir hier zu erreichen versuchen", wisperte Gillingham Fitzroy zu.

„Ich habe es nicht vergessen", sagte Fitzroy. „Ich denke an nichts anderes. Nichts anderes ist mir wichtig."

Eastbrooke nickte. „Ihre Loyalität und Ihr Engagement für die Ziele des Ministeriums werden nicht angezweifelt." Er warf Gillingham einen harten Blick zu.

Gillingham verbeugte sich. „Sie haben recht und ich hatte nicht vor, etwas anderes anzudeuten. Es ist nur, dass Ihre Methoden—"

„Die stehen nicht zur Debatte", informierte Fitzroy ihn.

Gillingham räusperte sich. Er klopfte mit seinem Spazierstock auf die Stufen der Kutsche. „Sollen wir Ihren Mann seiner

Arbeit überlassen, Eastbrooke? Es ist zu heiß, um hier herumzustehen, und es scheint nicht so, als würden wir hineingebeten werden."

Ihren Mann? Was für eine merkwürdige Bezeichnung für Fitzroy. Er wirkte nicht, als ob er irgendjemandes sonst was sein könnte. Ich hätte ihn als seinen eigenen Herrn bezeichnet. Und doch hatte Fitzroy Eastbrooke „Sir" genannt, während er ihn mit „Lincoln" angesprochen hatte. Ich war mir noch nicht sicher, was das über ihre Beziehung aussagte.

„Ich bin gespannt auf Ihren Bericht, Lincoln", sagte Eastbrooke. „Hoffentlich muss ich nicht zu lange warten." Der General wandte sich an mich. „Wenn der Königin oder ihrer Familie ein Leid geschieht, weil du dich geweigert hast, die andere Nekromantin zu finden, wirst du die Schuld tragen."

„Und wenn mir ein Leid geschieht, weil ich geholfen habe? Wer bekommt dann die Schuld?"

„Niemand schert sich um dich, Junge", sagte Gillingham aus der Kutsche heraus. „Vergiss das nicht."

„Wie denn, wenn Leute wie Sie mich so gern daran erinnern?"

Eastbrooke seufzte tief. „Sie sollten ihm ein paar Manieren beibringen, während er hier ist, Lincoln. Sie müssten wissen, wie man das anstellt. Ich meine mich zu erinnern, dass Ihnen auch ein paar Manieren fehlten, als Sie jung waren." Mit einem ironischen Lächeln wandte er sich ab, um in die Kutsche zu steigen.

Da er sich wegdrehte, sah ich nicht, wie sich die Muskeln in Fitzroys Kiefer anspannten, während er mit den Zähnen knirschte. Ich fragte mich, welche Methoden der General angewendet hatte, um ihm Manieren beizubringen.

Die Kutsche rollte davon und wir gingen schon wieder rein, noch ehe sie außer Sicht war. „Sie kennen diese Männer schon lange", sagte ich, als er die Haustür schloss.

„Ja."

„Wie lange?"

„Ich bin dreißig. Ich kenne Eastbrooke seit meiner Geburt und habe Gillingham ein paar Jahre später kennengelernt."

„War er grausam zu Ihnen, als Sie noch ein Kind waren? General Eastbrooke?"

Er blinzelte mich an und ich hätte schwören können, dass er überrascht war. „Er hat mich nie angerührt."

Ich runzelte die Stirn, fragte aber nicht weiter. Er schritt davon und ich vermutete, dass er das Gespräch beenden wollte. Plötzlich blieb er am Fuß der Treppe stehen.

„Ich habe gestern auf unserer Tour vergessen, dir etwas zu zeigen", sagte er.

„Ich würde es kaum eine Tour nennen. Sie waren ein lausiger Führer."

„Ich habe dir alle sehenswerten Räume gezeigt."

„Mit der Ausdruckslosigkeit eines Automaten. Es gab keine lebhaften Beschreibungen und keine Geschichten über die früheren Bewohner oder die Räume."

„Eine Beschreibung brauchtest du nicht, da du die Räume selbst sehen konntest, und ich bin kein Geschichtenerzähler."

„Das ist mir jetzt auch klar. Also, welchen Raum haben Sie vergessen, mir zu zeigen?"

„Das Verlies."

Ich schnappte nach Luft. „Es gibt ein Verlies unter unseren Füßen?"

„Das Haus, das früher an dieser Stelle stand, stammte aus dem Mittelalter. Als es abgerissen wurde, hat man das Verlies nicht verfüllt. Da hängen noch Ketten von den Wänden. Möchtest du es sehen?"

„Nein! Warum glauben Sie, dass ich ein Verlies sehen will?"

„Jungs mögen gruselige Dinge."

Ich stiefelte an ihm vorbei die Treppe hinauf. „Dieser Junge nicht. Ich habe in meinem Leben genug gruselige Dinge gesehen, mehr brauche ich nicht."

Er folgte mir schweigend und wir gingen gemeinsam zu seinen Gemächern. Sobald wir drinnen waren, schloss er die Tür ab und steckte den Schlüssel in die Hosentasche.

„Und was passiert jetzt?", fragte ich und warf mich auf das Sofa. „Befragen Sie mich jetzt wieder? Hat der Besuch der Komiteemitglieder Sie genug erschüttert, dass Sie mich jetzt in das Verlies stecken und mir Daumenschrauben anlegen wollen?"

„Nein."

„Dann stecken wir in einer Sackgasse. Ihre Männer werden

nichts Brauchbares herausfinden, indem sie in London herumstreunen, und Sie haben nichts Brauchbares herausgefunden, indem Sie mit mir auf dem Grundstück herumgestreunt sind."

„Da irrst du dich." Er berührte die Teekanne, die auf einem Tablett auf seinem Schreibtisch stand, um ihre Temperatur zu prüfen, und goss dann zwei Tassen ein. Er reichte mir eine und setzte sich in den Stuhl mir gegenüber. „Ich habe bei unserem Gespräch eine Menge gelernt."

Das konnte er nicht. Ich hatte kein Wort über mein Geschlecht, meine Totenbeschwörung oder mein Zuhause verloren. Ich war sehr vorsichtig gewesen. Ich nippte Tee und beobachtete ihn durch meine Haare.

Er lehnte sich zurück und nippte ebenfalls, ohne den Blick von mir abzuwenden. Es schien ihm Freude zu bereiten, den Moment in die Länge zu ziehen und meine strapazierten Nerven noch weiter zu reizen. Endlich setzte er die Tasse auf der Untertasse ab. „Du bist schlau und aufmerksam", sagte er, „und gebildet."

„Das ist nicht sehr hilfreich."

„Und dein Akzent verändert sich, wenn du nicht darüber nachdenkst."

Ich senkte meine Tasse. Hatte mein Akzent sich wirklich verändert oder bluffte er nur? Keiner der Jungs hatte jemals eine Bemerkung über die Art gemacht, wie ich redete. Ich hatte mich immer bemüht, wie einer von ihnen zu klingen.

„Wenn du dich wohlfühlst, wird er deutlicher. Es ist ein Nordlondoner Akzent, Mittelklasse, vielleicht ursprünglich gar nicht weit von hier. Du greifst nur auf Gossensprache zurück, wenn du glaubst, es würde beeindrucken oder die Tarnung bestärken, die du dir aufgebaut hast. Wenn du mit mir allein redest, verändert sich das. Meiner Vermutung nach hast du nicht dein Leben lang auf der Straße verbracht, sondern hattest ein gutes Heim, bis deine Umstände sich geändert haben."

Ein gutes Heim. So hatte man die mittelständischen Haushalte wie meinen bezeichnet. Ein gutes Heim, bewohnt von einem guten Mann, der traurigerweise seine geliebte Tochter in der gleichen Nacht verloren hatte, in der seine Frau gestorben war. Ja, das war eine hübsche Zusammenfassung.

Fitzroy beobachtete mich und ich wiederum beobachtete ihn; mein Herz war mir in die Hose gerutscht. Also war er nur nett zu mir gewesen, damit ich mich in seiner Gegenwart entspannte und er mir Informationen entlocken konnte. Ich hätte es wissen und wachsamer sein müssen. Ich hätte in meinem Selbstschutz keinen Moment nachlassen dürfen, hätte nicht zulassen dürfen, dass ich wie ein Hund in die Unterwürfigkeit gelockt wurde.

Ich warf die Tasse mitsamt Inhalt auf den wunderschönen dicken Teppich und marschierte ins Schlafzimmer, wo ich die Tür zuknallte und mich nach etwas umsah, was ich werfen konnte. Ich nahm die Schüssel mit Wasser vom Waschstand, stellte sie aber wieder ab.

Ich hatte jetzt so lange unter Jungen gelebt, dass ich vergessen hatte, wie man sich nicht wie einer verhielt.

Mit einem Seufzen legte ich mich auf die Liege. Nach ungefähr einer Stunde kam Fitzroy herein. Er sagte nichts, legte nur mein Buch auf den Nachttisch und ging wieder.

Ich kämpfte mit mir. Ich wollte lesen, aber er war so selbstgefällig—so arrogant—dass ich ihm nicht die Genugtuung geben wollte, ihn wissen zu lassen, dass er meine Bedürfnisse verstand. Das fühlte sich an, als würde ich ihn gewinnen lassen.

Als ich die Langeweile nicht mehr aushielt, holte ich allerdings doch das Buch und schlug es dort auf, bis wohin ich gelesen hatte. Mein Temperament schadete schließlich nur mir, nicht ihm. Mit diesem Gedanken im Hinterkopf kehrte ich in das Wohnzimmer zurück und ging an seinem Schreibtisch vorbei, wo er saß und seine wissenschaftlichen Experimente durchführte. Ich hätte ihm gern zugeschaut, war aber entschlossen, keinerlei Interesse zu zeigen.

„Es gibt Kuchen", sagte er, ohne aufzusehen.

Ein Stück war neben meiner Tasse auf den Tisch gestellt worden, die man vom Boden aufgehoben hatte. Sie war leer und der Teppich feucht, wo ich den Tee verschüttet hatte. Ich tapste zu seinem Schreibtisch und der Teekanne zurück und füllte meine Tasse auf. Plötzlich verspürte ich den Drang, den Tee über seine Experimente zu kippen und alles zu ruinieren.

Als ob er wüsste, was ich dachte, schoss seine Hand vor und schnappte mein Handgelenk. Von der braunen Flüssigkeit in der

Schale in seiner anderen Hand war nicht mal ein Tropfen über den Rand geschwappt.

„Hätte ich nicht gemacht", sagte ich.

Er verharrte einem Moment und ließ mich dann los. Ich kehrte zum Sofa zurück und las weiter. Es war ein weiterer Krimi. Vielleicht war das die einzige Art von Büchern, die er las.

Fitzroy packte gerade seine Versuche ein, als es an der Tür klopfte. „Sir!", rief Seth. „Wir haben Neuigkeiten."

Sie konnten nichts über mich herausgefunden haben. Ganz sicher nicht. Ich zog die Beine unter meinen Körper und packte das Buch fester.

Fitzroy ließ Seth und Gus herein, deren Haare feucht waren vom Schweiß. Staub bedeckte ihre Kleidung, die Hände und Gesichter. Ihre Blicke flogen zu mir.

Ich schluckte.

Fitzroy wartete geduldig darauf, dass sie anfingen. Ich hatte keine Ahnung, wie er so ruhig bleiben und sie nicht anschnauzen konnte, endlich zu sprechen. Ich war angespannt und fühlte mich flau im Magen, während ich vorgab zu lesen.

„Wir ham gemacht, was Sie gesagt haben, und die kleinen Kanalratten befragt", sagte Gus. „Hat uns ein verdammtes Vermögen gekostet."

„Aber wir haben viel herausgefunden", fuhr Seth fort. „Da gehen sehr merkwürdige Dinge vor sich, Sir."

Ich spürte wieder ihre Blicke auf mir, schaute hoch und schloss das Buch. Es war sinnlos, jemandem etwas vormachen zu wollen.

„Inwiefern merkwürdig?", fragte Fitzroy. Er stand mit verschränkten Armen da. Obwohl die Männer erschöpft aussahen, bot er ihnen keinen Stuhl oder eine Erfrischung an.

„Wir haben seine Spur von einem Stadtteil zum anderen verfolgt, so wie Sie uns gesagt haben", sagte Seth. „Man hat sich an ihn erinnert und es war nicht schwer. Tatsächlich war es viel zu einfach. Sie haben ihn anhand unserer Beschreibung sofort erkannt."

„Wir haben herausgefunden, wo er vor drei Jahren war, dann vier, dann fünf", sagte Gus und starrte mich mit einem seltsamen Gesichtsausdruck an. Ich brauchte einen Moment, um zu merken, dass er misstrauisch war, vielleicht sogar ängstlich.

„Dann erst haben wir verstanden, warum es so leicht war, seiner Spur zu folgen", sagte Seth. „Er war immer genau so, wie wir ihn beschrieben haben—ein junger Bursche von dreizehn Jahren mit spitzem Kinn und braunen Haaren, die ihm ins Gesicht hängen, der nur etwa sechs Monate bleibt und dann weiterzieht. Ein Junge, der nie jemandem gesagt hat, woher er stammt. Genau gleich, Sir. Er wurde nie älter."

Sie waren nicht die Schlausten. Fitzroy hätte nicht die gesamten fünf Jahre zurückgehen müssen, um zu erkennen, dass etwas nicht stimmte. Er sah mich jetzt auch an, aber es war unklar, was er von meiner vermuteten Alterslosigkeit hielt.

„Ist das Magie?", flüsterte Gus und starrte mich immer noch an.

Mir war nicht klar, ob er mich ansprach, also hielt ich mich mit einer Antwort zurück.

„Vielleicht ist er in Wirklichkeit ein älterer Herr", merkte Seth an.

Ich lächelte. Weiter konnten sie von der Wahrheit kaum entfernt sein.

„Ihr habt gesagt, ihr hättet ihn fünf Jahre zurückverfolgt", sagte Fitzroy. „Weiter nicht?"

„Wir sind auf eine Sackgasse gestoßen, Sir", sagte Seth. „Vor fünf Jahren ist er anscheinend plötzlich aus dem Nichts aufgetaucht. Die Bande, der er sich angeschlossen hat, weiß nicht, woher er kam. Die Spur hat sich in Tufnell Park verloren. Es tut uns leid, Sir."

Vor Erleichterung war mir schwindelig und ich packte das Buch fester, um mich zu erden. Meine Wangen wurden wieder warm und ich hatte bis zu diesem Moment gar nicht gemerkt, wie kalt mir geworden war.

Fitzroy entließ die Männer.

Seth und Gus gingen, die Blicke auf mich gerichtet, während sie rückwärts den Raum verließen. Die armen Kerle wirkten schrecklich verwirrt, wenn auch weniger besorgt, da ich sie mit meiner „Magie" nicht zusammengeschrumpft hatte.

Fitzroy kam an meine Seite und hockte sich in Ruhe hin. Sein

Gesicht war nur wenige Zentimeter von meinem entfernt, aber ich senkte den Kopf nicht. Ich beobachtete ihn durch meine Haarsträhnen und forderte ihn heraus, die Frau hinter dem Schleier zu sehen. Erkannte er, was Seths und Gus' Entdeckungen bedeuteten? Die tiefschwarzen Augen des Mannes verrieten nichts.

„Erzähl mir dein Geheimnis, Charlie." Seine tiefe Stimme rumpelte aus seinem Brustkorb heraus und vibrierte auf meiner Haut. Bei dem Unterton stellten sich mir die Nackenhaare auf.

„Sonst?"

„Sonst werde ich … drastischere Maßnahmen ergreifen müssen."

Ich prustete ein humorloses Lachen heraus, wodurch die Haare vor meiner Nase hochflogen. „Ich bin fast verhungert, beinahe erfroren, wurde halb totgeprügelt und dann zum Verrotten ins Gefängnis gesteckt, mit Männern, die so widerliche Dinge mit mir tun wollten, dass ich lieber gestorben wäre. Wenn Sie nicht vorhaben, mich zu töten, dann werden Ihre drastischen Maßnahmen im Vergleich wie ein Geschenk wirken."

Ich stand auf und er stand auch auf und blockierte mir den Weg. Er überragte mich und der Größenunterschied zwischen uns war mir bewusster als je zuvor. Aber er fasste mich nicht an. Er beäugte lediglich das Buch, das ich im Arm hielt, und ging dann zu seinem Schreibtisch.

Hatte er vor, mir die Bücher zu verweigern? Vielleicht auch andere Unterhaltung oder sogar seine Gesellschaft? Die würde ich am meisten vermissen—und ich wünschte, es wäre nicht so.

„Mich zu Tode langweilen ist immerhin etwas Neues."

* * *

IN DER NACHT schlief ich unruhig und wurde wiederholt von Albträumen geweckt. Ich fragte mich, ob ich dabei laut gewesen war und Fitzroy auch geweckt hatte. Der Teufel in mir hoffte das.

Er war weg, ehe ich morgens aufstand. Als ich probierte, ob er vergessen hatte, die Tür abzuschließen, sprach Gus von draußen auf dem Flur.

„Versuch nicht zu entwischen, Junge. Heute trickst du mich nicht aus."

„Wo ist der Tod?", fragte ich.

„Ausgegangen."

„Wie lange bleibt er weg?"

„Kommt drauf an."

„Auf was?"

„Wie schnell er ist."

Das Frühstück musste schon eine ganze Weile auf dem Tablett gestanden haben, denn der Schinken war kalt und der Toast labberig. Ich knabberte etwas Schinken, ehe ich ins Schlafzimmer zurückging, um mich zu waschen.

Ich hatte den ganzen Morgen Zeit. Fitzroy hatte zum Glück die Bücher nicht weggenommen und sogar die Zeitung dagelassen. Die las ich auch, zur Abwechslung. Aus seiner Drohung von „drastischen Maßnahmen" war nichts geworden, wie es schien. So viel zu meinen Ängsten.

Gus und Seth wechselten sich ab, mir Tee, dann das Mittagessen und schließlich das Abendessen zu bringen, als die Dämmerung bereits hereinbrach. Fitzroy war immer noch aus, sagten sie. Seine lange Abwesenheit strapazierte meine Nerven und ich konnte mich nicht mehr aufs Lesen konzentrieren. Ich klopfte an die Tür.

„Ich will spazieren gehen", sagte ich zu demjenigen, der sich gerade auf der anderen Seite befand.

„Nein", rief Gus zurück. „Heute darfst du nicht raus. Anweisung vom Tod."

Ich seufzte. „Dann komm rein und spiel mit mir Karten."

„Kann ich auch nich machen. Der Tod hat gesagt, wir sollen dir nur Essen bringen."

„Dann darf ich noch nicht mal im Badezimmer ein Bad nehmen?"

„Wozu willste schon wieder baden? Das haste doch erst vor zwei Tagen gemacht."

Ich trat gegen die Tür. „Ich hasse dich!"

„Weil du nich baden darfst?" Er grunzte. „Mir ist nich klar, wieso das mein Fehler sein sollte."

„Was ist mit warmem Wasser? Bekomme ich das ins Schlafzimmer gebracht?"

„Denke schon."

Ich hörte, wie sich seine schweren Schritte entfernten, aber sie kehrten beinahe sofort zurück. Seth musste ganz in der Nähe gewesen sein.

Einige Minuten später lieferte Seth einen Krug mit heißem Wasser. Ich goss es in das kalte Wasser in der Schüssel und tunkte meinen Finger hinein. Perfekt. Vielleicht würde ich mir noch einmal die Haare waschen. Die rochen noch immer leicht nach Kerosin.

„Die Zivilisation bekommt dir gut", sagte Seth mit einem Nicken in Richtung des Wassers.

„Was meinst du?"

„Du warst schmutzig, als du hierhergekommen bist, und jetzt willst du andauernd baden und warmes Wasser zum Waschen haben. Da, wo du herkommst, gab es kein Bad und kein warmes Wasser. Es wird schwer sein, das aufzugeben und zu dem Leben zurückzukehren."

Ja, das würde schwer sein. Ich hatte mich viel zu leicht an das bequeme Leben in Lichfield Towers gewöhnt und der Gedanke, das zurückzulassen, wurde mit jedem verstreichenden Tag weniger reizvoll.

Was würde passieren, wenn ich nachgab und Fitzroy alles erzählte? Wäre das wirklich so schlimm?

Seth ging und das Schloss in der Tür klickte. Ich machte auch die Schlafzimmertür zu, nur um sicher zu sein, und zog mich aus. Ich wusch erst meinen Körper und trocknete mich mit dem Handtuch ab, dann beugte ich den Kopf über die Schüssel und spülte mir die Haare aus. Ich schloss die Augen, als das Wasser über meinen Nacken strömte, über meine Ohren, mein Gesicht. Die Wärme war himmlisch. Ich seufzte.

„Du hast mich angelogen." Die vertraute, tiefe Stimme ließ mein Herz zu meinen Zehen herabstürzen. Ich öffnete die Augen, um Fitzroy neben mir stehen zu sehen, die Hände an seinen Seiten zu Fäusten geballt. Aus meinem Blickwinkel konnte ich sein Gesicht nicht sehen, wusste aber, dass er mich sehen konnte. Alles von mir. Jetzt konnte ich meine Nacktheit nicht mehr verbergen, oder meine Weiblichkeit.

KAPITEL 8

*L*angsam, sehr langsam, richtete ich mich auf und wandte mich von ihm ab, wobei ich meine Brust und meinen Unterkörper bedeckte. Niemand hatte mich nackt gesehen, seit ich ein kleines Mädchen gewesen war, und meine Beschämung war vollkommen. Mein Gesicht und mein Hals glühten. Mein Herz krachte gegen meine Rippen. Ich wollte rennen. Ich wollte mich zusammenrollen und mich unter der Bettdecke verstecken. Heiße Tränen brannten in meinen Augen und meine Unterlippe bebte. Ich biss fest darauf.

Ein Handtuch legte sich um meine Schultern. Ich packte die Ränder und zog es eng um meinen Körper. Es bot genug Sittsamkeit, dass ich mich umdrehen und Fitzroys Blick begegnen konnte. Ein Blick, der blitzschnell zu meinem Gesicht flog. Hatte er meine Beine angestarrt? Wenn ja, dann zeigten *seine* Wangen keine Hitze, ebenso wenig wie seine Augen. Sie wurden schwärzer, während sie sich in mich hineinbohrten.

„Du hättest es mir sagen sollen", knurrte er.

„Sollte ich das?", schoss ich zurück. „Sie haben mich entführt, mich gefangen gehalten und wollen meine Nekromantenmagie aus Gründen, die ich nicht begreife, und trotzdem hätte ich Ihnen genug vertrauen sollen, um Ihnen mein größtes Geheimnis zu verraten?" In dem Moment, in dem ich es sagte, bereute ich es. Ich hatte gerade zugegeben, eine Nekromantin zu sein.

Es spielte jetzt vermutlich keine Rolle mehr. Er wirkte nicht überrascht. Ich hatte den Verdacht, dass er heute noch mehr herausgefunden hatte als mein Geschlecht.

Er neigte den Kopf, beobachtete mich aber weiterhin durch diese nachtschwarzen Augen. Sein Brustkorb und seine Schultern hoben sich mit jedem tiefen Atemzug und sein Kiefer war fest wie Eisen. Seine offenen Haare fielen nach vorn. Selbst mit Hörnern und einem Dreizack hätte er nicht teuflischer aussehen können.

Mit einer Kopfbewegung warf ich meine nassen Haare nach hinten. Ich musste mich nicht mehr dahinter verstecken. Seine Augen wanderten über mein Gesicht und nahmen all die Züge auf, die er bisher nicht gesehen hatte. Ich spürte, wie mein Blut sich wieder erhitzte und betete, dass ich die Röte unter Kontrolle behielt. Zum Glück begegnete sein Blick noch einmal meinem und seine Wut kehrte zurück. Tatsächlich wirkte er wütender als je zuvor.

So wie ich. Er hatte zwar mein Geschlecht herausgefunden, aber er war nicht dazu übergegangen, sich wie ein Gentleman zu benehmen. Er hatte mich nicht allein gelassen, damit ich mich anziehen konnte. Erwartete er etwa, dass ich das vor seiner Nase tat? Ich konnte nicht ergründen, was er wollte. Alles, was ich wusste, war, dass er wütend auf mich war.

„Sind Sie sauer auf mich, weil Sie es nicht eher erkannt haben?" Ich lächelte, aber das Lächeln bestand nur aus Zähnen, frei von Humor. „Der clevere Lincoln Fitzroy hat versäumt zu bemerken, dass ich ein Mädchen bin. Wie enttäuscht Sie von sich sein müssen."

Er verlagerte sein Gewicht und die Bewegung ließ mich zurücktreten, weg von ihm und seiner Reichweite. Ich hatte zu viel gesagt. Sicher würde er mich jetzt irgendwie zwingen, nicht weiterzusprechen.

Doch er kam nicht näher. Überraschenderweise ließ der Zorn in seinem Blick etwas nach. Sein Körper war jedoch noch immer steif und die Hände zu Fäusten geballt.

„Du hast recht. Ich hätte es bemerken sollen. Aber fairerweise muss man sagen, dass du sehr gut warst, Charlie. Oder sollte ich Charlotte sagen?"

Mein Kopf zuckte zur Seite. Mit diesem Namen angesprochen zu werden brachte Erinnerungen zurück; manche gut, manche grässlich und traurig. Aber es fühlte sich auch so falsch an. Ich war nicht mehr Charlotte. Sie war weg. „Mein Name ist Charlie und so werden Sie mich auch nennen."

„Ich bin nicht wütend, weil ich nicht gesehen habe, wer du wirklich bist", sagte er. „Ich bin wütend, weil du mich deswegen angelogen hast."

„Natürlich habe ich verdammt noch mal gelogen! Wissen Sie, wie das für Mädchen ist, auf der Straße zu leben? Als Junge war es schon … schwierig. Als Mädchen …" Ich schüttelte den Kopf. Ich konnte den Satz nicht beenden. Ich wollte nicht über die Gräuel nachdenken, die mir widerfahren wären, hätten die Leute gewusst, dass ich ein Mädchen war—noch dazu eine Jungfrau aus gutem Hause.

Seine Finger entspannten sich an seinen Seiten. Er verschränkte die Arme. „Du glaubst, ich hätte dich missbraucht?"

„Was weiß ich? Sie haben mich gekidnappt und waren dabei ziemlich rau."

„Weil ich dachte, du wärst ein Junge."

„Sie glauben, es ist akzeptabel, beim Kidnappen eines Jungen rau zu sein?"

„Ich habe dich *hier*behalten. In meinen Privaträumen."

„Was war daran unsittlich? Bis heute haben Sie nichts gesehen. Und Sie wussten bereits, dass ich eine Frau bin, als Sie hier hereinmarschiert sind", fügte ich schnippisch hinzu. „Wenn Sie sich um Sittlichkeit scheren würden, hätten Sie erst angeklopft."

„Ich hätte dir wehtun können. Du hast dich mir auf der Straße widersetzt, hast versucht zu fliehen und mich dabei umzubringen. Ich hätte dir jederzeit wehtun können, um dich aufzuhalten." Er beugte sich zu mir herunter. „Ich mag es nicht, Frauen wehzutun."

„Also verstößt meine Lüge gegen Ihren Ehrenkodex? Ha! Verzeihen Sie, dass ich Sie für einen Heuchler halte, Mr *Tod*."

Seine Lippen spannten sich an und seine Nasenflügel

weiteten sich. Ich fürchtete, zu weit gegangen zu sein, aber es schien, als wäre sein Ehrenkodex stark—jedenfalls wenn es darum gingen, keine Frauen zu verletzen.

„Sie haben mir nicht sehr wehgetan", informierte ich ihn. „Auch wenn Sie das vermutlich wollten, nachdem ich Sie angeschossen hatte." Sobald ich es gesagt hatte, wünschte ich, ich hätte es nicht getan. Ich wollte nicht nachgeben. Ich wollte weiter wütend auf ihn sein, weil er hereingeplatzt war. Wut war besser als Scham. Mir war noch immer schlecht bei dem Gedanken, dass er alles gesehen hatte. Er kam gar nicht umhin, mich mit Lady Harcourt oder anderen schönen Frauen zu vergleichen, die er im Bett gehabt haben musste. Im Vergleich mit deren Üppigkeit war mein Körper knochig. Der Vergleich musste ihn maßlos amüsieren.

„Zieh dich an." Er stakste zur Tür, die Schritte lang und zielstrebig. „Dieses Gespräch ist noch nicht beendet."

Ich starrte auf die geschlossene Tür, während Wut und Scham, verursacht von diesem Mann, in meinem Inneren umeinander wirbelten. Dieser unausstehliche Widerling. Ich hasste ihn. Hasste seine Selbstzufriedenheit und seine Arroganz, hasste die Art, wie er auf meinem Stolz herumtrampelte. Ich wollte ihm entweder eine Ohrfeige verpassen oder ihn nie wiedersehen. Das eine würde die wütende Frau in mir zufriedenstellen, das andere die beschämte. Ich würde ja beides tun, wenn ich glaubte, auch nur den Hauch einer Chance zu haben. Aber ich war nicht schnell genug, um ihn zu schlagen und er hatte bis hierhin bewiesen, dass es zu schwierig war, ihm zu entkommen.

Mit dem Anziehen ließ ich mir Zeit. Ich saß eine halbe Ewigkeit in das Handtuch gewickelt auf dem Bett und dachte über all die Tricks und scheußlichen Dinge nach, die er in den letzten paar Tagen getan hatte, um damit meinen Zorn zu befeuern und die Scham zu bekämpfen. Aber es gab so wenig. Er hatte mir sogar gelegentlich Freundlichkeit entgegengebracht. Wenn ich daran dachte und wie sehr ich mir mehr davon gewünscht hatte, fühlte ich mich noch schlechter wegen dem, was er gesehen hatte und jetzt von mir halten musste.

Die beste Art, wütend auf ihn zu bleiben, war ihm gegenüberzustehen, also zog ich mich an. Anstatt meine nassen Haare über das Gesicht zu legen, beschloss ich, sie zurückzustreichen. Sollte er mir doch in die Augen sehen, während er sich selbst beglückwünschte.

Er nippte Whiskey neben dem nicht entzündeten Kamin, als ich aus dem Schlafzimmer ins Wohnzimmer kam. Er hielt inne, das Glas an den Lippen. Ein Herzschlag verstrich. Zwei. Ich starrte ihn aufsässig an und er kippte den Rest herunter.

Dann ging er zur Anrichte und goss sich ein weiteres Glas ein. Auf einem Tablett stand eine offene Flasche Wein zusammen mit einem Glas. Entweder Seth oder Gus mussten es mit einer Auswahl von verschiedenen Käsesorten hergebracht haben. Ich fragte mich, ob sie schon wussten, dass ich eine Frau war und wie sie darauf reagieren würden.

Fitzroy hielt mir das Weinglas hin. „Wenn ich dir das gebe, wirfst du es mir dann ins Gesicht?"

„Finden wir es doch heraus." Ich nahm das Glas entgegen. Meine Finger berührten seine und etwas in mir zuckte zusammen. Trotz allem verspürte ich ein starkes Verlangen zu bleiben.

Er ließ das Glas los und bedeutete mir, auf dem Sofa Platz zu nehmen. Er setzte sich auf einen der Sessel und sah ganz wie ein König auf seinem Thron aus. Ich ließ mich auf dem Sofa nieder, war mir aber nicht mehr sicher, wie ich mich hinsetzen sollte. Die Beine etwas auseinander wie ein Junge schien mir unangebracht, ebenso wie mich zurückzulehnen. Doch ohne den Reifrock und Bausch einer Dame brauchte ich auch nicht auf der Kante zu sitzen. Ich setzte mich nach hinten und behielt die Knie beieinander, was sich viel zu geziert und unnatürlich anfühlte.

„Ich wusste nicht, dass du unbekleidet warst", sagte er. „Ich entschuldige mich dafür, dass ich so hereingeplatzt bin."

„Und dafür, dass Sie sich nicht umgedreht haben und sofort wieder hinausgegangen sind? Sie hätten gehen können, Fitzroy, doch das taten Sie nicht. Haben Sie meine Demütigung genossen? Werden Sie es genießen, Seth und Gus davon zu erzählen, wie ich ohne Kleider aussehe?"

Sein Blick wurde eisig. „Das denkst du von mir?"

Ich nippte an meinem Wein.

Kurz darauf leerte er seinen Whiskey und stellte das Glas auf dem Tisch neben sich ab. „Erinnere mich daran, dass ich mich bei Lady Harcourt bedanke, wenn ich sie das nächste Mal sehe."

„Was hat sie mit alledem zu tun?"

„Sie war diejenige, die mir gesagt hat, du könntest ein Mädchen sein."

„Sie wussten das schon vor heute?"

„Ein Verdacht."

„Warum haben Sie mir dann gestattet, in Ihrem Zimmer zu bleiben? Nicht dass es mich interessiert", fügte ich schnell hinzu, „aber Sie sind derjenige, der aufgebracht wirkt."

„Ich war mir nicht sicher, ob ich mich ihrem Verdacht anschließen kann. Ich dachte, wenn ich mehr Zeit mit dir verbringe, würde ich mich so oder so entscheiden können, obwohl sie sehr dagegen war. Es hat übrigens nicht geholfen. Deine Tarnung war einwandfrei. Ich habe gemerkt, dass du gebildet bist und aus einer guten Familie stammst, aber nicht, dass du weiblich bist."

„Und was hat mich bei Lady Harcourt verraten?"

„Du hast dich für ihre Kleidung interessiert, aber nicht für die Frau, die darin steckt. Sie behauptet, dein Blick war der einer Frau, die eine andere Frau aus Neugierde taxiert, nicht aus Verlangen."

„Sie glaubt, dass jeder Mann sie voller Verlangen ansieht?"

„Sie ist eine begehrenswerte Frau."

Ich nahm einen großen Schluck von meinem Wein. Lady Harcourt war alles, was ich niemals sein würde. Es war sinnlos, sich etwas anderes zu wünschen, aber seine Worte trafen mich trotzdem.

„Sie hat mich in ihren Verdacht an dem Abend eingeweiht, als sie zum Essen gekommen ist", sagte er. „Ich habe ihr bis gestern Abend nicht geglaubt. Als Seth und Gus die Geschichte von dem alterslosen Jungen erzählt haben, ergab es plötzlich einen Sinn. Als dreizehnjähriges Mädchen warst du im Wesentlichen ausgewachsen, auch wenn der Nahrungsmangel dich eher klein gehalten hat. Dreizehnjährige Jungen haben noch einiges an Wachstum vor sich, aber *du* hast dich nie verändert. Deswegen musstest du alle paar Monate weiterziehen. Mit Lady Harcourts Verdacht im Hinterkopf bin ich heute nach Tufnell

Park gefahren, um etwas andere Nachforschungen anzustellen als Seth und Gus. Ich habe nach einem *Mädchen* gefragt, das vor fünf Jahren in ihrer Mitte aufgekreuzt ist. Es gab eine, die aufgefallen ist, aber sie tauchte nur kurz auf. Die Jungen erinnerten sich an sie als ein elendes, verängstigtes Ding mit wunderschönen goldbraunen Haaren. Die Haare und das hübsche Gesicht—und ihre Unschuld—machten sie zum Ziel eines jeden Zuhälters in der Gegend. Als du plötzlich verschwunden warst, nahmen sie an, dass dich einer erwischt hat und für sich arbeiten ließ. Oder dass du gestorben warst."

„Offensichtlich bin ich nicht gestorben." Ich hasste es, wie schwach meine Stimme klang. Ich räusperte mich und nippte am Wein.

Er nahm sein Glas, stellte es aber wieder ab als er sah, dass es leer war. Er ließ es nicht los und die Finger, die es packten, wurden weiß. „Wie bist du entkommen?"

„Der Mann, der mich gefangen hat, wollte mich an den Meistbietenden versteigern. Er schleifte mich in jede Spielhölle und verrufene Kneipe im Norden der Stadt, um sicherzugehen, dass jeder mich zu Gesicht bekam. Männer, inklusive sogenannter Gentlemen, gaben ihre Gebote ab. Einige kauften meinem Fänger Getränke. Bis Mitternacht war er so betrunken, dass er nicht mehr aufrecht stehen konnte. Ich schlüpfte davon, während er in einer Gasse hinter einer Kneipe pisste. Er war zu langsam und stolperte bei dem Versuch, hinter mir herzukommen. Als ich weit genug weg war, versteckte ich mich bis zum Morgen. Ich wusste nicht, wo ich war, aber die Gegend war arm. So in der Morgendämmerung ging eine der Türen der nahen Häuser auf und eine Frau kam mit ein paar Kleidungsstücken heraus, die sie zum Trocknen aufhängen wollte. Als sie wieder rein ging, stahl ich einige Jungensachen von der Leine. Ich spähte durch das Fenster in ihre Küche, bis sie weg war, dann schlich ich mich hinein und stahl ein Messer. Ich schnitt mir die Haare ab und verkaufte sie an einen Mann, der mir dafür einen Schilling gab. Ich kaufte einen Laib Brot, aber anstatt es zu essen, suchte ich eine Bande von Jungen, die in der Nähe lebten. Ich bot ihnen das Brot an, um bei ihnen bleiben zu können. Sie dachten, ich hätte es gestohlen und da sie immer auf der Suche nach guten Dieben waren, nahmen sie mich sofort auf. Keiner von ihnen dachte je, dass ich was anderes als ein Junge wäre."

„Das war schwer für dich", sagte er leise.

„Nicht so schwer wie für manch andere." Oder so schwer, wie es hätte sein können, wenn ich mich nicht verkleidet hätte. „Was ich Ihnen erzählt habe, bleibt in diesem Raum. Sie erzählen weder Seth noch Gus noch Lady Harcourt oder irgendwelchen Komiteemitgliedern davon. Verstanden?"

„Ich werde dein Vertrauen nicht verraten."

Ich war mir nicht sicher, ob ich ihm glauben sollte, hatte aber keine Wahl. „Also wissen Sie jetzt, dass ich eine Frau bin", sagte ich. „Was noch?"

Er atmete einmal tief und langsam ein. „Nachdem ich von dem Mädchen mit dem goldenen Haar in Tufnell Park erfahren hatte, änderte ich meine Taktik. Ich besuchte die örtliche Polizeistation und fragte nach jeglichen Mädchen, die vor fünf Jahren als vermisst gemeldet wurden."

„Fanden die das nicht seltsam?"

„Wahrscheinlich. Ich gab an, ein privater Ermittlungsagent zu sein, der von einem guten Samariter angeheuert worden war, um vermisste Mädchen zu finden."

Ich schnaubte. „Nur ein Idiot würde darauf hereinfallen."

„Sie sind darauf hereingefallen."

„Das beweist nur, dass die Polizeitruppe aus Tölpeln besteht."

„Der Kriminalinspektor erinnerte sich an ein Mädchen aus der Gegend, das in der Zeit aus ihrem Zuhause verschwunden ist. Ihr Name war Charlotte Holloway und ihr Vater war der Vikar."

„Und zufällig suchten Sie gerade nach einem Mädchen, von dem bekannt war, dass es bei einem Vikar gelebt hatte und mein Name war rein zufällig Charlie, was Charlotte so ähnlich ist. Waren Sie überrascht, dass ich *diese* Nekromantin war?"

„Dann nicht mehr. Als mir klar wurde, dass du ein Mädchen bist, hatte ich den Verdacht, dass du die Nekromantin sein musst, die ich suche."

„Es scheint, als wäre ich wohl doch die letzte Nekromantin." Ich prostete ihm mit meinem Glas zu und trank es leer. „Und Sie haben mich in Ihren Klauen. Sie haben mich erfolgreich von dem Mann ferngehalten, der mich gegen die Königin einsetzen will, also ist alles gut. Es gibt für ihn jetzt keinen Nekromanten mehr, den er finden könnte. Wenn ich Ihnen versprechen, *ihm* nicht in die Hände zu fallen, lassen Sie mich gehen?"

„Nein."

Ich rieb mir die Stirn. Wein war ich nicht gewohnt und mir war schwindelig, weil ich so schnell getrunken hatte. „Warum habe ich damit gerechnet, dass Sie das sagen würden?"

„Geh ins Bett, Charlie. Du bist müde. Wir reden morgen früh weiter."

Ich ließ meine Hand fallen und schlug auf die Armlehne des Sofas. „Ich bin vielleicht noch drei Jahre davon entfernt, volljährig zu sein, aber in allen anderen Aspekten bin ich erwachsen. Behandeln Sie mich nicht wie ein Kind, jetzt, da Sie wissen, dass ich keins bin."

„Das werde ich nicht. Aber die Wahrheit ist, dass ich mich in einer schwierigen Position befinde. In diesem Haushalt voller Männer bist du eine junge Frau."

„Dann lassen Sie mich gehen."

„Das kann ich nicht. Ich kann nicht riskieren, dass du von ihm geschnappt wirst. Rechtlich und moralisch gesehen, sollte ich dich zu deinem Vater zurückbringen. Dort gehörst du hin, aber ich—"

„Ich *gehöre* nicht in sein Haus", schnappte ich. „Nicht, wenn er mich nicht will."

Seine Augen weiteten sich. „Du bist nicht weggerannt?"

„Nein. Er hat mich rausgeworfen."

Mit großer Genugtuung sah ich, wie schockiert er war. Wenigstens dachte ich, dass er schockiert war. Seine Lippen öffneten sich einen winzigen Spalt, schlossen sich aber sofort wieder. Dann wurden sie flach. „Ich hatte angenommen, dass er dich geschlagen hätte", sagte er leise. „Dass du die Nase voll hattest. Wenn das der Fall gewesen wäre, hätte ich dich nicht zu ihm zurückgebracht."

„Und jetzt, da Sie wissen, dass er mich nicht geschlagen hat, sondern mich einfach nicht will?"

„Es scheint, als würde ich dich noch immer nicht zurückbringen." Er beugte sich vor und stützte seine Ellenbogen auf die Knie. Es war fast eine lässige Haltung, abgesehen davon, dass er so angespannt wirkte wie immer. Erwartete er, dass ich zu entkommen versuchte, selbst jetzt noch? „Der Inspektor sagte, du wärst in der Nacht verschwunden, als deine Mutter starb. Hast du ihren Geist beschworen? Hat dein Vater das gesehen? Ist das der Grund, warum er …?"

„Mich verabscheute? Ja. Sie ist gestorben. Ich habe sie in meinen Armen gehalten und sie angefleht, zurückzukommen und mich nicht allein zu lassen. Völlig überrascht sah ich das rauchige Ding, das aussah wie sie. Es lag auf ihrem Körper und der Körper wurde wieder lebendig. Ich war so erschrocken, dass ich sie losließ. Vater war auch erschrocken. Sogar vollkommen verängstigt. Er warf sich auf die Knie und betete und weinte. Der Geist meiner Mutter sprach durch ihren Körper und bat mich, sie freizugeben. Sie sagte, dass es nicht das war, was sie wollte. Dass es ihr leidtat, aber dass sie gehen musste. Ich sagte etwas in der Richtung, dass ich sie freigab. Der Geist driftete davon und der Körper brach wieder leblos zusammen. Mein Vater hörte auf zu beten und ging auf mich los. Er hat mich nie geschlagen, aber er hat Dinge zu mir gesagt. Was ich getan hatte, war unnatürlich, gegen Gott und alles Heilige gerichtet, sagte er. Er befahl mir zu gehen und scheuchte mich zur Tür hinaus. Seither habe ich keinen Fuß mehr in das Haus gesetzt, noch habe ich mit ihm gesprochen."

Fitzroy schwieg eine lange Zeit. Seine Finger strichen über seine Oberlippe, während er mich beobachtete. Es war nervtötend. Ich wollte ihm gerade sagen, dass er aufhören sollte, mich anzustarren, als er sagte: „Jetzt, da wir wissen, dass du die einzige Nekromantin bist, können wir fortfahren."

„Was meinen Sie?"

„Als ich annahm, du wärst ein zweiter Nekromant, ging es mir nur darum, das Mädchen zu finden, bevor er es tat, der Mann mit den Initialen V.F. Aber jetzt, da ich weiß, dass du es bist, ist es Zeit, ihn auszuheben."

Ich schnappte nach Luft. „Sie wollen mich als Köder benutzen!"

„Anreiz."

„Sie werden eine achtzehnjährige Frau als Köder benutzen, um ein Monster zu fangen!"

„Ist es dir lieber, wenn ich den dreizehnjährigen Jungen benutze?"

„Das ist kein Scherz!"

„Ich scherze nicht."

Ich konnte nicht glauben, was ich da hörte. Er war genauso herzlos wie der Mann, den er zu fangen versuchte. Vielleicht hätte ich nicht überrascht sein sollen; Seth und Gus hatten mich gewarnt, dass er ein gefühlloser Schuft war.

„Du wirst sicher sein", sagte er.

„Das können Sie nicht garantieren."

Sein Unterkiefer arbeitete und ich fragte mich, ob ich seine Männlichkeit beleidigt hatte, indem ich seine Fähigkeit, für die Sicherheit einer Frau zu sorgen, infrage stellte. Nun gut. Er konnte eine solche Sache nicht garantieren und falls er das glaubte, war es pure Arroganz.

„Ich werde Ihnen nicht helfen, Fitzroy, und Sie können mich nicht dazu zwingen." Ich verschränkte die Arme vor meiner Brust in einer recht erbärmlichen Demonstration meines Widerstandes.

„Ich verstehe deine Furcht, Charlie."

„Tun Sie das? Sie sind Nekromant, hinter dem ein Wahnsinniger her ist, ja?" Ich stöhnte. „Gaukeln Sie mir keine Sympathie vor. Sie haben keinen einzigen mitfühlenden Knochen in Ihrem Körper."

Er schnappte sich das Glas vom Tisch und stolzierte hinüber zur Anrichte, wo er sich Whiskey nachschenkte, ihn aber nicht trank. Stattdessen stellte er ihn mit großer Sorgfalt zur Seite und streifte zu mir zurück.

Ich schluckte. *Er kann dich nicht zwingen, Charlie. Er kann dich nicht dazu bringen, irgendetwas zu tun, was du nicht willst.*

Doch das konnte er. Er war stark genug und, ich wagte es zu behaupten, rücksichtslos genug, um alles zu tun. Ich fragte mich, wie weit er wohl gehen würde, um seinen Willen zu bekommen.

Ich bohrte meine Fingernägel in die Armlehne. „Ich werde nicht für Sie arbeiten und ich werde mich ebenso wenig in seine Hände begeben."

„Das reicht nicht."

„Das muss es aber. Mehr biete ich nicht an. Schicken Sie mich zurück auf die Straße, wenn Sie wollen, es ist mir egal. Dort werde ich sicherer sein, als wenn ich vor ihm herumstolziere."

Seine Augen wurden schmal. Ob er den Verdacht hegte, dass ich den Burschen gesehen hatte? Noch musste ich ihm von dem Doktor erzählen, der Vater aufgesucht hatte. Ich war mir nicht sicher, ob ich das wollte. Er könnte das als Zustimmung werten, dass ich ihm half.

„Du verweigerst dich, obwohl du weißt, dass das Leben der Königin möglicherweise in Gefahr ist?"

„Was schert mich die Königin, die keinen Finger rührt, um den Kindern zu helfen, die auf den Straßen ihrer Stadt verhungern?"

Er verschränkte die Arme und betrachtete mich über seine gerade, schöne Nase. „Ich biete dir ein Dach über dem Kopf, Kleidung und Bequemlichkeit. Jetzt ist es Sommer, aber der Winter ist nie weit."

„Ich habe früher schon Winter überlebt."

„Und wie viele Jahre kannst du dich noch als Junge ausgeben? Das währt nicht ewig."

„Das weiß ich. Ich passe mich an, wenn die Zeit gekommen ist."

„Das ist ein einsames Leben, alle paar Monate weiterzuziehen und dir niemals zu gestatten, Freundschaften zu schließen. Willst du für immer allein bleiben?"

Ich schaute ihn direkt an und bemühte mich intensiv, ihn nicht sehen zu lassen, wie sehr er mich damit getroffen hatte. „Vielleicht biete ich mich einem netten Mann an. Einem, der gewillt ist, mich dafür zu beschützen, dass ich ihm sein Bett warmhalte."

Er beugte sich vor, legte eine Hand über meine auf der Armlehne und hielt sie fest. Sein Gesicht kam mir so nahe, dass ich ihn hätte küssen können. Meine verräterische weibliche Seite hätte das gern getan. Die andere Seite wollte ihm mit der Stirn die Nase einschlagen.

„Ich kann dich beschützen", sagte er, die Stimme samtig und weich.

In diesem Moment, in dem seine dunklen Augen sich in meine bohrten und sein Atem meine Wange streifte, wollte ich ihm glauben. Ich wollte bei ihm bleiben. Ich wollte mich ihm anbieten und *sein* Bett warmhalten und das würde ich sogar ohne sein Schutzversprechen tun.

Plötzlich ließ er meine Hand los. „Im Gegenzug musst du nichts anderes tun, als V.F. ans Licht zu locken."

Mein Atem klang laut in meinen Ohren, so sehr konzentrierte ich mich darauf, ihn gleichmäßig zu halten, bevor er sah, wie sehr seine Nähe mir zusetzte. „Ich will nichts mit irgendwelchen Plänen zu tun haben, die mich in Gefahr bringen. Und erzählen Sie mir nicht, Sie würden mich beschützen", fügte ich hinzu, als er den Mund öffnete, um zu sprechen. „Denn warum sollten Sie das tun? Was interessiert es Sie, ob ich lebe oder tot bin? Sie brauchen mich oder meine Totenbeschwörung zu nichts anderem außer als Köder. Im Gegenteil, meine Anwesenheit bereitet Ihnen Probleme. Ich bin eine Gefahr für alle möglichen Wahnsinnigen—nicht nur diesen."

Er setzte sich wieder hin und streckte seine langen Beine aus. Seine Schuhe berührten beinahe meine nackten Füße auf dem Teppich. „Du hast recht", sagte er schließlich. „Böse Menschen werden dich immer haben wollen, wenn sie erfahren, wozu du in der Lage bist. Umso mehr Gründe für dich, hier unter meinem Schutz zu bleiben. Ich kann dich nicht zu deinem Vater zurückschicken, also scheint es, als wärst du jetzt mir anbefohlen, ob uns das nun gefällt oder nicht. Es ist meine Pflicht, dich zu beschützen, und ich nehme meine Pflichten sehr ernst."

Pflicht, Sicherheit … Das waren nur Worte; leicht daher gesagt und leicht verworfen, sobald ich getan hatte, was er von mir wollte. „Verzeihen Sie, wenn ich wenig Vertrauen in Ihre *Pflicht* setze", platzte ich heraus.

„Ich bin nicht dein Vater, Charlie", knurrte er. „Wenn ich verspreche, dich zu beschützen, dann werde ich das tun."

Ich stand vom Sofa auf und ging zur Schlafzimmertür. „Mir reicht das Gerede. Wir kommen nicht weiter. Ich schlage vor, Sie schauen sich nach Alternativen um, Fitzroy, denn ich werde Ihnen nicht helfen."

Ehe ich wusste, was geschah, hatte er meinen Arm gepackt

und mich herumgerissen. Er überragte mich, sein Gesicht hart wie Granit, die Augen zwei schwarze Abgründe, die in unendliche Tiefen reichten. „Du scheinst nicht zu verstehen, Charlie. Es gibt keine Alternativen. Lass mich dir zwei Dinge in aller Deutlichkeit sagen—du wirst mir helfen, und ich werde dich beschützen." Dann gab er mich frei, aber die Hitze seiner Finger blieb auf meinem Arm.

Er schritt hinüber zu seinem Schreibtisch und ließ mich an der Schlafzimmertür stehen, meine Eingeweide verknotet und meinen Herzschlag im Hals. Mit einem gewaltigen Atemzug drehte ich mich um und knallte die Schlafzimmertür hinter mir zu. Ich warf mich auf die Liege und zog die Knie bis zu Brust.

„Ich hasse Sie!", brüllte ich die Tür an.

Er antwortete nicht.

KAPITEL 9

„Du musst das tragen." Lady Harcourt hielt das Korsett wie eine geöffnete Falle vor mich hin, die sich um mich schließen würde, sobald ich nahe genug herankam. „Alle Damen müssen ein Korsett tragen."

„Ich bin keine Dame." Ich stand mit den Händen auf den Hüften da und behielt sie misstrauisch im Auge. Falls nötig, konnte ich mich vor ihr wegducken. „Und ich ziehe kein Korsett an. Ich habe die getragen, als ich jünger war, und herausgefunden, wie unpassend sie für jemanden wie mich sind."

Sie seufzte und ihre Schultern verloren einiges an Spannung. „Ich verstehe dich, Charlie, wirklich. Aber du lebst nicht mehr auf der Straße. Du brauchst nicht mehr wegzurennen und dich zu verstecken wie ein verlorener Junge. Du kannst du selbst sein."

Ich war mir nicht sicher, wer das war, sagte es aber nicht. Sie schien entschlossen zu sein, mich in eine respektable Frau zu verwandeln. Nach dem Frühstück war sie eingetroffen, von Fitzroy herbeigerufen, und hatte mich ins Schlafzimmer gescheucht, wo sie umgehend Frauenkleider für mich auf dem großen Bett ausgebreitet hatte. Ich hatte mich geweigert, mir die Teile anzuziehen, aber sie hatte mir damit gedroht, Seth und Gus zu rufen, die mich festhalten sollten, während sie mich auszog. Dabei hatte sie so aalglatt gewirkt, dass ich nicht wusste, ob sie scherzte oder nicht. Ich hatte beschlossen, dass ich bezüglich der meisten Kleidungsstücke Zugeständnisse machen konnte. Das Korsett ging allerdings einen Schritt zu weit.

„Ich mache mir keine Sorgen ums Wegrennen oder Verstecken", sagte ich ihr. „Ich mache mir Sorgen ums Atmen."

„Ich werde es nicht zu eng schnüren."

Konnte ich einer Frau glauben, deren Korsett ihre Taille auf eine unnatürlich schmale Größe deformiert hatte?

Sie senkte das Kleidungsstück und nahm meine Hand in ihre. „Du kannst nicht ohne Korsett vor den Männern herumstolzieren. Das ist unsittlich."

„Bisher war es kein Problem."

„Da wussten sie auch nicht, dass du ein Mädchen bist. Jetzt, da sie es wissen, fürchte ich, sie werden … nach Beweisen deiner Weiblichkeit suchen."

Ich schnaubte. „Da müssen sie lange suchen. Meine Weiblichkeit ist nicht gerade hervorstechend, selbst ohne Korsett."

„Meine Liebe, wir wissen beide, was Männer von einer Frau denken, die keine ordentliche Unterwäsche trägt." Ihre Stimme senkte sich zu einem mitfühlenden Flüstern und eine dezente Röte stieg in ihre Wangen. Hatte Fitzroy ihr gesagt, was mit mir anfangs passiert war, als ich mich auf der Straße wiederfand? Obwohl er versprochen hatte, es nicht zu tun? Oder war ihre Bemerkung lediglich allgemeiner Natur? „Ich bin mir sicher, dass du gesehen hast, wie Prostituierte sich kleiden."

„Manche von denen tragen solche Vorrichtungen."

„Locker."

„Was machen Sie, wenn ich mich weiter weigere?"

„Ich werde Mr Fitzroy anweisen, dich heute Nachmittag in meinem Haus abzuliefern, wo du vor den neugierigen Blicken von Seth und Gus sicher bist."

Der Gedanke verursachte eine unerklärliche Welle der Enttäuschung in meiner Brust. Ich hatte mit Händen und Füßen um meine Freilassung gekämpft, und doch war ich nicht bereit, Lichfield Towers gegen eine Residenz zu tauschen, die ich nicht kannte, bei einer Frau, die mich in ein Korsett zwingen und zu einer Dame machen wollte.

Ich schnappte ihr das Korsett weg und zog es über mein

neues Unterkleid. Dann drehte ich ihr den Rücken zu und schnappte nach Luft, als sie fest an den Schnüren zog. „Sie haben gesagt, Sie würden es nicht eng schnüren!"

„Das ist nicht eng." Sie zog erneut und riss dabei meinen ganzen Körper zu sich. „Halte dich am Bettpfosten fest."

Ich grummelte, während sie fertig schnürte, und stand dann wie eine alberne Statue mit geradem Rücken da. Ich versuchte, tief Luft zu holen, nur um festzustellen, dass mein Brustkorb sich nicht weit genug ausdehnen wollte. „Das ist eine Qual."

„Es gibt dir eine feine Figur." Sie lächelte. „Du siehst beinahe respektabel aus. Jetzt die Unterröcke."

Sie half mir, zwei Unterröcke über die Unterhosen zu ziehen, dann ein schwarzes Baumwollkleid darüber. Das Kleid hatte einem ihrer früheren Dienstmädchen gehört. Es passte ganz gut. Ich hatte auf etwas Hübscheres gehofft, als sie angekündigt hatte, mich bei ihrer Ankunft in Frauenkleider stecken zu wollen. Wenn ich wieder ein Kleid tragen musste, dann zog ich eins mit Bausch und in einer fröhlicheren Farbe vor. Die Dienstbekleidung war fade.

Ich schnürte die Stiefel, aber sie wollte mich nicht aus dem Schlafzimmer lassen, bis sie mich frisiert hatte. Da meine Haare so kurz waren, konnte sie nicht viel machen, aber sie schaffte es, etwas mehr Weiblichkeit mit strategisch platzierten Haarnadeln vorn und einem Hütchen am Hinterkopf zu erzeugen.

Ich bewunderte ihre Handwerkskunst im Spiegel des Frisiertisches und musste zugeben, dass sie gute Arbeit geleistet hatte. Ich sah aus wie eine Frau, wenn auch eine ziemlich dürre mit Eulenaugen.

„Sie werden sich fragen, wie sie dich jemals für einen Jungen halten konnten." Lady Harcourt legte einen Finger unter mein Kinn und drehte meinen Kopf hierhin und dorthin, um mich von allen Seiten zu begutachten. „Du bist recht hübsch mit deinem süßen, ovalen Gesicht und den großen blauen Augen." Sie ließ mich mit einem Seufzen los. „Du wirst doch mit mir nach Hause kommen müssen."

„Nein! Ich bleibe hier. Oder ich gehe ganz weg", fügte ich hinzu.

Sie blinzelte. War sie beleidigt? „Warum willst du nicht bei mir wohnen? Mein Haus ist größer als das hier. Ich habe viele Bedienstete, manche davon Mädchen in deinem Alter. Du wirst sicher eine Freundin unter ihnen finden."

„Ich wünsche aber nicht, Ihr Dienstmädchen zu sein, Lady Harcourt. So freundlich Sie zu mir waren, ich ziehe es hier vor."

„Aber hier sind nur Männer!"

„Männer sind nur große Jungen und an Jungen bin ich gewöhnt."

Sie prustete ein Lachen heraus. „Ich fürchte, du kannst nicht bleiben. Ich kann dich beim besten Willen nicht hierlassen. Abgesehen davon weiß Fitzroy gar nicht, was er mit dir anfangen soll, wo du jetzt ein Mädchen bist. Er hat mir das so gut wie gestanden."

Ich stürmte an ihr vorbei und öffnete die Schlafzimmertür. Fitzroy sah von seinem Schreibtisch auf und seine Augen wurden rund. Er betrachtete mein Kleid und meine Haare mit einem kühlen, schweifenden Blick, der schließlich an meinem Gesicht hängen blieb.

„Gibt es ein Problem?", fragte er und sah an mir vorbei zu Lady Harcourt. Trotz seiner legeren Haltung und Worte war sein Mund fest und seine Augen hart. So wenig ich von ihm an diesem Morgen gesehen hatte, war er noch immer zornig, dass ich mich weigerte, ihm zu helfen. Nun, ich war ebenfalls zornig und ich würde nicht nachgeben.

„Ich wohne nicht bei ihr", sagte ich, die Hände auf den Hüften. „Entweder behalten Sie mich hier als Ihre Gefangene, oder Sie lassen mich gehen."

„Sie kann hier nicht bleiben." Lady Harcourt stellte sich neben mich. Sie war größer als ich, aber ich bildete mir ein, dass ich den grimmigeren Anblick bot.

„Wenn Sie mich zwingen, mit ihr zu gehen, werde ich einen Weg finden, zu fliehen", sagte ich. „Es wird in einem großen Haushalt mit mehr Bediensteten einfacher sein. Abgesehen davon, werden die nicht misstrauisch, wenn Sie ein Mädchen in einem Zimmer einsperren?"

Fitzroy zog eine Augenbraue hoch und nickte. „Ich stimme zu."

„Sie kann nicht hierbleiben, Lincoln." Lady Harcourts Ton wurde bissig. „Sieh sie doch an!"

Was sollte denn das heißen? „Das war ein sinnloses Unterfangen." Ich wollte mir das Hütchen und den Schleier abnehmen, aber Fitzroy hielt meine Hand fest. Ich starrte ihn wütend an.

Er starrte zurück. „Lass es an."

„Warum?", fuhr ich ihn an. „Ich werde Ihnen nicht helfen, was bedeutet, Sie werden mich ewig hierbehalten, eingesperrt, wo mich niemand sehen kann. Oder Sie lassen mich gehen. Wen schert es da, wie ich mich anziehe?"

„Das Ministerium ist keine Wohltätigkeitsorganisation", sagte Fitzroy in einem Ton, der mir frostige Füßchen über die Haut jagte. „Und ich bin kein gütiger Mensch. Du wirst tun, was ich sage, und uns helfen."

„Sonst?"

„Es gibt kein ‚sonst'."

„Ha!"

Lady Harcourt schob sich an mir vorbei und legte eine Hand auf seinen Arm. Sie schaute suchend in sein Gesicht, die Stirn tief gerunzelt. „Lincoln? Was hast du vor?"

Er begegnete meinem Blick über ihren Kopf. Er war verschleiert; undeutbar. Dann machte er sich von ihr los und ging zur Tür. „Hier rein", knurrte er Seth und Gus an.

Die beiden Wachen blieben hinter der Tür wie angewurzelt stehen. Keiner von beiden konnte seinen Blick von mir losreißen. Ihre warmen, verweilenden Blicke erhitzten meine Wangen und ich wünschte mir, mich wieder hinter meinen Haaren verstecken zu können.

„Hört auf, mich anzustarren", schnappte ich. „Habt ihr noch nie ein Mädchen gesehen?"

„Äh, ich, äh, wusste nicht, dass du so hübsch bist." Gus schaute nicht mehr mich, sondern seine Füße an; den Großteil der Worte murmelte er in seinen Brustkorb.

Seth räusperte sich und deutete eine kurze Verbeugung an. „Das Kleid steht dir wirklich gut, Charlie. Äh, Charlotte. Miss Charlotte."

„Es ist das Kleid eines Dienstmädchens und schlicht schwarz", sagte ich. „Es gibt kaum ein weniger attraktives Kleid.

Und du kannst mich weiter Charlie nennen. Oder noch besser, rede gar nicht mit mir."

Seth schaute bedröppelt und ich bereute meine schroffe Art. Es war nicht seine Schuld, dass ich in dieser Misere steckte. Das war ganz allein Fitzroys.

Aus dem Augenwinkel sah ich, wie Lady Harcourt die Augenbrauen hochzog. *Siehst du*, sagten ihre Lippen tonlos.

„Spannt die Kutsche an", befahl Fitzroy seinen Männern.

„Wo bringen Sie mich hin?", fragte ich, als Gus und Seth gegangen waren.

„Aus." Zu Lady Harcourt sagte er: „Hat sie Handschuhe?"

„Ich hole sie." Sie verschwand im Schlafzimmer.

„Ich gehe nirgendwo mit Ihnen hin", erklärte ich Fitzroy.

Er sagte nichts, was mir Sorge bereitete. Meiner Erfahrung nach war er wesentlich gefährlicher, wenn er nichts sagte.

Lady Harcourt kam zurück und reichte mir ein paar schwarze Handschuhe. „Es ist warm draußen und du brauchst keinen Mantel." Als ich weder die Handschuhe anzog noch mich bewegte, sah sie Fitzroy fragend an. „Was jetzt?"

Fitzroy streckte die Hand aus. Ich zögerte und legte dann die Handschuhe auf seine Handfläche. „Was haben Sie—?"

Er hob mich hoch und warf mich über seine Schulter. Ein Arm umklammerte meine strampelnden Beine wie eine Schranke aus Stahl, die andere hielt noch immer die Handschuhe.

„Lassen Sie mich runter!" Ich versuchte, mich aufzurichten, aber das Korsett machte nicht nur das Atmen schwierig, es beeinträchtigte auch meine Bewegungsfreiheit. Ich wand mich stattdessen, wild entschlossen, es ihm nicht leicht zu machen, aber das nützte kaum etwas. Abgesehen davon war mir sehr bewusst, wie nahe mein Hinterteil seinem Gesicht war. Ich war vielleicht keine Dame und wollte auch keine sein, aber mit meiner Rückseite vor seinem Gesicht herumzuzappeln war etwas, wozu ich mich nicht überwinden konnte. Ich hielt still.

Er trug mich aus dem Zimmer. Lady Harcourt folgte uns, ihre Schritte kurz und schnell.

„Lassen Sie mich runter!", rief ich.

„Mach dir nicht die Mühe zu schreien", sagte er, während er

die Treppe hinunterging. „Der Koch, Seth und Gus werden dir nicht helfen."

Ich warf ihm lautstark jeden Schimpfnamen an den Kopf, der mir einfiel, und trommelte mit den Fäusten auf seinen Rücken. Nichts davon brachte ihn zum Stehen, aber wenigstens würde er eine Woche lang blaue Flecken haben. Er blieb nicht nur nicht stehen, er wurde auch nicht langsamer. Im Gegenteil, sein Tempo erhöhte sich und seine Schritte wurden schwungvoller, als wir den nächsten Treppenabsatz erreichten. Der Ritt wurde dadurch ausgesprochen unbequem.

„Sie sind doch jetzt absichtlich grob", schnappte ich.

„Dies ist meine natürliche Art, Treppen herabzusteigen."

„Ist es nicht. Sie haben den gleichmäßigsten Schritt, den ich je bei einem Menschen gesehen habe. Deswegen können Sie sich so gut an Leute heranschleichen." Ich versuchte, mich zu verdrehen, um ihn besser anschauen zu können, aber es war unmöglich. Ich sah nur seinen Hinterkopf. Seine widerspenstigen schwarzen Haare waren mit einem Lederband zusammengebunden. Vielleicht, wenn ich es abziehen könnte …

Lady Harcourt schnalzte mit der Zunge. „In der Kutsche werde ich ihre Haare neu richten müssen."

„Du kommst nicht mit", sagte er.

„Das muss ich! Sie braucht eine Anstandsdame!"

Er erreichte die unterste Stufe der Treppe und drehte sich zu ihr um, als sie neben uns stehen blieb. Ich vermutete, dass er sie mit einem seiner eisigen Blicke bedachte, denn sie entfernte sich.

„Das ist ein Fehler, Lincoln", sagte sie, während er mich nach draußen trug. Das bedeutete wohl, dass sie klein beigegeben hatte.

Wir mussten einige Minuten darauf warten, dass die Kutsche vorfuhr. Als sie anhielt und Seth die Tür öffnete, warf Fitzroy mich von seiner Schulter auf den Sitz. Ich prallte ab und schlug mit dem Arm gegen die andere Seite. Ehe ich meine Balance wiedergefunden hatte, war er hinter mir her geklettert und hatte die Tür geschlossen.

Die Kutsche fuhr mit einem Ruck los. Ich stürzte mich auf die Tür, aber Fitzroy war zu schnell. Er versperrte sie mit dem Arm.

„Sie sind ein Scheißkerl." Ich verkroch mich in die Ecke und schob die Haarnadeln, die sich gelöst hatten, zurück an ihren Platz.

„Es ist nicht zu spät, deine Meinung zu ändern", sagte er. „Hilf mir freiwillig und du kannst unter meinem Schutz in Lichfield Towers leben."

Ich schnaubte. „Sie können meine Sicherheit nicht garantieren, sobald er erfährt, was ich bin. Er wird nicht nachlassen, bis er mich geschnappt hat."

„Dann muss ich ihn aufhalten, bevor er dich schnappt."

„Wie?"

„Indem ich ihn töte."

Ich schluckte den Kloß in meinem Hals herunter und riss meinen Blick von seinem eisigen los, um aus dem Fenster zu schauen. Wir verließen das Anwesen von Lichfield Towers und fuhren an Highgate Wood vorbei auf Straßen voller Läden und Kneipen. Die Leute gingen ihren Geschäften nach ohne den Hauch einer Ahnung, dass sich eine Nekromantin unter ihnen befand.

„Und was geschieht mit mir, wenn Sie ihn aufhalten?", fragte ich. „Was werden Sie mit einer lästigen Nekromantin machen?"

„Das weiß ich noch nicht. Vielleicht stelle ich dich als Dienstmädchen ein."

„Ich will nicht irgendjemandes Dienstmädchen sein."

„Die Arbeit wird nicht zu schwer."

„Ich habe keine Angst vor harter Arbeit. Ich will keinen Herrn. Ich hatte seit Jahren keinen und so gefällt mir das."

„Jede Frau hat einen Herrn."

„Lady Harcourt nicht."

„Das ist etwas anderes. Sie ist Witwe, noch dazu eine Wohlhabende."

Ich sagte nichts, während wir die Tore des Highgate-Friedhofes passierten. Eine Brise rauschte in den Blättern und es fing an zu regnen. Ein kleiner Hund sprang vom Rand des Bürgersteiges weg aus Angst vor den donnernden Hufen der Pferde und den klappernden Rädern der Kutsche. Sein braunes Fell war schmutzig und verfilzt und seine Augen tränten, während er uns hinterherschaute. Beim Anblick der erbärmlichen Kreatur stieg Trauer in mir hoch.

„Sie bringen mich nach Tufnell Park", sagte ich. „Zu meinem Vater."

Er antwortete nicht.

Wir fuhren weiter durch Tufnell Park, kamen aber nicht in die Nähe von Vaters Haus. Ich sah Fitzroy mit gerunzelter Stirn an, aber er starrte aus dem Fenster, sein Blick intensiv und doch blind. Ein Muskel pulsierte in seinem Hals ober halb des Kragens. Es schien, als hätten seine Gedanken ihn abgelenkt. Vielleicht sollte ich noch einmal zu fliehen versuchen.

Ich wartete, bis die Kutsche langsamer wurde, aber bis sie das tat, war Fitzroy wieder aufmerksam. Der Moment, in dem ich aus der Kutsche hätte springen können, war verstrichen.

„Wir sind in Whitechapel", sagte ich und sah mich um.

Hier hatte ich früher zweimal gelebt, auch während der Ripper seine schlimmsten Taten vollbracht hatte, aber nicht in dieser Straße. Es war eine enge, mit unebenen Steinen gepflasterte Gasse, die von Unrat und Regen rutschig war. Hier gab es keine Läden oder Kneipen, nur zerfallende, schiefe Gebäude, die in einzelne Zimmer aufgeteilt waren. Ich wusste aus Erfahrung, dass diese Zimmer mit so vielen Leuten vollgestopft waren wie nur möglich. Barfüßige Kinder beobachteten uns. Ihre eingefallenen Gesichter erinnerten mich an mein eigenes. Eine Gruppe von ihnen näherte sich der Kutsche mit den Pferden, aber Gus' Zischen scheuchte sie zurück.

Eine Frau mit einem weinenden Baby auf ihrer Hüfte trat aus einem der Gebäude. Sie streckte die Hand aus und ihr Mund sagte *bitte*. Seth warf ihr eine Münze zu. Das lockte nur noch mehr Frauen an und auch einige Männer.

Seth öffnete die Tür und hielt mir die Hand hin. Ich brauchte einen Moment, um zu begreifen, dass er mir seine Hilfe beim Aussteigen anbot, wie ein Gentleman es bei einer Lady tun würde. Ich warf Fitzroy einen Blick zu in der Erwartung, dass er meinen Arm packen und mich in den Sitz drücken würde.

„Du wolltest gehen", sagte er nur. „Also geh."

„Sie lassen mich gehen? Einfach so?"

„Das willst du doch."

Ich sah ihn durch schmale Augen an. „Ich traue Ihnen nicht. Sie führen irgendetwas im Schilde."

„Geh", sagte er schwerfällig. „Schauen wir mal, wie lange du hier ohne meinen Schutz klarkommst."

Ah. Jetzt verstand ich. Er wollte etwas beweisen oder versuchte es jedenfalls. Ich lachte humorlos. „Das ist mein Zuhause", sagte ich und nickte in Richtung der verschmutzten Gesichter und der dreckigen Gosse. „Ich weiß, wie man hier draußen überlebt. Das tue ich seit Jahren."

„Nicht als Frau und schon gar nicht als respektable, hübsche Frau."

Einer der Männer rotzte einen Klumpen Schleim auf die Steine. Das Kind auf der Hüfte der Frau weinte stärker. Fitzroy hatte recht. Obwohl es Tag war und sich Frauen und Kinder um uns drängten, würde es nicht lange dauern, bis ich mich nachts allein wiederfand. Als Frau gekleidet würde ich angreifbar sein, eine Zielscheibe.

„Dein Mangel an Haaren rettet dich vielleicht", fuhr er fort. „Aber es bedeutet auch, dass du nichts zu verkaufen hast. Abgesehen vom Offensichtlichen natürlich."

Ich holte aus, aber er fing meine beiden Handgelenke ab, bevor ich ihn treffen konnte. Er zog mich näher, sodass ich fast auf seinem Schoß saß. Seine Augen waren aus der Nähe betrachtet genauso schwarz wie von Weitem.

„Überleg es dir noch mal." Seine tiefe, hypnotische Stimme brachte mich fast dazu, Ja zu sagen.

„Nein. Sie werden mich nicht hierlassen. Ich bin zu wertvoll für Sie und Sie sind zu sehr von sich überzeugt, um ein Versagen überhaupt in Betracht zu ziehen. Sie werden mich nicht hierlassen", wiederholte ich.

Er ließ mich los und schubste mich dabei zurück in den Sitz. „Raus."

Ich strich mit flachen Händen über mein Kleid und zwang ihn, Farbe zu bekennen. Ich stieg aus, wobei ich Seths angebotene Hand ablehnte. Fitzroy schloss selbst die Tür und blieb in der Kutsche. Seth stieg neben Gus auf den Fahrersitz und die Kutsche rollte davon.

Ich war frei. Ich lächelte der sich entfernenden Kutsche hinterher und konnte noch immer nicht glauben, dass ich gewonnen hatte. Sicherlich war das ein Trick. Es musste so sein. Und doch waren sie schon um die Ecke und außer Sichtweite.

Ein Kind von etwa sechs Jahren kam zu mir und zog an meinem Ärmel. „Münze, Miss? Wir am Verhungern."

„Ich habe kein Geld", sagte ich zu ihr, laut genug, dass alle es hören konnten. Wenn sie dachten, ich hätte Geld, würde ich nicht weit kommen, ehe ich überfallen wurde.

Ich ging davon und ignorierte die Blicke und das gelegentliche Zupfen an meinem Kleid. Ohne Geld waren meine Optionen beschränkt. Mein Hütchen konnte ich verkaufen, oder vielleicht das Kleid, nachdem ich einige Jungenkleider gestohlen hatte. Die Stiefel würde ich behalten. Sie waren solide und nur wenig getragen. Die würden eine Weile halten. Ich lächelte, während ich die elenden Straßen von Whitechapel entlangwanderte. Fitzroy hatte mich unterschätzt.

Den Rest des Tages war ich unterwegs und überlegte, wo ich als Nächstes leben wollte. Ich konnte nicht zu Stringer und den anderen zurück und Fitzroys Nachforschungen bedeuteten, dass ich in meinen ehemaligen Verstecken viel zu auffällig war. Vielleicht war es an der Zeit, London ganz zu verlassen. Aber wohin? Wie nah war die nächste Stadt?

Bis zum Abend hatte ich großen Hunger. Mein Magen protestierte, trotzdem ich zum Frühstück bereits eine ordentliche Mahlzeit bekommen hatte. Und obwohl es Sommer war, war es kalt. Ich hatte weder Schal noch Mantel und die Handschuhe hatte ich in der Kutsche gelassen. Das gute Leben in Lichfield Towers war mir zu sehr zur Gewohnheit geworden. Ich wusste, dass das passieren würde. Am liebsten hätte ich mich dafür getreten, dass ich Fitzroys Gastfreundschaft angenommen hatte.

Mit Einbruch der Dunkelheit machte ich es mir unter einer Eisenbahnbrücke bequem. Es stank zwar nach Urin, aber es waren keine anderen Bewohner dort. Aufgrund des Regens hatte niemand Wäsche zum Trocknen herausgehängt, aber ich hatte die Hoffnung noch nicht aufgegeben. Es gab immer einen neuen Morgen. Ich musste nur die Nacht unbemerkt überstehen.

Ich zog die Knie an und legte mein Kinn darauf. Falls Fitzroy seine Meinung änderte und an den Ort zurückkehrte, wo er mich herausgelassen hatte, würde er mich nicht finden. Sollte ich zurückgehen, damit ich leicht zu finden war? Er würde sich entschuldigen müssen, ehe ich einer Rückkehr zustimmte.

Je länger ich darüber nachdachte, desto sicherer wurde ich, dass er zurückkommen würde. Lady Harcourt würde ihn zurückschicken, wenn sie herausfand, was er getan hatte. Sie und die anderen Komiteemitglieder würden nicht zulassen, dass er mich einfach hierließ. Sie war viel zu nett und sie brauchten mich.

Andererseits hatte er klargemacht, dass er der Anführer war. Sie taten, was er sagte. Und er war ein entschlossener Mann, keiner, der nachgab. Ich kannte ihn kaum, aber so viel wusste ich. Wenn er beschlossen hatte, mich in den Teich zu werfen, dann würde er mich sicher nicht aufgrund eines Vorschlags von jemand anderem wieder herausfischen.

Es schien, als hätte ich meinen Wert für sie überschätzt. Für ihn. Ich war eben doch ein Nichts. Eine Quelle der Traurigkeit sprudelte in mir hervor, wie ich sie lange nicht erlebt hatte.

„Wer bist denn du?", fragte eine schroffe Stimme hinter mir. „Was treibst du an meinem Platz?"

Ich fuhr herum und presste mich flach gegen den Brücken-pfeiler. Die einsame Gaslaterne spendete gerade genug Licht, um einen sehr großen Mann über mir aufragen zu sehen. Er sah aus wie ein Bär mit seinem schwarzen, zottigen Bart, dem langen Haar und den großen Händen.

„Bin schon weg", sagte ich mit tief verstellter Stimme. Ich hatte bereits die Nadeln aus meinen Haaren entfernt, um mein Gesicht wieder zu verbergen, aber ich steckte noch immer in Frauenkleidern. „Ich wusste nicht, dass das Ihr Platz ist."

„Halt an." Er stapfte auf mich zu und ich wich zurück. „Ich hab Halt gesagt!"

Ich wollte flüchten, aber er griff nach mir. Seine Reichweite war überraschend groß und er war schneller, als er aussah. Er erwischte meinen Ellenbogen und riss mich zu sich herum.

„Bitte, lassen Sie mich gehen, Sir. Ich wollte Ihnen keinen Schaden zufügen oder respektlos erscheinen."

„Was macht denn ein Mädchen wie du ganz allein hier drau-ßen, he?" Er sah sich um, als ob er zu mir gehörige Männer in der Nähe erwartete.

„Ich bin nicht allein", sagte ich schnell. „Mein Vater und meine zwei Brüder werden bald hier sein. Sie sind Hafenarbeiter und haben große Messer dabei."

„Hier ist kein Hafen in der Nähe. Und ich habe auch eine große Waffe." Er grinste und entblößte Zähne, die so schwarz waren wie sein Bart. Mit einer Hand packte er seine Hose im Schritt und leckte sich unter dem Schnurrbart die Lippen. „Zeig mir dein Gesicht, Mädel. Ich will es sehen, während ich dich ficke."

Ich schubste ihn, aber er war zu stark, zu groß und lachte über meine erbärmlichen Versuche. Als ich ihm gegen das Schienbein trat, jaulte er auf.

„Du kleine Zicke!" Er hakte ein Bein hinter meine Knie und brachte mich damit zu Fall, wobei ich meine Hüfte und meinen Kopf am Brückenpfeiler stieß. Ich kratzte und schlug um mich, konnte aber keine Kraft in meine Schläge packen, weil das verdammte Korsett meine Bewegungen und meine Atmung einschränkte. Er hielt meine Arme über meinem Kopf mit einer seiner riesigen Hände fest und strich mit der anderen meine Haare weg.

„Du bist ja ein Hauptgewinn. Da hab ich ja Glück heute Nacht, was? Erst etwas Kleingeld, jetzt eine saftige kleine Torte."

Wieder versuchte ich, ihn zu treten, aber er lag auf mir und klemmte mich ein. Er zerrte meine Röcke über meine Knie und seine fetten Finger rieben durch meine Unterhose hindurch meinen Schenkel. Ich schmeckte Galle und Blut und merkte, dass ich mir auf die Lippe gebissen hatte, um nicht zu schreien. Das würde nur noch mehr Männer auf den Plan rufen. Ein ganzes Pack war schlimmer als nur dieser eine.

„Wo ist denn dein kleiner Pfirsich, hm?" Sein heißer Atem stank. Ich würgte die Galle in meinem Hals herunter und wünschte, ich hätte es nicht getan. Vielleicht wurde ich ihn los, wenn ich ihn ankotzte.

Doch das bezweifelte ich. Das Licht fing sich in dem entschlossenen Blitzen in seinen Augen und dem Glänzen der Spucke in seinem Bart.

Ich schloss die Augen und zwang mich zur Ruhe, leerte meinen Kopf und dachte an nichts. Fühlte nichts. Aber das war unmöglich. Ich spürte jedes Zwicken seiner dreckigen Fingernägel auf den Innenseiten meiner Oberschenkel, jedes Kratzen seines Bartes an meinem Hals, jede Träne, die meine Wange herunterrollte. Es war hoffnungslos. Alles, was ich tun konnte, war, es auszuhalten. Auszuhalten und zu überleben.

Und zu versuchen, meine Entscheidung, Lichfield Towers und Lincoln Fitzroy zu verlassen, nicht zu bereuen.

KAPITEL 10

Das Gewicht seines Körpers lastete auf mir, drückte meine knochigen Hüften und Schultern in den schmierigen Boden. Er versuchte, mich auf den Mund zu küssen, und ich tat das Einzige, was ich in dieser Position tun konnte. Ich biss ihm in die Wange. Meine Zähne sanken in sein Fleisch. Ich würgte, als der Geschmack von Blut meinen Mund füllte. Der Kerl bäumte sich auf, schrie und hielt sich das Gesicht. Aber er stieg nicht von mir herunter. Er hob seine riesige Pranke, um mich zu schlagen.

Dann war er plötzlich weg, von jemandem in einem dunklen Umhang fortgerissen. Der Neuankömmling boxte meinem Angreifer in den Magen und schubste ihn dann weg. Wie eine Puppe sackte er in sich zusammen und lag vollkommen still, abgesehen von dem Blut, das aus der Wunde in seinem Bauch sickerte.

Er war nicht geboxt worden. Er war erstochen worden. Und er war tot.

Das sagte mir der rauchige Hauch, der von dem Körper aufstieg. Er bildete die Gestalt des Mannes bis hin zu dem üppigen Bart und den breiten Händen. Es war der Geist des Mannes, obwohl ich den Körper nicht berührt hatte, um ihn zu sehen. Entweder war das die ganze Zeit schon so gewesen, oder meine Kräfte hatten sich verstärkt.

Der Geist sah mich nicht an, sondern seinen Mörder. Er bleckte die Zähne. „Verdammt! Sie haben mich betrogen!" Die rauchige Essenz verdünnte sich und schwebte wie auf einer Brise an mir vorbei. Ich lehnte mich von ihm weg, aber er berührte mich nicht.

Ein Augenzwinkern später war er weg. Nur der Körper blieb, und mein Retter. Oder der Mann, den ich als Nächstes abwehren musste.

Als er seine Kapuze zurückschob, schnappte ich nach Luft. „Fitzroy!" Ich verschluckte mich an dem Namen. Die Erleichterung brachte neue Tränen mit sich und schnürte mir die Kehle zu.

Er hockte sich neben mich und half mir, mich aufzusetzen. Durch das Korsett schaffte ich es nicht allein. Er strich mir die Haare aus dem Gesicht und untersuchte mich im schwachen Licht der Straßenlaterne. Seine Berührungen waren vollkommen klinisch.

„Bist du verletzt?" In seiner Stimme schwang ein minimales Beben mit.

Auf meinen Oberschenkeln hatte ich einige blaue Flecken, aber von denen würde ich ihm nichts sagen. Ich konnte sowieso nichts sagen. Es war auf einmal die schwierigste Sache der Welt, also schüttelte ich nur den Kopf und kämpfte heftig dagegen an, dass die Tränen mich überwältigten.

Doch als sein Gesicht weich wurde und er mich hochhob, war plötzlich alles zu viel. Ich drückte meinen Kopf an seine Brust und schluchzte. Es war erbärmlich, aber gleichzeitig erlösend. Meine Furcht floss mitsamt meinen Tränen davon, bis nichts mehr blieb als ein wohliges Gefühl. Es war falsch, sich in den Armen meines Fängers dankbar zu fühlen, und doch konnte ich mich nicht überwinden, ihn zu hassen. Meine Erleichterung war zu groß, seine starken Arme zu tröstend. Er beschützte mich, genau wie er es versprochen hatte.

Er setzte mich nicht ab. Wir liefen eine Zeit lang durch die dunklen Straßen, ohne zu sprechen. Seine Arme um mich lockerten sich nicht. Wenn überhaupt, schienen sie sich mehr anzuspannen. Sein Gesicht konnte ich nicht sehen, so wie ich unter seinem Kinn eingerollt war, aber ich konnte sein Herz schlagen hören, erst sprunghaft, aber jetzt gleichmäßig.

„Wo bringen Sie mich hin?", fragte ich. Wir schienen die Armenviertel verlassen zu haben. Die Häuser, an denen wir vorbeikamen, waren größer, die Straßen leerer. Es war spät.

„Nach Hause."

Ich habe kein Zuhause. Ich schloss die Augen und lauschte wieder seinem Herzschlag. Der Rhythmus schläferte mich ein und vertrieb die Erinnerung an die Finger dieses Kerls, seinen Gestank und meine Angst. Ich fühlte mich wieder mehr wie ich selbst, mit klarerem Kopf und einem Sinn für meine Ehre, der mir abhandengekommen war, als mir klar wurde, was er vorgehabt hatte.

„Sie können mich jetzt absetzen", sagte ich zu Fitzroy. „Ich werde nicht weglaufen." Ich musste wieder auf meinen eigenen Füßen stehen, egal wie sehr ich es genoss, in seinen Armen zu sein. Das war überhaupt das Problem—mir gefiel das viel zu sehr.

Er reagierte nicht sofort, sondern ging noch einige Schritte weiter, ehe er mich schließlich auf meine Füße stellte. Wir waren zwischen zwei Straßenlaternen, sodass ich nicht mehr erkennen konnte als seine Silhouette.

„Es ist nicht mehr weit", sagte er und ging weiter.

„Woher wussten Sie, wo ich bin?", fragte ich. Er machte kürzere Schritte, sodass ich gut mithalten konnte.

„Ich bin dir gefolgt."

Ich runzelte die Stirn. „Sie haben mich beobachtet?"

„Ja."

„Den ganzen Tag? Seit Sie mich in Whitechapel herausgelassen haben?"

„Ja."

Seine Worte drangen ganz langsam zu mir durch. Mein Gott. Ich hatte recht gehabt, als ich gedacht hatte, er wollte etwas beweisen. Ich hatte nur nicht damit gerechnet, dass er so weit gehen würde, mich zurückzulassen. Als er das getan hatte, hatte ich angenommen, ich hätte ihn falsch eingeschätzt und er hätte sich entschieden, mich doch freizulassen. Aber das hier … das war unbegreiflich.

Ich blieb stehen. Er blieb ebenfalls stehen und unsere Blicke begegneten sich. „Sie hatten nie vor, mich freizulassen", murmelte ich. Ich schüttelte den Kopf, wieder und wieder. Dieser Mann war undurchschaubar. Er war so nett gewesen, als er mich hochgehoben hatte—nur, weil er sich schuldig gefühlt hatte, mich in Frauenkleidern ohne Waffen oder Geld zurückzulassen.

Ich ging auf ihn los, um ihn dort auf die Brust zu schlagen, wo meine Tränen seinen Mantel durchfeuchtet hatten, aber er fing meine Faust auf.

„Ich brauche deine Hilfe", sagte er. „Du musstest erkennen, dass es dir in Lichfield besser geht."

Ich wich vor ihm zurück, wurde aber von einer niedrigen Steinmauer an der Kirche hinter mir aufgehalten. „Es ist furchtbar, einer Frau so etwas anzutun. Jedem!"

„Dein Eigensinn schadet nur *dir*, Charlie."

„Ich mache das nicht aus Eigensinn. Ich versuche, am Leben zu bleiben."

„Sieh dir an, wie das gelaufen ist."

Ich presste meine Lippen aufeinander und verschränkte die Arme. Ich konnte versuchen wegzulaufen, aber er würde mich fangen. Oder er könnte mich ganz im Stich lassen, und dann wäre ich wieder verletzlich und allein und ich hatte es so satt, mich so zu fühlen.

„Du bist hier draußen vielleicht am Leben", sagte er, „aber es ist kein gutes Leben. Das weißt du."

„Hören Sie auf, so zu tun, als wüssten Sie, was ich denke. Außerdem, wie soll ich Ihnen nach diesem kleinen Test noch vertrauen?"

„Ich gebe dir mein Wort. Mehr habe ich nicht zu bieten, aber ich hoffe, dass du mich gut genug kennst, um mir zu glauben."

„Ha!"

„Du musst mir vertrauen, Charlie. Die Alternative ist … das."

Wieder brannten Tränen in meinen Augen, als die Erinnerung an den brutalen Kerl mit Macht zurückkehrte. Das war so schlimm gewesen wie meine erste Nacht allein, als der Mann mich genommen und versucht hatte, mich an den Meistbietenden zu verkaufen. Vielleicht noch schlimmer, denn jetzt wusste ich, was passieren konnte. Vor fünf Jahren war ich naiv gewesen.

Ich schniefte und senkte meinen Kopf mit einem Nicken. „Ich gratuliere. Sie haben gewonnen. Ich gebe auf." Ich marschierte in die gleiche Richtung los, in die wir gegangen waren.

Er holte mich schnell ein und wir liefen schweigend nebeneinander her. Ich hoffte auf eine Entschuldigung, bekam aber keine. Wenigstens prahlte er nicht.

„Ihr Herz besteht aus Eis", zischte ich ihn an.

„Es war nur zu deinem Besten."

„Wenn ich Sie wäre, würde ich den Mund halten. Nur ein falsches Wort und ich könnte meine Meinung ändern. Meiner Ansicht nach sind Sie nicht besonders gut darin, das Richtige zu sagen."

Gott sei Dank schwieg er. Es war zu dunkel, um zu sehen, was er von meiner frechen Bemerkung hielt, und ich war zu müde, um mich darum zu scheren.

Wir durchschritten die Tore von Lichfield Towers und ich seufzte, nicht frustriert, sondern zufrieden. Ich war nur knapp von Essen und einem weichen Bett entfernt. Ich wollte auch ein Bad, um mir den Straßenstaub abzuwaschen und den Gestank dieses Mannes. Licht strahlte aus jedem Fenster des Hauses, selbst aus dem höchsten Zimmer im mittleren Turm. Ob ich mich wohl dort oben wiederfinden würde? Oder blieb ich in Fitzroys Gemächern?

Die Eingangstür wurde aufgeworfen, noch bevor wir sie erreichten. Seth und Gus purzelten heraus, breites Grinsen auf den Gesichtern. Waren sie etwa froh, mich wiederzusehen? Wie seltsam. Ich lächelte zurück. Zu meiner Überraschung freute ich mich auch, sie zu sehen, aber das würde ich ihnen nicht sagen.

Beide schauten mich von oben bis unten an und traten dann mit einem zufriedenen Nicken beiseite, um uns durchzulassen.

„Gut", sagte Seth scheinbar grundlos.

„Willkommen zurück, Miss Charlotte", sagte Gus und zupfte an seiner Stirnlocke, wie ein Arbeiter es tun würde, wenn eine Dame vorbeikam.

„Nenn mich Charlie oder ich gehe sofort wieder."

Er schluckte hörbar und warf Fitzroy einen erschrockenen Blick zu. „Ich, äh ...“

„Das war ein Witz.“ Ich tätschelte den Arm des armen Mannes, der dafür knallrot anlief.

„Ignorier ihn“, sagte Seth und bot mir seinen Arm an. „Der Koch hat ein paar Leckereien für dich vorbereitet—Pudding, kandierte Früchte, sogar Eiscreme. Soll ich dich in dein Zimmer bringen?“

„Ja, vielen Dank. Das ist sehr freundlich von dir, mir Süßigkeiten zu organisieren.“

Sein Lächeln verblasste. „Leider war ich es nicht, der das angeordnet hat.“ Sein Blick sprang zu Fitzroy und dann weg. Ich schaute Fitzroy finster an, aber der ging schon weiter. „Lasst ihr ein Bad ein“, befahl er Gus. „Und zeigt ihr ihr neues Zimmer. Es ist nicht nötig, die Tür zu bewachen. Wir reden morgen früh, Charlie.“ Zwei Stufen auf einmal nehmend verschwand er aus meinem Blickfeld.

Wir stießen alle drei einen kollektiven Seufzer aus. Die Anspannung war mit ihm gegangen. „War es sehr schlimm?“, fragte Seth mich.

„Ich möchte lieber nicht darüber sprechen.“

Gus schlug seinen Freund auf den Arm. „Idiot. Lass sie in Ruhe.“

„Geh und lass das Bad ein“, erwiderte Seth. Zu mir sagte er: „Ich bin froh, dass du zurück bist, Miss—Charlie. Es ist dir vielleicht nicht bewusst, aber deine Anwesenheit hier wirkt sehr belebend.“

Ich konnte nicht anders als zu lachen. „Dann muss es vorher furchtbar öde gewesen sein.“

„Und wie“, sagte Gus mit einem Blick auf die Treppe.

Ich nahm seinen Arm, was ihn vor Überraschung erneut erröten ließ. „Zeigst du mir jetzt bitte mein Zimmer?“

„Klar doch, Ma’am. Miss. Charlie.“

Seth wanderte kichernd in Richtung Küche davon und ich stieg mit Gus die Treppe hinauf. Jetzt, da ich mich entschieden hatte zu bleiben, fühlte ich mich wohler. Ich würde mein Versprechen halten und nicht zu fliehen versuchen.

Trotzdem würde ich auch versuchen, meine Gefühle im Griff

zu behalten. Fitzroy hatte bewiesen, wie rücksichtslos er war, um sich durchzusetzen; man konnte ihm nicht trauen. Ich wäre dumm, wenn ich mich ihm auf Gedeih und Verderb ausliefern würde, körperlich oder emotional. Ich hatte schon lange nicht mehr den Fehler begangen, jemandem zu vertrauen, und hatte nicht vor, jetzt damit anzufangen.

* * *

LADY HARCOURT KAM am folgenden Morgen in mein neues Zimmer. Sie trug ein stahlgraues Kleid, das an jedem anderen streng ausgesehen hätte. An ihr wirkte es jedoch elegant mit dem schlanken Schnitt, dem großen Bausch und den weißen Rüschen an Ärmeln und Kragen.

Ihr auf dem Fuße folgte Fitzroy. Ich hatte ihn seit unserer Rückkehr in der Nacht nicht gesehen. Seine Augen wirkten etwas verengt, während er mich mit halb gesenkten Lidern betrachtete. Wenn er verärgert war, dann bezweifelte ich, dass diesmal ich daran schuld war. Ich hatte genau das getan, was er verlangt hatte.

Lady Harcourt schien ebenfalls sehr provoziert und grüßte mich mit einem kurzen Lächeln. Ich vermutete, dass die beiden über etwas gestritten hatten. Über mich? Oder vielleicht Fitzroys Methoden?

„Es ist etwas warm für ein Feuer", sagte sie mit einem Blick auf den Kamin. Dann schnappte sie nach Luft, als sie sah, was dort brannte. „Oh *Charlie*! Das hast du nicht getan."

„Es hat aus Versehen Feuer gefangen."

„Wie?"

„Irgendwie fand es sich auf dem Rost wieder zusammen mit dem Zunder und einer Flamme."

Sie warf mir einen vernichtenden Blick zu. „Wenn du das Korsett nicht tragen wolltest, hättest du es morgens beim Anziehen einfach weglassen können. Es gab keinen Grund, es zu verbrennen."

Das sah ich anders. Ich hatte ein sehr starkes Bedürfnis verspürt, das verdammte Ding zu zerstören.

Fitzroy schaufelte etwas Kohle auf das Feuer. „Wie gefallen dir deine neuen Zimmer?", fragte er, während er sich aufrichtete.

„Sie sind sehr schön, vielen Dank." Während das Schlafzimmer mit angrenzendem Wohnzimmer besser als das Turmzimmer waren, waren sie nicht so ausladend wie seine Suite. Meine neue Bleibe lag auf dem gleichen Flur wie seine und war komfortabel möbliert. Sie war besser, als ich erwartet hatte.

„Hast du alles, was du brauchst?"

„Seth hat vorhin die Bücher gebracht."

„Du solltest nähen", sagte Lady Harcourt. „Weißt du noch, wie?"

„Ich denke schon." Ich war nie gut im Nähen gewesen, hatte die Stiche zu schnell gesetzt und meine Mutter frustriert. Ihre Näharbeiten waren ausgesprochen fein gewesen, aber sie war auch viel geduldiger als ich.

„Wenn du zu mir ziehst, werde ich dafür sorgen, dass du für den Anfang etwas Einfaches bekommst."

„Zu Ihnen ziehen! Aber ich dachte, ich sollte hierbleiben?" Ich funkelte Fitzroy an, doch der sah Lady Harcourt an.

„Julia", bemerkte er. „So war das nicht abgesprochen."

Lady Harcourt seufzte und walzte weiter in den Raum hinein. Das Wohnzimmer war klein genug, um mit drei Personen voll zu sein. Besonders Fitzroy wirkte viel zu groß für das Zimmer. Er stand in meiner Nähe, wodurch mir die Stärke in seiner großen Statur umso bewusster war. Zum ersten Mal, seit es passiert war, dachte ich daran, wie er den Mann getötet hatte, der mich unter der Brücke belästigt hatte. Fitzroy hatte ihm nicht die Gelegenheit gegeben, um Vergebung zu flehen. Er hatte ihn wie einen Sack Getreide abgestochen und seinen Körper für Diebe und Ratten zurückgelassen.

So froh ich zu dem Zeitpunkt gewesen war, heute traf mich die Brutalität der Tat—und die Abgebrühtheit. Und doch, nur Sekunden später, hatte er mich sanft vom Geschehen fortgetragen.

Lady Harcourt presste ihre Handfläche auf ihren Bauch und schien sich zu sammeln. „Nun gut", sagte sie. „Charlie, ich bin gekommen, um dich noch einmal zu bitten, bei mir zu wohnen.

Jetzt, da du deine Hilfe zugesagt hast, besteht keine Veranlassung, dich einzusperren."

„Nein danke. Ich verspüre keinen Wunsch, ein Korsett zu tragen und Ihre Böden zu schrubben."

Ihre Finger spreizten sich. „Du musst kein Dienstmädchen sein. Du darfst meine Gesellschafterin sein."

„Was tut denn eine Gesellschafterin?"

Sie zuckte mit den Schultern. „Wir sitzen zusammen, reden und gehen spazieren. Du kannst mich auf Besuchen begleiten."

„Bei wem?"

„Meinen Freunden."

Das klang nicht nach etwas, was ich gern tun würde, aber ich wollte sie nicht kränken. „Ich ziehe es vor hierzubleiben."

Sie öffnete den Mund zum Protest, aber Fitzroy fiel ihr ins Wort. „Charlie hat ihre Entscheidung gefällt. Du hast versprochen, dich daran zu halten."

„Ja, aber ich bin mir nicht sicher, dass sie gründlich genug darüber nachgedacht hat." Lady Harcourt bedachte mich mit einem gewinnenden Lächeln. „Was gibt es denn hier für ein Mädchen zu tun?"

„Glücksspiel und Karten", erwiderte ich.

Sie schnalzte mit der Zunge.

„Whiskey trinken und Zigarren rauchen."

„Also wirklich, Charlie, jetzt bist du einfach nur eigensinnig."

„Anscheinend ist das meine Gewohnheit", sagte ich und ignorierte Fitzroy so gut ich konnte.

„Ihr wird hier nichts zustoßen", versicherte er ihr. „Das weißt du, Julia. Und du weißt in der Tat auch, dass hier der sicherste Ort für sie ist, während wir versuchen, V.F. anzulocken. Ich werde sie keiner Gefahr aussetzen, nur weil du glaubst, sie benötigt weibliche Gesellschaft."

Das war eine ganz ordentliche Rede und seine Vehemenz überraschte mich. Es schien, als würde er meine Sicherheit wirklich ernst nehmen.

„Also gut", schnaubte sie. „Ich werde etwas zum Sticken herschicken lassen. Und du hältst Gus und Seth an der kurzen Leine. Wenn ihr irgendetwas geschieht—"

„Mir wird nichts geschehen", sagte ich. „Sie werden mich

nicht unter Fitzroys Nase … kompromittieren. Er häutet sie bei lebendigem Leibe."

Er sah Lady Harcourt mit hochgezogenen Augenbrauen an, was ich als triumphierend wertete, auch wenn ich mir nicht ganz sicher war.

Sie seufzte. „Dann ist das so. Ich werde mich zurückziehen. Ich muss mich sputen, aber ich würde gern noch ein Wörtchen allein mit Charlie reden, bevor ich gehe."

Fitzroy verbeugte sich und ließ uns allein. Sobald die Tür geschlossen war, nahm Lady Harcourt das Kaminbesteck und stocherte an dem verbrannten Korsett herum. Ihre energischen Stöße machten sie schnell atemlos. Ich hätte ihr sagen können, dass sie besser Luft bekam, wenn sie ihr eigenes Korsett ins Feuer warf, aber ich glaubte nicht, dass der Vorschlag gut ankam.

„Hast du deine Regel?", fragte sie.

„Wie bitte?"

„Deine monatliche weibliche Regel."

„Ich … nein. Sie hat vor einiger Zeit aufgehört."

Sie sah mich von oben bis unten an. „Das kann bei untergewichtigen Mädchen vorkommen. Ich vermute, sie wird zurückkommen, da du jetzt wieder isst. Ich werde dir Leintücher zusammen mit dem Nähzeug schicken."

„Vielen Dank, Mylady. Sie sind sehr freundlich." Das meinte ich ernst. Sie hatte an Schwierigkeiten gedacht, die mir gar nicht in den Sinn gekommen waren. „Ich weiß, dass Sie sich Sorgen machen, wie sich ein Mädchen, das kein Korsett tragen will, in der Gegenwart von Männern aufführt. Aber ich kann Ihnen versichern, ich habe kein Interesse an … solchen Aktivitäten."

Sie stach wieder auf das ruinierte Korsett ein. „Noch nicht."

Ich seufzte. „Fitzroy erlaubt das sowieso nicht unter seinem Dach. Er wird dafür sorgen, dass die Männer mich mit Respekt behandeln.

Stocher, stocher, stocher.

„Und ich werde sie bestimmt nicht verführen." Ich lachte. Es klang absurd. „Als ob ich das überhaupt könnte."

Sie hielt inne und stellte das Kaminbesteck zurück in den Ständer. „Du unterschätzt dich, Charlie. Und ich denke, du unterschätzt auch die Männer." Sie hob einen Finger, als ich protestieren wollte. „Männer, nicht Jungs. Das ist nicht das Gleiche. Nun, manche schon, aber viele nicht. Und jetzt sag mir etwas."

„Was?", murmelte ich, unsicher, ob ich Schelte oder Rat bekam.

„Wie hat Fitzroy dich überzeugt, zu bleiben und uns zu helfen?"

„Hat er Ihnen das nicht erzählt?"

Sie lächelte süß und hakte sich bei mir ein. „Ich dachte, ich frage dich."

„Vielleicht sollten Sie ihn fragen." Ich machte mich los, aber nicht, ehe ich merkte, wie sich ihre Finger auf meinem Arm anspannten.

Ich ging zur Tür und öffnete sie. Fitzroy war nicht da, noch einer der anderen Männer. Ich brauchte einen Moment, um mir in Erinnerung zu rufen, dass ich keine Gefangene mehr war. Ich ging mit Lady Harcourt die Treppe hinunter. Wir fanden Fitzroy in der Bibliothek, wo er mit einem Buch in der Hand an der Fensterbank lehnte.

Als wir eintraten, sah er hoch und schloss das Buch. „Wir müssen reden."

Ich war mir nicht sicher, ob er mit mir oder Lady Harcourt sprach und ob seine Ansage bedeutete, dass die jeweils andere gehen sollte. Lady Harcourt schien es allerdings zu wissen. Sie gab ihm die Hand und er beugte sich darüber.

„Ich freue mich auf deinen Bericht", sagte sie.

„Ich setze mich bald mit dem Komitee in Verbindung."

Er begleitete sie nach draußen und ließ mich in der Bibliothek allein. Ich nahm das Buch zur Hand, das er gelesen hatte—*Ein Führer durch die Geisterwelt*. Wie seltsam. Ich schlug es auf und fing an zu lesen, kam aber nicht sehr weit, bis er zurückkehrte. Draußen rollte Lady Harcourts Kutsche davon.

„Tee und Gebäck?", fragte er. „Der Koch hat gebacken."

„Ich habe keinen Hunger."

„Du musst essen."

„Das Frühstück ist noch nicht lange her."

Er zog an der Klingelschnur in der Ecke der Bibliothek. Das

Haus war so weitläufig, dass ich das entsprechende Klingeln im Dienstbotenbereich nicht hören konnte.

Er stand am Tisch, während wir warteten, die Hände auf dem Rücken, und deutete mit dem Kopf auf das Buch. „Das solltest du lesen. Es hilft dir vielleicht, deine Nekromantie zu verstehen."

Seth trat ein. „Kann ich dir etwas bringen, Charlie?" Sein Lächeln ließ ihn noch besser aussehen und ich fragte mich nicht zum ersten Mal, warum er neben einem Raufbold wie Gus für Fitzroy arbeitete.

„Tee und Kuchen." Fitzroys grobe Art wischte das Lächeln von Seths Gesicht.

Sobald er weg war, bedeutete Fitzroy mir, am Tisch Platz zu nehmen. Das tat ich und einen Augenblick danach, als würde es ihm zu spät einfallen, setzte er sich auch.

„Da du jetzt zugestimmt hast zu helfen, möchte ich dich immer auf dem neuesten Stand halten", sagte er.

„Wirklich? Oh. Vielen Dank. Gibt es noch mehr, als was Sie mir schon gesagt haben?"

„Nicht viel. Ich habe herausgefunden, dass ein Mann bei allen Londoner Vikaren vorgesprochen und nach Mädchen gefragt hat, die in ihren Häusern wohnen. Töchter, Mündel, Bedienstete ..."

„Das kam bestimmt gut an. Kannte er meinen Namen?"

„Ich glaube nicht, aber den kannte ich zunächst auch nicht. Bis ich vor zwei Tagen vom tragischen Verschwinden von Anselm Holloways Tochter erfahren habe."

„Und Sie haben weiter nachgeforscht", beendete ich den Satz. „Wie sind Sie an die Informationen über den Vikar gekommen? Wie hat V.F. das geschafft?"

Er saß beinahe reglos da, eine Hand flach auf der polierten Tischplatte. Einen Moment lang dachte ich, er würde dieses Geheimnis für sich behalten, aber dann antwortete er. „Eine Frau, die wir in Paris beobachtet haben, schrieb ihm. Ihr Mann war unter mysteriösen Umständen hier in England ums Leben gekommen und sie war nach Paris ins Exil gegangen, um der Polizei und uns und damit auch unangenehmen Fragen aus dem Weg zu gehen."

„Sie glauben, sie hat ihren Mann getötet?"

„Ich glaube, sie kannte den Mörder und war möglicherweise bei dem Mord anwesend. Ich glaube auch, dass der Mörder der Mann war, dem sie geschrieben hat, dieser V.F. Die Leiche ihres Mannes wurde aufgeschnitten und das Gehirn benutzt, um—"

„Stop!" Ich presste eine Hand auf meinen hievenden Magen und holte tief Luft. „Also haben Sie diese Frau in Paris beobachtet und darauf gewartet, dass sie einen Brief schickt. Den müssen Sie abgefangen haben."

„Das habe ich. Sie hat einen Code benutzt und versucht, den Brief durch ein ahnungsloses Pärchen ausliefern zu lassen, da der übliche Postweg zu langsam und unzuverlässig wäre. Ich habe ihn abgefangen und entschlüsselt. In dem Brief behauptete sie, sie hätte das Mädchen gefunden, das V.F. suchte, und dass es bei einem Londoner Vikar leben würde. Ich weiß nicht, wie sie das herausgefunden hat. Dann stellte ich sicher, dass das Schreiben seinen Weg in V.F.s Hände fand."

„Womit Sie das Mädchen—mich—in Gefahr brachten."

„Du warst nicht in Gefahr, denn du hast ja nicht bei einem Londoner Vikar gewohnt."

„Das wussten Sie zu dem Zeitpunkt nicht."

„Und ich hätte V.F. nicht gestattet, dich zu fangen."

„Verzeihen Sie, wenn ich hier Ihre Kompetenz infrage stelle, Mr Fitzroy, aber Sie sind nur zu dritt, wenn Sie Gus und Seth mitzählen, und in London leben viele Vikare. Sie konnten sie nicht alle beobachten."

Die Finger auf dem Tisch spreizten sich weit auseinander.

„Der Tee", verkündete Seth, als er die Bibliothek mit einem Tablett betrat. Hinter ihm folgte Gus, der ein zweites Tablett beladen mit Tellern und Kuchenstücken trug.

Sie stellten die Tabletts ab, schenkten Tee ein und verteilten die Teller. Es war genug für alle und sah so aus, als würden sie sich zu uns gesellen. Das Arrangement in diesem Haushalt war merkwürdig und ich war mir noch immer nicht sicher, ob die beiden Männern nun Diener, Assistenten oder noch etwas ganz anderes darstellen sollten. Freunde nicht. Fitzroy behandelte sie definitiv nicht wie seinesgleichen.

„Sie brauchen ein Dienstmädchen", erklärte ich Fitzroy.

„Genau", murmelte Gus, während er mir einen Teller reichte. „Oder Sie stecken diese beiden hier in eine Uniform."

Seth hatte mir gerade eine Teetasse reichen wollen, hielt sie aber zurück. „Ich werde *keine* Uniform tragen."

„Wir sind schließlich keine verdammten Lakaien", fügte Gus hinzu und zog einen Stuhl heran. Dann versenkte er seine Zähne in sein Stück Kuchen, wobei er Krümel auf seiner Brust verteilte.

„Dann brauchen Sie definitiv eine Magd", sagte ich. „Und Lakaien. Ist Geld ein Problem?"

„Nein", sagte Seth.

Ich sah mit hochgezogener Augenbraue zu Fitzroy, aber der bemerkte es nicht. Er schob meinen Teller näher zu mir. „Du solltest essen."

„Ich habe Ihnen doch gesagt, dass ich keinen Hunger habe."

„Iss."

„Mach besser, was er sagt", warnte Seth mich. „Er setzt gern seinen Kopf durch."

Fitzroy warf ihm einen schneidenden Blick zu, der Seth erblassen ließ. Er räusperte sich und nippte an seinem Tee.

Ich knabberte etwas Kuchen, um sie milde zu stimmen. Außerdem gab es mir Zeit nachzudenken. Es schien, dass ich mehr wusste als Fitzroy—nämlich wie V.F. aussah.

„Ich habe ihn beim Haus meines Vaters gesehen", sagte ich. „V.F. Jedenfalls nehme ich an, dass er es war. Mein Vater hat ihn ‚Doktor' genannt."

„Doktor?" Gus schüttelte den Kopf und fegte sich die Krümel von der Jacke. „Wenn es derselbe Mann ist, hinter dem wir her sind, also der, der Mrs Calthorns Gatten in Stücke gehackt hat, dann heilt der keinen."

Fitzroy rückte auf seinem Stuhl vor. „Wann war das?"

„An dem Tag, an dem Sie mich gekidnappt haben. Manchmal sitze ich im Garten meines früheren Zuhauses." Ich schaute in meine Teetasse, da ich nicht sehen wollte, was sie von meinem armseligen Verhalten hielten. „Ich habe mit angehört, wie dieser Doktor gefragt hat, ob ein Mädchen dort lebte—er nannte sogar meinen Namen. Er musste von meinem Verschwinden durch Nachbarn oder Gemeindemitglieder erfahren haben."

„Oder durch die öffentlich zugänglichen Geburtenregister.

Wie auch immer, er hat vor seinem Besuch nachgeforscht. Wie sah er aus?"

Ich beschrieb den Doktor so gut ich konnte. „Ich würde ihn wiedererkennen, falls ich ihn sähe." *Wenn* ich ihn sah. Ich zweifelte nicht daran, dass ich ihn wiedersehen würde. „Ich glaube, er hat meinem Vater seinen Namen genannt, aber ich habe ihn nicht verstanden."

Seth stellte seine Tasse mit einem lauten Klirren auf die Untertasse und Gus hörte auf zu kauen. „Warum hast du das nicht gesagt?", fragte Seth. „Sir? Sollen wir direkt los?"

„Spannt die Pferde an", sagte Fitzroy.

Beide Männer stürmten aus dem Zimmer. Ihr Eifer machte mich nervös. Keiner der beiden hatte bisher eine solche Intensität an den Tag gelegt. Es schien, als hätte ich ihnen seit langer Zeit den ersten Hinweis geliefert, um V.F.s Identität zu entschlüsseln.

„Können Sie anhand des Namens eines Mannes herausfinden, wo er wohnt?", fragte ich Fitzroy.

„Ja, insbesondere, wenn er praktizierender Arzt ist. Wenn nicht, gibt es immer noch Wege." Er stand auf und ging aus dem Zimmer.

Ich rannte ihm nach und fiel in meiner Hast beinahe über meine Röcke, die ich hochhob, um sie von meinen Stiefeln fernzuhalten. In der Eingangshalle holte ich ihn ein, als er seinen Hut und die Handschuhe von der Garderobe nahm.

„Sie fahren zum Haus meines Vaters", sagte ich.

„Ja."

„Und dann zu dem des Arztes, sobald sie seinen Namen mit einer Adresse in Verbindung gebracht haben?"

„Es könnte eine Weile dauern, die Adresse herauszufinden."

„Dann brauchen Sie mich vielleicht doch nicht, um ihn hervorzulocken."

„Hoffentlich wird Holloway uns den Namen ohne Druck verraten und V.F. wird leicht gefunden werden. Falls nicht, benötigen wir dich." Sein Daumen und Zeigefinger strichen über die Krempe seines Hutes und ich vermutete, dass er überlegte, noch etwas zu sagen. Doch dann schritt er zur Tür und ließ mich an der Garderobe stehen.

„Mr Fitzroy", rief ich. Er hielt inne und hob die Augenbrauen. „Kann ich mitkommen? Zum Haus meines Vaters, meine ich."

Er senkte den Hut und drehte sich ganz zu mir. „Du möchtest mit ihm sprechen?"

„Ich … ich glaube ja."

„Das musst du nicht. Ich werde die Information auf meine Art von ihm bekommen, falls nötig."

Auf seine Art bedeutete, es aus ihm heraus zu prügeln, befürchtete ich. Während ich die Idee nicht vollständig ablehnte, wollte ich meinen Vater wirklich sehen. Und mit ihm reden. Es war an der Zeit und ich hatte ihm einiges zu sagen. „Wenn Sie so darauf aus sind, ihn einzuschüchtern, dann denke ich werden Sie mich brauchen. Vor einem einfachen Menschen wird er nicht viel Angst haben, aber der Magd des Teufels gegenüberzustehen, wird ihm einen ordentlichen Schrecken einjagen. Und uns Antworten liefern, vermute ich."

„Dann solltest du besser deine Handschuhe holen."

* * *

Ich erkannte die älteren Damen, die das Haus meines Vaters mit Körben über dem Arm verließen. Sie waren zwei seiner treuesten Gemeindemitglieder und ein frommeres Paar hatte es nie gegeben. Während sie nahe des Eingangstores an Fitzroy und mir vorbeigingen, zog ich den Kopf ein, sodass ich nicht erkannt wurde, aber ich hätte mir die Mühe sparen können. Sie waren viel zu sehr in ihr Gespräch vertieft. Ich fing einige Gesprächsfetzen auf.

„Der arme, arme Mann", sagte die Eine.

„Wird sein Leiden denn nie enden?"

„Was hat er nur getan, um so ein Leben zu verdienen?"

„Entschuldigen Sie", rief ich ihnen nach. Sie stoppten und lächelten mich milde an. Keine der beiden schien mich zu erkennen. „Ist … Mr Holloway etwas zugestoßen?"

„In sein Haus wurde letzte Nacht eingebrochen, der arme Mann", sagte die Eine.

„Während er oben geschlafen hat!", fügte die Andere mit einem Kopfschütteln hinzu.

„Das niederträchtige Biest hat ihm auch noch einen heftigen Schlag auf den Kopf verpasst. Armer Mann."

Ich biss mir innen auf die Lippe. „Geht es ihm gut?"

„Er hat Kopfschmerzen, aber er ist auf, dem Herrn sei Dank. Und wer sind Sie, meine Liebe?" Sie schielte mich an. „Sie kommen mir bekannt vor."

„Ich bin neu in der Gegend", sagte ich und wandte mich ab.

Eine der Frauen schnaubte angesichts meiner Unhöflichkeit, dann hörte ich, wie ihre Schritte sich entfernten. Ich sah zu Fitzroy hinauf, der mich bereits betrachtete.

„Bist du dir sicher, dass du das tun willst?", fragte er.

„Jetzt mehr als je zuvor." Ich musste nach meinem Vater sehen.

Die Tür öffnete sich lediglich einen kleinen Spalt, als wir klopften. Das Gesicht meines Vaters erschien, nicht das der Haushälterin. Ich hatte erwartet, in eine Stube geführt zu werden, wo wir auf ihn hätten warten müssen. Die Verzögerung hätte mir erlaubt, meine zappeligen Nerven zu beruhigen. Auf seinen nervösen Blick, der zwischen uns hin und her sprang, war ich nicht gefasst. Über mich glitt er nur kurz, als ob ich keine Rolle spielte, und blieb an Fitzroy hängen.

„Das ist kein guter Zeitpunkt." Er wollte die Tür schließen, doch Fitzroy stemmte sie mit seiner Schulter auf. Mein Vater stolperte rückwärts und wir traten ein. „Wer sind Sie? Was wollen Sie?" Er nahm ein schweres Buch von der Garderobe und hielt es wie eine Waffe hoch. Es war eine Bibel.

Auf seiner Schläfe war eine Wunde. Der rote, entzündete Schnitt zog sich durch die Runzeln auf seiner Stirn. Mein Vater sah viel älter aus, als ich ihn in Erinnerung hatte. Seine Haare waren grauer, die Falten tiefer und seine Schultern waren gebeugt. Als ich geboren wurde, war er kein junger Mann mehr gewesen, aber jetzt sah er deutlich älter aus als seine fünfundfünfzig Jahre.

„Erkennst du mich?", fragte ich.

Er schaute wieder zu mir und diesmal *sah* er mich wirklich. Und wusste es. Die Maske des Grauens, die sich auf sein Gesicht senkte, verriet es mir. Seine Augen wurden groß, seine Lippen bewegten sich, ohne zu sprechen. „Du", würgte er hervor. „*Du*."

„Ich. Deine Tochter. Ich bin gekommen, um—"

„Du bist nicht meine Tochter! Raus! Raus mit dir, du Ausgeburt des Teufels!" Er warf die Bibel.

Fitzroy fing sie auf, bevor sie mich traf. „Sie hatten einige Schwierigkeiten heute Nacht", sagte er. „Was ist passiert?"

„W… was?" Vater schlurfte rückwärts zur Treppe. Seine zitternde Hand streckte sich nach dem Pfosten des Geländers aus.

„Wir werden dir nichts tun", sagte ich ihm. „Wir sind hier, um dich nach dem Mann zu fragen, der vor einigen Tagen nach mir gesucht hat. Ein Doktor. Aber zuerst … Geht es dir gut?" Ich ging auf ihn zu, aber er stolperte in seiner Hast, von mir wegzukommen, über die unterste Stufe und landete auf seinem Gesäß.

Ich krallte meine Hände vor mir ineinander, um mich davon abzuhalten, ihm zu helfen. Dieser Mann wollte nicht, dass ich ihn anfasste. So viel war klar durch den verzogenen Mund und die Angst in seinen Augen.

„Vater—"

„Nenn mich nicht so!", knurrte er. „Du bist nicht meine Tochter. Du gehörst hier nicht hin. Du gehörst in die Hölle! Raus!" Er fing an zu beten, während er sitzend die Treppe hochrutschte.

Da ich nicht wollte, dass dieser Mann sah, wie sehr sein Hass mich traf, unterdrückte ich die Tränen. Ich dachte, ich hätte schon vor Jahren die Hoffnung auf eine glückliche Wiedervereinigung aufgegeben, aber es schien, als hätte diese Flamme die ganze Zeit in meiner Brust geflackert. Ich hatte mir geschworen, nie mehr etwas für ihn zu empfinden, und doch stand ich hier und war nahe daran, für diesen armseligen Mann Tränen zu vergießen, von dem ich mir wünschte, dass er mich liebte.

„Ich bin deine Tochter", flüsterte ich und zwang die Worte durch meine schmerzende Kehle.

Er lachte, ein wahnsinniges, hohes Geräusch, das mir in die Ohren stach. „Bist du nicht. Du wurdest adoptiert."

Ich wich zurück und streckte die Hand nach etwas Stabilem aus, an dem ich mich festhalten konnte, um mein Gleichgewicht in der plötzlich schwankenden Welt nicht zu verlieren. Fitzroys Arm war da. Seine Hand auf meinem Ellenbogen gab mir Halt.

„Du … bist nicht mein Vater?"

Der alte Mann auf der Treppe hörte auf zu lachen und schob die Schultern zurück. „Nein. Wie konntest du das nicht merken? Deine Mutter war eine reine Seele. Ich bin ein treuer Diener des Herrn. Und du bist eine Kreatur der Dunkelheit und des Todes. Der Herr hat dich zu uns geschickt, um mich zu prüfen. Ich habe nicht versagt. Ich habe dich verstoßen, wie man den Teufel verstoßen sollte. Ich habe das hässliche Geschwür aus meinem Haus entfernt und—"

Fitzroys Faust stoppte den Schwall von Beleidigungen. Der Kopf meines Vaters—nein, *Holloways*—flog zurück. Er schrie auf und legte eine Hand über seinen Mund. Blut sickerte durch seine Finger. Er krabbelte weiter die Stufen hinauf, weg von uns.

Fitzroy folgte ihm, die Hände zu Fäusten geballt, die Schultern steif.

„Nicht!", schrie ich.

Holloway hatte die oberste Stufe erreicht und Fitzroy blieb drohend vor ihm stehen. „Der Mann, der sich als Doktor ausgegeben hat. War er es, der letzte Nacht hier war?"

Holloway schloss die Augen und fing wieder an zu beten. „Antworte ihm", sagte ich. „Oder er tötet dich."

Fitzroy warf mir über die Schulter einen Blick zu. Ich zuckte mit den Schultern.

„Ihnen wird nichts geschehen, wenn Sie mir seinen Namen sagen", sagte Fitzroy. Er trat gegen Holloways Fuß.

Holloway zog die Knie hoch und umklammerte sie. Er öffnete die Augen. „Ja, es war der gleiche Mann. Er wollte wissen, wo du bist." Er nickte zu mir. „Ich habe ihm gesagt, dass du zur Hölle gefahren bist."

„Es wird dich vermutlich nicht überraschen, dass die Hölle den Slums von London sehr ähnlich sieht." Ich fühlte mich taub, als ob ich die Szene aus der Ferne betrachten würde. Aber noch mehr fühlte ich mich, als würde ich mit einem Fremden sprechen und nicht mit dem Mann, den ich, solange ich denken konnte, Vater genannt hatte.

„Sein Name", forderte Fitzroy.

Holloway beäugte die Fäuste an Fitzroys Seiten und schluckte. „Er ist Arzt. Frank irgendwas. Ich erinnere ich nicht."

„Seine Initialen sind V.F. Ist es Doktor Frank?"

„Ich sagte doch, ich erinnere mich nicht. Es war ein ungewöhnlicher Name, ausländisch."

Fitzroy beugte sich vor und packte den Kragen von Holloways Smoking. Er hob ihn hoch, bis er nicht mehr saß. „Denken Sie nach."

Seine Augen weiteten sich auf die Größe von Untertassen. „Frank… Frank-in… star."

„Doktor Frankinstar?"

„Frankenstein! Das war es. Doktor Frankenstein. Vorname Victor."

KAPITEL 11

*I*ch strich die Buchstaben auf dem Grabstein von oben nach unten mit meinem Fingernagel nach. *Liebevolle Mutter von Charlotte* waren die letzten Worte, direkt unter *Hingebungsvolle Ehefrau von Anselm.* Sie *war* liebevoll gewesen, aber nicht meine Mutter. Sofort als Holloway es mir gesagt hatte, hatte ich es akzeptiert. Vielleicht war es die Taubheit des Schocks oder ich hatte es schon lange aufgegeben zu glauben, dass er sich um mich sorgte. Doch jetzt, im Gras neben dem Grab meiner Mutter sitzend, hatte ich das Gefühl, dass mein Brustkorb sich geöffnet hatte und ich ausblutete.

Sie hatte mich zu ihren Lebzeiten geliebt. Dessen war ich mir sicher. Doch was wäre geschehen, wenn sie wie er Zeuge meiner Nekromantie geworden wäre? Hätte sie mich trotzdem weiter geliebt oder hätte sie mich auch beschimpft und hinausgeworfen? Eine Mutter sollte ihr Kind bedingungslos lieben, egal was es tat, aber vielleicht empfanden Adoptivmütter nicht das gleiche Maß an Liebe.

Es fühlte sich so seltsam an, hier zu sitzen, wie ich es schon so oft getan hatte, mich diesmal aber so allein zu fühlen wie nie zuvor. Früher hatte ich ihre Erinnerung, um mich zu wärmen, das Gefühl, einmal geliebt gewesen zu sein. Jetzt war ich mir dieser Liebe nicht mehr sicher und es kam mir vor, als würde ich ihren Verlust noch einmal von vorn betrauern. Mit den Tränen kämpfend, raffte ich eine Handvoll Erde zusammen und streute sie über das Grab.

Hinter mir bewegte sich etwas. Ich sprang auf die Füße, aber es war nur Fitzroy, der still wie die Engelsstatue dastand, die das nächste Grab markierte. Ich drehte mich schnell weg und tupfte meine feuchten Wangen mit dem Handrücken ab.

„Sie haben ein Geräusch gemacht", sagte ich ihm. Als er nicht antwortete, fügte ich hinzu: „Jetzt gerade haben Sie ein Geräusch gemacht, als Sie sich genähert haben. Normalerweise höre ich Sie nicht kommen."

„Ich weiß", sagte er nur.

„Woher wussten Sie, wo Sie mich finden?" Ich hatte bei unserer Rückkehr nach Lichfield niemandem gesagt, wohin ich wollte. Seth und Gus hatten uns am Eingang abgesetzt und dann die Pferde und die Kutsche in den Stall gebracht. Fitzroy hatte etwas davon gesagt, dass er mit dem Koch reden müsste. Ich hatte das Grab meiner Mutter besuchen wollen, also war ich einfach gegangen. Erst als ich am Friedhof angekommen war, hatte ich mich gefragt, ob er annehmen würde, dass ich weggelaufen war.

„Ich habe den Friedhofsgärtner nach dem Weg gefragt. Er hat damit angegeben, dass er weiß, wo sich jedes einzelne Grab befindet. Anscheinend kannte er dieses hier."

„Ich meine, woher wussten Sie, dass ich auf dem Friedhof sein würde?"

„Eine Vermutung."

Ich blickte auf den Grabstein und die Worte *Liebevolle Mutter von Charlotte* herab. „Sie war lange krank und hat selbst festgelegt, was auf dem Grabstein stehen sollte. Er wurde vor ihrem Tod fertiggestellt. Bevor ich ... mein wahres Gesicht gezeigt habe. Es überrascht mich, dass er keinen anderen hat machen lassen. Einen, der diese Zeile auslässt."

„Grabsteine sind teuer."

„Auf seinem wird bestimmt nicht *Liebender Vater* stehen, dessen bin ich mir ziemlich sicher." Ich zeigte auf meine Füße. „Er hat die Grabstelle neben ihrer gekauft als klar wurde, dass sie nicht überleben würde. Ihre Grabsteine werden Seite an Seite stehen, aber jetzt werden sie nicht zusammenpassen. Es wird eigenartig aussehen."

Er erwiderte nichts, aber das hatte ich auch nicht erwartet. Ich redete einfach drauflos in dem Versuch herauszufinden, was das alles für mich bedeutete. Vor ein paar Stunden hatte ich einen lebenden Verwandten gehabt, der mich hasste. Jetzt hatte ich nicht einmal mehr das. Ich war mir nicht sicher, ob ich jetzt besser oder schlechter dran war. Vermutlich hatte sich gar nichts geändert. Ich war noch immer auf mich gestellt.

„Historiker werden sich in der Zukunft über die Diskrepanz wundern", sagte Fitzroy.

Ich blinzelte ihn an. Was für eine absurde Bemerkung. Und doch hatte er recht. Für jemanden, der die Geschichte nicht kannte, würde es verwirrend sein. Ich lächelte unwillkürlich.

„Wenn du noch länger bleiben möchtest, kann ich warten", sagte er. „Du solltest nicht allein draußen unterwegs sein. Nicht, solange Frankenstein hinter dir her ist."

„Er würde nicht wissen, wo er anfangen sollte zu suchen."

Er zog eine Augenbraue hoch und schaute zum Grabstein.

„Oh. Ja, natürlich. Wie dumm von mir." Ich rieb mir die Stirn. Obwohl ich den ganzen Tag noch nichts getan hatte, fühlte ich mich erschöpft. Anscheinend war es eine anstrengende Erfahrung herauszufinden, dass man adoptiert war. „Ich bin jetzt bereit zu gehen." Ohne einen Blick zurück entfernte ich mich von dem Grab.

„Das Mittagessen wird fertig sein, wenn wir zurückkommen", sagte Fitzroy, während wir durch das Torhaus des Friedhofs gingen.

„Ich bin nicht hungrig."

Nach einer Weile sagte er: „Der Koch wird beleidigt sein, wenn du nichts isst."

„Der Koch weiß, dass ich keinen großen Appetit habe. Und seit wann interessiert es Sie, ob er beleidigt ist oder nicht?"

Wir kamen an dem Karren des Straßenhändlers vorbei, der, bei dem ich beim Stehlen erwischt worden war. Der ungepflegte Kerl beobachtete mich unter seiner Hutkrempe, die Stirn in Falten gezogen. Ganz sicher erkannte er mich jetzt nicht. Ich schaute finster zurück und er machte sich schnell daran, einen Stapel welker Salatköpfe neu zu ordnen.

Fitzroy und ich liefen im Sonnenschein zum Haus zurück. Es war ein angenehmer Tag, auch wenn sich Wolken am Horizont auftürmten. Allerdings fiel es mir schwer, die Sonne wertzuschätzen. Mein Kopf fühlte sich noch immer an, als wäre er mit Watte vollgestopft.

„Ich frage mich, ob ich eine Waise bin oder ob meine Eltern noch leben", murmelte ich eher vor mich hin als an ihn gerichtet.

„Wenn sie noch leben, ist es wahrscheinlich, dass sie sich nicht um dich kümmern könnten. Mütter müssen andauernd ihre Kinder weggeben. Manche wollen das nicht."

„Arme, unverheiratete Mütter meinen Sie."

Er starrte mit hartem Blick geradeaus.

„Leben Ihre Eltern noch?", fragte ich.

Nach einer Pause sagte er: „Ich glaube ja. Wie du habe ich sie nie gekannt."

„Wurden Sie auch adoptiert?"

„Nein."

Ich runzelte die Stirn. Wie konnte er seine Eltern nicht kennen und dennoch nicht adoptiert sein? Trotzdem wusste er, dass seine Eltern noch lebten, also war er mir einen Schritt voraus. „Wer hat Sie großgezogen? General Eastbrooke?"

„Er war an meiner Erziehung beteiligt."

„Waren Sie sein Mündel?"

„Ich bin niemandes Mündel."

Niemandes Mündel und auch niemandes Kind, wie es schien. Lady Harcourt hatte mir gesagt, dass Fitzroy bei der Geburt speziell dafür ausgewählt worden war, das Ministerium zu leiten. Bedeutete das, dass das Komitee ihn großgezogen hatte? „Wenn ich noch mehr Fragen stelle, beantworten Sie die dann?"

„Haben irgendwelche dieser Fragen mit dem Mittagessen zu tun?"

„Nein."

„Dann ist es unwahrscheinlich."

Ich seufzte. „Sie sagen, ich wäre stur, aber Sie sind absolut starrsinnig."

Den Rest des Weges legten wir schweigend zurück und wurden langsamer, je näher wir Lichfield kamen. Vier Kutschen parkten vor den Stufen, von denen ich zwei als die von Lady Harcourt und General Eastbrooke erkannte. Die anderen beiden Wappen waren mir neu, obwohl es mich nicht überrascht hätte, wenn das mit der Schlange, die sich um ein Schwert wand, dem schlangenartigen Lord Gillingham gehörte.

„Ich hatte gehofft, sie wären noch nicht hier", sagte Fitzroy mit finsterem Gesicht.

„Sie haben sie eingeladen?"

„Ein Treffen des Komitees wurde anberaumt. Nicht von mir."

„Sie haben Nachricht über den Mann namens Dr. Frankenstein geschickt?"

„Noch nicht. Dazu hatte ich keine Zeit. Dieses Treffen erfolgt auf deine Hilfszusage hin."

„Aha. Es scheint, als hätten Sie viel zu besprechen. Was für ein Spaß."

„Du wirst auch anwesend sein."

Ich verzog das Gesicht.

„Natürlich nachdem du gegessen hast."

Ich seufzte. „Nun gut. Ich werde essen. Sollte ich mich allerdings überfressen, wird Lord Gillingham sich bei Ihnen beschweren müssen, wenn ich ihm auf die Schuhe kotze."

„Ich werde dem Koch sagen, dass er dir die doppelte Portion auf den Teller packen soll."

Wir kamen nicht weiter als bis zur Eingangstreppe, ehe die Tür aufflog. „Sie haben sie gefunden!" Seth stand mit den Händen auf den Hüften da und schaute mich abwechselnd fröhlich und wütend an, als ob er sich nicht entscheiden konnte, ob er nun erfreut oder sauer sein sollte. „Geht es dir gut, Charlie?"

„Alles bestens, danke."

Gus drängte sich an ihm vorbei, die dichten Brauen zusammengezogen, die Arme vor der Brust verschränkt. „Was denkste dir dabei, einfach zu gehen, ohne zu sagen, wo du hinwillst?"

Seine Vehemenz überraschte mich. „Es … es tut mir leid, Gus."

„Tut dir leid! Das ist alles?"

Ich zuckte mit den Schultern.

„Mach das ja nich nochmal oder du wirst wieder ins Turmzimmer gesperrt."

„Genug!", knurrte Fitzroy.

Seth schlug Gus gegen die Schulter. „Wir werden dich nicht
einsperren", sagte er zu mir.

„Wir haben dich überall gesucht", zischte Gus mir zu, als ich
an ihm vorbeiging. „Ich und Seth waren ganz aus dem Häus-
chen vor Sorge."

Sie machten sich Sorgen? Um mich? Um mich hatte sich so
lange niemand mehr Sorgen gemacht, dass ich gar nicht wusste,
wie ich reagieren sollte. Noch war ich mir sicher, dass es mir recht
war, so eng überwacht zu werden, wo ich doch angeblich frei war.

Ich tätschelte seine Wange. „Das ist ganz süß von dir. Ich
wollte einfach nur für mich sein."

Ein Brummen erklang tief aus seiner Brust. „Das nächste Mal
nimmste auf jeden Fall jemanden mit, wenn du allein sein
willst."

Seth verdrehte die Augen und ich lächelte gequält. „Das
werde ich."

Da ich die Zwei besänftigt hatte, dachte ich, die Quälerei
wäre vorüber. Die vier steifen, hoheitsvollen Gestalten sah ich
erst, als ich das Haus betrat. Sie standen wie eine dunkle, strenge
Wand zusammen—drei Männer in schwarzen Anzügen und
Lady Harcourt in ihrer Trauerkleidung. Lord Gillingham war da,
zusammen mit General Eastbrooke und einem weiteren Mann
um die fünfzig, der so groß und gut gebaut war wie der General,
aber mit deutlich rauerem Aussehen dank der Narbe an seiner
Schläfe und einer weiteren, die seinen grauen Bart durchschnitt.

„Da bist du ja." Lady Harcourt trat aus der Reihe und
streckte mir die Hand entgegen. Ich zögerte, dann nahm ich sie
und gestattete ihr, mich zu den Männern zu führen. „Gentlemen,
darf ich Ihnen Miss Charlotte Holloway vorstellen, Tochter von
Anselm Holloway. Charlotte, du kennst General Eastbrooke und
Lord Gillingham bereits." Lady Harcourt wartete, aber ich war
mir nicht ganz sicher, worauf. Dass ich einen Knicks machte?

„Als Mädchen siehst du besser aus", sagte der General und
nickte schroff, während er mich gründlich von oben bis unten

betrachtete. „Bisschen mickrig, aber ich wage zu behaupten, dass Fitzroy dich mästet."

„Jetzt, da deine Lügen aufgeflogen sind, erwarte ich von dir Einsicht bezüglich deiner Fehler." Lord Gillingham lehnte sich auf seinen Spazierstock. Wenn ich ihn unter ihm wegtrat, würde er nach vorn kippen. „Lüg uns nicht wieder an, sonst hat das Konsequenzen. Verstanden?"

Ich trat vor und berührte den Stock mit meinem Zeh. Mit einem kleinen Stoß ließ ich ihn wissen, dass ich mehr hätte tun können, wenn ich gewollt hätte. „Benehmen Sie sich nicht wie ein einfältiger Trottel, sonst könnte ich meine Kooperation verweigern."

Seine Augäpfel fielen beinahe heraus. „So kannst du nicht mit mir reden!"

„Ach nein? Ich versuche, mir das fürs nächste Mal zu merken."

Eastbrooke legte eine Hand auf Gillinghams Schulter, als das Gesicht des Lords einen vor Wut schäumenden Purpurton annahm.

„Und das ist Lord Marchbank." Lady Harcourt zog mich so grob von Gillingham weg, dass ich stolperte und gegen sie stieß. Ihr Lächeln blieb völlig unerschüttert, während sie mich dem neuen Mann präsentierte.

Noch ein Lord. Ich hatte gedacht, der vernarbte Mann wäre ein alter Soldat, aber es schien, als wäre er nur ein weiterer Säufer wie Gillingham. Meine Meinung wurde bestätigt, als er mir kein Lächeln schenkte. Er schaute lediglich über seine krumme Nase auf mich herab und sagte mit gelangweilter Stimme: „Miss Holloway."

„Mylord", erwiderte ich ebenso gelangweilt.

Meinem Blick begegnete er ausgesprochen kühl, aber es lag keine offensichtliche Feindseligkeit in seinen Augen wie bei Lord Gillingham. Er schien … gleichgültig. Gleichgültigkeit war in Ordnung. Die empfand ich ebenfalls, was ihn und die anderen Komitee-Mitglieder betraf.

„Lasst uns anfangen." Lord Gillinghams Spazierstock klackte auf den Fliesen, während er zum Empfangszimmer ging. Als ihm klar wurde, dass ihm niemand folgte, verkrampften sich seine Finger um den Knauf. „Nun?"

„Charlie muss etwas essen", sagte Fitzroy.

„Und?"

„Wir fangen nicht ohne sie an."

„Sie muss nicht anwesend sein! In der Tat *sollte* sie nicht anwesend sein."

„Wir fangen nicht ohne sie an." Fitzroy nickte Gus zu, der uns verließ.

Gillingham marschierte zurück und bewies, dass er den Stock nicht zum Gehen brauchte. „Sie fliegen zu nahe am Abgrund, *Fitzroy*." Lediglich seine Lippen und seine Kehllappen bewegten sich. Seine Kiefer blieben zusammengepresst. „Wenn Sie uns zu viel Druck machen, *werden* Sie sehen, wie die Dinge stehen. Sie sind nicht unverzichtbar."

Fitzroy kehrte ihm den Rücken zu, als wäre es schon zu viel, seinen Atem auf eine Diskussion zu verschwenden. Er bedeutete mir, vorauszugehen. Gillingham stotterte seinen Protest angesichts der Beleidigung.

„Es ist nur Mittagessen, Gilly", sagte der General leise. „Wir warten im Empfangszimmer."

„Sie sollte nicht in Angelegenheiten des Ministeriums eingeweiht werden." Gillingham hob seine Stimme, um sicherzustellen, dass ich ihn hören konnte.

Wir gingen in die Küche, wo der Koch am Herd stand und etwas in einem Topf umrührte. „Charlie", sagte er mit einem Nicken in meine Richtung. „Hungrig?"

„Nein, aber mir wurde befohlen, etwas zu essen."

Gus reichte mir einen Teller mit Salat, einer Scheibe Brot und einem Stückchen Fleisch darauf. „Setz dich. Iss."

„Ihr seid alle so fordernd." Ich setzte mich und nahm den Teller entgegen.

„Die bleiben, Sir?", fragte der Koch Fitzroy.

„Nicht zum Mittagessen." Fitzroy stand neben mir, während ich aß, was ausgereicht hätte, mir den Appetit zu verderben, wenn ich welchen gehabt hätte. „Lassen Sie Tee hereinbringen."

Der Koch legte den Holzlöffel beiseite und reichte Gus eine Kanne. „Mach die voll."

Gus ging in dem Moment mit der Kanne hinaus, als Seth hereinkam. „Lord Gilly hat heute eine Bombenlaune", sagte er. „Welche Laus ist dem über die Leber gelaufen?"

Fitzroys Blick traf meinen. „Ich", sagte ich und schnitt mein Fleisch klein. „Er scheint etwas gegen lügende, klauende Nekromanten zu haben. Weiß gar nicht, warum."

„Ignorier ihn." Seth legte eine Hand auf meine Schulter und drückte. Ich war so überrascht von der intimen Geste, dass ich zurückschreckte. Er wurde rot. „Bitte entschuldige", murmelte er. „Ich habe vergessen, dass du ein…"

„Lügender, klauender Nekromant?"

„Eine Frau bist."

Ich lächelte, um ihm zu zeigen, dass ich es ihm nicht übel nahm. „Da muss man sich erst dran gewöhnen." Ich wollte ihm sagen, dass seine Berührung mir nichts ausgemacht hatte—ich war es nur nicht gewöhnt. Allerdings fiel mir nichts ein, wie ich das Thema unbeschwert anschneiden konnte, also schwieg ich.

Ich beendete mein Mahl, inklusive einem Löffel voll Pudding als Nachtisch, und gesellte mich zusammen mit Fitzroy an meiner Seite zu den anderen Komitee-Mitgliedern im Empfangszimmer. Er blieb sogar neben mir stehen, als ich mich setzte. Vermutlich befürchtete er, dass ich Gefahr lief, wieder zu flüchten.

„Wie viel haben Sie ihr erzählt?", fragte Lord Gillingham, noch ehe jemand anderes überhaupt Luft geholt hatte.

„Alles, was sie wissen muss", sagte Fitzroy.

„Ist das klug?"

„Ja."

Lord Gillingham schnaubte. „Ich bin mir nicht sicher, ob Ihre Einschätzung vertrauenswürdig ist."

Das Schweigen, dass sich herabsenkte, war so stickig wie ein Leichentuch. Lady Harcourt öffnete nach einer Weile den Mund, um etwas zu sagen, aber Fitzroy war schneller. Seine Stimme war eiskalt.

„Ob Sie meiner Einschätzung vertrauen oder nicht ist belanglos. Charlie ist ein integraler Bestandteil meines Plans und sie muss informiert werden. Sie sind kein integraler Bestandteil irgendeines Teilbereichs meines Plans. Wenn Sie mit meinen

Entscheidungen nicht einverstanden sind, begleiten Sie sich selbst hinaus. Meine Männer sind beschäftigt."

Gillinghams Unterkiefer klappte wie eine lose Falltür herunter. „Also wirklich! Wie können Sie es wagen, so mit mir zu reden!"

„Können wir bitte die Lage besprechen?" Lady Harcourt wirkte verzweifelt und tat mir ein bisschen leid. Diese Gentlemen waren ihre Kollegen, vielleicht sogar ihre Freunde und Fitzroy ihr Liebhaber. Es brachte sie in eine peinliche Lage, besonders als einzige Frau im Komitee. Nicht zum ersten Mal fragte ich mich, wie eine schöne junge Frau in dem Gremium gelandet war, das das Ministerium der Kuriositäten überwachte. Insbesondere, da ich jetzt das letzte Mitglied kennengelernt hatte, einen weiteren alternden Lord.

„Sehen Sie, wie er es Ihnen zurückzahlt, General!" Gillingham legte die Beine übereinander und lehnte sich im Sessel zurück. „Sie hätten ihn als Kind mehr maßregeln müssen."

Lady Harcourt, die neben mir auf dem Sofa saß, versteifte sich und presste ihre behandschuhte Hand auf die Lippen.

„Das reicht, Gilly", sagte Lord Marchbank. „Sie beunruhigen die Ladys."

„Lady", murmelte Gillingham. „Es ist nur eine anwesend."

Ich seufzte. Das würde ein langer Nachmittag werden.

„Erzählen Sie uns von Charlotte Holloway, Lincoln", sagte der General schnell. „Wie haben Sie herausgefunden, dass sie der Junge Charlie war?"

Fitzroy erzählte ihnen, wie er meine Spur über die Jahre zurückverfolgt hatte und informierte sie dann über den Mann, den ich bei meinem Vater gesehen hatte. Zum Schluss berichtete er davon, dass der Vikar den vollen Namen des Mannes, den sie suchten, offenbart hatte.

„Dann wissen Sie, wo er wohnt!", rief Lord Gillingham.

„Ich hatte noch keine Gelegenheit nachzuforschen."

Gillingham sah aus, als wollte er Fitzroy dafür rügen, aber ein sengender Blick von Marchbank ließ ihn schweigen.

„Gute Fortschritte", sagte der General. „Wir sind sehr erfreut.

Zu diesem Zeitpunkt bereits den Namen zu kennen ist mehr, als wir gehofft hatten."

Seth und Gus waren während dieser Rede mit einem Teetablett eingetreten und bedienten jeden mit einer Tasse. Seth nahm sich ebenfalls eine, Gus jedoch nicht. Er wich zur Tür zurück und entfernte sich somit aus unserer Mitte. Nur Gillingham beäugte ihn, als ob er gar nicht in das Empfangszimmer gehörte. Seth entging seinem Snobismus allerdings.

Lady Harcourt berührte meine Hand. „Deine Unterstützung hat sich bereits als wertvoll erwiesen. Danke Charlie, nicht nur im Namen des Ministeriums, sondern des gesamten Königreiches."

„Dieser Mann ist wirklich eine Gefahr für das Königreich?", fragte ich.

„Leider ja. Wenn er es schafft, eine Armee von überlegenen Leichen zu reanimieren, sind wir ihm alle ausgeliefert."

„Er wird diese Armee gegen die Mitglieder des Parlaments führen", sagte der General. „Das beinhaltet uns drei." Er deutete auf die drei Gentlemen.

„Die Gerichtsbarkeit wäre ebenfalls in Gefahr", fügte Lady Harcourt hinzu. „Die Königin und ihre Familie sind angreifbar, wenn jemand ihnen gezielt schaden will."

„Woher wissen Sie, dass das sein Ziel ist? Sie wissen, dass er ein Mörder ist, aber Hochverrat ist ein ganz anderes Verbrechen."

„Das geht dich nichts an", schnappte Gillingham. „Überlass diese Dinge überlegenen Personen. Du würdest sie nicht verstehen."

„Gillingham!", fuhr ihn der General an. „Sie vergessen, dass wir auf die Hilfe dieses Blags angewiesen sind."

„Sind wir das?", fragte Gillingham gedehnt. „Wir haben den Namen des Mannes. Fitzroy braucht sie nicht, um diesen Frankenstein zu finden. Mir scheint, wir können sie jetzt loswerden."

„Damit Dr. Frankenstein sie sich schnappt?"

Gillingham antwortete nicht. Er schlürfte in Ruhe seinen Tee. Ich stellte meinen ab, den ich nicht mehr herunterbekam. Fitzroy, der keinen Tee genommen hatte, setzte sich und wandte sich an mich.

„Du erinnerst dich, was wir dir über die Frau in Paris gesagt haben, deren Brief an V.F. ich abgefangen habe?", fragte er.

„Ja. Ihr Mann wurde ermordet und Sie vermuten, dass sie ihre Hand im Spiel hatte, oder den Mörder kannte—Dr. Frankenstein, nehme ich an."

Er nickte. „Der Kopf ihres Mannes wurde aufgeschnitten und das Gehirn entfernt."

Mein Magen drehte sich um und drohte, mein Mittagessen auf dem Teppich zu verteilen, aber ich zwang mich, mich nicht zu übergeben. Irgendwie hatte ich den Verdacht, dass es Gillingham in die Hände spielen würde. „Frankenstein wollte das Gehirn in einen Körper stecken, der aus anderen Teilen bestand?"

„Überlegene Teile, die er von Athleten entnommen hatte. Aber es war das Gehirn von Mr Calthorn, um das sich sein Plan drehte."

„War er ein intelligenter Mann?"

„Ja, aber Frankenstein wollte nicht nur seine Schläue. Er wollte Calthorns Wissen. Er war Englands Spionagemeister."

Ich schnappte nach Luft. „England hat einen Spionagemeister?"

„Nicht mehr", sagte der General. „Calthorn muss noch ersetzt werden."

„Sie sollten ihr das nicht alles erzählen", schniefte Gillingham. „Wenn diese Informationen in die falschen Hände gelangen …"

„Calthorn ist tot", sagte Marchbank. „Alles, was das Mädchen weiß, ist, dass England ein Spionagenetzwerk hat. Das wissen unsere Feinde auch schon. Es sind wohl kaum Neuigkeiten."

Gillingham nippte und beobachtete mich über den Rand seiner Tasse.

„Calthorn kannte eine Menge wichtiger Geheimnisse", sagte Lady Harcourt und übernahm damit die Erzählung. „Nachdem wir auf seine Ermordung aufmerksam gemacht wurden, und das fehlende Gehirn, haben wir Stück für Stück alles zusammengepuzzelt. Wir hatten bereits von anderen fehlenden Körperteilen bei Mordopfern gehört, alle körperlich auf die eine oder andere

Art überlegen. Wir haben Mrs Calthorn zu der Zeit befragt, aber sie konnte beweisen, dass sie zum Zeitpunkt des Mordes woanders gewesen war. Wir haben nicht geglaubt, dass sie vollkommen unschuldig war, aber wir konnten ihr nichts nachweisen."

„Dann ging sie ins Exil nach Paris", sagte der General. „Verfluchte Frau."

„Woher wusste sie von mir?", fragte ich. „Es scheint, als ob Frankenstein nach mir gesucht und sie genug Hinweise entdeckte hätte, um ihn in die richtige Richtung zu schicken. Wie?"

„Das wissen wir nicht", sagte Fitzroy. „Noch wissen wir, wie Frankenstein von deiner Existenz erfahren hat. Es ist nur klar, dass es ihm allein nicht gelungen ist, seine monströse Kreation zu beleben und dass er erkannt hat, dass er für diese Tat einen Nekromanten benötigt. Ich denke, seit seiner Korrespondenz mit seiner Freundin Mrs Calthorn in Paris sucht er nach dir. Erst durch ihren Brief habe ich von der Existenz einer Nekromantin erfahren. Es wurde ein Wettlauf, dich vor ihm zu finden."

Beinahe wäre aus mir herausgeplatzt, dass ich froh war, dass er mich zuerst gefunden hatte, aber ich biss mir auf die Zunge. Aus irgendeinem Grund wollte ich nicht, dass Lord Gillingham von meiner Dankbarkeit hörte. Keiner von ihnen sollte davon hören. Nicht einmal Fitzroy. Ich mochte es noch nicht einmal mir selbst eingestehen.

„Mrs Calthorns Informationen waren überholt", sagte Lady Harcourt. „Du hattest seit deinem dreizehnten Lebensjahr nicht mehr bei deinem Vater gelebt."

„Er ist nicht mein Vater." Ich nahm meine Teetasse und konzentrierte mich darauf, niemanden anzusehen, obwohl ich ihre Blicke auf mir spürte. „Ich wurde adoptiert. Jedenfalls hat er mich heute Morgen darüber informiert."

„Adoptiert!" General Eastbrooke beugte sich vor. Einer der Lords schnappte nach Luft, während Lady Harcourts Hand meinen Arm berührte. „Wer ist dann dein richtiger Vater?"

„Das weiß ich nicht."

„Wusste Holloway es? Hast du ihn befragt, Lincoln?"

„Nein", sagte Fitzroy.

„Warum nicht?", brauste Gillingham auf. „Mein lieber Mann, das ist von äußerster Wichtigkeit! Wenn das Mädchen seine Fähigkeiten geerbt hat, müssen wir wissen, wer er ist."

„Oder sie", fügte Lady Harcourt hinzu. „Lincoln, ich stimme Lord Gillingham zu. Du musst Mr Holloway befragen."

„Er wird uns nichts sagen", sagte Fitzroy. „Ihn zu befragen wird nur Lügen oder völliges Schweigen zur Folge haben. Sein Gemütszustand ist heikel, seine Furcht vollkommen."

„Es ist sowieso unwahrscheinlich, dass er es weiß", sagte Lord Marchbank. „Waisenhäuser geben diese Informationen nicht an adoptierende Eltern heraus."

„Wir werden es nicht erfahren, wenn Fitzroy nicht fragt." Gillingham knallte das Ende seines Spazierstocks auf den Boden. „Scheiß auf den Gemütszustand des Kerls. Mir ist egal, ob Ihre Befragungen ihn in einen sabbernden Idioten verwandeln, der nicht mehr gesellschaftstauglich ist. Sie haben da etwas übersehen, Fitzroy."

„Ich habe nichts übersehen", sagte Fitzroy in einem so leisen Ton, dass man Gillingham deutlich schlucken hörte. „Es war eine bewusste Entscheidung."

„Eine, gegen die ich etwas einzuwenden habe."

„Sie können so viel einwenden, wie Sie wollen. Das ändert nichts."

„Ich befehle Ihnen, ihn zu befragen!"

Fitzroy stand sehr langsam auf, die Hände zu Fäusten geballt. Gillingham hob sein Kinn als Fitzroy nähertrat. „Sie befehlen mir nichts."

„Das tue ich sehr wohl. Wir *alle* tun das. Sie arbeiten für uns, Fitzroy."

„Ich arbeite für England. Ich kann auch aufhören, für England zu arbeiten."

Gillingham schnaubte. „Sie wurden für das hier geboren, Fitzroy. Es ist Ihr ganzes Leben. Sie werden nicht gehen."

Mehrere Augenblicke verstrichen, in denen ich erwartete, dass Fitzroy das entweder abstritt oder Gillingham auf die Nase boxte. Er tat weder das eine noch das andere. „Wenn Sie mit meiner Entscheidung nicht einverstanden sind, sind Sie herzlich eingeladen, den Vikar selbst zu befragen."

Gillinghams Blick glitt zur Seite und seine Hände rieben schneller über den Knauf seines Stocks.

„Möchten sich die Hände nicht schmutzig machen, wie ich sehe", sagte Fitzroy.

Gillinghams Finger spreizten sich und umklammerten dann wieder den Knauf. Er zeigte mit dem Stock auf mich. „Ich wette, ihre wahren Eltern waren Kanalratten, genau wie sie. Die Abstammung schlägt am Ende immer durch, wissen Sie. Schlechtes Blut bringt nur noch mehr Schlechtes hervor."

Fitzroys Knöchel wurden weiß.

„Ich verhungere", sagte ich schnell und stand auf. „Wenn ich nicht weiter gebraucht werde, gehe ich in die Küche etwas essen, denke ich."

Seth stellte seinen Tee ab. „Ich begleite dich. Gus?"

Gus schüttelte den Kopf und nickte Fitzroy zu. Der trat jedoch einen Schritt zurück. Erst als Gillingham an seiner Krawatte zupfte, wurde mir klar, dass er besorgt gewesen war.

Lady Harcourt packte meine Hand, ehe ich ging. „Es wird alles gut, du wirst schon sehen."

„Ich mache mir keine Sorgen", sagte ich mit einem Schulterzucken. Das stimmte. Mir war es egal, ob Fitzroy Gillingham die Nase blutig schlug. Ich wollte nur nicht dabei zuschauen.

„Das solltest du", sagte Lord Marchbank. „Von allen hier bin ich der Einzige, der den Tatort gesehen hat. Ich weiß, zu was dieser Dr. Frankenstein fähig ist."

Er hatte recht und ich hätte mir mehr Sorgen um diesen mordenden Doktor machen sollen, der mich wollte und verzweifelt genug schien, viel in Kauf zu nehmen, um mich zu kriegen.

„War das nötig?", sagte Lady Harcourt zu Lord Marchbank. „Jetzt haben Sie ihr Angst gemacht."

„Gut. Furcht wird sie schützen."

Da hatte er ebenfalls recht. Es war eine Empfindung, die mir geholfen hatte, fünf lange, harte Jahre relativ unbeschadet zu überstehen.

Ich war noch unentschlossen, ob ich Lord Marchbank mochte. Er redete weniger als die anderen, nur dann, wenn er etwas Wichtiges beizutragen hatte. Insofern erinnerte er mich an

Fitzroy. Es war eine Eigenschaft, die es sehr schwierig machte, einen der beiden Männer einzuschätzen.

Gillingham stemmte sich auf die Füße. „Guten Tag, Gentlemen, Lady Harcourt. Ich habe mich um meine Geschäfte zu kümmern."

Ich trat zur Seite, um ihn vorbeizulassen. Die anderen Mitglieder des Komitees entschuldigten sich ebenfalls. Sie richteten bei ihrer Verabschiedung wenigstens das Wort an mich.

„Denk dran, was ich gesagt habe", flüsterte Lady Harcourt, während sie meinen Arm nahm. „In meinem Haus ist ein Platz für dich, wenn du das wünschst, sobald das hier vorbei ist. Du musst nicht mehr auf der Straße leben."

„Danke." Ich beschloss, das Ritual meiner Ablehnung ihres Angebotes nicht noch einmal durchzugehen, obwohl ich wusste, dass ich niemals bei ihr wohnen konnte, weder als Angestellte noch als ihre Gesellschafterin. Tatsächlich konnte ich mir nicht vorstellen, irgendwo anders als in Lichfield Towers zu leben.

Das Zugeständnis schockierte mich und machte mich sprachlos, derweil die Kutschen davonrollten. Ich hatte weniger als eine Woche hier residiert, die meiste Zeit davon als Gefangene, und doch fühlte ich mich hier wohler als sonst irgendwo. Vielleicht hatte es mehr damit zu tun, dass ich jetzt kein Zuhause mehr hatte. Nicht in dem Haus in Tufnell Park, in dem ich aufgewachsen war, noch in einem der heruntergekommenen Gebäude, in denen ich mit den Kinderbanden gelebt hatte. Dr. Frankenstein würde an all diesen Orten nach mir suchen. Dort war ich nicht sicher. Sicher war ich nur in Lichfield.

Seth konfrontierte mich am Fuß der Treppe, die Arme vor seinem imposanten Brustkorb verschränkt, der ihn noch breiter wirken ließ. „Du wolltest gar nichts mehr essen, oder?"

„Nein. Ich musste aus dem Zimmer raus."

Er seufzte. „Das habe ich mir gedacht."

„Es tut mir leid. Mir war nicht bewusst, dass du mir geglaubt hast."

„Ich hatte Hoffnung." Er senkte die Arme. „Aber wenigstens hast du dein Mittagessen aufgegessen."

„Und ich verspreche, dass ich mein Abendessen auch

aufesse, solange der Teller nicht übermäßig voll ist oder der Koch Rosenkohl serviert."

Er verzog angewidert das Gesicht. „Rosenkohl würde ich auch boykottieren, wenn er das tut." Sein Blick glitt an meiner Schulter vorbei und er räusperte sich, lächelte mich unsicher an und ging dann weg.

Als ich mich umdrehte, sah ich Fitzroy hinter mir. „Ich werde nicht zu fliehen versuchen." Angesichts seines finsteren Gesichtsausdrucks fügte ich hinzu: „Ihre ständige Anwesenheit … Sie scheinen zu denken, dass ich jeden Moment wegrenne. Werde ich nicht. Ich habe Ihnen mein Wort gegeben und habe vor, es zu halten."

„Das habe ich nie bezweifelt." Trotzdem bewegte er sich nicht.

„Gibt es etwas, über das Sie mit mir sprechen möchten?"

„Nein." Er wollte schon weggehen, hielt aber inne. „Ja. Fühlst du dich hier wohl? Brauchst du irgendetwas?"

„Ich bin mir nicht sicher. Als freie Frau lebe ich hier noch nicht sehr lange." Sein ausdrucksloses Gesicht ließ mich hinzufügen: „Im Moment habe ich alles, was ich brauche, danke."

Es war ein seltsam gestelztes Gespräch, das auf eine weitere Frage hinauslief, vielleicht die, von der ich vermutete, dass er sie eigentlich stellen wollte, doch er sagte nur: „Ich werde den ganzen Nachmittag unterwegs sein und nach Dr. Frankenstein suchen."

„Ohne mich?"

„Deine Anwesenheit ist nicht nötig."

„Vermutlich nicht." Ich war im Großen und Ganzen erleichtert, und doch wollte ein Teil von mir mit ihm gehen. Oder zumindest *bei* ihm sein.

Ich zwang mich, die Treppe hinaufzugehen. Die zunehmenden Gefühle für jemanden, der mich rücksichtslos gekidnappt und mich gefangen gehalten hatte, bis ich mich nützlich gemacht hatte, gefielen mir ganz und gar nicht. Ich bezweifelte, dass *er* in der gleichen Art über *mich* nachdachte wie ich über ihn. Er ließ ganz sicher nichts in der Richtung durchblicken. Eine solche Diskrepanz an Gefühlen zwischen zwei Menschen war niemals gut.

In meinem kleinen Wohnzimmer las ich den *Führer durch die Geisterwelt* und lernte in dreißig Minuten mehr über meine Kräfte, als ich in achtzehn Jahren entdeckt hatte. Das meiste davon ließ mich erschauern. Ein Nekromant war etwas anderes als ein Medium für Geister, da ein Medium nur mit Geistern sprechen konnte, die sich entschieden hatten, zu bleiben und den Ort ihres Todes heimzusuchen. Es konnte Geister anrufen und sie in den lebendigen Körper eines anderen schicken im Sinne einer Besessenheit, aber der Geist hatte einen eigenen Willen und ein Medium konnte den nicht kontrollieren. Ein Nekromant hingegen konnte einen Geist anrufen, der bereits ins Jenseits getreten war, *und* diesen kontrollieren—jeden Geist, egal wie lange sein Tod her war. Der Geist konnte in seiner körperlosen Form überall hingehen und war nicht an den Ort seines Ablebens gebunden. Dadurch waren Nekromanten wesentlich mächtiger. Auf beängstigende Weise. Die einzige Einschränkung war, dass ein Geist, der durch einen Nekromanten angerufen worden war, von keinem lebendigen Körper Besitz ergreifen konnte, nur von toten. Das Buch erläuterte nicht, ob der Körper sein Eigener sein musste oder ob es jeder beliebige Kadaver sein konnte.

Ich las die Seite dreimal durch, schloss dann das Buch und drückte es an meine Brust. Es schien, dass ich bisher nur an der Oberfläche meiner Fähigkeiten gekratzt hatte. Was mich aufregte, war, dass Fitzroy diese Informationen bereits kannte und daher vielleicht auch die anderen. Kein Wunder also, dass er mich von Wahnsinnigen und Übeltätern fernhalten wollte.

Ich legte das Buch beiseite und las zur Aufheiterung einen Roman, bis Gus und Seth mich für einen Spaziergang nach draußen lockten. Ich war überrascht, sie zu sehen, da ich angenommen hatte, Fitzroy hätte sie auf seine Suche nach Frankenstein mitgenommen.

„Wenn Fitzroy ihn findet, glaubt ihr, er konfrontiert ihn allein?", fragte ich, während wir durch den Obstgarten schlenderten.

Seth, der vorausgegangen war, wurde wieder langsamer, um neben mir zu gehen. „Möglich."

„Das ist ziemlich dumm. Er sollte euch beide als Unterstützung dabeihaben."

„Der braucht uns nich", sagte Gus, pflückte einen unreifen Apfel und warf ihn auf den Baumstamm. Er verfehlte ihn.

„Fitzroy arbeitet besser allein", stellte Seth klar. „Besonders, wenn er jemanden verfolgt."

„Wir sind nich so übel!"

„Nein, aber er ist besser. Wenn er dich verfolgt", sagte er zu mir, „merkst du nichts davon. Eine Katze auf der Jagd macht mehr Lärm als der Tod."

Dem konnte ich nur zustimmen. „Was wisst ihr über ihn? Seinen Hintergrund, seine Familie, woher er kommt?"

„Keine Ahnung." Gus schnappte sich noch einen Apfel vom Baum und warf ihn so fest er konnte. Er zerbarst, als er einen Stamm in der Nähe traf und Gus jubelte erfreut auf.

„Wir wissen sehr wenig über ihn", sagte Seth. „Keiner von uns arbeitet schon lange für das Ministerium."

„Wie bist du dazu gekommen, für ihn zu arbeiten?"

Seth pflückte einen Apfel und warf ihn auf denselben Baum, aber er verfehlte ihn. Gus schnaubte. Wir blieben ganz stehen, denn beide Männer waren von ihrem Sport abgelenkt. Ich dachte, sie würden meine Frage nicht beantworten, aber nachdem er dreimal verfehlt hatte, tat Seth es doch.

„Ich habe mich eines Abends an einem offenen Ende wiedergefunden. Der Tod war da und hat mir Arbeit angeboten."

„Verdammter Lügner", sagte Gus mit einem Kopfschütteln. „Seth hat gespielt und gesoffen, als gäbe es kein Morgen. Er hatte nix mehr zu verlieren, außer sich selbst, also hat er sich eingesetzt."

„Was meinst du damit, ‚sich eingesetzt'?"

„Na, sich selbst. Seinen Körper."

„Das reicht", knurrte Seth. „Sie ist eine Lady. Sie will bestimmt keine Details hören."

„Ich bin keine Lady und ich will auf jeden Fall die Details hören. Die sind doch das Beste."

Seths Gesicht wurde krebsrot und er funkelte Gus wütend an. Gus ignorierte ihn. „Irgendein alter, fetter Lord hat den Einsatz angenommen. Sagte, seine Frau würde gern mal wieder mit einem jungen, hübschen Kerl schlafen." Er beugte sich mit einem breiten Grinsen zu mir. „Obwohl ich glaube, dass der alte

Lord Seth gern für sich gehabt hätte. Der Ausdruck auf seinem faltigen Gesicht, als Seth das Hemd ausgezogen hat, um zu beweisen—"

„Ich habe mein Hemd nicht ausgezogen!" Seth verdrehte die Augen. „Das stimmt nicht, Charlie. Der Teil jedenfalls nicht. Außerdem, woher willst du das wissen, Gus? Du warst nicht dabei."

„Das haste mir erzählt, du blödes Plappermaul. Am ersten Abend, als du nach Lichfield gekommen bist und dir so leidgetan hast. Hast dich sinnlos besoffen und neben deinem Mageninhalt auch die ganze Geschichte ausgespuckt."

„Das erklärt noch nicht, wie du hierher gelangt bist, um für Fitzroy zu arbeiten", sagte ich. „Also hast du gegen den Lord beim Kartenspiel verloren."

„Wurde gründlich geschlagen", sagte Seth. „Fitzroy war da und hat angeboten, meine Schulden zu bezahlen. Dafür sollte ich für ihn arbeiten."

„Der Gentleman hat das akzeptiert?"

„Erst nicht, aber der Tod hat ihm eine große Summe angeboten." Seth schob die Brust vor. „Er hat meinen Wert erkannt."

„Hat erkannt, wie verzweifelt du warst", sagte Gus und riss einen weiteren Apfel ab. „Du warst genau im richtigen Moment verfügbar und hattest auch noch ein paar Fähigkeiten, die er brauchen konnte." Er schlug seinem Kollegen auf die muskulöse Schulter. „Der hat nich nur'n hübsches Gesicht, Charlie. Der kann geradeaus schießen und sich mit den Besten im Faustkampf messen. Ich hab gesehen, wie er den zahnlosen Tim im Ring besiegt hat."

„Warum hast du bei einem Faustkampf mitgemacht?", fragte ich Seth. „So etwas macht ein feiner Pinkel doch nicht." Die Oberschicht besuchte zwar gern illegale Boxkämpfe, aber ich hatte noch nie davon gehört, dass einer von ihnen sich tatsächlich die Hände schmutzig gemacht hätte.

„Ich boxe eben gern", sagte Seth mit einem Schulterzucken.

„Er war verzweifelt und die Bezahlung war gut. Jeder in der Stadt kam, um einen feinen Pinkel im Ring zu sehen, ich eingeschlossen und vielleicht auch der Tod. Da hat Fitzroy ihn wahrscheinlich das erste Mal gesehen." Gus warf seinen Apfel, nicht auf einen Baumstamm, sondern in die Ferne.

Seth pflückte auch einen und warf ihn in die gleiche Richtung. Er flog weiter als der von Gus. Er grinste seinen Freund an. Gus fasste das als Herausforderung auf und holte sich noch einen Apfel, den er so fest warf, dass ich nicht sehen konnte, wo er landete.

„Ha! Weiter schaffste nich", sagte er.

Seths nächster Apfel verschwand ebenfalls außer Sichtweite.

„Wartet mal kurz." Ich raffte meine Röcke und kletterte auf den nächsten Apfelbaum. Es schien ewig her zu sein, dass ich über einen Zaun oder eine Mauer geklettert war. Sonst hatte ich das mehrmals am Tag getan. Das und Rennen, normalerweise weg von einem Opfer meines Diebstahls oder der Polizei.

„Charlie! Was machste da oben?", rief Gus und legte den Kopf in den Nacken.

„Gucken, wer gewonnen hat. Ich glaube, es war Seth."

„Komm runter, bevor du dir wehtust", rief Seth nach oben.

„Ich falle schon nicht."

„Wenn du dich verletzt, wird der Tod uns umbringen", sagte Gus. „Komm sofort da runter oder wir kommen hoch und holen dich."

Ich seufzte und kletterte herunter. „Ich wollte doch nur ein bisschen Spaß. Dreht euch um, damit ihr mir nicht unter den Rock schauen könnt."

Beide Männer drehten mir brav den Rücken zu. Ich packte die Gelegenheit beim Schopf, pflückte zwei Äpfel und ließ sie ihnen auf die Köpfe plumpsen.

„He!", rief Gus und rieb sich den Schädel.

Ich landete neben ihm auf beiden Füßen und grinste. Er schaute böse, aber Seth lachte. „Du bist anders als alle Mädchen, die ich kenne", sagte er.

„Das liegt daran, dass ich es nicht gewohnt bin, mich wie ein Mädchen zu benehmen."

„Stimmt", murmelte Gus. „Du solltest nich auf Bäume klettern. Lady Harcourt würde Anfälle kriegen."

„Mir ist egal, was Lady Harcourt denkt. Oder sonst wer.

Wenn ich auf einen Baum klettern will, klettere ich auf einen Baum. Mädchen sollten das dürfen."

„Schickt sich nich", grummelte Gus und stapfte davon. „Außerdem biste kein Mädchen, sondern 'ne Frau."

Ich starrte auf seinen sich entfernenden Rücken, der steif war wie ein Holzbrett. Warum hatte mein Verhalten *ihn* so sehr aufgebracht?

„Lass ihn", sagte Seth, während wir ihm langsamer folgten. „Er weiß noch nicht, was er von dir halten soll. Manchmal hält er dich für einen Jungen, dann wird ihm deine Weiblichkeit bewusst und es ist ihm peinlich."

„Warum?"

„Weil er nicht weiß, wie er sich Frauen gegenüber verhalten soll. Sie machen ihm Angst."

„Warum machen wir ihm Angst?"

„Ich bin mir nicht sicher. Warum fragst du nicht ihn?"

Vielleicht würde ich das, aber ein anderes Mal. Gus schien nicht in der Stimmung zu sein, um mit mir zu reden.

Wir gingen ins Haus zurück, wo ich einen langweiligen Nachmittag damit verbrachte, auf Fitzroys Rückkehr zu warten. Der Tag zog sich in den Abend und Seth, Gus und ich aßen mit dem Koch in der Küche zu Abend. Danach spielten wir Karten und ich lernte ein paar neue Spiele von den Männern. Wenn wir um echtes Geld anstatt um getrocknete Bohnen gespielt hätten, hätte ich ein Vermögen verloren. Ich konnte mich nicht konzentrieren. Jedes Knarzen des Hauses ließ mich zur Tür schauen. Jeder Schlag der Standuhr in der Eingangshalle machte mich nervös. Als sie zehn Uhr schlug, hielt ich es nicht mehr aus.

„Wo steckt er?" Ich warf meine Karten auf den Tisch und stand auf.

Die anderen beobachteten amüsiert, wie ich hin und her lief. „Es gibt keinen Grund zur Sorge", sagte Seth. „Ihm geht es gut. Das ist immer so."

„Das weißt du nicht. Er könnte irgendwo verletzt oder tot liegen."

Gus sammelte die Karten mit seinen großen Pfoten ein und fing an, sie zu mischen. „Komm, setz dich und hör auf, dir Sorgen zu machen. Zum einen verdient er es nich. Zum anderen kann er auf sich selbst aufpassen. Du hast noch nicht gesehen, wozu er fähig ist."

Der Koch und Seth nickten beide zustimmend. Als ich mich weigerte, mich zu setzen, und weiter herumlief, stand Seth auf und fing mich ab. Er packte meine Arme und neigte den Kopf, um mir in die Augen zu sehen. Er wollte gerade etwas sagen, als ein Schatten im Türrahmen auftauchte.

Beim Anblick von Fitzroy schnappte ich nach Luft. Er sah so aalglatt aus wie immer. „Sie sind zurück!" Ich riss mich von Seths Griff los, hielt mich aber davon ab, auf Fitzroy zuzustürmen, wie ich das eigentlich wollte. „Haben Sie ihn gefunden?"

„Ja." Er kam in die Küche, die sofort kleiner wirkte. Sein Blick sprang über mich hinweg und legte sich auf Seth.

Der schluckte vernehmlich und setzte sich wieder an den Tisch.

„Ich wärme das Abendessen auf", sagte der Koch und erhob sich.

„Und?", fragte ich, während Fitzroy sich ein Glas Wasser aus einer Kanne einschenkte. „Was ist passiert, nachdem Sie ihn gefunden haben?"

„Ich habe ihn verloren."

Jetzt starrten ihn alle an, sogar der Koch.

Fitzroy stellte das Glas ab und sah uns der Reihe nach an. Die Männer wandten sich ihren Aufgaben zu, aber ich begegnete seinem Blick direkt. „Fahren Sie fort", sagte ich.

„Ich habe herausgefunden, wo er lebt, aber als er dort nicht auftauchte, bin ich zu Holloways Haus zurückgegangen."

„Vaters? Warum?"

„Ich hatte den Verdacht, dass er ihm in den verzweifelten Versuch, dich zu finden, wieder einen Besuch abstatten würde. Holloway ist seine einzige Verbindung zu dir. Ich hatte recht. Er kam."

Ich biss mir auf die Lippe, um meine Befürchtungen nicht auszusprechen, dass Frankenstein den Mann verletzt haben könnte, der mich großgezogen hatte. Fitzroy musste meine Vorbehalte jedoch verstanden haben. „Er erkannte, dass Holloway ihm nicht helfen konnte und ging, ohne ihm Leid zuzufügen. Ich bin ihm gefolgt, habe ihn aber aus den Augen verloren."

Die drei anderen Männer warfen sich Blicke zu, sagten aber nichts. Vermutlich war das weise, denn Fitzroy schien noch frostiger zu sein als sonst. Sein Versagen frustrierte ihn vermutlich.

„Es war sicher nicht leicht, ihm im Dunkeln zu folgen." Mein Versuch, ihn zu beschwichtigen, brachte mir die volle Wucht seines eisigen Blicks ein. Ich räusperte mich und redete trotzdem weiter. „Sie finden ihn bestimmt bald wieder."

Er antwortete nicht. Stattdessen nahm er sein Abendessen mit in seine Gemächer. Die anderen nahmen ihr Kartenspiel wieder auf, aber ich gähnte und wünschte eine gute Nacht. Oben überlegte ich, ob ich an Fitzroys Tür klopfen sollte, aber ich hatte ihm nichts zu sagen und würde mich nur blamieren, wenn ich mich nach seinem Wohlbefinden erkundigte.

Ich machte mich bettfertig und lag dann unter der Decke und lauschte der Stille. Eine Stunde später hielt ich es nicht mehr aus. Ich stand auf, warf mir einen Schal um die Schultern, zündete eine Kerze an und tapste den Flur entlang zu Fitzroys Zimmer. Ich wollte gerade klopfen, als die Tür aufging. Fitzroy schien so überrascht zu sein, mich dort stehen zu sehen, wie ich, dass er zum Ausgehen gekleidet war.

„Wo wollen Sie denn mitten in der Nacht hin?", platzte ich heraus.

Seine Augenbrauen hoben sich und ich presste die Lippen aufeinander. Sein Mundwinkel zuckte. „Aus."

„Aber es muss schon fast Mitternacht sein. Was könnten Sie denn—Oh." Wohin ging ein Gentleman um diese Uhrzeit, wenn nicht zu seiner Geliebten? Gott sei Dank war das Licht meiner Kerzenflamme nicht hell genug, um mein errötendes Gesicht zu zeigen. „Ich habe mir Sorgen um Ihr Wohlergehen gemacht", murmelte ich armselig.

Er stockte. „Warum?"

Ich zuckte mit den Schultern. „Ich weiß nicht. Das habe ich einfach. Sie waren heute Abend so lange weg und jetzt gehen Sie wieder aus." Ich senkte meine Kerze. „Natürlich möchten Sie sie sehen, und umgekehrt."

„Wen?"

„Ich weiß nicht. Lady Harcourt, vermute ich.“

Seine Augen blitzten auf.

„Es geht mich nichts an, wen Sie abends besuchen, heimlich oder sonst wie“, fuhr ich fort. „Und wenn sie es ist, kann ich mir niemanden vorstellen, der reizender wäre. Sie sind beide interessante Menschen und geben ein schönes Paar ab.“ *Ach*, schlag mich doch jemand nieder, bevor ich etwas noch Peinlicheres sage. Ich wandte mich zum Gehen, aber Fitzroy griff meine Hand, die den Kerzenhalter etwas schräg hielt.

„Du tropfst Wachs auf den Boden.“ Er richtete die Kerze auf, ließ aber nicht sofort los. Seine Hand blieb auf meiner, seine Wärme sickerte durch meine Haut in meine Knochen. „Ich gehe nicht zu Lady Harcourt.“ Er sprach sanft, seine Stimme ein tiefes Schnurren.

„Oh“, sagte ich atemlos. Ich hob das Gesicht, um in seins zu schauen, nur um in seinem schwarzen, unergründlichen Blick gefangen zu werden wie ein Insekt in seinem Netz. Ich konnte mich nicht losreißen, egal wie sehr ich das wollte. „Dann eine andere.“

„Du bist kühn, Charlie.“ Sein Daumen streichelte meine Knöchel und sein Kopf neigte sich näher zu mir. Es war so eine kleine Bewegung, und doch bemerkte ich sie. Sie gab mir Hoffnung und den Mut, die Stimme in mir zu ignorieren, die *Stopp* schrie.

Eine andere Stimme war lauter. Sie drängte mich, ihn zu küssen.

KAPITEL 12

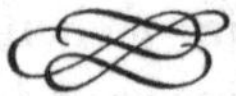

Ich hob die Hand, um Fitzroys Wange zu berühren, ohne eine Ahnung zu haben, was ich da tat. Es war, als würde jemand anderes meine Hand heben und ich legte den Kopf schräg. Noch nie hatte ich mit jemandem geflirtet, noch nie einen Mann geküsst, und trotzdem benahm ich mich hier so, als würde ich das ständig tun.

Was musste er von mir denken?

Was dachte ich von mir?

Ich senkte meine Hand im gleichen Moment, in dem er meine andere losließ. Wir traten beide einen Schritt zurück. Ich zog meinen Schal über meine Schultern, der heruntergerutscht war.

„Geh wieder ins Bett", sagte er schroff.

Vor lauter wirbelnden Gefühlen fiel mir nichts Gescheites ein, was ich hätte sagen können, also drehte ich mich einfach um und ging zurück in mein Zimmer. Ich war gerade dabei, die Tür zu schließen, als er in der Nähe stehen blieb. Ich hatte nicht bemerkt, dass er mir gefolgt war.

„Bitte nimm meine Entschuldigung an", sagte er mit einer knappen Verbeugung. „Das war unverzeihlich."

Ich wollte ihn anschreien, dass es das nicht war, dass man seine Gefühle ausleben sollte. Aber ich wusste nicht, ob er Gefühle für mich hatte. Genauso wenig dachte ich, dass es in unserer Situation richtig war, sie auszuleben—nicht, wenn ich mir selbst gegenüber ehrlich war. „Sie müssen sich nicht entschuldigen", war alles, was ich herausbekam.

„Das muss ich. Ich—" Sein Gesicht wurde steinern. „Gute Nacht, Charlie."

Er ging weg und ich schloss die Tür, noch immer ohne zu wissen, wohin er wollte. Meine zerrütteten Nerven gestatteten es mir erst kurz vor der Morgendämmerung einzuschlafen.

* * *

ALS ICH SPÄT AM Morgen erwachte, zog ich mich schnell an und hastete die Treppe hinunter. Ich fand Seth und Gus in der Spülküche, wo sie dem Koch zur Hand gingen.

„Du hast das Frühstück verpasst", sagte der Koch, ohne von dem Topf hochzuschauen, den er schrubbte.

„Kannst du ihr nicht etwas Schinken braten?", fragte Seth.

„Das mache ich selbst", sagte ich. „Ist Mr Fitzroy da?"

„Er kam vor zwei Stunden zurück", sagte Gus. Er hockte mit einem Schrubber auf dem Boden und rieb sich den Rücken. „Vermutlich schläft er."

„Wenn er überhaupt schläft." Seth grinste und zwinkerte mir zu. „Ich bin mir nicht sicher, ob er Schlaf braucht."

„Ihr meint, er war die ganze Nacht unterwegs?" Ich sah von einem zum anderen, bekam aber nur Schulterzucken zur Antwort. „Macht er das oft?"

„Hin und wieder." Seth bedeutete mir, ich sollte vor ihm aus der Spülküche gehen. „Wenn Bedarf besteht."

Ich wollte gerade fragen, was er meinte, beschloss dann aber, dass es besser war, nicht zu fragen. Es war möglich, dass er die Art von Bedarf meinte, die nur Frauen befriedigen konnten.

Er folgte mir in die Küche und zeigte mir, wo der Koch die Pfanne und den Schinken aufbewahrte. Kochen war mir nicht sehr vertraut, aber Seth zeigte mir, wie ich den Herd mit Kohle anfeuern konnte, obwohl er für mich noch heiß genug war. Das eigentliche Kochen war einfach. Während ich arbeitete, machte er Tee und wir plauderten, derweil ich aß.

Als ich fertig war, hatte ich von seiner Pferdeliebe erfahren und kannte jedes Detail eines jeden Pferdes, das er je besessen hatte. Über ihn oder seine Familie erfuhr ich nichts, außer dass sie wohlhabend gewesen sein mussten, um sich all diese Pferde zu leisten. Mein Vater hatte keins besessen.

„Guten Morgen." Fitzroys plötzliches Erscheinen überraschte mich. Wie immer hatte ich ihn nicht kommen hören. „Hast du gut geschlafen?"

„Scheußlich", sagte ich. „Wie ich höre, haben Sie gar nicht geschlafen."

Er wickelte den Schinken aus, den ich sorgfältig eingepackt hatte, und legte zwei Scheiben in die Pfanne, die ich benutzt hatte. „Ein wenig."

Der Anblick eines Gentlemans, der sein eigenes Frühstück kochte, lenkte mich ab. Vermutlich musste er in einem Haushalt ohne Angestellte gelegentlich Dinge selbst machen. Als er fertig war, legte er den Schinken auf einen Teller und nahm von Seth eine Tasse Tee entgegen. Dann setzte er sich mir gegenüber hin und aß.

„Haben Sie ihn gefunden, Sir?", fragte Seth.

„Ja, aber ich habe ihn wieder verloren."

„Wieder!"

Fitzroys scharfer Blick hielt Seth einen Augenblick gefangen, eher er ihn wieder freigab. Er aß weiter, aber die Luft in der Küche war frostig geworden, trotz der Hitze, die der Ofen abstrahlte.

„Sie haben letzte Nacht nach Frankenstein gesucht." Meine Worte schossen in einem Schwall aus mir heraus, gefolgt von blubberndem Gelächter.

Fitzroy beobachtete mich unter gesenkten Lidern, während er weiter aß. Seth zuckte mit den Schultern. „Wo dachtest du denn, dass er war?", fragte er.

„Dass … ist egal. Also haben Sie ihn wiedergefunden?"

„Und habe ihn am gleichen Fleck wieder verloren", sagte Fitzroy. Er klang eher amüsiert als wütend. Es war, als könnte er nicht ergründen, *wie* er Frankenstein verloren hatte. Vielleicht war das noch nie zuvor passiert.

„Der Mann muss ein Magier sein, wenn er Ihnen zweimal entwischt ist", sagte Seth.

„Der Gedanke kam mir auch."

Ich blinzelte ihn an. „Magie? Das ist doch sicher ein Scherz?"

„Ich scherze nicht."

„Amen", murmelte Seth und nahm die leere Pfanne.

„Aber … Magie …" Ich schüttelte den Kopf. „Das ist etwas, an das nur Kinder und Dummköpfe glauben."

„Genau wie Nekromanten", sagte Fitzroy.

„Schon verstanden." Ich schob meinen leeren Teller zur Seite. „Sie haben gesagt, Sie hätten ihn am gleichen Fleck verloren. Wo genau war das?"

„Glaubst du, du kannst helfen?", fragte Seth und nahm meinen Teller. „Das überlässt du besser uns, Charlie."

Ich legte meine Hände flach auf die Tischplatte. „Behandele mich nicht wie ein Kind. Meine Kenntnisse der Straßen Londons sind wahrscheinlich besser als deine. Ich vermute, dass du dich in deinem verhätschelten Leben in nicht allzu vielen dunklen, überfüllten Gassen wiedergefunden hast."

„Du wärst überrascht", sagte er mit einem harschen Lachen. „Mein Leben war in letzter Zeit nicht besonders verhätschelt."

Ich rieb mir die Schläfen und zuckte zusammen. „Es tut mir leid, Seth. Ich wollte meine schlechte Laune nicht an dir auslassen."

Er stupste mein Kinn an und lächelte. „Keine Sorge. Ich habe es verdient."

Fitzroy schob seinen Teller zu Seth, dessen Gesichtszüge entgleisten. Er nahm den Teller und wanderte aus der Küche in die Spülküche.

„Totten Lane", sagte Fitzroy zu mir. „Kennst du die?"

„In Clerkenwell? Ja, die kenne ich." Ich runzelte die Stirn und knabberte an meiner Unterlippe. Die Gasse verendete in einem kleinen, elenden Hof, in dem mehrere Familien die Mietshäuser bewohnten. Gebäude riegelten alles ab und es gab keinen Ausgang außer durch einen Gully, der in die unterirdische Kanalisation führte. Der lag hinter einer Steinmauer, die auf die Entfernung gesehen zu einem der Gebäude gehörte. Aus der Nähe wurde jedoch klar, dass die Mauer früher Teil eines alten Brunnens gewesen war, der dort gestanden hatte. „Ich weiß, wie er verschwunden ist."

Eine seiner Augenbrauen hob sich. „Weiter."

„Es ist einfacher, wenn ich es Ihnen zeige. Sollen wir jetzt gehen?"

Ich stand auf und er ebenfalls. „Ich denke nicht, dass das klug ist."

„Warum nicht? Sie müssen Frankenstein finden und ich kann Ihnen helfen." Ich verschränkte die Arme und hoffte, dass es wie Trotz aussah. Es fühlte sich allerdings mehr wie Eigensinn an.

„Zuvor hattest du Angst und das aus gutem Grund."

„Hatte ich. Habe ich immer noch. Aber ich weiß, dass er schneller gefasst wird, wenn ich Ihnen helfe. Wenn er gefasst wird, kann ich aufhören, Angst zu haben."

Er blinzelte langsam und nickte. Als er ging, musste ich ihm hinterherrennen, um ihn einzuholen. „Warten Sie Sir."

Er blieb in dem engen, dunklen Dienstbotengang stehen und wartete, bis ich neben ihm war.

„Ich möchte helfen. Ich schulde Ihnen was, weil Sie mich aufgenommen haben."

„Tust du nicht. Die Umstände, unter denen du hierhergekommen bist, waren … nicht ideal. Das sollte jegliche Dankbarkeit aufheben, die du verspürst. Ich bin es, der dir danken sollte."

„Stimmt", sagte ich leichthin.

Er stieß einen Atemzug aus, der möglicherweise ein Lachen war oder auch nicht. „Danke Charlie, dass du mir nicht in den Kopf geschossen hast."

Ich erschauerte bei der Erinnerung daran, dass ich ihn beinahe getötet hatte. Ein paar Zentimeter nach links und die Kugel hätte sein Herz durchschlagen. Um die Kälte abzuwehren, legte ich die Arme um mich.

„Charlie", sagte er leise. „Das war ein Witz."

„Kein besonders lustiger."

Er seufzte. „Ich bin es nicht gewohnt, Witze zu machen. Ich entschuldige mich. Das nächste Mal halte ich den Mund."

„Nein! Tun Sie das nicht. Mir ist es lieber, Sie machen schlechte Witze als gar keine." Ich mochte es, dass er mit mir scherzte, obwohl er das normalerweise nicht tat. Es fühlte sich an, als würde er es nur für mich versuchen.

„Du wirst bald deine Meinung ändern."

Da ich mir nicht sicher war, ob das auch als Witz gemeint war oder nicht, lachte ich vorsichtshalber. „Sir", sagte ich und schaute zu ihm hoch. „Was wird mit mir geschehen, nachdem Frankenstein geschnappt wurde und das hier vorbei ist? Ich möchte nicht bei Lady Harcourt wohnen und ich kann nicht zurück auf die Straße."

„Nein, das kannst du nicht."

„Ich würde gern hierbleiben."

„Das muss noch entschieden werden."

„Wer entscheidet das. Sie?"

„Ich treffe alle Entscheidungen bezüglich des Ministeriums und Lichfield Towers."

„Erzählen Sie das nicht Lord Gillingham. Der scheint zu glauben, dass Sie sein Untergebener sind."

„Hab keine Angst vor Gillingham. Er ist ein alter Ziegenbock in einem teuren Anzug, mehr nicht."

„Ich möchte nicht, dass Sie seinen Zorn auf sich laden, wenn ich hierbleibe."

„Ich komme mit Gillinghams Zorn zurecht und auch mit jedermanns Tadel. Das heißt, falls ich entscheide, dass du bleiben sollst."

„Schicken Sie mich nicht weg", flüsterte ich. Es war plötzlich so schwer, mich am Riemen zu reißen. Vor nur wenigen Tagen wollte ich nichts sehnlicher, als von Lichfield wegzukommen. Doch jetzt war der Gedanke unerträglich.

Wir standen so dicht beieinander, dass ich seine Hitze spüren konnte. Mir war jeder Atemzug bewusst, jede Bewegung seiner Muskeln, und mein schmerzhaftes Sehnen nach ihm.

„Charlie", sagte er mit einem Seufzen. „Hierzubleiben ist vielleicht nicht in deinem besten Interesse."

„Wie kann es das nicht sein?"

Sein Blick wanderte über meinen Kopf zur Spülküche, in der drei tiefe, ruhige Stimmen ins Gespräch vertieft waren.

„Sie liegen vollkommen falsch, Lincoln."

Sein Blick flog zu mir.

„Ich weiß, was Sie denken, und Sie liegen falsch." Ich stemmte meine Hand auf die Hüfte. Jetzt war ich wütend. Gut. Ich zog Wut dem jämmerlichen Winseln vor, das ich eben noch in meiner Stimme gehört hatte. „Ich kann sehr gut auf mich selbst aufpassen und ich werde den neckenden Schmeicheleien der Männer sicher nicht erliegen. Ich hatte gehofft, Sie hatten Besseres von mir gedacht."

Seine Lippen öffneten sich und ich nahm zufrieden war, dass meine Worte ihn zu einem Gesichtsausdruck bewegt hatten. Wenn ich mich nicht irrte, hatte mein Ausbruch ihn schockiert. Vielleicht hatte er nicht erwartet, dass mir seine Gedanken in dieser Hinsicht bewusst waren.

„So, und jetzt veranlassen Sie, dass jemand die Pferde anspannt. Wir fahren nach Clerkenwell." Ich raffte meine Röcke und segelte den Gang entlang aus dem Dienstbotenbereich heraus. Ich drehte mich nicht um, um zu sehen, ob er mir hinterher sah, aber wenn die Hitze auf meinem Hinterkopf irgendetwas zu bedeuten hatte, dann konnte er seinen Blick nicht von mir losreißen. Ich wünschte nur, ich wüsste, ob ich in positiv oder negativ geschockt hatte.

* * *

Wir liefen die Totten Lane lieber entlang, anstatt die Kutsche zu nehmen. Die Gasse war eng, nur wenig breiter als das Gefährt, und es wäre unmöglich gewesen zu wenden. Abgesehen davon war es viel zu auffällig. Auch wenn Fitzroy es nicht gesagt hatte, vermutete ich, dass wir unbemerkt bleiben sollten. Leider lenkte der Anblick von vier gut gekleideten Fremden die Aufmerksamkeit trotzdem auf uns.

„Hätten uns verkleiden sollen", murmelte Gus. Er und Seth wirkten angespannt, ihre Arme und Finger starr, als ob sie bereit wären, beim kleinsten Anzeichen von Ärger ihre Waffen zu ziehen. Wo sie ihre Waffen versteckt hatten, konnte ich nicht sagen, aber ich hatte den starken Verdacht, dass sie ein oder zwei Messer besaßen und vielleicht auch eine Pistole bei sich trugen.

„Wo genau haben Sie ihn zuletzt gesehen?", fragte ich Fitzroy.

Er ging neben mir. Äußerlich wirkte er ruhig, sein Körper weniger starr als die der anderen, seine Bewegungen so geschmeidig wie immer. Aber als er mir so nahekam, dass unsere Arme sich streiften, spürte ich, wie er seine Faust ballte. „Black Water Yard." Er nickte auf einen Torbogen am Ende der Gasse, durch den man in einen kleinen Innenhof gelangte.

„Sobald wir dort hineingehen, wird uns der Rückweg leicht abgeschnitten", sagte ich.

Er sah mich mit hochgezogener Augenbraue an.

Ich zuckte mit den Schultern. „Ich erinnere mich gut an Black Water Yard, weil ich dort einmal fast geschnappt worden wäre, nachdem ich ein Hemd von einer Wäscheleine geklaut hatte."

Er nickte ernst.

Vor uns schaute Seth über die Schulter zu mir, ein kleines Lächeln auf den Lippen. „Man vergisst leicht, dass du mal ein Dieb warst, wenn man dich jetzt so anschaut."

Gus und Seth gingen als Erste durch den Torbogen, dann ich und zuletzt Lincoln. Gus und Fitzroy mussten sich unter den uralten Steinen des Bogens hindurchducken und Seths Kopf streifte sie. Er trug keinen Hut wie die anderen Männer, während ich die kleine Haube auf meinem Hinterkopf trug, die Haare zurückgesteckt, sodass sie mir nicht ins Gesicht fielen. Ich fühlte mich unter den Blicken der Leute viel zu ungeschützt. Mich starrten sie besonders an. Erkannten sie in mir den diebischen Jungen von vor nur wenigen Wochen?

Eine Gruppe von Kindern unterbrach ihr Fangenspiel und beobachtete uns mit wachsamen Augen. Wäsche flatterte an Leinen über unseren Köpfen zwischen den Gebäuden. Sie würde ewig brauchen, um zu trocknen; die Sonne mühte sich ab, die dicke Luft zu durchbohren und der Innenhof war angefüllt mit Lagen über Lagen von Schatten.

„Diese Wand da vorn ist unecht", sagte ich und nickte in Richtung der Ziegel am anderen Ende des Hofes. „Von hier aus gesehen verschwimmt sie mit der Wand des dahinterliegenden Gebäudes, aber wenn Sie näher herankommen, sehen Sie, dass sie separat steht. Zwischen den beiden Mauern ist ein Gully, der in die Kanalisation führt."

„Verdammt gefährlich, so einen Gully in der Nähe von spielenden Kindern zu haben", sagte Seth.

„Ich glaube, die Behörden scherten sich nicht viel um die Slum-Kinder, als sie den angelegt haben. Die denken sowieso, dass es hier in der Gegend zu viele Mäuler zu stopfen gibt. Hin und wieder ein Kind in der Kanalisation zu verlieren, hält die nachts nicht wach."

Fitzroy beäugte die Umgebung, ehe er zu der Mauer ging und dahinter verschwand. Er tauchte kurz darauf wieder auf. „Bringt sie zurück nach Lichfield."

Gus nickte. „Ja, Sir. Wir beide?"

Fitzroy nickte ebenfalls.

„Sollte nicht einer von beiden hierbleiben und Ihnen helfen?", fragte ich ihn.

Er schüttelte den Kopf. „Geht."

Seth legte mir die Hand auf die Lende und beide Männer flankierten mich, während wir aus dem Innenhof gingen. Ich schaute über die Schulter, aber Fitzroy war bereits wieder hinter der Mauer verschwunden. Ob er dort lauerte oder in die Kanalisation hinunterstieg, wusste ich nicht.

„Wir sind gleich hier weg", sagte Seth und spreizte seine Finger auf meinem Rücken. „Elender Ort."

„Für einige ist es ihr Zuhause", sagte ich hitzig. „Nicht jeder kann es sich leisten, in einer Villa zu leben."

Sein Mund öffnete und schloss sich, und öffnete sich wieder. „Es tut mir leid, wenn ich dir zu nahegetreten bin. Das war nicht meine Absicht."

Ich seufzte. „Ich weiß. Tut mir auch leid."

„Mist." Gus blieb ein paar Schritte vor uns stehen. „Schaut nich hin, aber da kommt uns'n feiner Pinkel entgegen. Ihr glaubt doch nich, dass das—"

„Das ist er", murmelte ich. „Frankenstein."

Ich erkannte den schlanken Mann mit dem kurzen Backenbart und dem grauen Anzug. Sein Blick blieb an uns hängen und er wurde langsamer, genau wie wir. Er hatte mich noch nie zu Gesicht bekommen und konnte nicht wissen, wie Charlotte Holloway aussah, aber dennoch schrien meine Instinkte mich an wegzurennen.

Seth und Gus traten an meine Seite. Spürten sie meine Aufregung? Seth nahm meine Hand, legte sie auf seinen Arm und dann seine Hand obenauf. Wären wir im Hyde Park gewesen, hätten wir wie jedes andere Pärchen ausgesehen, das an einem warmen Sommertag einen Spaziergang macht. Doch kein gut gekleidetes Pärchen schlenderte zum Vergnügen durch die schmutzigen Gassen von Clerkenwell.

Ich bemühte mich, Frankenstein nicht direkt anzusehen, als er an uns vorbeiging, aber ich konnte es mir nicht verkneifen, ihn unter gesenkten Lidern zu betrachten. Er berührte die Krempe seines Hutes, doch weder Seth noch Gus grüßten zurück.

Später fragte ich mich, ob das ein Wink für ihn gewesen war.

Ich atmete tief aus, als er an uns vorbei war, doch der nächste Atemzug stockte in meinem Hals, als er „Miss Holloway?" rief.

Mir blieb das Herz stehen. Woher wusste er es?

Seth schob mich hinter sich und ich stolperte gegen eine Wand. Ich fuhr herum und raffte gleichzeitig meine Röcke zusammen. Als ich sah, wie Frankenstein mit hoch erhobenen Händen zurückwich, ließ ich sie wieder los. Meine beiden Beschützer hatten ihre Pistolen auf ihn gerichtet.

„Miss Holloway", sagte er und beäugte die Waffen. „Charlotte. Ich weiß, dass du es bist."

„Sie kennen mich nicht", sagte ich.

„Ich habe eine Fotografie von dir in Holloways Haus gesehen. Du warst jünger, aber so sehr hast du dich nicht verändert, dass du nicht mehr wiederzuerkennen bist."

„Ich gehe nicht mit Ihnen."

„Bitte, höre mir zu, ehe du diese Entscheidung triffst."

Seth streckte den Arm aus und richtete die Pistole auf Frankensteins Schläfe. „Nicht sprechen."

„Ich muss. Charlotte, diese Leute haben dich über mich belogen. Sie haben dir Angst vor mir eingejagt, dabei sind sie es, die du fürchten solltest."

„Halten Sie den Mund!", brüllte Gus.

Frankenstein schluckte und richtete seinen Blick auf mich. Er hatte hellblaue Augen und wo sein Kiefer an dem Tag, als ich ihn vom Haus meines Vaters hatte wegstürmen sehen, angespannt gewesen war, war er jetzt entspannt. Er wirkte nicht im Geringsten gefährlich, insbesondere, da Seth und Gus so viel größer waren.

„Hör mir zu, Charlotte. Was auch immer diese Leute dir

erzählt haben ist falsch. Lügen. Sie spionieren mir schon eine ganze Weile nach und möchten mein Wissen zu ihrem eigenen Vorteil nutzen."

„Ich habe keine Ahnung, wovon Sie reden", sagte ich mit erhobenem Kinn.

„Gutes Mädchen", sagte Seth. „Glaub ihm kein Wort. Er ist ein Lügner und Mörder."

„Ich habe niemanden ermordet!" Frankenstein trat einen Schritt auf mich zu, aber Seth und Gus schnitten ihm den Weg ab. Der Doktor verzog frustriert die Lippen. „Es ist kein Mord, wenn man leidende, sterbende Männer aus ihrem Elend erlöst. Diese armen Seelen waren unheilbar krank. Sie hatten Schmerzen. Sie flehten mich an, ihr Leiden zu beenden."

„Sie haben ihre Körperteile benutzt!" Ich verdeckte meinen Mund und schluckte Galle herunter. Es war eine Sache, aus zweiter Hand von seinen Taten zu hören, aber eine ganz andere, einem solchen Monster von Angesicht zu Angesicht gegenüber zu stehen. Trotzdem sah er nicht wie ein Monster aus. Er sah wie ein normaler Gentleman aus. Er meinte es ernst, ja, aber ich hatte keine Angst vor ihm.

„Calthorn lag nicht im Sterben", sagte Seth.

„Calthorn war ein böser Mann." Frankenstein sprach mit mir. Sein ganzer Fokus lag auf mir. „Er hat seiner Frau wehgetan. Hat sie jeden Tag geschlagen. Nicht ihr Gesicht, wo man die blauen Flecken gesehen hätte, aber auf den Bauch und die Brust. Sie konnte wegen der Schläge keine Kinder bekommen. Er benutzte die Geheimnisse, die er als Anführer des nationalen Spionagerings herausfand, um denjenigen zu schaden und sie zu unterdrücken, die schwächer waren als er. Er war ein grausamer Mann, aber kein Gericht der Welt hätte ihn verurteilt. Er lebte jenseits des Gesetzes und er wusste es. Sage mir, Charlotte, ob du glaubst, dass ein solcher Mann mit seinen Verbrechen davonkommen sollte. Vielleicht habe ich übereilt gehandelt und hätte ihn nicht um seiner Frau willen töten sollen, aber ich bin nicht immer ein rationaler Mann, wenn ich wütend bin. Und dieser Mann hat mich wütend gemacht."

„Sie haben sein Gehirn genommen!"

„Dafür habe ich einen anderen Nutzen gefunden. Doch

deswegen habe ich ihn nicht getötet." Langsam presste er die Hände über seinem Kopf zusammen und senkte sie. „Ich habe Gott jeden Tag um Vergebung angefleht und ich weiß, dass ich im Jenseits für meine Sünden bestraft werde. Aber solange ich lebe, kann ich Gutes tun. Meine Experimente muss man nicht fürchten. Ich habe England einen Dienst erwiesen, indem ich neues Leben erschaffen habe. Überlegenes Leben. Sobald die Körper einen Geist besitzen, wirst du sie als das erkennen, was sie sind, Charlotte. Wunderbare, beeindruckende Menschen, die es verdienen zu leben."

Ich verzog das Gesicht, unfähig, meinen Ekel zu verbergen. Dachte er, ich würde glauben, dass er dem Land etwas Gutes tat? Der Menschheit? Er war wahnsinnig. „Sie sind abartig. Das sind keine Menschen, das sind Monster."

„Sie sind genauso wenig abartig wie ich. Oder du. Wir wurden alle gemacht, auf die eine oder andere Art. Wurdest du nicht selbst abartig genannt von dem Mann, von dem du dachtest, er wäre dein Vater?"

„Er ist *nicht* mein Vater."

„Ich weiß." Er lächelte sanft. Seine Augen leuchteten— vertraute, blaue Augen.

Mein Magen rutschte in den Keller. Meine Kehle schnürte sich zu und plötzlich war es zu heiß in der Gasse, die Luft zu schwül. Ich wich zurück und stieß gegen die Wand, drückte mich gegen die kühlen Ziegel, konnte meine Augen aber nicht von Frankenstein losreißen.

„Ich bin dein Vater, Charlotte."

„Verdammte Hölle", murmelte Gus und senkte seine Waffe.

Seth spannte den Hahn seiner Pistole.

„Nicht!", schrie ich. Ich rannte zu ihnen, hielt aber an. Ich wusste nicht, was ich tun oder sagen sollte. Alles, was ich wusste, war, dass Frankenstein nicht erschossen werden sollte.

Wenn er mein Vater war, hatte ich eine Million Fragen, die ich beantwortet haben musste. Doch ich konnte keine davon stellen. Ich konnte ihn nur anstarren. Ich nahm sein Erscheinungsbild wahr, seine schlanke Gestalt, das ovale Gesicht, das meinem so ähnlich war. Seine Augen hatten den gleichen Blauton, waren aber nicht so groß. Je mehr ich ihn ansah, desto sicherer wurde ich, dass er die Wahrheit sagte. Er hatte mich gezeugt.

Er senkte die Hände ganz und lächelte mich an. „Charlotte. Das ist ein hübscher Name."

Ich schluckte wieder, aber der Kloß in meinem Hals war zu groß, um zu sprechen. Ich blinzelte heiße Tränen weg und nickte nur wie ein Dummkopf.

„Bis vor Kurzem wusste ich nichts von deiner Existenz", sagte er. „Deine Mutter hat sich mir nie anvertraut."

„Wer ...?", schaffte ich zu flüstern.

„Eine nette, sanfte Frau. Ihr Name war Ellen und ich würde dir gern von ihr erzählen."

Ich nickte. Das wollte ich auch.

„Aber du musst mit mir kommen. Gemeinsam werden wir herausfinden, was mit ihr geschehen ist. Ja?"

Meine Tränen drückten gegen meine Augenlider. Ein Zwinkern und sie würden laufen. Ich nickte wieder.

„Charlie", schnappte Gus. „Hör nich auf ihn. Der ist nich besser als'n Stück Scheiße."

„Er will dich nur in sein Laboratorium locken, damit du seine Monster zum Leben erweckst", sagte Seth. „Glaub ihm kein Wort." Er nickte zum Eingang der Gasse. „Kommen Sie mit, Doktor."

Einige der Anwohner versammelten sich in der Nähe des Torbogens und beobachteten mit großen Augen, was sich zwischen den feinen Herrschaften abspielte. Kinder klammerten sich an die Schürzen ihrer Mütter und Männer redeten leise untereinander. Niemand schien sich große Sorgen um umherfliegende Kugeln zu machen.

Frankenstein hielt mir seine Hand hin. „Komm mit mir Charlotte. Bitte. Ich will dir nichts tun. Ich bin doch dein Vater. Ich möchte dich kennenlernen. Ich habe mir immer ein Kind gewünscht, das ich lieben kann, ganz besonders eine Tochter. Ich habe die Mittel, dir alle materiellen Wünsche zu erfüllen, ebenso wie die immateriellen. Die, welche nur Eltern geben können."

Meine Tränen liefen über meine Wangen. Er sagte alles, was ich immer hatte hören wollen. Fünf Jahre lang hatte ich in der Hoffnung gelebt, Anselm Holloway würde solche Worte zu mir sprechen, aber diese Hoffnung war zerstört worden, als ich von meiner Adoption erfahren hatte. Jetzt blühte sie durch alles, was Frankenstein sagte, wieder auf wie eine Blume in der Wüste.

„Charlie", flehte Seth, „Fall nicht darauf rein."

Gus spannte den Hahn seiner Waffe. „Der Tod hat nie gesagt, dass er den Mistkerl lebend haben will."

„Nein!", schrie ich. „Erschieß ihn nicht! Bitte."

Frankenstein wich zum Torbogen und dem Innenhof zurück, wo die Menge sich aufhielt. Ein Knurren drang tief aus Seths Kehle.

„Der Tod wird ihn da drin erwischen", murmelte Gus und senkte seine Waffe. „Hier sind zu viele Zeugen."

Zu viele unschuldige Zuschauer, die verletzt werden konnten.

Die Menge teilte sich für Frankenstein, aber er durchschritt den Torbogen nicht. Wieder hielt er mir die Hand entgegen. „Komm mit mir, Charlotte."

Seth hob erneut seine Waffe. „Sie geht nirgends mit Ihnen hin."

Frankenstein sah mich bittend an und streckte seine Hand weiter aus. Seth nahm meine Hand in seine, aber ich zog sie weg. Zu Frankenstein sagte ich: „Ich … ich bin mir nicht sicher. Ich brauche Zeit."

Sein Kiefer spannte sich an und seine Lippen pressten sich zusammen, dann entspannte sich sein Gesicht wieder. „Dann bis ganz bald, meine liebe, süße Tochter." Er drehte sich um und verschwand in der Menge, die sich um ihn schloss.

„Er muss sie bezahlen." Gus fluchte. „Die verdammten Dummköpfe schützen ihn."

„Los, komm." Seth nahm meinen Ellenbogen. Als ich mich diesmal versuchte loszureißen, ließ er nicht los. „Wir müssen dich von ihm wegbringen."

Ich stemmte die Beine in den Boden und wehrte mich. „Ich will nicht—"

Der Schrei einer Frau durchschnitt die dicke, heiße Luft. Gus und Seth ließen mich los und rannten zum Torbogen. Ich folgte ihnen dicht auf den Fersen, kam aber nicht weiter als bis zu der Menge, die sich im Innenhof versammelt hatte. Die Frau schrie nicht mehr, aber ihr Schluchzen hallte zwischen den Gebäuden wider. Ich konnte sie nicht sehen, verstand aber gerade so ihr gestammeltes Flehen. „Tun Sie ihm nicht weh, Sir."

„Fallen lassen!", brüllte Frankenstein von irgendwo hinter der Wand aus Leibern, die mir die Sicht versperrte.

„Was ist los?", fragte ich Seth. „Kannst du was sehen?"

Er antwortete nicht, sondern schob sich mithilfe seiner kräftigen Arme durch die Menge. Gus gesellte sich dazu und ich folgte erneut.

Ich linste an Gus vorbei und sah Frankenstein in der Nähe der falschen Mauer stehen, ein Kind vor sich, den Blick starr auf etwas gerichtet, das ich hinter der Mauer nicht sehen konnte. Ich wusste aber, dass es Fitzroy war. Frankenstein hielt dem Jungen ein Messer an die Kehle. Die schluchzende Frau musste seine Mutter sein. Die Männer ihrer Familie hielten sie zurück, aber die Qual auf ihrem Gesicht erregte mein Mitgefühl.

„Siehst du jetzt, was für eine Art Mensch er ist?", knurrte Seth mir zu.

„Lassen Sie die Waffe dort fallen", schnappte Frankenstein. „Tun Sie es jetzt, oder ich schlitze ihm die Kehle auf."

Stille senkte sich auf die Menge, während wir auf das Klappern einer Waffe lauschten, die in den unsichtbaren Gully geworfen wurde. Doch das einzige Geräusch war das unkontrollierbare Schluchzen der Frau.

Frankensteins Arm spannte sich an und der Junge schrie vor Schmerz auf, als die Klinge in seinen Hals biss.

Ich wollte meinen Mund öffnen, um Fitzroy anzuschreien, dass er es tun sollte, als Seths Hand sich darüberlegte. Er riss mich an seine Brust und versperrte mir die Sicht. „Still, Charlie", zischte er. „Wenn er weiß, dass du hier bist, wird er den Jungen benutzen, um dich zu zwingen, mit ihm zu gehen."

Vielleicht konnte ich einen Austausch erzwingen, das Leben des Jungen für meins …

„Tun Sie's!", schrie die Mutter, ehe ich mich entschließen konnte.

Das entfernte Platschen von etwas, das ins Wasser fiel, war eine Erleichterung. Die Menge schien kollektiv Luft zu holen.

„Gehen Sie von dem Loch weg." Frankensteins Stimme klang nicht mehr ganz so barsch.

Ich entzog mich Seths fester Umarmung und schaute an ihm vorbei. Frankenstein bewegte sich auf den Gully hinter Wand zu, das Kind noch immer im Arm, das Messer an den Hals gepresst. Als er hinter der Wand verschwand, tauchte Fitzroy wieder auf. Er hatte seine Hände nicht erhoben, aber sein Fokus war intensiv auf Frankenstein gerichtet.

„Lassen Sie ihn gehen!", rief einer der Männer, der die schluchzende Mutter zurückhielt.

Alles schien gleichzeitig zu passieren. Der Junge wurde regelrecht hinter der Mauer hervorgespuckt und taumelte in Fitzroys wartende Arme. Gleichzeitig, während alle abgelenkt waren, flog das Messer auf den Jungen zu.

Mehrere Frauen schrien auf inklusive mir. Aber Fitzroy wirbelte das Kind aus dem Weg und brachte seinen eigenen Körper zwischen die Klinge und den Jungen.

Das Messer drang tief in seine Seite.

KAPITEL 13

„Lincoln!" Mein Ruf wurde von der aufgebrachten Menge verschluckt. Sie drängte sich vorwärts um den Jungen und Fitzroy. „Ich kann ihn nicht sehen." Ich versuchte mich von Seth loszumachen, aber er hielt mich fest. Sein Blick haftete jedoch nicht auf mir, sondern auf der Stelle, wo Fitzroy gestanden hatte.

Gus versuchte, sich durch die Menge zu drängen, aber sie ließen ihn nicht durch. Sie schubsten ihn und einander, während ihre wütenden, rachsüchtigen Rufe alle anderen Geräusche übertönten.

Bis ein Schuss plötzlich für Ruhe sorgte. Das Echo ließ keinen Zweifel daran, dass er aus dem Gully gekommen war. Seths Hände packten mich enger und egal wie sehr ich mich bemühte, von ihm loszukommen, es gelang mir nicht.

„Sir!", hörte ich Gus rufen. „Nehmen Sie die!"

„Was passiert?" Gott, wie ich es hasste, es nicht zu wissen. Die Frustration in mir wuchs immer stärker an, bis sie sich Bahn brach. Ich trat gegen Seths Schienbein und rammte ihm mein Knie in den Schritt. Sein Griff lockerte sich und ich riss mich los. Sobald ich außerhalb seiner Reichweite war, war ich zu schnell.

„Lincoln?", rief ich, während ich mich durch die Menge dorthin drängte, wo Gus über dem Gully stand. „Gus! Wo ist er? Was ist los?"

„Fitzroy verfolgt ihn."

„Aber er ist verletzt!"

„Er hat meine Waffe." Er richtete sich auf. Seine Atmung war keuchend und schnell, als ob er derjenige war, der die Verfolgung aufgenommen hatte. „Wo ist Seth?"

„Gus, ich habe das Messer in seiner Seite stecken sehen."

„Seth wurde abgestochen?"

„Fitzroy!" Ich boxte ihm fest in die Rippen und er hustete. „Er ist schwer verletzt." Die Blutstropfen auf den Pflastersteinen zeugten davon. Das Messer, das vergessen neben dem Gully lag, war voller Blut. „Er muss die Wunde versorgen."

„Er muss Frankenstein schnappen. Das ist unsere beste Chance."

Ich wollte ihn wieder schlagen, aber er fing meine Faust auf. „Das hat wehgetan", sagte er und rieb sich die Brust. Sein Blick hob sich über meinen Kopf. „Verdammt, was ist denn mit dir passiert? Du siehst aus, als hättest du ein Gespenst gesehen."

„Ich bin in ein Handgemenge geraten."

„Warum das bleiche Gesicht?"

„Mein Schwert war im Weg."

„Du trägst doch gar kein—Ah." Gus schnaubte. „Wohl eher ein Dolch."

Seth schaute in den Gully. „Wo ist Fitzroy?"

„Frankenstein hinterher. Er ist bewaffnet." Er tippte auf Seths Schulter. „Ich denke, es ist Zeit zu gehen."

Drei der Anwohner starrten uns wütend an, die Zähne gebleckt. Hinter ihnen hatte sich die Menge noch immer um den Jungen und seine Familie versammelt, um Trost zu spenden.

„Wir haben nichts gemacht", grummelte Seth. „Fitzroy hat ihn *gerettet*."

„Sie wollen jemanden beschuldigen. Wir sind hier. Frankenstein nich." Gus nahm meinen Ellenbogen und versuchte, mich wegzuführen, aber ich weigerte mich.

„Wir können Fitzroy nicht da unten lassen!"

„Das können wir und das werden wir", sagte Seth. „Er kommt wahrscheinlich sowieso nicht hier wieder heraus. Es ist ein Geflecht von Tunneln da unten und wir haben keine Ahnung, welchen er genommen hat oder wo er herauskommt.

Kommt mit uns nach Hause, Charlie. Er wird jetzt wollen, dass du in Sicherheit bist."

Ich gestattete ihnen, mich durch den Torbogen zu begleiten. Seth ließ einige Münzen fallen und die Menge stürzte sich darauf, anstatt auf uns.

Wir eilten die Totten Lane entlang zurück zu dem Stall ein paar Blocks entfernt, wo wir das Pferd und die Kutsche untergebracht hatten. Seth lenkte und Gus fuhr mit mir in der Kabine. Sein Blick sprang oft zu mir, aber er sagte Gott sei Dank nichts. Ich war nicht bereit, über das Geschehene zu sprechen. Darüber, dass Frankenstein mein Vater war.

Zu Hause setzte ich mich in die Bibliothek, von wo aus ich die Einfahrt beobachten konnte. Seth gesellte sich zu mir, jedoch nicht am Fenster. Er setzte sich an den mittleren Tisch, einen Fuß auf den gegenüberliegenden Stuhl gestellt, und verschränkte die Arme. Ich spürte seinen Blick auf mir, verstrickte ihn jedoch nicht in ein Gespräch. Gus brachte Tee und ging dann wieder, um Kuchen zu holen.

Als wir wieder allein waren, sagte Seth endlich etwas. „Er ist es nicht wert."

Ich erwiderte nichts und schaute weiter aus dem Fenster.

„Du bist etwas Besseres. Besser als er." Er klang genervt. Ich vermutete, dass es einem Mann zusetzte, ein Knie in die Kronjuwelen gerammt zu bekommen. „Hier ist jetzt dein Zuhause, Charlie. Du brauchst ihn nicht. Du hast uns."

Ich runzelte die Stirn. „Wovon redest du?"

„Frankenstein. Er ist vielleicht dein Vater, aber er lügt, wenn er sagte, er will dich. Er kennt dich noch nicht einmal."

„Oh. Frankenstein. Ja, natürlich." Ich drehte mich wieder zum Fenster, war aber von meinem Wachposten deutlich mehr abgelenkt als zuvor. Frankenstein hatte mich beinahe überlistet, bis er das Leben eines Kindes aufs Spiel gesetzt hatte. Was für eine Art Mann tat so etwas?

Ein verzweifelter. Einer, mit dem ich nichts zu tun haben sollte. Trotzdem wollte ich mit ihm reden und alles herausfinden, was es über meine Herkunft zu wissen gab—über meine Mutter.

„Du glaubst doch nichts von dem, was er gesagt hat, oder?", fuhr Seth fort.

„Ich glaube, dass er mein Vater ist."

„Ja. Nun, das, vermute ich. Jetzt, da ich ihn gesehen habe, ist die Ähnlichkeit verblüffend, gebe ich zu. Aber das heißt nicht, dass er ein liebender Vater sein will."

Aber Frankenstein wusste, wer wirklich meine Mutter war. Niemand sonst.

Eine Bewegung zwischen den Bäumen am Anfang der Einfahrt erregte meine Aufmerksamkeit. Ich stand auf und beugte mich näher ans Fenster. Eine Kutsche rollte auf das Haus zu und Fitzroy stieg aus. Er hielt seinen Arm eng am Körper. Seine Seite war feucht vor Blut.

Ich raffte meine Röcke, rannte aus der Bibliothek und warf die Haustür auf. „Lincoln!" Mir entging nicht, dass ich ihn beim Vornamen nannte.

Wie es schien, entging ihm das auch nicht. Er blinzelte mich von der untersten Stufe an. Sein Gesicht war etwas blass, die Augen umschattet. Ich trabte die Treppen herunter, während die Kutsche davonfuhr.

„Gott sei Dank geht es Ihnen gut. Ich war krank vor Sorge." Ich wollte seinen Arm nehmen, um ihm zu helfen, aber er hielt Abstand.

„Du hättest dich nicht darum kümmern sollen." Er schritt an mir vorbei.

Ich stand da und starrte fassungslos auf seinen Rücken. Was hatte ich getan, um so eine Abfuhr zu verdienen? „Sie können mir nicht vorschreiben, worum ich mich kümmere und worum nicht!"

Mein Protest hätte genauso gut auf taube Ohren stoßen können. Er wurde nicht langsamer, beachtete mich gar nicht.

Seth, der in der Tür stand, trat zur Seite, um seinen Herrn vorbeizulassen. „Haben Sie ihn gefangen, Sir?"

„Nein."

Seth schenkte mir ein mitfühlendes Lächeln. „Er wird den Rest des Tages schreckliche Laune haben", flüsterte er mir zu, als ich näherkam. „Ignorier ihn."

„Warum wird er schreckliche Laune haben? Weil er versagt hat?"

„Ja, und weil er sich Sorgen macht, dass Frankenstein ihm voraus ist und der königlichen Familie schaden wird."

„Das ziehst du alles aus den paar kurzen Worten, die er gesagt hat?"

Fitzroy steuerte geradewegs auf die Treppe zu, als Gus von oben herunterkam. „Dachte mir doch, dass ich Sie gerochen habe." Er zog die Nase kraus. Fitzroy stank in der Tat nach Kanalisation und seine Hosenbeine waren vom Knie abwärts feucht und verdreckt. „Wenigstens sind Sie jetzt im Gleichgewicht, Sir", sagte er vergnügt. Bei Fitzroys Zögern fügte er hinzu: „Charlie hat Sie auf der anderen Seite angeschossen, oder?"

Fitzroy warf mir einen Blick zu und ich erstarrte unter dessen Kälte. Wenn Blicke töten könnten, hätte ich mich jetzt in einen Eiszapfen verwandelt. Ich schluckte und senkte den Kopf in der Hoffnung, dass er die Röte nicht sah, die mir in die Wangen stieg.

Als ich wieder aufschaute, war er allerdings nicht mehr da. Er war still die Treppe hinaufgestiegen.

„Hol besser etwas sauberes Verbandszeug, um die Wunde zu versorgen", wies Seth Gus an. „Ich koche Wasser auf."

„Ihr versorgt die Wunde?", fragte ich. „Kein Arzt?"

„Wenn sie nicht zu tief ist, macht er das selbst. Er hat etwas medizinisches Wissen. Wir liefern nur, was nötig ist."

„Ich frage mich, wie Frankenstein entkommen ist", überlegte Gus.

„Der ist ihm vermutlich in der Kanalisation entwischt", sagte Seth.

Ich überließ die beiden ihren Grübeleien und machte mich auf den Weg zum Dienstbotenbereich hinten im Haus. „Wo ist das Verbandszeug?"

„Überlass das uns", sagte Gus. „Das wird ihm lieber sein."

„Zu dumm. Abgesehen davon weiß jeder, dass Frauen die besten Krankenpfleger abgeben. Ihr zwei Kerle seid viel zu grob." Sie protestierten noch weiter, aber ich hörte nicht hin.

Der Koch gab mir etwas warmes Wasser in einer Kanne und

Seth besorgte das Verbandszeug. „Ich kümmere mich um den Rest", sagte er.

„Bist du dir sicher, dass du ihm jetzt unter die Augen treten willst?", fragte Gus mich. „Er wird wie ein wütender Bär sein."

„Es ist weniger wahrscheinlich, dass er mich angeht als dich."

„Stimmt. Viel Glück."

Ich ging die Treppe hinauf, nur um festzustellen, dass Fitzroy im Badezimmer war. Wasser lief in die Wanne. Ich wartete in seinem Wohnzimmer auf ihn und er kam rund fünfzehn Minuten später herein, nass, zerzaust und appetitlich.

Dicke Muskelstränge überzogen seine Schultern und den Brustkorb. Seine Haare hingen lose bis auf seinen Nacken herab und Blut verschmierte seine Seite. Er blieb im Türrahmen stehen, als er mich sah, die Augen groß. Er wirkte erschrocken, überhaupt nicht so abweisend und kühl wie sonst. Die Veränderung brachte mich etwas durcheinander und ich blieb wie angewurzelt am Fleck sitzen, unsicher, wie ich weitermachen sollte.

„Wo sind Seth und Gus?", fragte er und erholte sich damit schneller als ich.

„Sie holen das Nötigste." Ich trat nahe genug an ihn heran, um den scharfen Geruch der Karbolseife zu riechen, die er verwendet hatte. „Lassen Sie mich nach der Wunde schauen."

„Ist schon gut."

„Es ist nicht gut. Da ist frisches Blut."

„Die Blutung hat fast aufgehört."

„Lassen Sie mich mal sehen. Ist es tief?"

„Es muss genäht werden."

Jedes Mal, wenn ich näherkam, drehte er sich entweder oder ging weg, sodass ich den Schnitt nicht begutachten konnte. Nach drei Versuchen hatte ich genug. „Hören Sie auf, sich wie ein Kind aufzuführen, und lassen Sie mich nachsehen."

Er baute sich vor mir auf und schaute über seine kaiserliche Nase auf mich herunter. Diese Pose sollte vermutlich einschüchtern, versagte aber kläglich. Sie machte ihn noch reizvoller, ein verwundeter, aber widerspenstiger Krieger.

„Ein Kind?", tönte er.

„Ja."

„Ich versuche nur, deine weibliche Empfindlichkeit zu schützen."

Ich brach in Gelächter aus. „Ich glaube nicht, dass ich weibliche Empfindlichkeit besitze." Angesichts seiner flachen Lippen hielt ich es für angebracht, ernster zu werden. Mein Gelächter schien ihn zu kränken. „Vielen Dank für Ihre Rücksichtnahme auf mein Wohlbefinden, Sir, aber ich werde nicht in Ohnmacht fallen, wenn ich Sie berühre."

„Darum geht es nicht", brachte er heraus.

Ich stemmte die Hände auf meine Hüften. „Sie bevorzugen allen Ernstes, dass Gus oder Seth das an meiner Stelle machen?"

„Ich kann das selbst."

„Können Sie nicht."

Er versuchte, mir meinen Irrtum zu beweisen, indem er die Wunde in Augenschein nahm. Während er sie mühelos erreichen konnte, konnte er sie nicht sonderlich gut sehen; er würde sicherlich nicht in der Lage sein, sie selbst zu nähen. „Seth kann das machen", sagte er schließlich resigniert.

„Seth hat zwei linke Hände und die Fingernägel von Gus sind so dreckig, dass er vermutlich darunter Pilze züchten könnte. Ich bin sanft, methodisch und kann nähen." Ohne auf seinen nächsten Protest zu warten, tauchte ich den Lappen in das warme Wasser.

Überraschenderweise erlaubte er mir ohne Widerworte, das Blut abzuwischen. Der Schnitt war nicht allzu tief, Gott sei Dank, aber es war wichtig, ihn sauber zu halten und eine Infektion zu vermeiden. Ich konzentrierte mich auf meine Aufgabe und kreiste den Schnitt immer weiter ein. Beinahe vergaß ich, dass ich gerade Krankenschwester bei einem äußerst attraktiven Mann spielte, bis dieser Mann scharf die Luft einzog.

„Tut mir leid", sagte ich und sah zu ihm hoch.

Er beobachtete mich unter gesenkten Lidern. Sein Gesicht lief rot an, als ihm klar wurde, dass er beim Starren erwischt worden war.

„Habe ich Ihnen wehgetan?"

Er schüttelte den Kopf, starrte stur geradeaus und holte stockend Luft. „Mach weiter."

Während ich die Wunde säuberte, stand er steif da wie eine

Statue. Nicht einmal sein Brustkorb hob und senkte sich mit seiner Atmung. Er ging erst weg, als Seth und Gus ankamen. Ich war noch nicht ganz fertig, aber es würde reichen müssen. Er schien nicht zu wollen, dass die Männer sahen, wie ich ihn versorgte. Das würde es deutlich erschweren, ihn zusammenzuflicken.

Er betrachtete die Utensilien, die die Männer mitgebracht hatten. „Ist alles sterilisiert?"

„Die Nadel und den Faden haben wir in der Küche mit Dampf behandelt", sagte Seth. An mich gewandt fügte er hinzu: „Chirurgischer Faden. Wir haben für alle Fälle etwas da."

„Werden Sie oft verletzt?", fragte ich.

„Oft genug, dass wir einen Vorrat zur Hand haben müssen. Mr Fitzroy übernimmt allerdings das Nähen. Das musste ich noch nie machen."

„Ich auch nich", stimmte Gus ein. „Ich würd's gern mal versuchen."

„Es mal versuchen?" Ich schüttelte den Kopf. „Ich bin vielleicht keine feine Dame, aber ich habe genäht und gestickt, seit ich alt genug war, eine Nadel zu halten. Ich mache das."

„Konntest du das gut?", fragte Seth.

„Gut genug." Ich lächelte Fitzroy beruhigend an. „Die Wunde ist gerade. Solange ich nicht *Home Sweet Home* darauf sticken soll, kriege ich das schon hin."

Gus lachte, bis ihm die Augen tränten. Seth konnte sein Grinsen auch nicht unterdrücken, bis Fitzroys starrer Blick es verwelken ließ.

„Halten Sie still und nehmen Sie den Arm aus dem Weg", ordnete ich an.

Gus reichte mir ein Paar steriler Handschuhe und ich fädelte den Faden in die Nadel. Trotz meiner Angeberei war ich nervös. Ein Tuch zu besticken war eine Sache, einen Menschen zu nähen eine ganz andere. Ich wollte Fitzroy meine Vorbehalte allerdings nicht zeigen und schaffte es, meine zitternde Hand ruhig genug zu halten, um nach seinen Anweisungen fortzufahren. Er informierte mich gefasst darüber, wie tief und wie weit auseinander die Stiche sitzen mussten. Nach ein paar Minuten war alles vorbei. Er hatte nicht einmal gezuckt, die Augen zusammengekniffen, gestöhnt oder gezischt. Ich war mir nicht sicher, ob er überhaupt Schmerzen empfand.

„Wo haben Sie Ihr medizinisches Wissen her?", fragte ich, während ich die Nadel an Gus zurückgab.

„Ein Chirurg hat es mir beigebracht", sagte Fitzroy.

„Ihr Unterricht beinhaltete Chirurgie?"

Aus dem Augenwinkel bemerkte ich, wie Seth warnend den Kopf schüttelte. Ich sah ihn finster an, aber Fitzroy nahm es wahr und zog eine Augenbraue hoch. Seth räusperte sich und folgte Gus aus dem Zimmer.

„Meine Ausbildung war abwechslungsreicher als die eines normalen Schülers", sagte Fitzroy.

„Warum?"

„Damit ich diese Rolle ausfüllen konnte", sagte er sachlich. „Es war mein Schicksal von Geburt an. Das Ministerium ist neu, aber sein Ursprung uralt. Ich wurde früh als zukünftiger Leiter ausgewählt."

„Bei der Geburt", murmelte ich.

„Davor."

Ich lachte, erkannte dann aber, dass er es ernst meinte. „Wie hätten Sie vor Ihrer Geburt ausgewählt werden können?"

„So etwas passiert." Er nahm etwas Mull und legte ihn über die Wunde. „Den Verband, Charlie."

Wenn er vor seiner Geburt ausgewählt worden war, deutete es darauf hin, dass an seinen Eltern etwas Besonderes war. Vielleicht eine Kombination aus Charakterzügen, die für einen zukünftigen Leiter des Ministeriums als wichtig erachtet wurden. Ich wollte fragen, aber er schien nicht darüber reden zu wollen. Für den Moment gab ich es auf, aber ich nahm mir vor, mehr über seine Eltern und seine Kindheit herauszufinden. Es war absolut faszinierend. *Er* war faszinierend.

Ich wickelte den Verband um seinen Rumpf, was mich nahe an ihn heranbrachte, das Gesicht knapp unterhalb seiner Schulter. Wenn ich mich nur ein paar Zentimeter nach vorn lehnte, konnte ich ihn küssen. Ich wagte es nicht, ihm ins Gesicht zu sehen, aber auf die Kuhle in seiner Kehle zu starren, beruhigte den Blutstrom auch nicht gerade, der durch meinen Körper tobte. Während meine Behandlung zuvor klinisch gewesen war,

war sie jetzt alles andere als das. Jede Faser meines Seins war sich seiner bewusst, wie nahe wir beieinanderstanden und wie leicht es wäre, den Abstand zwischen uns zu schließen, den Kopf in den Nacken zu legen und seinen Kuss zu empfangen.

Meine Finger berührten die glatte Haut seines Rückens und seiner Seiten, während ich den Verband anlegte. Ich wurde immer langsamer, denn ich wollte die Verbindung nicht unterbrechen, wollte ihn nur noch mehr berühren, die Muskeln vor unterdrücktem Verlangen zucken spüren, das Hämmern seines Pulses, die Hitze seiner Haut.

Er wollte diese Dinge auch, das konnte ich mehr spüren als sehen oder fühlen. Es war die Art, wie er sich nicht bewegte, als ich den Verband befestigte, und wie er sein Gesicht zu meinen Haaren neigte und tief einatmete.

Meine Hände ruhten noch auf dem Verband und ich wagte es, zu ihm hinaufzusehen. Seine Augen waren geschlossen, der Kiefer entspannt, wodurch sein Gesicht etwas weicher und noch attraktiver war. Ich wollte ihn in diesem Moment einfangen, also hob ich meine Hand und legte sie an seine Wange.

Seine Augen flogen auf und das Gesicht wurde fest. Er wandte sich ab.

„Lincoln", flüsterte ich.

Er sammelte seine ruinierte, blutige Kleidung ein. „Mr Fitzroy", schnappte er. „Oder Sir."

Ich trat zurück, als hätte er mich geschubst. „Ich—ich dachte—"

„Du hast falsch gedacht." Er stapfte in das angrenzende Schlafzimmer, schloss aber nicht die Tür. Kurz darauf kam er mit einem sauberen Hemd heraus. Wenn ich gedacht hatte, sein Kinn wäre vorher starr gewesen, dann war es jetzt hart wie ein Felsen. Seine Augen waren so schwarz und ausdruckslos wie noch nie und sein Blick wich nicht von meinem. „Ich habe entschieden. Du kannst hier nicht bleiben."

„W—was?" Er redete zu schnell. Mein Kopf war noch ganz schwammig vor Verlangen und von seiner brutalen Zurückweisung.

„Wenn Frankenstein gefasst ist, wirst du bei Lady Harcourt leben."

Er hätte mich genauso gut ohrfeigen können. Mein Kopf war plötzlich wieder klar. „Nein! Sie haben gesagt, ich muss nicht bei ihr wohnen, wenn ich das nicht will."

„Ich habe meine Meinung geändert. Es ist der beste Ort für dich."

„Hier ist—"

„Du kannst hier nicht bleiben." Er ging zur Tür, als wollte er mich hinausbegleiten.

Ich blieb. „Warum nicht?"

„Weil deine Vernarrtheit in mich unangebracht ist."

Mein Gesicht flammte auf, jedenfalls fühlte es sich so an. Ich verschränkte die Arme, so trotzig wie ich nur konnte angesichts der totalen Demütigung, die mich innerlich auffraß. Ich wollte ihn anschreien, dass er ebenfalls Verlangen nach mir hatte, aber in Wahrheit war ich mir nicht sicher. Wenn er meine Berührungen genossen hatte, als ich ihn verband, war es gut möglich, dass es nur daran lag, dass die Finger, die ihn berührten, einer Frau gehörten. Irgendeiner Frau. Sein Gesichtsausdruck musste nicht unbedingt etwas mit mir zu tun haben.

„Es ist ungesund", fuhr er fort. „Und nicht in deinem besten Interesse, dass du hier wohnst."

Tränen stachen mir in die Augen und kitzelten in meiner Nase. Ich musste mich sehr zusammenreißen, um nicht zu zerfließen. „Ich verstehe Ihr Argument. Es ist nicht nötig, noch Salz in die Wunde zu streuen."

„Es muss so sein. In Lady Harcourts Haus wirst du gut versorgt werden. Sie ist freundlich."

„Und wenn ich dort nicht hingehen will?"

„Dann wärst du ein Dummkopf."

„Ich denke, wir haben bereits bewiesen, dass ich genau das bin." Ich schniefte, doch glücklicherweise rannen meine Tränen nicht. Ich wollte nicht, dass er sah, wie erbärmlich ich war und um einen Mann weinte, den ich kaum kannte.

„Entweder das oder die Wohlfahrt", sagte er.

„Ich hasse Sie, Fitzroy."

„Nein, tust du nicht", sagte er steif. „Das ist das Problem."

Seine grausamen Worte schockierten und zwangen mich zu sehen, was ich da tat und sagte. Eine kleine Flamme der Wut entbrannte in meiner Brust und ich nährte sie mit Gedanken daran, wie er mich gekidnappt und wie eine Gefangene behandelt hatte, und dann kaltschnäuzig meine Gefühle lächerlich gemacht hatte. Ich holte tief Luft und fühlte mich deutlich besser und mehr als je zuvor entschlossen, meine Gefühle für ihn zu besiegen.

Er hatte recht, wenn er es als Vernarrtheit bezeichnete. Was ich für ihn empfand, war mit ziemlicher Wahrscheinlichkeit vorübergehend, sicherlich albern und dadurch verursacht, dass ich im gleichen Haus wohnte und dankbar für meine Rettung aus der Armut war. Mit etwas mehr Zeit konnte ich meine Gefühle in den Griff kriegen.

So. Besser. Zuzugeben, dass meine Zuneigung fehl am Platze war, war der erste Schritt.

„Ich werde Seth und Gus vermissen und den Koch auch", sagte ich ihm mit vorgeschobenem Kinn. „Vielleicht auf Dauer gesehen sogar mehr, als ich Sie vermissen werde. Sie haben mir nichts als Freundlichkeit entgegengebracht, wohingegen Sie … das nicht getan haben."

Was er davon hielt, erfuhr ich nie. Seth und Gus kamen mit beschwingten Schritten zurück und wollten einen Bericht von Fitzroys Verfolgung durch die Tunnel der Kanalisation. Sie verschlangen die Details genauso gierig wie die Jungen in den Banden es getan hatten, wenn ich ihnen abends Geschichten erzählt hatte. Ich setzte mich auf einen Stuhl und lauschte ebenfalls. Die Ablenkung war eine willkommene Entlastung.

„Er hat die Kanalisation in der Nähe der Docks in Wapping verlassen", sagte Fitzroy. „Er hatte die ganze Zeit ausreichend Vorsprung, sodass ich ihn weder fangen konnte noch nah genug herankam, um mein Messer zu werfen."

„Warum haben Sie ihn nich erschossen?", fragte Gus.

„Die Gase in den Tunneln sind explosiv. Zu schießen wäre gefährlich gewesen. Oberhalb waren dann zu viele Menschen. Ich bin ihm zu einem kleinen Lager gefolgt, das hinter den größeren entlang der Docks liegt. Dort beschloss ich, erst hierher zurückzukommen, anstatt hineinzugehen."

„Warum?", fragte Seth.

Fitzroy zögerte, ehe er fortfuhr: „Der kurze Blick, als er

hineinschlüpfte, hat mir gezeigt, dass ich besser bewaffnet sein und einen Angriffsplan haben sollte."

Seth und Gus sahen einander an, als würden sie sich fragen, ob sie Teil des Plans sein würden.

„Was haben Sie gesehen?", fragte ich vorgebeugt.

„Ein halbes Dutzend andere, vielleicht mehr."

„Männer?"

Er hielt inne. „In gewisser Weise."

Ich schnappte nach Luft. „Das waren seine Monster, nicht wahr? Seine Kreationen, wie er sie nennt?"

„Heiliges Kanonenrohr", murmelte Seth. „Wie sahen sie aus?"

„Ich habe sie nur kurz aus der Entfernung gesehen. Sie trugen Narben auf der Stirn, dem Nacken und der Brust und waren mit Hosen bekleidet, aber sonst nichts. Anscheinend waren sie auf große Stühle geschnallt."

Ich wollte eine Bemerkung über die grässliche Unmenschlichkeit machen, jemanden an einen Stuhl zu fesseln, erinnerte mich aber daran, dass die Kreaturen eigentlich nicht menschlich waren. „Waren sie ... lebendig?"

„Ich bin mir nicht sicher. Sie saßen sehr still da und hatten die Augen geschlossen."

Ich erschauerte. „Gott sei Dank." Es war entsetzlich gewesen, in die toten Augen der Körper zu schauen, die die Geister meiner Mutter und meines Retters aus der Arrestzelle in Besitz genommen hatten. Die geöffneten Augen von Frankensteins Kreationen würde ich nicht sehen wollen.

„Haben Sie sonst noch was gesehen?", fragte Gus mit gedämpfter Stimme.

Fitzroy schüttelte den Kopf. „Er schloss die Tür und alle Fenster waren verdeckt, also kam ich zurück."

„Das war vielleicht die beste Gelegenheit, ihn zu fangen", murmelte Seth mehr zu sich selbst. „Während seine Monster auf den Stühlen festgeschnallt waren."

Fitzroy sah ihn nur an.

„Er ist verletzt!", nahm ich ihn in Schutz. „In der Tat sollte er sich ausruhen und wieder zu Kräften kommen."

„Richtig. Ja." Seth nickte Gus zu. „Wir sollten gehen. Brauchen Sie noch etwas, Sir?"

„Nein."

„Komm, Charlie", sagte Gus und begleitete mich mit einer Hand auf meinem Rücken nach draußen.

Im Türrahmen blieb ich stehen. Es fiel mir schwer, Fitzroys Blick zu begegnen, aber ich schaffte es. Was ich zu sagen hatte, hatte nichts mit unserem vorherigen Gespräch zu tun und davon sollte ich mich nicht aufhalten lassen. „Es gibt da etwas, das Sie wissen sollten. Frankenstein behauptet, mein Vater zu sein. Nachdem ich ihn jetzt von Angesicht zu Angesicht gesehen habe, muss ich zugeben, dass eine starke Ähnlichkeit besteht."

Seine Lippen öffneten sich einige Pulsschläge lang, doch er sagte nichts.

„Die Nachricht hat Sie ebenso schockiert wie mich", sagte ich und verzog den Mund.

„Das ist sein schockiertes Gesicht?" Gus grunzte. „Sieht für mich wie sein normales Gesicht aus." Er schwieg, als Seth ihm den Ellbogen in die Rippen rammte.

„Warum hast du das nicht vorher gesagt?", fragte Fitzroy.

Ich zuckte mit den Schultern. „Wollte ich ja. Aber Sie zusammenzuflicken war wichtiger."

„Aber ich—" Er schüttelte den Kopf. „Du hättest es mir sagen sollen. Ich hätte nicht so grob mit dir gesprochen."

„Was hat denn die Nachricht über meinen echten Vater mit … allem anderen zu tun?"

„Der Tag war schwer genug für dich. Ich wäre vielleicht netter gewesen. Oder hätte unser Gespräch auf einen anderen Tag verschoben."

„Das hätte nur das Unausweichliche verzögert. Abgesehen davon waren Sie schlicht ehrlich, auf Ihre unnachahmliche Art."

„Ich—"

„Nur kein schlechtes Gewissen. Eine nettere Ansprache hätte vermutlich nicht die gleichen Ergebnisse erzielt. Ich bin dankbar, dass Sie sich entschieden haben, mich heute in Ihre Gedanken einzuweihen anstatt irgendwann in der Zukunft. So kann ich wenigstens planen." Ich wandte mich schnell ab, damit ich nicht sehen konnte, welche Wirkung meine Worte hatten. Ich erwartete, dass er erleichtert sein würde, da er es geschafft hatte, genau das zu erreichen, was er wollte—meine Bereitschaft, Lich-field zu verlassen, sobald das alles vorbei war.

„Was sollte das denn?", fragte Gus, der mich im Flur einholte.

Seth kam ebenfalls dazu. „Worüber habt ihr beide geredet, bevor wir zurückgekommen sind?"

„Die Zukunft", sagte ich und hielt vor meiner Schlafzim-mertür inne.

„Und?" Seth legte seine Hand auf die Türklinke, öffnete die Tür aber nicht.

„Und er hat entschieden, dass meine Zukunft nicht hier in Lichfield Towers liegt."

„Du wirst bei Lady Harcourt wohnen?"

„Nein. Ich werde etwas anderes finden."

„Wo?", platzte Gus heraus. „In den Fabriken gibt's keine Arbeit, du bist für Hausarbeit nich ausgebildet und außerdem biste verdammt stur."

„Vielleicht biete ich an, mit den Seelen der Sterbenden zu sprechen, wenn sie ins Jenseits gehen. Ich frage mich, wie viel man für so eine Arbeit verlangen könnte."

„Das ist nicht lustig", grummelte Seth. Sein Gesicht war über-raschend grimmig.

Ich tätschelte seinen Arm. „Mir fällt schon was ein. Mach dir keine Sorgen um mich."

„Lass dir bloß nich einfallen, wieder auf der Straße zu leben", warnte Gus. „Das ist kein Leben für dich. Ich werde dich höchst-persönlich im Stall verstecken, wenn nötig."

Ich nahm seine Hand. „Danke Gus, aber so weit wird es nicht kommen."

„Ich werde mit ihm reden." Seth zeigte mit seinem Kinn über meinen Kopf hinweg den Flur entlang. „Er wird dich nicht hinauswerfen."

Gus schnaubte. „Auf dich hört der nich. Oder auf mich. Der hört noch nich mal auf Lady H."

„Ist schon gut", sagte ich ihnen. „Ich brauche nur etwas Zeit, um mir einen Plan zu überlegen."

„Und wenn er dir keine Zeit lässt? Der wirft dich wahrscheinlich umgehend raus, sobald Frankenstein gefasst ist. Das könnte schon morgen sein."

„Er wird mir bestimmt mehr Zeit geben. *So* herzlos ist er nicht."

„Ach nein?" Seth schüttelte den Kopf. „Da bin ich mir nicht so sicher." Er öffnete die Tür und schenkte mir ein grimmiges Lächeln. „Ich bringe dir gleich etwas Tee."

Ich bedankte mich und betrat mein Zimmer—mein gemütliches Zimmer mit Stapeln von Büchern, sauberer Kleidung und einem weichen Bett. Sie schlossen die Tür und überließen mich meinen Gedanken über meine unsichere Zukunft.

* * *

Fitzroy hatte sich am nächsten Morgen genug erholt, um das Haus mit Seth und Gus zu verlassen. Sie wollten sich das Lagerhaus ansehen, in dem Frankenstein seine Kreaturen aufbewahrte. Er wollte nicht damit herausrücken, ob sie Frankenstein heute fangen wollten oder sich nur umsehen.

Ich versuchte zu lesen, aber mein Gedanken wanderten ständig. Als ich ein paar Seiten des neuen Buches geschafft hatte, musste ich es allerdings ganz weglegen. Es ging um ein Mädchen, das herausfand, dass sie adoptiert war. Wenigstens war *ihr* Vater kein Mörder.

Ich schloss meine Augen. Vielleicht war das nicht fair. Frankenstein hatte gewirkt, als würden ihm seine Kreaturen wirklich am Herzen liegen. Und was, wenn die Männer, deren Körperteile er verwendet hatte, *wirklich* im Sterben gelegen hatten, wie er behauptete? Manches Sterben zog sich hin und war schmerzhaft und ich konnte mir gut vorstellen, warum die Sterbenden ihn angefleht hatten, ihr Leiden zu beenden. War es tatsächlich schlimm, dass er danach Teile von ihnen verwendet hatte, um etwas anderes zu kreieren, so etwas wie ein neues Leben?

Und was war mit Mr Calthorn, dem Spionagemeister, dem Mann mit dem Wissen, das die Regierung und die Krone zu Fall bringen konnte? Der brutale Mann, der seiner Frau wehgetan hatte? Wenn Frankenstein die Wahrheit sagte—und das war keineswegs sicher—war er dann ein schlechter Mensch, weil er die Welt von solch einem Monster befreit hatte?

Ich wusste nicht, was ich denken sollte. Der kleine Junge, den er als Schutzschild benutzt hatte, kam mir in den Sinn, ebenso wie Frankensteins blaue Augen—meinen so ähnlich. Ich wusste tief in meinem Herzen, dass *ich* kein schlechter Mensch war, trotz allem, was Holloway sagte, wie also konnte der Mann schlecht sein, der mich gezeugt hatte?

Es ergab keinen Sinn und meine Gedanken drehten sich im Kreis bei dem Versuch, alles zu durchdenken. Ich brauchte Ablenkung, also begab ich mich in die Küche, wo der Koch mit einem Hackbeil auf eine Hammelkeule losging.

„Kann ich helfen?", fragte ich. „Gemüse schneiden oder Töpfe schrubben?"

„Das Gemüse ist schon geschnitten, aber es gibt Staub zu wischen und Geschirr zu spülen. In der Spülküche ist'n ganzer Stapel. Gus wird sehr erfreut sein, wenn er sieht, dass alles erledigt ist. Heute ist er dran."

„Koch, warum gibt es hier keine Mägde oder Lakaien? Der Haushalt könnte ein paar gebrauchen."

„Ja, das stimmt. Gus und Seth schaffen einiges hier und da, aber das Haus ist für sie zu groß, um es ordentlich zu machen. Du bist nur so'n kleines Ding, aber wenn du'n paar Zentimeter größer wärst, würdest du den ganzen Staub auf den Regalen sehen."

Ich kicherte und er lächelte.

„Der Herr mag keine Mägde oder Lakaien, die überall rumschnüffeln, sagt er jedenfalls. Das Ministerium hat zu viele Geheimnisse."

„Solange die Geheimnisse nicht aufgeschrieben werden, weiß ich nicht, warum ein paar Hausangestellte Probleme bereiten sollten."

Er zuckte nur mit den Schultern und wandte sich dem Herd zu.

Ich holte den Staubwedel aus dem Besenschrank und staubte in der Eingangshalle alles ab, was ich erreichen konnte. Der Boden war vom Kommen und Gehen schmutzig, also schrubbte ich die Fliesen mit einer groben Bürste, die ich fand. Dann war das Empfangszimmer dran. Die Arbeit war nicht schwierig. Tatsächlich stellte ich fest, dass es mir Spaß machte, das Haus auf Vordermann zu bringen. Ich nahm mir die Freiheit, einige der Möbel im Empfangszimmer umzustellen und einigen hässlichen Schnickschnack hinter anderen Dingen zu verstecken. Eine ausgestopfte, rattenähnliche Kreatur verschwand als erste. Wer kam auf die Idee, dass die in einem Empfangszimmer ausgestellt werden sollte?

Als ich in die Spülküche zurückkehrte, fühlte ich mich zufrieden mit dem, was ich erreicht hatte. Vielleicht konnte ich doch die Arbeit einer Magd verrichten. Es war nicht so schrecklich, wie ich erwartet hatte, auch wenn ich mit anderen Mägden würde zusammenarbeiten müssen. Die Gesellschaft von Frauen war etwas, woran ich mich erst gewöhnen musste. Vielleicht konnte ich Lady Harcourt um ein Empfehlungsschreiben bitten. Möglicherweise hatte sie das Gefühl, dass das Ministerium tief genug in meiner Schuld stand, um für mich zu lügen. Ich konnte allerdings nicht für sie arbeiten, egal wie oft sie danach fragte. Ich würde fortwährend erwarten, *ihn* dort zu sehen, und enttäuscht sein, wenn ich es nicht tat, oder wenn er mich ignorierte, wie ein Gentleman eine Magd ignorieren sollte. Abgesehen davon wäre Lady Harcourt eine tägliche Erinnerung an ihre Beziehung und daran, dass er sie begehrenswert fand und mich nicht.

Mit dem Gedanken beschäftigte ich mich, während ich den leeren Eimer nahm und zur Wasserpumpe raus in den Hof ging.

Die blitzartige Bewegung sah ich zu spät aus dem Augenwinkel. Ich wurde zu Boden geworfen und stürzte schwer auf meine Knie und eine Hand. Die andere hielt noch den Eimer. Ich wirbelte herum und schleuderte den Eimer gegen meinen Angreifer, den ich an den Beinen erwischte. Seine Knie gaben nach und er fiel auf mich. Ich versuchte, ihn wegzuschieben, aber er war zu schwer. Er packte eins meiner Handgelenke und drückte so fest zu, dass meine Hand taub wurde.

Mit der anderen Hand hielt er ein Messer an meine Kehle. „Halt still, damit ich dir den Teufel austreiben kann."

„Vater! Bitte", schluchzte ich. „Lass mich los."

„Ich habe dir das schon gesagt." Holloway bleckte die Zähne

und zum ersten Mal fiel mir auf, wie lang sie waren, wie sehr er einem tollwütigen Hund ähnelte, dessen Augen der Wahnsinn aufleuchten ließ, während von seiner Unterlippe Speichel tropfte. „Ich bin nicht dein Vater. Du bist die Tochter des Teufels."

Ja, sagte ich ihm beinahe. *Bin ich.*

„Ich werde dich retten, Kind. Ich werde den Teufel aus deinem Körper austreiben und dich zurück in das Licht Gottes bringen."

„Wie?" Es klang erstickt. Das Messer drückte sich in die Haut an meinem Hals. Ich spürte warmes Blut an meinem Ohr vorbei in meine Haare tropfen und wagte nicht zu schlucken, damit seine Klinge nicht noch tiefer einschnitt.

„Der Teufel ist tief in dir verankert." Seine Stimme klang nicht normal. Sie war kratzig, harsch und sehr tief. Es war die Stimme eines Irren. „Er muss aus dir herausgepresst werden."

Das Messer drückte gegen meinen Hals. Ich wehrte mich wieder, schob und trat um mich, aber nichts half, nicht einmal seine Wange zu zerkratzen. Fleisch steckte unter meinen Fingernägeln und ihm lief das Blut übers Gesicht, aber er schien es nicht zu bemerken. Er war zu sehr darauf erpicht, mir den Teufel auszutreiben. Zu erpicht drauf, mich zu töten.

Und ich war zu schwach, um ihn daran zu hindern.

KAPITEL 14

„ *U* nser Vater, der du bist im Himmel, geheiligt werde dein Name.“ Holloways Körper bebte. Seine Lippen entblößten seine Zähne. Wenn in irgendjemandem der Teufel steckte, dann in ihm.

Ich wehrte mich und kämpfte, aber es nützte nichts. Er ließ nicht von mir ab. Ich versuchte zu schreien, aber entweder Angst oder die Klinge an meinem Hals sorgten dafür, dass es schwach und erstickt klang. Ich war armselig und bald würde ich tot sein.

„*Dein Reich komme. Dein Wille geschehe, wie—*“ Plötzlich weiteten sich seine Augen, die Pupillen nur mehr winzige Punkte in einem Meer aus Weiß. Sein Gesicht verzerrte sich, während er sich nach hinten bog, den Mund in einem stummen Schrei geöffnet.

Er setzte sich zurück und nahm damit die Last seines Gewichts von mir. Die Klinge war ebenfalls weg, wie mir bewusst wurde. Ich schubste ihn von mir weg und er stolperte zur Seite, die Schulter gepackt, in der ein Hackbeil steckte.

Der mondartige Kopf des Kochs tauchte über mir auf. Er hielt mir die Hand hin und ich ergriff sie, während er meinen Hals untersuchte. „Ist nicht allzu tief.“

Vielleicht nicht, aber es brannte.

So ruhig wie er mir auf die Füße half, zog er auch das Hackbeil aus Holloways Schulter. Der Mann schrie und umklammerte die Wunde, doch das hielt den Blutstrom nicht auf.

Der Koch seufzte mit Blick auf sein Hackbeil. „Das muss ich jetzt wegwerfen. Eine Schande. Ist'n gutes Messer."

Ich berührte den Schnitt an meinem Hals und sah Blut an meiner Hand, doch das war nichts im Vergleich zu dem Blut an Holloways Schulter. „Er braucht einen Arzt", sagte ich.

„Der braucht ein Wunder, wenn Fitzroy erfährt, was er getan hat."

Holloway rollte sich zusammen und schluchzte in die Erde. Er war jämmerlich; ein kleiner Mann mit engstirnigem Verstand. Ich konnte kaum glauben, dass ich einmal zu ihm aufgesehen und mich nach seiner Liebe und seinem Respekt gesehnt hatte. Zum ersten Mal, seit ich erfahren hatte, dass ich adoptiert war, war ich froh, dass er nicht mein Vater war.

„Wir stecken ihn in den Keller." Der Koch zerrte Holloway an seinem gesunden Arm hoch. Holloway heulte voller Protest auf, wehrte sich aber nicht. Er konnte sowieso nicht gewinnen, nicht gegen einen großen Mann mit einem Hackbeil. „Fitzroy kann entscheiden, was mit ihm passieren soll, wenn er zurückkommt."

„Wir können ihn nicht verbluten lassen."

„Ich werde ihn so gut ich kann verbinden. Aber einen Doktor rufe ich erst, wenn Fitzroy das sagt."

„Wird er wütend sein, wenn du ihn gehen lässt?"

„Rasend. Ich lade lieber den Tod dieses Hundesohns auf mein Gewissen, als aus Lichfield entlassen zu werden. Oder Schlimmeres."

Halb zerrend, halb tragend schaffte er Holloway zum Haus. Ich hob das vergessene Messer auf und folgte. Der Koch zog einen großen Schlüssel innen aus der Küchentür und stieg dann eine Reihe Stufen in der Nähe hinunter. Dort schloss er eine schwere Eichentür auf und marschierte mit seinem Gefangenen in den kühlen, stickigen Raum dahinter.

Weinflaschen lagen links in den Regalen, von Staub überzogen. Mehlsäcke drängten sich in der hinteren Ecke, einige leere Kisten daneben. Der Koch setzte Holloway auf eine davon.

„Woher wusstest du, wo ich bin?", fragte ich.

„Du hast gedacht du wärst clever." Er lachte grob. „Du wurdest gesehen, als du vom Friedhof kamst."

„Von wem?"

„Von jemandem, dem du schon früher übel mitgespielt hast. Hast du meine Geliebte besucht? Hat ihr Geist mit dir gesprochen und dir gesagt, dass du sie anwiderst?"

„So funktioniert das nicht." Ich würde ihm meine Nekromantie nicht erklären. Abgesehen davon war ich neugierig über die Person, der ich übel mitgespielt haben sollte. „Meinst du den Straßenhändler?"

„Er hat dich erkannt. Du glaubst, ein Kleid würde dich verändern, tut es aber nicht. Die Reinen erkennen die Kreaturen des Teufels immer."

Ich schnaubte. „Wenn das der gleiche Straßenhändler ist, der mir die Polizei auf den Hals gehetzt hat, dann ist der alles andere als rein. Ich habe ihn gesehen, wie er eines Nachts hinter seinem Karren eine Hure betatscht hat. Ich glaube, er ist verheiratet." Es überraschte mich nicht, dass der Straßenhändler mich an dem Tag erkannt hatte, als ich mit Fitzroy vom Friedhof gekommen war. Er kannte mich gut; ich war oft an seinem Karren vorbeigekommen und hatte ihn mehr als einmal bestohlen. Holloway musste klar gewesen sein, dass ich das Grab meiner Adoptivmutter besuchen würde, und ihn befragt haben.

„Warte hier", befahl der Koch.

„Zum Teufel mit dir", zischte Holloway.

„Eines Tages. Aber heute nicht. Bin zu beschäftigt."

Holloway knirschte hörbar mit den Zähnen. „Du wirst hierfür in der Hölle schmoren."

„Nein", sagte ich ihm. „Die Bibel predigt Vergebung. Ich werde dir das hier vergeben, mit der Zeit, aber du scheinst unfähig zu sein, mir zu vergeben, dass ich anders geboren wurde. Wer von uns verdient Gottes Liebe?"

Ich ging weg. Erst dann sah ich die Eisenketten, die mit Ringen an der Wand befestigt waren. Ich fragte mich, ob der Koch auch hierfür die Schlüssel besaß. Wenn es so war, kettete er Holloway nicht fest, sondern schloss lediglich die Tür ab.

„Ich kümmere mich um die Wunde", sagte der Koch. „Du ruhst dich aus."

Ausruhen. Ich war viel zu aufgeregt, um mich auszuruhen. Der Koch gab mir eine Salbe, mit der ich meinen Hals behandeln konnte, und ich wickelte einen sauberen Verband um den Schnitt, um ihn vor meinem Kragen zu schützen. Als Nächstes wusch ich das Geschirr ab, während er Holloways Verletzung versorgte. Ich durfte nicht vergessen, ihm zu danken. Wenn der stämmige Koch nicht gewesen wäre, wäre ich tot.

Dieser Gedanke bereitete mir den Rest des Tages Sorgen. Holloway war kein großer Mann, und doch hatte er mich vollkommen überwältigt. Und dann war da der Obdachlose, der mich fast vergewaltigt hätte. Und die Männer in der Arrestzelle … Viel zu oft war ich nahe daran gewesen, entweder mein Leben oder meine Jungfräulichkeit zu verlieren. Heute war es einmal zu viel gewesen. Ich konnte mich nicht immer darauf verlassen, dass jemand in der Nähe war, um mir zu helfen. Eines Tages würde mir das Glück ausgehen und ich würde allein und hilflos sein.

Es war an der Zeit, nicht länger hilflos zu sein und zu lernen, wie man Angreifer abwehrt. Irgendwie.

Der Tag verging langsam. Fitzroy und die anderen kamen weder zum Mittag—noch zum Abendessen zurück, und als es dunkel wurde, war ich krank vor Sorge. Der Koch war keine Hilfe. Er bestand darauf, dass sie nach solchen Unternehmungen immer zurückkamen, gelegentlich verletzt und erschöpft, aber immer lebend.

Aber was war, wenn heute *ihnen* das Glück ausgegangen war? Wenn Frankenstein sie entdeckt und gefangen hatte? Während das unwahrscheinlich schien—drei gegen einen —konnte ich die nagende Angst nicht abschütteln.

Ich sagte dem Koch, dass ich früh ins Bett gehen würde. Stattdessen zog ich meine Jungenkleidung an, als ich in mein Zimmer kam. Irgendwann in den vergangenen Tagen waren die Hose, das Hemd und die Jacke gewaschen, gefaltet und in meine Kommode gelegt worden. Ich befreite meine Haare von Nadeln und zog die lange Stirnlocke über mein Gesicht. Ein vertrauter Junge starrte mir aus dem Spiegel entgegen und ich lächelte ihn an. Charlie hatte nicht so viel Angst wie Charlotte. Er war robuster, einfallsreicher und leichtfüßig. Es tat gut, wieder in seinen Schuhen zu laufen.

Der Koch hielt sich in der Küche auf, also war es ein Leichtes, sich aus der Haustür zu schleichen. Bis zu den Docks war es ein langer Weg, über eine Stunde, aber die Nacht war dunkel und niemand sah mich, als ich durch die schattigen Gassen nach Wapping kroch.

Es war keine Gegend, die ich besonders gut kannte und es gab mehr Lagerhäuser, als ich gedacht hatte. Fitzroy hatte gesagt, dass Frankensteins hinter den größeren am Dock lag, also lief ich die Straßen entlang und suchte nach verhängten Fenstern. Bei jedem hielt ich an und lauschte. Wenn ich nichts hörte, ging ich weiter.

Nach einer weiteren Stunde fing ich an zu befürchten, dass ich das richtige Lagerhaus verpasst hatte, doch dann entdeckte ich eins am Ende einer Gasse, unter dessen Vorhängen ein Lichtschimmer hervorblinkte. Ich hockte mich unter das Fenster und lauschte. Aus dem Inneren drang nur ein leises Summen. Kein menschliches, musikalisches Summen, sondern ein maschinenartiges.

Das Fenster war verschlossen, ebenso wie die Tür. Eine schnelle Überprüfung ergab, dass es von vorn keinen anderen Weg hinein gab. Ich lief die Gasse wieder zurück, vorbei an den verbundenen Reihen von Lagerhäusern, bis eine noch kleinere Gasse in die Reihe einschnitt. Ich kletterte über das Tor und landete weich auf der anderen Seite. Das hintere Ende der Reihe war eingezäunt und mit Toren versehen, durch die man in die Ladezone hinter jedem Lagerhaus gelangen konnte. Ich rannte bis zum letzten und versuchte, es zu öffnen. Abgeschlossen. Mit einer weggeworfenen Kiste als Stufe kletterte ich hinüber. Meine Landung war so geräuschlos wie alle meine Bewegungen bisher. Vielleicht war ich nicht in der Lage, einen Angreifer abzuwehren, aber ich war der beste Dieb in der Bande gewesen. Keiner der anderen Jungen reichte an meine Kombination aus Beweglichkeit, Schnelligkeit und Leichtigkeit heran. Mich wieder als Junge zu kleiden, erinnerte mich daran. Es war eine Fähigkeit, die ich bei Bedarf einsetzen und nutzen musste.

Jetzt, es war überlebenswichtig.

Das rückwärtige Fenster war ebenso zugehängt wie das vordere. Ich hockte mich darunter unter lauschte. Das Summen klang lauter, als ob eine Maschine zum Leben erwachte. Dann ertönte plötzlich ein Knall wie ein Blitz, nur ohne Licht.

Ich linste durch einen Spalt zwischen den Vorhängen und musste mir den Mund zu halten, um mein Aufstöhnen zu unterdrücken. Fitzroy hatte uns von Frankensteins Körperkreationen erzählt, aber die sechs fahlen, vernarbten Gestalten an die Stühle gefesselt zu sehen, war wesentlich grausiger als alles, was ich mir vorgestellt hatte. Das flackernde Licht von einem Dutzend Kerzen zeigte rohe, gezackte Schnitte auf ihren Brustkörben, Kehlen und Stirnen, wie Nähte zusammengenäht. Blaue Venen bildeten unter ihrer geisterhaften Haut ein delikates Netz und um die Augen lagen dunkle Ringe. Sie lebten. So viel sah ich an den Venen, und doch waren sie vollkommen reglos.

Warum also die dicken Lederriemen, die ihre Fuß- und Handgelenke an die Stühle fesselten? Und was für Stühle bestanden ganz und gar aus Metall und hatten Kabel, mit denen sie an eine zentrale Maschine angeschlossen waren? Das Summen und Knacken kam von diesem Gerät. Es war so laut, dass jegliches Geräusch, das ich machte, drinnen von Frankenstein nicht gehört worden wäre.

Er beugte sich über einen weiteren Körper, der auf einem Tisch am anderen Ende des Lagerhauses lag. Dort lagen noch zwei weitere Körper auf einzelnen Tischen, die Füße in meine Richtung. Die Fußgelenke waren ebenfalls festgebunden, aber aus meiner hockenden Position am hinteren Fenster konnte ich nicht erkennen, ob ihre Handgelenke das auch waren.

Ich wagte es, mich auf die Zehenspitzen zu stellen, aber trotzdem konnte ich die Gesichter nicht sehen. Es waren drei Körper und anhand der großen, nackten Füße konnte ich ausmachen, dass es drei Männer waren. Nein. Nein, nein, nein. Mit Sicherheit war Fitzroy zu clever—und zu stark—um geschnappt zu werden. Aber die Übereinstimmung war zu groß, um sie zu verwerfen.

Mir stieg die Galle in die Kehle und der Magen drehte sich mir um. Ich hockte mich mit dem Rücken zur Wand wieder hin, atmete tief durch und beruhigte meine Nerven. Dann schmiedete ich einen Plan.

Ich suchte Holzkisten zusammen und stapelte sie übereinander, um durch das kleinere, hohe Fenster nahe des Daches zu gucken, das zur Belüftung diente. Aus diesem Winkel konnte ich alle drei Gesichter der Körper auf den Tischen sehen. Sie waren blutig, grün und blau, aber ich erkannte Seth und Gus sofort. Dem Dritten waren die Wangen eingeschlagen worden, der Rest seines Gesichtes war geschwollen und mit Blut bedeckt. Seine Haare waren ebenfalls verklebt, aber eindeutig schwarz. Anders als Seth und Gus mühte sich die dritte Person ab, um zu atmen. Sein Brustkorb hob sich kaum mit jedem Ringen nach Luft und einmal bildete sich eine kleine Blutblase auf seinen Lippen. Er war bewusstlos. Das waren sie alle.

Ich stolperte von meiner Behelfsleiter herunter und übergab mich in die Ecke der Ladezone. Oh Gott. Nein, bitte nicht. Lass sie nicht zu einer Körperquelle für Frankenstein werden. Lass Fitzroy nicht sterben.

Ich presste meinen Handballen gegen mein Herz, das sich anfühlte, als hätte mich eine scharfe Klinge durchbohrt. Tränen strömten über meine Wangen, aber ich wischte sie fort. Noch waren sie nicht tot.

Ich wappnete mich und kletterte wieder auf die Holzkisten. Frankenstein war von den Tischen weggegangen und prüfte die Maschine. Das Kerzenlicht zeigte eine aufgeplatzte Lippe und eine Schwellung auf seiner Wange, aber das war nichts im Vergleich zu den Verletzungen meiner drei Freunde. Wie hatte er sie mit nur minimalen eigenen Verletzungen überwältigen können?

Sein Gesicht war schweißnass, der Haaransatz feucht. Er hatte Hut, Mantel und Handschuhe abgelegt und stand in Hemd und Hose da und rieb sich die Hände, während er ein Glaspaneel an der Maschine studierte. Mit einem zufriedenen Nicken drehte er an einem Knopf und klopfte auf das Glas. Sein Blick sprang zwischen seinen sechs Kreaturen hin und her, dann drehte er wieder an dem Knopf. Der plötzliche Knall eines Blitzes ließ mich zusammenfahren. Lichtblitze schossen aus den Stellen, wo die Kabel an die Stühle angeschlossen waren, wodurch die Körper, die darauf festgeschnallt waren, zuckten und zappelten, als wären sie lebendig.

Mit rasendem Herzen lehnte ich mich näher an das Fenster, unfähig, meinen Augen zu trauen. Ich hatte von Elektrizität gehört, sie aber noch nie in Aktion gesehen. Trotzdem wusste ich, dass dort Elektrizität am Werk war. Der Motor musste sie erzeugen und durch die Kabel in die Stühle leiten, um die Körper zu beleben.

Wenn er eine Maschine hatte, um sie zum Leben zu erwecken, wofür brauchte er dann mich?

Das Summen des Motors wurde langsamer und die elektrischen Blitze hörten auf. Trotzdem zuckten und zappelten die Körper weiter.

Die Augen dessen, der mir zugewandt war, öffneten sich und ich fiel vor Überraschung zurück und landete hart auf dem Boden. Gott sei Dank blieben die Kisten stehen und ich hatte nicht aufgeschrien. Ich hatte Schmerzen, aber nichts schien gebrochen zu sein. Als mir klar wurde, dass Frankenstein nicht herauskam, um nachzusehen, kletterte ich wieder hoch.

Er war nicht da. Ich konnte von meinem Platz auf der obersten Kiste aus nicht den ganzen Raum überblicken, also war es möglich, dass er schlicht außer Sichtweite war, oder er konnte gegangen sein, ohne die Kerzen auszupusten.

Der Motor war ausgegangen. Jetzt, wo das Summen aufgehört hatte, schien die Stille unnatürlich zu sein. Das Knarzen der Bootshölzer wurde mit der Brise herangetragen, doch sonst gab es keine Geräusche. Der sternlose Himmel war ein weites, schwarzes Meer. Das einzige Licht kam von den flackernden Kerzen im Lagerhaus. Sie erhellten die umwölkten, seelenlosen Augen der Kreatur, die mir zugewandt war. Er schien mich nicht zu sehen, aber das konnte daran liegen, dass er gar nichts sah.

Sein Kopf bewegte sich von rechts nach links und jedes Körperteil zuckte und ruckte. Dann, als ob es nichts wäre, befreite er sich von den Riemen, die seine Handgelenke an die Stuhllehnen fesselten. Seine Fußgelenke folgten und er saß einen Moment da, als wüsste er nicht, was er mit seiner neu gewonnenen Freiheit anfangen sollte. Dann schwankte er nach vorn und stand schließlich auf.

Die anderen fünf Körper erwachten ebenfalls zum Leben, wobei sich jeder mit unnatürlicher Kraft befreite. Sie standen auf wackeligen Beinen und betrachteten ihre Umgebung mit leeren Augen. Ich duckte mich und war dankbar, dass mein Fenster oberhalb ihrer Kopfhöhe lag. Sie schauten weder nach oben noch nach unten, sondern nur von einer Seite zur anderen.

Der Erste, der mir am nächsten war, riss die Lederriemen von den Stühlen ab und warf sie. Die anderen taten es ihm gleich und versuchten sogar, die Stühle selbst hochzuheben, doch die mussten am Boden befestigt sein. Eine der Kreaturen nahm einen Kerzenleuchter und starrte in die Flammen. Er versuchte, eine zu fangen, und das Feuer schien ihm nicht wehzutun, selbst als seine Haut zu brennen anfing. Dann brach er jede Kerze entzwei und warf die Stücke auf den Boden, wo einer der anderen darauf herumtrampelte und mit der bloßen Ferse das Wachs in die Bodendielen stampfte. Die erste Kreatur schlug den metallenen Kerzenleuchter gegen den Stuhl, bis er ebenfalls zerbrach.

Sollte ich den Gedanken gehegt haben, dass diese Kreaturen menschlich waren, so wurde dieser schnell zerstört. Sie hatten vielleicht das Erscheinungsbild von Menschen, aber sie hatten kein Gewissen, keine Gedanken jenseits ihres gewalttätigen Instinkts. Sie durften nicht frei herumlaufen.

„Ich wusste, dass du kommen würdest, Charlotte."

Mein Herz zersprang beim Klang der vertrauten Stimme hinter mir. Langsam, ganz langsam, drehte ich mich vom Lagerhaus weg, wo die Kreaturen den drei Körpern auf den Tischen immer näherkamen.

„Ich hatte gehofft, dass du dessen Zeuge sein würdest." Frankenstein lächelte zu mir herauf. Er hielt mir seine Hand hin, aber ich verweigerte mich. „Komm weg von hier. Wenn sie dich sehen, wird keiner von uns in der Lage sein, sie aufzuhalten."

Ich kletterte herunter. Jetzt konnte ich wegrennen. Er schien nicht bewaffnet zu sein und ich würde jede Wette abschließen, dass ich schneller war als er. Es war die einzige Möglichkeit, mich seinem Zugriff zu entziehen, mich in Sicherheit zu bringen. Ich trug wieder Jungenkleidung und es wäre ein Leichtes, mich in dem Netzwerk von schmalen Gassen zu verlieren, die von den Docks wegführten.

Es war so verlockend, an ihm vorbeizusausen. Ich hatte mich nicht fünf Jahre lang aus jeglicher Gefahr herausgehalten, nur um jetzt in den Abgrund zu springen. Wenn ich blieb, gab es vielleicht nie wieder eine Gelegenheit, meine Meinung zu ändern. Es war unwahrscheinlich, dass ich mich befreien konnte, wenn ich einmal geschnappt war. In letzter Zeit hatte ich meine Ineffizienz bei Kämpfen mehrmals bewiesen.

Nein, ich musste mich jetzt entscheiden. Wegrennen oder bleiben und versuchen, Seth, Gus und Fitzroy zu retten.

Doch das war keine Entscheidung. Ich würde nie damit leben können, wenn ich sie diesem Mann auslieferte. Fitzroys Gleichgültigkeit mir gegenüber hielt mich nicht davon ab, sie zu mögen, ihn eingeschlossen.

„Sie müssen diese Dinger aufhalten!", rief ich. „Sie werden sie töten."

Er hob die Hände. „Das kann ich nicht. Sie hören nicht auf mich. Das habe ich auf die harte Tour gelernt."

Ich runzelte die Stirn. „Warum haben Sie sie dann wieder zum Leben erweckt?"

„Weil ich dich dort gesehen habe, wie du mir zugeschaut hast. Ich wollte, dass du siehst, warum ich dich brauche."

Er hatte mich gesehen?

„Zugegebenermaßen habe ich nach dir Ausschau gehalten." Er lächelte sanft. „Ich hatte gehofft, dass wenn deine Fänger nicht zurückkämen, du nachforschen würdest. Ich hatte alles vorbereitet—"

„Meine Freunde! Sie müssen sie da rausholen!"

„Das sind nicht deine Freunde, Charlotte. Du kannst ihnen nicht vertrauen."

Ich wollte ihn schubsen, aber er fing meine Arme auf. „Ich sehe schon, dass sie dir eine Gehirnwäsche verpasst haben." Er seufzte. „Seit ich dich getroffen habe, habe ich mich gefragt, ob das geschehen ist. Es ist verständlich."

„Hören Sie mir zu", knurrte ich. „Holen. Sie. Sie. Raus."

Er ließ mich los und drehte mich zum unteren Fenster. „Es ist alles in Ordnung, liebe Tochter. Ihnen wird die Energie ausgehen, ehe sie Schaden anrichten können. Sieh nur."

Zwei der Kreaturen waren auf dem Boden zusammengebrochen, während die anderen vier herunterzufahren schienen, wie Automaten, deren Zeit abgelaufen war. Nur einer hatte einen Tisch erreicht. Ich sah zu, wie die übrigen vier ganz stoppten und dann stolperten, als ob ihre Beine sie nicht länger aufrecht halten konnten. Ihr Gesichtsausdruck änderte sich nicht, als ihre Augen sich schlossen und sie ebenfalls zu Boden gingen.

Tränen der Erleichterung schnürten mir die Kehle zu.

„Die elektrischen Ströme beleben sie nur für eine gewisse Zeit." Frankenstein klang enttäuscht. „Und selbst wenn die sie zum Leben erwecken, sind sie nicht kontrollierbar. Sie hören noch nicht einmal auf mich, ihren Schöpfer."

„Deswegen sind Sie herausgekommen."

„Es ist da drinnen zu gefährlich, wenn sie am Leben sind. Sie sind ungewöhnlich stark, viel stärker als die ursprünglichen Männer, deren Körperteile ich verwendet habe, um sie zu erschaffen."

„Sie leben nicht", spuckte ich aus. „Sie sind nicht menschlich. Das sind Monster."

„Im Moment hast du recht. Aber sobald sie Seelen haben, werden sie perfekt sein. Sie werden denken und fühlen—"

„Hören Sie auf", zischte ich. „Ich werde Ihnen nicht helfen." Fitzroy hatte recht gehabt. Frankenstein wollte mich benutzen, um seine Kreaturen zu beleben und sie vollständig zum Leben zu erwecken. Sie unter seine Kontrolle zu bringen.

„Jetzt klingst du wieder wie die." Er ruckte mit dem Kopf in Richtung der Körper auf den Tischen. „Charlotte, hör mir zu." Er packte meine Schultern, aber ich riss mich los. Er seufzte. „Mit deiner Hilfe können wir sie kontrollieren. Sie werden absolut perfekt sein. Vielleicht brauchen wir noch nicht einmal Elektrizität. Stell dir das vor!"

„Das tue ich und es macht mich krank."

„Komm schon. Vergiss, was das Ministerium dir erzählt hat und denk selber nach. Ich weiß, dass du ein kluges Mädchen bist. Du bist schließlich mein Mädchen." Er lächelte wieder und es war geduldig und verständnisvoll. Es war die Art, wie ein liebender Vater seine Tochter anlächelte, wenn sie etwas Alberndes gesagt hatte. „Du und ich zusammen werden Leben erschaffen haben. Wie kann das etwas Schlechtes sein? Das ist es nicht. Es ist wunderschön. Du wirst Teil von etwas Überwältigendem, Innovativem sein. Etwas, das niemand sonst auf der Welt je getan hat."

„Warum tun Sie das?", fragte ich. „Damit Sie eine Armee aufbauen und die Regierung an sich reißen können?"

„Nein, nein, nichts dergleichen. Wieder hast du die Gehirnwäsche zugelassen. Ich bin Wissenschaftler, ein Arzt. Ich zerstöre kein Leben, ich erschaffe es."

„Sollten Ärzte nicht Leben *retten*?"

„Retten, erschaffen … Es ist alles im Gleichgewicht. Das Leben eines kranken Sterbenden wird genommen und an einen anderen gegeben, damit er wieder leben und atmen kann. Es ist nichts, vor dem man zurückschrecken muss—es ist etwas, worauf man sich einlassen muss. Das ist die Zukunft, Charlotte. Dorthin geht die moderne Medizin und du und ich werden an vorderster Front von neuen und aufregenden Dingen stehen. Sie werden in Büchern und Zeitungen über uns schreiben. Sie werden sich für immer an den Namen Frankenstein erinnern. Ich werde der Vater der halben Welt sein—und vielleicht eines Tages der ganzen Welt. Stell dir das vor, Charlotte."

„Das ist krank. Ich werde Ihnen nicht helfen."

Sein Lächeln geriet nun doch ins Wanken, aber nicht lange. „Komm schon. Sei doch nicht so. Ich hatte so lange darauf gehofft, einen anderen Nekromanten zu finden und—"

„Einen *anderen* Nekromanten?"

„Deine Mutter war eine. Sie war eine wunderbare Frau, aber sie hatte auch ihre Vorbehalte."

Mir schwirrte der Kopf. Ich presste meine Hand an die Schläfen. „Meine Mutter … das ist der Grund, warum ich so bin?"

Er schaute finster und sein Mund wurde flach. „Ich möchte nicht über sie sprechen. Ich war … aufgebracht, als sie mich verlassen hat." Er berührte mein Kinn. „Aber jetzt habe ich dich. Die Vorstellung, dass ich an einem Tag sowohl eine Tochter als auch eine Nekromantin gewonnen habe … Das übersteigt meine wildesten Hoffnungen. Du bist etwas Besonderes, Charlotte. Vergiss das nie. Besonders und geliebt."

„Ich … ich kann nicht …"

„Still, Kind." Er streichelte meine Haare, meine Wange. Seine Hände waren kühl, aber ich wich nicht zurück. So hatte mich niemand mehr berührt seit meiner Adoptivmutter, und es fühlte sich wundervoll an. Was auch immer seine Motive waren, dieser Mann war mein Vater. Er liebte mich. Er würde mir nicht wehtun.

„Du wirst natürlich bei mir wohnen", sagte er und lächelte wieder. „Ich lebe in Chelsea in einem hübschen Haus. Du wirst dein eigenes Zimmer und Puppen haben."

Fast hätte ich ihm gesagt, dass ich für Puppen zu alt war, aber ich hielt mich zurück.

„Wir werden gemeinsam nach deiner Mutter suchen." Er sprach schneller und sein Lächeln wurde härter. „Sie wird dich sofort lieben. Das weiß ich genau."

„Sie lebt? Erzählen Sie mir von ihr. Wie ist sie? Wer ist ihre Familie? Vielleicht lebt sie dort."

Er legte einen Finger auf meine Lippen. „Alles zu seiner Zeit. Nachdem du mir geholfen hast, werden wir sie finden. Das verspreche ich dir."

„Doktor, ich—"

„Nenn mich Vater."

Ich schüttelte den Kopf. „Ich kann Ihnen nicht helfen. Was Sie verlangen ist falsch. Gefährlich."

„Hör auf!" Er rammte seine Faust gegen die Wand und erschreckte mich. Das musste auf den Ziegeln wehgetan haben, aber er zeigte es nicht. „Ich sage dir, dass die unrecht haben. Sie haben dich mit Lügen gefüttert, dir das Gehirn gewaschen. Das sind nicht deine Freunde, Charlotte, egal was sie gesagt haben. Sie sind unsere Feinde. Sie wollen meine Kreaturen stehlen und sie selbst nutzen."

„Das ist Blödsinn."

„Ist es nicht." Er packte wieder meine Schultern und senkte den Kopf, um mir in die Augen zu schauen. „Es tut mir leid, Charlotte, aber es ist die Wahrheit. Du kannst ihnen nicht vertrauen. Alles, was sie gesagt haben, was ich planen würde, das wollen *sie selbst* tun, nur mit *meinen* Kreaturen. Sie warten einfach darauf, dass ich den wissenschaftlichen Part fertigstelle und die Körper belebe, bevor sie all meine Arbeit stehlen. Aber den Verdacht hatte ich die ganze Zeit schon und ich werde meine Kreaturen nicht kampflos aufgeben."

„Sie liegen falsch, Doktor."

„Tue ich das? Meine Liebe, ich würde der Königin nie etwas antun. Macht ist mir egal. Was soll ich denn mit einer ganzen Nation? Ich bin Wissenschaftler."

Die Wahrheit dessen traf mich. Vielleicht war er verrückt, aber er war ein Mann der Wissenschaft, nicht der Politik oder des Militärs. Er war davon besessen, seine Arbeit zum Leben erwachen zu sehen und in den Folgejahren dafür in Erinnerung zu bleiben—aber nicht davon, das Land zu übernehmen.

„Hören Sie mir zu", sagte ich und nahm seine Hände in meine. Er drückte sie und es war, als ob er spürte, dass ich kurz davorstand, nachzugeben und zuzustimmen. Wie falsch er lag. „Hat jemand aus dem Ministerium Kontakt mit Ihnen aufgenommen wegen Ihrer Kreationen? Bezahlt Sie jemand?"

Er zog sich zurück und tätschelte meine Wange. „Komm schon. Komm herein. Ich zeige dir, was du tun musst."

Er packte meine Hand, öffnete die Hintertür und zog mich hinein zu den vernarbten Körpern auf dem Boden. „Wir müssen sie zuerst zurück auf die Stühle schaffen." Er packte einen unter den Armen und zerrte an ihm.

Ich half nicht. Ich begutachtete die Körper auf den Tischen. Seth und Gus atmeten normal, aber Fitzroy nicht. Jeder Atemzug war gequält und nicht mehr als ein flaches Stöhnen. Ich konnte ihm nicht in das zertrümmerte Gesicht schauen, einst so attraktiv und jetzt nur noch Brei. Am liebsten hätte ich mich wieder übergeben.

„Haben Sie ihnen das angetan?", flüsterte ich.

„Die beiden da schlafen für den Moment nur." Er stöhnte, während er einen Körper auf den Stuhl hievte. „Ich habe ihnen genug Diethylether verpasst, dass sie erst einmal bewusstlos bleiben."

„Und Fitzroy?"

Sein Kopf fuhr herum, dann hob er einen Körper hoch und

schleifte ihn weg. Als er diesen ebenfalls an einen Stuhl geschnallt hatte, gesellte er sich zu mir an den Tisch. „Der wird nicht überleben."

Ein Schluchzen blubberte in meiner Kehle. Ich konnte es nicht unterdrücken, so sehr ich mich auch bemühte.

Frankenstein berührte meine Schulter. „Es tut mir leid, Charlotte. Ich sehe schon, dass er dir am Herzen lag. Deine Zuneigung ist fehlgeleitet, aber ich verstehe, warum du sie hast. Er hat dich von der Straße gerettet, glaube ich. Es ist leicht, seine Handlungen als Fürsorge misszuverstehen. Er hat nur seine Arbeit gemacht—eine Arbeit mit dem einzigen Ziel, die Welt von den Menschen zu befreien, die außerhalb der akzeptierten Grenzen einer starren Gesellschaft leben wollen. Menschen wie mich. Und dich."

Ich wischte meine Tränen ab und drehte mich von Fitzroy weg. Ich konnte ihn nicht länger ansehen; Zeuge seiner gequälten Atmung sein. Solch ein kräftiger, starker Mann, und jetzt das. Es war zu viel.

„Was wollen Sie mit ihnen?", fragte ich.

„Weißt du das nicht?"

Ich schüttelte den Kopf.

„Um unser Projekt mit der fehlenden Komponente abzuschließen. Mit deinem Part."

Ich blinzelte ihn an. Blinzelte noch einmal. Dann wurde mir alles klar. Er wollte, dass ich ihre Geister beschwor, um die Körper seiner Kreationen zu beleben. Und um das zu tun, mussten sie sterben.

„Das ... das kann ich nicht", sagte ich mit erstickter Stimme. „Damit will ich nichts zu tun haben."

Er hämmerte seine Faust auf den Tisch neben Fitzroys Bein. Ein Bein, das von einer dreckigen Hose bedeckt war, deren Saum ausgefranst war. Ich runzelte die Stirn und inspizierte den Rest des Körpers. Er war noch vollständig bekleidet, und doch waren es nicht die Kleider, die Fitzroy normalerweise trug. Ich hatte ihn morgens nicht gesehen, aber zerlumpte, nicht maßgeschneiderte Hosen hatte er noch nie angehabt. Sie hingen lose von seinem Körper—einem Körper, der deutlich kleiner war als der von Gus.

Das war nicht Fitzroy.

Ein weiteres Schluchzen blubberte in mir herauf, aber es war pure Erleichterung. Mir war deswegen schon fast schwindelig. Wo auch immer Fitzroy war, er lag nicht halb tot hier auf Frankensteins Tisch. Also wer war das? Und wo war Fitzroy?

Ich sah mich im Lagerhaus um, doch entdeckte keine Versteckmöglichkeit. Ich musste aufpassen, dass Frankenstein nichts von meinem Wissen mitbekam. Er hatte mich zuvor nicht korrigiert. Entweder wusste er nicht, wer auf seinem Tisch lag, oder er wollte nicht, dass ich wusste, dass es nicht Fitzroy war.

„Hör zu, Charlotte." Frankensteins Stimme war wieder sanfter geworden. „Ich weiß, dass du Angst hast, aber das musst du nicht. Du hast in der Vergangenheit schon Geister beschworen und von den Toten nichts zu befürchten, und sie haben nichts von dir zu befürchten." Ich drehte mich um, damit ich ihn ansah. Die Reflexion einer Kerze flackerte in seinen Augen und vertiefte die Schatten, sodass er hohlwangig und ausgezehrt wirkte. „Dieser arme Mann wird bald versterben und wenn er das tut, wirst du mit seinem Geist sprechen. Leite ihn zu einem der Körper. Zusammen mit dem elektrischen Strom wird es ein spektakuläres Wiedererwachen. Du und ich werden neues Leben aufblühen sehen. *Echtes* Leben. Komm." Er legte seinen Arm um meine Schulter. „Ich möchte, dass mein Ehrengast den Generator wieder einschaltet."

„Ich … ich kann das nicht. Bitte, tun Sie das nicht, ich flehe Sie an—"

„Nein. *Ich* flehe *dich* an." Er packte meine Schultern und Schmerz schoss in meine Arme, als seine Finger sich in mein Fleisch bohrten. „Es wird wunderbar, Charlotte. Warum kannst du das nicht sehen?" Er schüttelte mich. „Warum kannst du das Gute nicht sehen, das ich erreichen kann?"

Ich nickte mit dem Kopf zu den Körpern auf den Tischen. „Ich bezweifle, dass sie Ihr Handeln als gut empfinden."

„Sie sind meine Feinde. Unsere Feinde. Sie wollen unsere Nation—die gesamte *Welt*—im Dunkeln lassen. Sie wollen nichts mit dem Fantastischen zu tun haben. Sie glauben, dass jeder, der nicht so ist wie sie, unnatürlich und falsch ist. Wenn das so wäre, dann wärst *du* ein Monster, und das bist du nicht. Du bist wunderschön. Anders, ja, aber das macht dich perfekt."

Die Tränen brannten wieder. Niemand hatte mir jemals so nette, liebevolle Dinge gesagt. Ich hatte jahrelang davon geträumt, solche Dinge zu hören. Und hier war mein echter Vater, der mich perfekt nannte und mich in seinem Leben wollte. Es war beinahe zu viel für mein zerbrechliches Herz.

Doch mein Verstand war nicht so leicht zu umgarnen. Er fiel nicht auf die paar lang ersehnten Worte herein. Ich sah die beiden Männer, die in den letzten Tagen so gut zu mir gewesen waren, gefangen und verletzlich auf diesen Tischen, und wusste, was ich zu tun hatte.

„Was wird mit ihnen passieren?", fragte ich.

„Spielt das eine Rolle?", schnappte er und ließ mich los. „Denen bist du egal, warum sind sie dir nicht egal?"

„Beantworten Sie meine Frage. Was wird mit ihnen geschehen?"

„Ich brauche ihre Seelen, damit du deine Arbeit machen kannst."

„Sie werden sie umbringen", sagte ich platt.

Er presste seine Lippen aufeinander, als ob er um Geduld ringen würde. „Das Leben von drei Feinden mit widerwärtigen Intentionen ist es wert, gegen drei von meinen Kreationen getauscht zu werden."

„Was ist, wenn die Seelen sich weigern zu helfen?"

„Sie können sich nicht weigern." Er runzelte die Stirn. „Kennst du das Ausmaß deiner Macht nicht? Charlotte, *du* kontrollierst die Geister. Sie haben vielleicht eigene Meinungen und einen Willen, aber du befiehlst ihnen. Sie müssen dir gehorchen."

So viel hatte ich Fitzroys Buch entnommen, aber jetzt wusste ich, dass auch Frankenstein es wusste. Ihm schien nicht klar zu sein, dass jeder Geist gerufen werden konnte, nicht nur ein gerade Verstorbener. „Wissen Sie das von meiner Mutter?"

Er nickte. „Sie war eine mächtige Nekromantin."

Ich verschränkte die Arme und warf einen Blick auf Seth und Gus, die bewusstlos waren und mir nicht helfen konnten, selbst wenn ich es schaffte, sie von ihren Fesseln zu befreien. Der Atem des dritten Mannes rasselte in seiner Brust, die Haut um die

Prellungen bleicher denn je. Der Tod klammerte sich wartend an ihn.

Frankenstein prüfte den Puls des Mannes. „Es ist fast Zeit." Er schob die Tische näher an die Stühle und schaltete den Generator ein, der zu summen begann. Die drei Körper auf ihren Eisenthronen waren bereit, ihre neuen Seelen zu erhalten—drei tote Körper und drei, die bald tot sein würden. Ich war die einzige Verbindung.

„Ich tue das nicht."

Frankenstein hörte mich über den zunehmenden Lärm des Generators nicht. Er prüfte das Glaspaneel und drehte an den Knöpfen. Ich sah mich um und suchte nach einem Anzeichen, dass Fitzroy in der Nähe war; dass er auf der Lauer lag, um Frankenstein zu schnappen, bevor die Körper belebt wurden.

Was war, wenn mein Eintreffen Fitzroys Pläne durchkreuzt hatte? Was, wenn er gewollt hatte, dass Seth und Gus gefangen wurden, und genau jetzt auf der Lauer lag? Aber wo?

Oder war er bereits tot und daher für Frankensteins Zwecke nutzlos?

„Komm, Charlotte." Frankenstein musste über das Dröhnen des Generators hinwegschreien, während er sich auf die Tische zubewegte. „Stell dich näher heran, damit die Geister dich hören können." Er nickte zu dem Sterbenden auf dem Tisch, stand aber zwischen Seth und Gus. „Die Zeit ist beinahe gekommen."

Elektrizität blitzte und knisterte die Kabel entlang, die wie blaue, lebensspendende Venen aussahen. Die Finger aller drei Kreaturen zuckten, die Arme ruckten. Ihre Augenlider flatterten. Bald würden sie erwachen.

„Charlotte! Jetzt!" Frankenstein öffnete eine Arzttasche, die auf dem Boden hinter Seths Tisch stand und zog einen Dolch heraus. Als er sich wieder zu mir umwandte, glühten seine Augen voll fiebernder Aufregung und seine Lippen kämpften mit einem triumphierenden Lächeln. Er zeigte mit dem Dolch auf den Sterbenden. „Stell dich dort hin!"

Ich ging an die Seite des dritten Tisches, erhaschte einen Blick auf das blutige Gesicht und würgte. Ich musste mich schnell abwenden.

„Er ist fast tot", rief Frankenstein, „aber du musst ihm auf den Weg helfen. Drück ihm den Hals zu. Es wird schnell vorbei sein. Beeil dich! Der Erste steht auf."

Eine der Kreaturen stellte sich auf die Füße. Wo sie zuvor durch den Raum getobt war und ihre ganze Energie verbraucht hatte, ehe sie die Tische erreichte, konzentrierte sie sich jetzt zuerst auf die Tische. Und sie standen näher. Wir standen näher. Wir konnten sie nicht kontrollieren, auch nicht die anderen beiden, die ihre toten Augen geöffnet hatten und sich uns zuwandten.

Die einzige Möglichkeit, sie zu kontrollieren, war ihnen Seelen zu geben. Doch das würde Seth und Gus zum Tode verurteilen.

„Charlotte!", kreischte Frankenstein. Sein Lächeln war ihm entglitten und das Gesicht jetzt vor Unsicherheit und Angst verzerrt. „Tu es, oder wir werden zerfetzt!" Sein Blick sprang zu dem Monster, das jetzt mit stolpernden, weitschwingenden Schritten auf mich zukam.

Frankenstein drückte die Klinge des Dolches an Seths Kehle.

KAPITEL 15

„Nein!", schrie ich. „Nicht töten!"

Ich duckte mich von den Monstern weg hinter den Tisch und linste hinter den Tischbeinen hervor. Die Kreatur hatte sich Frankenstein zugewendet, die leeren Augen auf seinen Schöpfer gerichtet.

Frankenstein wich zurück, die Klinge noch in der Hand. Ich konnte nicht sehen, ob er sie bei Seth angewendet hatte, aber da ich keinen Geist von dem Körper aufsteigen sah, musste er noch am Leben sein.

Ich fiel auf die Knie, teils vor Erleichterung, aber hauptsächlich, weil ich die Arzttasche entdeckt hatte, in der ich herumwühlte, bis meine Finger etwas Langes, Scharfes erwischten. Eine Klinge.

„Charlotte! Charlotte, du musst es jetzt tun!"

Er stolperte von seiner Kreatur weg. Ich rutschte unter den Tisch und tauchte auf der anderen Seite wieder auf. Das scharfe Chirurgenmesser schnitt mit Leichtigkeit durch die Fesseln, aber Seth war noch immer bewusstlos. Ich würde ihn und Gus niemals hier herausbekommen, solange sie schliefen.

Frankensteins Brüllen übertönte den Generator. Während das Monster ihn in eine Ecke drängte, rief er mir abwechselnd Befehle zu und flehte mich an. Ich raste zu Gus und schnitt auch bei ihm die Riemen durch, die ihn festhielten, und dann hoffte ich auf ein Wunder.

Meine Bewegung erregte die Aufmerksamkeit der Kreatur. Sie stürzte sich auf mich und ihre Finger umschlossen meinen Arm so fest, dass der Blutfluss beinahe abgeschnürt wurde. Ich zuckte zusammen und versuchte, mich loszureißen, aber die Kreatur war zu stark. Das zweite Monster ragte ebenfalls an meiner Seite auf. Der Gestank von verrottendem Fleisch und fauligem Atem überflutete mich, aber das war es nicht, was mir die Galle in den Mund jagte, auch nicht die blasigen roten Narben. Es waren die fahlen, leblosen Augen.

Ich versuchte wieder, mich zu befreien, aber es war sinnlos. Es war unnatürlich stark. Seine andere Hand legte sich um meinen Hals über den Schnitt, den Holloway mir zugefügt hatte. Dann drückte es zu. Es fühlte sich an, als würde meine Luftröhre zerdrückt werden. Ich konnte nicht atmen. Konnte nicht sprechen. Selbst wenn der unbekannte Dritte starb, würde ich nicht in der Lage sein, seinen Geist anzurufen, denn aus meinem Mund kam kein Laut.

Tränen liefen mir über die Wangen. Die Schnittwunde brannte, aber das war nichts im Vergleich zu dem Druck um meinem Hals. Ich schloss die Augen, damit ich nicht mehr in die der Kreatur schauen musste, während ich spürte, wie mir mein Leben entglitt.

Ein dumpfer Schlag ließ sie mich wieder öffnen. Ich nahm die schwarze Gestalt im Schatten kaum wahr, ehe sie auf das Monster sprang und es von mir wegzerrte. Alles war verschwommen und ich wusste nicht, was passierte, bis es vorüber war. Die Kreatur lag auf dem Boden, der Hals so tief durchgeschnitten, dass der Kopf beinahe abgetrennt war. Blut schoss heraus und benetzte die Stiefel des Schattenmannes.

Die Gestalt näherte sich. Es war Fitzroy. „Geht es dir gut?", fragte er.

Ich nickte, obwohl meine Kehle brannte und mein Brustkorb schmerzte. Ich schnappte nach Luft und die Anstrengung brachte eine neue Welle der Panik mit sich. Ich konnte nicht atmen. Mein Hals war zu eng. Egal, wie sehr ich mich bemühte, ich bekam keine Luft in die Lungen.

Fitzroy zog seine blutigen Handschuhe aus und warf sie auf den Boden, nahm mein Gesicht und strich mit den Daumen an meinem Kinn entlang. „Es ist alles gut", sagte er mit dieser beruhigenden, fordernden Stimme. „Sieh mich an."

Ich starrte in den schwarzen Abgrund seiner Augen und er starrte zurück, als ob nichts und niemand sonst im Raum wäre. Es war schwindelerregend, seine volle Aufmerksamkeit zu haben, das Gefühl zu haben, wichtig zu sein, und ich wollte nicht, dass es aufhörte. Ich verlor mich in den Tiefen seiner Augen und hätte ewig dort bleiben können.

„Konzentrier dich auf meine Hände", murmelte er.

Diese Hände mit den langen, starken Fingern, die souverän mit einem Messer einem Mann die Kehle durchschneiden konnten, um dann einen Moment später so sanft und tröstend zu sein. Sein Streicheln folgte meinen Wangenknochen hinauf bis zu meinen Augenwinkeln. Er tupfte eine Träne mit dem Daumen weg und schob dann meine Haare hinter mein Ohr.

Ich holte stetig und tief Luft, bis mein Brustkorb gefüllt war. Es schmerzte in der Kehle, aber das war mir egal. Ich konnte atmen.

Frankensteins Stöhnen zog Fitzroy von mir fort. Er ließ mich los, versuchte jedoch nicht zu helfen, als eine der Kreaturen ihren Schöpfer hochhob. Sie warf Frankenstein gegen die Wand, wieder und wieder, als ob der Doktor ein Vorschlaghammer wäre, mit dem man einen Durchbruch machte.

„Hilf mir", wimmerte Frankenstein nach dem dritten Wurf. Er klang schwach und benommen. Nach dem vierten Mal stöhnte er vor Schmerzen. „Bitte, tötet ihn! Um Himmels Willen!"

Doch Fitzroy rührte sich nicht. Er lenkte seine Aufmerksamkeit auf die dritte Kreatur. Die hatte den leblosen Gus hochgehoben, um ihn zu werfen.

Fitzroy griff an. Er sprang die Kreatur an, das Messer in der Hand. Ich hatte nicht gesehen, wie er es geholt hatte. Er wollte die Kreatur abstechen, doch die schleuderte Gus herum und Fitzroy musste sich ducken, um nicht getroffen zu werden.

„Raus!", brüllte er mich an. „Geh, Charlie!"

Ich schob mich zur Tür, ging aber nicht hinaus. Die beiden verbleibenden Kreaturen zielten jetzt auf Fitzroy ab. Frankenstein, die geringere Bedrohung, lag vergessen auf dem Boden, spuckend und hustend. Er rappelte sich erst auf Hände und Knie, dann auf die Füße. Mit einem Blick auf mich, den ich nicht deuten konnte, stolperte er zu dem Sterbenden auf dem Tisch und versenkte ihn aller Ruhe das Messer bis zum Griff in seinem Hals.

Ich dämpfte meinen Schrei mit beiden Händen, da ich Fitzroy nicht ablenken wollte. Er hörte mich trotzdem und eine der Kreaturen rammte ihre Faust in seinen Magen. Mit einem Brummen stürzte er gegen den Tisch von Gus und musste sich dann schnell ducken, um einem weiteren heftigen Schlag auszuweichen.

Der durchscheinende Geist war in dem schlechten Licht kaum zu sehen. Die Rauchfahne zog sich zusammen und formte das Gesicht eines Mannes. Er blinzelte auf seinen stark geschundenen Körper herab, dann auf Frankenstein und schüttelte den Kopf.

Frankenstein konnte ihn nicht sehen. „Tu es", fuhr er mich an. „Oder deine Freunde werden alle sterben." Er ging zum mittleren Tisch und presste das Messer an Seths Kehle.

Fitzroy konnte seinem Angestellten nicht zur Hilfe kommen. Er wehrte die beiden Kreaturen ab, verletzte sie mit seinen schnellen Bewegungen, jedoch nicht tief genug, um sie zu töten. Immer wieder griffen sie an und er schaffte es, ihren riesigen Fäusten auszuweichen, aber wie lange noch?

„Drei", sang Frankenstein, die Augen auf mich gerichtet. „Zwei. Eins."

„Ich tu's!" Die Worte auszusprechen schmerzte in meinem verletzten Hals, und sie kamen nur schwach heraus, aber Frankenstein hörte mich. Er nickte, senkte seine Waffe aber nicht. Zu dem Geist sagte ich: „Ich kann dich sehen, Geist."

Die rauchige Gestalt sah sich um, dann blieb ihr Blick an mir hängen.

Ich trat näher, sodass sie mich hören konnte, Frankenstein aber nicht. „Ja, dich. Bitte, hör mir zu."

„Was willst du?" Der Geist schien etwas überrascht zu sein,

dass er sprechen konnte, und noch überraschter, als ich antwortete.

„Du musst uns retten, meine Freunde retten, indem du tust, was ich sage", flüsterte ich. „Ich werde dich bitten, zurück in deinen Körper zu gehen."

„Himmel! Ist das überhaupt möglich?"

„Ja. Es wird dir nicht wehtun und dauert auch nicht lange. Dann wirst du ins Jenseits gehen und dort Frieden finden." Ob das stimmte oder nicht, wusste ich nicht, aber es erschien mir das Beste, was ich sagen konnte.

„Warum sollte ich dem helfen?" Er deutete mit dem Kinn auf Frankenstein, der auf den Körper starrte. Seine Knöchel waren weiß. „Er hat mir das angetan. Er hat mich getötet."

„Du wirst nicht ihm helfen, sondern mir. Er wird meine Freunde auch töten, wenn du es nicht tust. Bitte. Ich bedauere deinen Tod, aber ich hatte nichts damit zu tun."

„Was geht mich das an?"

Ich rieb mir die Schläfen. Warum konnte er es nicht einfach machen?

„Jetzt Charlotte!", schrie Frankenstein hinter mir. „Tu es jetzt! Befiehl ihm! Du hast die Macht!" Vielleicht wurde er deswegen drängender, weil Fitzroy eine weitere seiner Kreaturen besiegt hatte. Sie lag in einer Pfütze ihres eigenen Blutes auf dem Boden und da jetzt nur noch eine übrig war, waren Frankensteins Optionen für eine erfolgreiche Belebung stark reduziert.

„Es tut mir leid, aber du musst das tun", flüsterte ich dem Geist zu. „Leg dich auf deinen Körper, um wieder einzutreten. Ich befehle es dir", sagte ich etwas lauter, damit Frankenstein es hörte.

Die Augen des Geistes weiteten sich und dann legte er sich auf seinen Körper. „Huch! Himmel, was passiert? Hör auf! Hör auf! Lass mich gehen, Hexe!" Der tote Körper erhob sich vom Tisch. Anders als Seth und Gus war er nicht gefesselt. Das war nicht nötig gewesen.

Seine geschwollenen Augen richteten sich auf Frankenstein. Die blutigen Lippen öffneten sich und entblößten gebrochene Zähne. Er schien zu sprechen, aber nur ein dünner, pfeifender Atem kam heraus.

„Das ist der Falsche!", brüllte Frankenstein mich an. „Er sollte in einen von meinen eintreten! Du hast mich betrogen!"

Der Körper setzte sich wankend auf und drehte sich langsam, bis seine Beine vom Tisch baumelten. Weiter bewegte er sich nicht.

„Verdammt!" Frankensteins Augen glühten, als er erneut die Klinge herab drückte. Eine dünne Blutspur erschien auf Seths Kehle.

„Nein!", rief ich. „Hören Sie auf, oder ich werde ihn anweisen, Sie zu töten!"

„Deinen eigenen Vater töten?" Frankenstein lachte. „Nein, das wirst du nicht. Du liebst mich, genauso wie ich dich liebe, liebste Tochter. Du bist mir wertvoll, erinnerst du dich? Mein eigenes, perfektes Nekromanten-Kind. Wir werden zusammen in mein—"

Ein Messer traf sein rechtes Auge. Er gab keinen Laut von sich, als das Blut über seine Wange strömte und er auf dem Boden zusammensackte. Fitzroy schritt um den Tisch herum, beugte sich herab und entfernte das Messer aus Frankensteins Auge.

Ich stolperte bis zur Tür zurück, die Hände auf meinen Bauch gedrückt. Ohne zu zwinkern starrte ich auf den Mann, der behauptete, mich zu lieben. Den Mann, der gesagt hatte, ich sei perfekt so wie ich war.

„Sie haben ihn getötet", flüsterte ich. „Sie haben meinen Vater getötet."

Fitzroy stand über dem Körper, die Arme steif an seinen Seiten, in jeder Hand einen blutigen Dolch. Sein offenes Haar fiel ihm in wirren Strähnen ins Gesicht. Er war blutüberströmt, einiges davon vermutlich sein eigenes, und glich stark einem rächenden Teufel. Oder Engel. Da war ich mir noch nicht sicher. Er blickte mich durch seine Haare an, sagte aber nichts. Es spielte keine Rolle. Da war nichts zu sagen und ich war mir nicht sicher, was er zu mir hätte sagen sollen.

Alles, was ich wusste, war, dass ich einen Vater gehabt hatte, und jetzt war er fort. Eigentlich hatte sich in den letzten Tagen nichts geändert—in den letzten fünf Jahren.

Doch es hatte sich alles geändert.

„Hexe." Der wiederbelebte Körper funkelte mich an. Seine Stimme war kräftiger geworden und seine Bewegungen sicherer, als er aufstand. „Du bist abartig", warf er mir vor. „So abartig wie der Mann da. Sieh dir an, was du mir angetan hast. Sieh hin!"

Alles, was ich sehen konnte, war das eingeschlagene Gesicht, die zerbrochenen Zähne und Knochen, und ein Mann, der auf mich zukam. Das war kein guter Mann wie der, der mich in der Arrestzelle gerettet hatte. Dieser hier war ein Mann, den ich im Leben nie getroffen hatte, der aber zweifelsfrei auf der Straße gelebt hatte. Meiner Erfahrung nach lebten dort wenige gute Männer.

Fitzroy umrundete ihn und rammte sein Messer in den Nacken des Mannes. Die Leiche blieb stehen und wandte sich ihrem Angreifer zu. Das Messer steckte zwischen den Schulterblättern, aber kein Blut trat aus der Wunde.

Er lachte. Es klang spröde, zersplittert. „Du kannst mich nicht töten, Dummkopf. Ich bin schon tot." Er griff nach hinten und zog die Klinge heraus. Dann stürzte er sich auf Fitzroy.

„Verlass deinen Körper!", schrie ich, während Fitzroy dem Messer auswich. „Verlass diesen Ort. Geh ins Jenseits!"

„Warum sollte ich das wollen—" Aber seine Worte verloren sich, als würden sie von einer Brise fortgetragen, obwohl die Luft im Lagerhaus stickig und still war. Der Geist trat aus und flog ohne einen Blick zurück auf den Körper, der jetzt auf dem Boden zusammenbrach, davon.

Ich rutschte an der Tür herunter und rollte mich zusammen, holte tief Luft und fuhr mit den Händen durch meine Haare. Es war vorbei. Ich lebte.

Eine Hand berührte meinen Nacken und ruhte dort. Ich erschrak nicht, denn ich wusste, dass es Fitzroys war. Er sagte nichts, blieb aber neben mir stehen. Seine blutigen Stiefel standen in meinem Blickfeld. Ich schluckte ein Schluchzen herunter, jedoch nicht sehr erfolgreich. Mit beiden Händen bedeckte ich mein Gesicht und ließ ein Paar Tränen entwischen, aber nicht allzu viele. Hauptsächlich war es Erleichterung, aber auch ein wenig Verlust. Auch wenn ich Frankenstein nicht besonders gemocht hatte, war er mein Vater und es fühlte sich falsch an, ihn nicht zu betrauern.

Fitzroys Daumen streichelte den Haaransatz in meinem Nacken. Seine Wärme sickerte durch meine Haut und gab mir ein wenig von seiner Stärke. Ich stand nur deswegen nicht auf, weil ich Angst hatte, er würde das als Signal auffassen, mich nicht mehr zu berühren.

Nach mehreren weiteren Pulsschlägen nahm er die Hand sowieso weg. „Bleib hier", sagte er schlicht. „Ich bin bald zurück."

Ich war sofort hellwach. „Wo gehen Sie hin?"

„In einem der Nachbarhöfe gibt es einen Karren und ein Pferd. Wir müssen sie nach Hause schaffen." Er nickte in Richtung Seth und Gus.

„Oh. Ja, natürlich." Ich rückte von der Tür weg und er schlüpfte hinaus.

So gut wie möglich umging ich die Körper und das Blut und sah erst nach Seth, dann nach Gus. Beide atmeten normal und ihre Verletzungen schienen nicht allzu schlimm zu sein.

Fitzroy brachte das Pferd mit dem Karren zur Hintertür und trug dann Gus und Seth dorthin. Ich setzte mich neben ihn auf den Kutschbock und wir fuhren nach Highgate zurück.

„Sind Sie verletzt?", fragte ich ihn.

„Nur ein paar Schnitte. Die heilen schnell."

Ich spreizte meine Finger auf den Knien und atmete tief durch. „Wo haben Sie sich versteckt?"

„Auf einem Dachbalken."

„Aber … Wie sind Sie da oben so lange unentdeckt geblieben?"

„Die Balken waren schwarz und ich lag auf dem, der am tiefsten im Schatten war."

Das musste sehr unbequem gewesen sein. „Ich vermute, Sie hatten einen Plan, um Seth und Gus zu retten. Habe ich mit meinem Eintreffen alles ruiniert?"

„Dein Eintreffen hat meinen Plan, Frankenstein zu fassen, geändert. Am Ende hat alles gut genug funktioniert. Vielleicht sogar besser."

‚Frankenstein zu fassen', nicht Seth und Gus zu retten. Er

hätte sie doch sicher nicht geopfert? Ich wagte nicht zu fragen, denn ich war mir nicht sicher, ob ich die Antwort hören wollte.

Welche Antwort ich aber unbedingt hören wollte, war die auf meine andere dringende Frage. „Was passiert jetzt mit mir?"

„Habe ich noch nicht entschieden."

„Was soll das heißen, Sie haben noch nicht entschieden? Die Situation ist beendet. Frankenstein ist tot. Sie brauchen mich nicht mehr." Ich schluckte den Kloß in meinem Hals herunter. „Ich muss es wissen."

„Ich war zu beschäftigt, um darüber nachzudenken, seit wir das letzte Mal gesprochen haben."

Ich starrte auf meine Hände, die sich auf meinen Knien verknoteten. Ich zwang mich, sie still zu halten.

„Wir werden es morgen besprechen", sagte er.

Wir fuhren nach Norden durch die ruhigen Straßen Londons und begegneten keiner Menschenseele. Gus und Seth schliefen hinter uns. Ich fragte mich, wann die Wirkung des Ethers nachlassen würde und hoffte, dass sie am Morgen wieder munter und sie selbst sein würden. Vielleicht brauchte ich ihre Unterstützung bei meiner Petition, in Lichfield bleiben zu dürfen.

„Dein Hals ist verbunden." Fitzroys Stimme schreckte mich auf.

Ich berührte den Verband auf der Wunde, die Holloway mir früher am Abend zugefügt hatte. „Im Keller wartet ein Gefangener auf Sie. Anselm Holloway." Ich konnte mich nicht überwinden, ihn Vater zu nennen.

Er warf mir aus dem Augenwinkel einen Blick zu. „Er hat dich verletzt?"

„Nicht so sehr, wie der Koch ihn verletzt hat. Der ist ein passabler Messerwerfer."

Er senkte die Zügel, doch das Pferd behielt seinen Trott bei. „Geht es dir gut?"

„Die Wunde ist nicht tief und tut jetzt nicht sehr weh."

„Ich bezog mich nicht auf die Wunde."

Ich blinzelte ihn an und hätte beinahe nach seiner Hand gegriffen. Stattdessen umklammerte ich meine eigenen Hände fester. „Meine Albträume werden in nächster Zeit etwas anders sein." Ich lachte, aber er stimmte nicht mit ein, sondern beobachtete mich weiter mit diesem ausdruckslosen Gesicht. „Sie müssen mich gehört haben, als wir im gleichen Zimmer geschlafen haben. Man sagte mir, dass ich im Schlaf schreie. Ich habe nur versucht, die Stimmung etwas aufzulockern, indem ich darüber scherze."

„Das habe ich bemerkt." Hatte er meine Albträume bemerkt oder meinen Versuch, darüber zu scherzen? Er sah wieder nach vorn und trieb das Pferd mit einem leichten Schlag der Leinen an. „Dann hast du das Verlies nun also doch gesehen."

„Äh, ja, und einmal hat gereicht. Ich hoffe, ich muss nie wieder da unten hin."

„Musst du nicht." Er sagte das mit solcher Überzeugung, dass ich mich fragte, ob er meinen Weggang beschlossen hatte und ich deswegen das Verlies nie mehr sehen würde.

* * *

ALS WIR NACH LICHFIELD ZURÜCKKAMEN, tauchte der Koch von der Rückseite des Hauses auf. Er empfing uns nahe der Ställe, bevor wir anhielten, und hielt seine Laterne hoch. Seine Augen weiteten sich, als er mich vom Kutschbock springen sah. Sie weiteten sich noch mehr, als er Gus und Seth auf der Ladefläche liegen sah. Er rüttelte an Seths Fuß.

„Sind sie …?"

„Sie schlafen." Mehr sagte Fitzroy nicht.

„Was machen wir mit ihnen, Sir?"

„Heute Nacht können sie im Stall schlafen. Die frische Luft wird ihnen guttun."

Der Koch nickte. „Sie wissen über unseren Gefangenen Bescheid?"

„Charlie hat es mir erzählt. Lebt er?"

„Ja, aber er braucht einen Arzt."

Fitzroy reichte dem Koch die Leinen. „Gib Charlie alles, was sie aus der Küche braucht." An mich gerichtet fragte er: „Wirst du jetzt ein Bad nehmen?"

„Gottverdammt, ja." Meine Gossensprache lockte weder ein Lächeln noch eine gerunzelte Stirn hervor.

„Dann bis morgen." Er ging, aber ich rannte ihm nach.

„Was werden Sie mit Holloway machen?", fragte ich.

„Ihn den Behörden übergeben."

Ich stieß einen wohldosierten Atemstoß aus. „Oh. Gut."

„Hattest du angenommen, ich würde ihn töten?"

„Vie… vielleicht."

„Ich töte nur die, die die Königin und ihre Familie bedrohen."

„Nur die königliche Familie? Keine Regierung, Premierminister, oder die, die Ihnen nahestehen?"

„Mir steht niemand nahe, das kann ich mir nicht leisten."

Ich blieb stehen, aber er ging weiter. Seine harschen Worte wirbelten durch meinen Kopf. Wie konnte ihm niemand nahestehen? Sogar Holloway war mir nahe gewesen, bis ich erfahren hatte, dass er nicht mein Vater war. In den Banden war immer der ein oder andere Junge gewesen, auf den ich versuchte, besonders Acht zu haben, einfach weil ich seine Gesellschaft mochte und nicht wollte, dass ihm etwas zustieß. Und in jüngster Vergangenheit waren mir Seth und Gus wichtig geworden. Und Fitzroy, auch wenn er das anscheinend nicht wollte.

Vielleicht war es für ihn einfacher, seine Arbeit zu tun, wenn ihm alle egal waren. Eine Arbeit, die den Schutz Englands und der königlichen Familie beinhaltete, vor Leuten wie Frankenstein, der ihnen mit übernatürlichen Methoden schaden konnte.

Ich starrte finster auf seinen sich entfernenden Rücken, bis er im Haus verschwand. Etwas, was Frankenstein gesagt hatte, knabberte am Rand meiner Erinnerung. Ich war so von der Verkündigung seiner väterlichen Liebe eingenommen gewesen, dass ich es fast vergessen hätte. Doch jetzt kamen seine Worte mit Macht zurück. Ich zermarterte mir das Gehirn, bis ich mich endlich erinnerte.

„Sie glauben, dass alle, die nicht sind wie sie, unnatürlich und falsch sind. Wenn das so wäre, dann wärst du ein Monster, aber das bist du nicht …"

Ein Monster. Für einige Menschen—vielleicht viele—war ich wenig besser als die Kreaturen, die Frankenstein geschaffen hatte. Ich war für Fitzroy und das Ministerium nützlich gewesen, aber jetzt, da Frankenstein tot war, wurde ich nicht mehr benötigt. Was war, wenn die Entscheidung über meine Zukunft sich nicht nur um meinen Verbleib in Lichfield drehte?

Was, wenn Fitzroy entscheiden musste, ob mir—einer Nekromantin, einer Abartigkeit—ein Weiterleben gestattet werden sollte?

KAPITEL 16

Ich schlief lange. Wie es mir überhaupt gelungen war einzuschlafen, wusste ich nicht, denn mir waren viele Gedanken im Kopf herumgeschwirrt, aber ich fühlte mich erfrischt genug, um Fitzroy morgens zu konfrontieren. Wenn er sich weigerte, mir eine direkte Antwort über meine Zukunft zu geben, dann würde ich mich aus dem Haus schleichen und niemals zurückkehren. Sein Umgehen meiner Fragen schien seine Art zu sein, etwas nicht zusagen, von dem er wusste, dass es mir nicht gefallen würde. Ich würde sein Schweigen diesmal als Zeichen nehmen, anstatt zu spät seine Intentionen zu erkennen.

Ich öffnete die Tür, wo ich sowohl Seth als auch Gus an der gegenüberliegenden Wand des Flurs lehnen sah.

„Wurde allerhöchste Zeit, dass du mal aufwachst, Schlafmütze." Gus' zerfurchtes Gesicht wurde von seinem Grinsen noch weiter zerknautscht. „Wir wollten schon nachschauen, ob du noch lebst."

Seth boxte ihn gegen den Arm und trat dann auf mich zu. Ich versank in einer Umarmung, ehe ich wusste, was geschah. Er ließ mich los, nur um mich an Gus weiterzureichen. Der brauchte etwas länger, um mich freizugeben, und ich musste ihn sanft schieben, ehe er mit leicht geröteten Wangen wieder zurücktrat.

„Wen nennst du eine Schlafmütze?", stichelte ich. „Ihr zwei hättet gestern Abend den Weltuntergang verschlafen."

„Wir hatten 'nen guten Grund." Gus grinste wieder. „Hab gehört, wir haben die ganze Aufregung verpasst."

„Habt ihr."

„Du hast uns gerettet", sagte Seth mit glänzenden Augen. „Wir schulden dir was."

„Ich denke, Fitzroy hat übertrieben." Ich lachte. „Ich bin mir nicht ganz sicher, wer am Ende alles gerettet hat, aber alle leben noch, und das ist die Hauptsache."

„Du musst uns die ganze Geschichte erzählen", sagte Seth. „Der Tod hat uns so wenig gesagt."

„Der ist nich allzu gesprächig heute Morgen", sagte Gus. „Das Komitee ist hier."

Mir rutschte das Herz in die Hose. Ich würde keine Gelegenheit haben, mit ihm zu reden, bis sie weg waren, und das konnte Stunden dauern. Seine Entscheidung konnte auch von ihnen beeinflusst werden. Oder vielleicht auch nicht. Er hatte felsenfest behauptet, dass er allein alle Entscheidungen des Ministeriums traf. Ob das jetzt zu meinem Vorteil gereichte oder nicht, stand noch nicht fest.

„Ist Holloway noch im Keller?"

Gus schüttelte den Kopf. „Der Tod hat ihn heute Morgen geholt." Angesichts meiner erhobenen Augenbrauen fügte er hinzu: „Fitzroy hat ihn der Polizei übergeben."

„Er wird des versuchten Mordes am Koch angeklagt", erläuterte Seth.

Nicht an mir. War das, weil ich nicht mehr viel länger in Lichfield sein würde? Oder gab es andere Gründe?

Ich kam nicht dahinter. Nicht ohne zu wissen, wo meine Zukunft lag.

„Wo tagt das Komitee?"

„In der Bibliothek."

„Mir scheint, als müsste ich warten, ehe ich mit Fitzroy reden kann. Würde es euch etwas ausmachen, mir was zu essen zu bringen? Und auch ein bisschen frisches Wasser zum Waschen. Danke." Ich berührte ihre Arme. „Ich bin so froh, dass ihr beiden die Tortur so gut überstanden habt."

„Möchtest mein hübsches Gesicht nicht eingeschlagen haben, was?" Gus kicherte im Weggehen.

Ich zitterte in Erinnerung an den dritten Mann, dessen Seele ich in seinen Körper zurückgelockt hatte.

Seth beugte sich zu mir und küsste mir die Stirn. „Ich bringe dir auch einen frischen Verband für deine Wunde."

Ich berührte den Stoff an meinem Hals und sah ihm nach, wie er den Flur entlangging. Seine Schritte waren schließlich weit genug verklungen, dass ich es wagte, ihm mit Abstand barfuß zu folgen. Ich hatte nur Minuten, ehe sie zurückkamen, also kroch ich schnell zur Tür der Bibliothek. Das Brummen männlicher Stimmen auf der anderen Seite war untrüglich, aber ich konnte nicht verstehen, was sie sagten.

Bis Lord Gillingham mit seinem unverwechselbar hochnäsigen Knurren sagte: „Sie nützt uns jetzt nichts mehr!"

Ich schob die Tür weit genug auf, dass die Stimmen zu mir herauspurzeln konnten, ich aber niemanden sah. „Sie können Sie nicht zurück auf die Straße schicken", sagte Lady Harcourt. „Es ist unsere moralische Verpflichtung, dafür zu sorgen, dass sie ein Heim bekommt."

„Warum?", widersprach Gillingham. „Wir sind nicht für sie verantwortlich."

„Gilly", rügte der General.

„Sie ist ganz allein auf der Welt." Lady Harcourts üblicherweise gelassene Stimme wurde scharf. „Sie braucht in diesem verletzlichen Alter Beistand."

„Sie hat dein Angebot von Beistand abgelehnt, Julia", sagte General Eastbrooke. „Ich muss gestehen, das Blag scheint nicht zu wissen, was gut für sie ist."

„Wir können sie nicht zwingen, bei mir zu wohnen."

„Aber *warum* will sie nicht bei dir wohnen?"

„Ich weiß es nicht."

„Sie ist es nicht gewohnt, in einem großen Haushalt zu leben", sagte Fitzroy. „Es gibt Regeln und eine bestimmte Art, Dinge zu tun, egal ob sie als Magd oder Gesellschafterin zu dir kommt. Es wird sie einengen und das weiß sie. Sie ist es gewohnt, zu tun, was sie will."

„Dann ist es an der Zeit, dass sie etwas Disziplin lernt", bellte Gillingham.

„Lincoln hat recht", sagte Lady Harcourt seufzend. „Bei mehr Disziplin wird sie fortlaufen."

„Da sehe ich kein Problem drin. Entweder nimmt sie Ihr Angebot an, oder wir werden sie los. Das ist mein Rat."

„Werden sie los?", fragte Fitzroy in eisigem Ton.

„Sie wissen, was ich meine."

„Nein, weiß ich nicht."

Das Leder eines Stuhles knarzte. „Sie ist ein Magnet für Irre, eine Gefahr für jeden. Frankenstein ist vielleicht tot, aber es werden andere kommen. Das wissen Sie, Fitzroy. Sie darf nicht in die Hände von skrupellosen Kerlen fallen, die sie als Waffe gegen uns einsetzen werden."

„Gilly, sagst du, was ich glaube, was du sagst?", fragte der General.

„Jawohl", sagte er düster. „Man muss es wohl kaum buchstabieren."

Oh Gott. Er wollte mich tot sehen!

Ich hockte mich hin und blinzelte durch den schmalen Spalt in die Bibliothek. Mein Herz hatte aufgehört zu schlagen. Mein wunder Hals schmerzte mehr. Ich stand auf und stützte mich mit einer Hand am Türrahmen ab.

Lauf. Hau ab.

Doch der Protest der anderen Komiteemitglieder ließ mich innehalten. Dann stoppte Fitzroys Stimme mich ganz und gar. Sein barsches Knurren schnitt durch die hitzige Diskussion.

„Ihr werdet sie nicht anrühren. Keiner von euch. Und ich werde in diesem Fall nicht Ihre Drecksarbeit machen. Ist das klar, Gillingham?"

Jemand—Gillingham?—gab einen erstickten Laut von sich.

„Ist das klar?", stieß Fitzroy hervor.

„Ja, ja!"

Wieder knarzte Leder. Schritte erklangen, aber nicht in der Nähe der Tür. Darauf zu warten, dass jemand sprach, war schmerzhaft.

„Was soll dann mit ihr geschehen?" Lord Marchbanks ruhige

Worte lösten die Spannung. „Gillingham hat recht damit, dass sie unseren Feinden nicht in die Hände fallen darf. Allein aus diesem Grund denke ich nicht, dass es eine gute Idee ist, sie zu Lady Harcourt zu schicken. Da herrscht zu viel Kommen und Gehen."

„Was schlägst du vor, March?", fragte der General.

„Das Dorf in der Nähe meines Anwesens in Yorkshire ist weit weg von jeglicher Zivilisation. Sie wird dort sicher und aus dem Weg sein. Ich kenne ein freundliches, älteres Ehepaar, die sie aufnehmen, solange wir ihnen jeden Monat ein Sümmchen zahlen."

Yorkshire! Das war so weit!

„Exil", sagte Lady Harcourt platt. „Ich denke, das könnte funktionieren."

„Dem stimme ich zu", sagte der General. „Aber nicht Yorkshire. Das ist viel zu nah. Was ist, wenn jemand sieht, wie sie ihre Nekromantie vorführt?"

„Sie wird ihre Nekromantie nicht aus Versehen *vorführen*", sagte Fitzroy.

„Ich glaube wirklich, dass Exil eine gute Idee ist", sagte Lady Harcourt. „Aber vielleicht in einem anderen Land."

Ein anderes Land! Warum schickten sie mich nicht gleich in die Wildnis Afrikas und warfen mich den Löwen zum Fraß vor?

Eastbrooke stimmte ihr zu. „Überlasst das mir. Fitzroy, sie soll jetzt ein paar Sachen packen. Sie kann heute mit mir kommen und ich werde sie bis zum Abend auf ein Schiff verfrachten."

Heute!

„Wohin?", fragte Fitzroy.

„Es ist besser, wenn Sie das nicht wissen. Je weniger Leute im Bilde sind, desto besser."

„Das sehe ich anders."

„Ein Irrenhaus wäre völlig ausreichend", grummelte Gillingham. „Da werden die Verrückten und Irren eingesperrt. Versteckt sie, sage ich. Weiß jemand von einem Irrenhaus in einem anderen Land? Vorzugsweise eins, wo keine Besucher erlaubt sind."

Ich schnappte nach Luft und schloss schnell meinen Mund.

Nichts deutete darauf hin, dass sie mich gehört hatten. Lady Harcourt sprach wieder.

„Sie gehört nicht in ein Irrenhaus. General Eastbrooke, mir gefällt Ihre Idee des Exils. Ich vertraue darauf, dass Sie bereits etwas im Sinn haben?"

„In der Tat. Eine nette kleine Insel, über die ich zu Armeezeiten gestolpert bin. Sie ist hervorragend geeignet, und mehr werde ich zu dem Ort nicht sagen. Es ist das Beste, wenn Sie alle nicht mehr wissen."

„Ich werde sicherstellen, dass sie bereit ist—"

„Nein." Fitzroys Ton ließ mir das Blut in den Adern gefrieren, während es mich gleichzeitig mit Freude erfüllte, dass er sich für mich stark machte.

„Nein?", höhnte Gillingham. „Sie wagen es, den Vorschlag des Generals abzulehnen? Wenn Sie mich fragen, kommt sie glimpflich davon."

„Ich frage Sie nicht. Ich frage keinen von Ihnen nach Ihren Meinungen. Exil ist in diesem Fall keine gute Idee."

„Was?", explodierte Eastbrooke. „Sind Sie verblödet?"

„Lassen Sie ihn ausreden", sagte Marchbank. „Fahren Sie fort, Fitzroy. Was schlagen Sie vor?"

„Ihre Einschätzung, dass unsere Feinde versuchen werden, sie gegen uns zu verwenden, ist korrekt", sagte Fitzroy. „Aus genau diesem Grund müssen wir sie in unserer Nähe behalten und sie nicht wegstoßen. Wir können sie nicht schützen, wenn wir sie nicht sehen."

„Erzählen Sie mir nicht, Sie wollen Sie hierbehalten", spottete der General.

„Das tue ich, aus zwei Gründen. Um sie vor allen zu schützen, die sie benutzen wollen, und um sie zu studieren."

„Sie zu studieren! Sie sind verrückt geworden."

Ganz meine Meinung. Mich studieren? Mich Tests und Befragungen aussetzen? Dabei würde ich nicht mitspielen.

„Gibt keinen Grund, warum ein Irrenhaus nicht das Gleiche bewerkstelligen könnte", sagte Gillingham. „Sie haben effektive Methoden, um ihre Patienten zu *studieren*."

„Sie wird hierbleiben", sagte Fitzroy. „Wo ich sie im Auge behalten kann."

„Ich glaube nicht, dass das eine gute Idee ist", sagte Lady Harcourt. „Zum Beispiel ist das Haus voller Männer."

Gillingham schnaubte. „Sie sorgen sich um die Ehre einer widerlichen kleinen hurenden Nekromantin? Meine Liebe, in diesem Fall besteht kein Bedarf an Wohltätigkeit. Das Mädchen ist abartig."

„Das reicht wohl", zischte Lady Harcourt. „Sie ist ein menschliches Wesen und ein attraktives Mädchen. Sie mit einer Gruppe von Männern unter einem Dach wohnen zu lassen, wird Ärger nach sich ziehen."

„Ich würde hoffen, Julia, dass du mich besser kennst, als zu glauben, ich würde es zulassen, dass ihr unter meinem Dach etwas Unglückliches zustößt." Fitzroys frostigen Worten folgte Stille.

Die Tür ging plötzlich auf und ich fiel rückwärts auf den Hosenboden. Fitzroy ragte über mir auf und versperrte mir die Sicht. Ich konnte nicht an ihm vorbeisehen, aber viel wichtiger war, dass die anderen auch nicht an ihm vorbei auf mich sehen konnten.

Er schloss die Tür, griff nach meinem Arm und zog mich auf die Füße. Dann marschierte er mit mir zum Dienstbotenbereich hinten im Haus. Sein Griff war fest, aber nicht so, dass er Spuren hinterließ. Allerdings waren seine Schritte so raumgreifend, dass ich kaum hinterherkam. Als wir Seth und Gus passierten, die Tabletts und Leinen trugen, wurde er nicht langsamer. Sie starrten uns an, verlangten aber keine Erklärung. Vielleicht brachte Fitzroys Gesichtsausdruck sie zum Schweigen.

Er ging mit mir in den hinteren Hof, blieb aber erst stehen, als wir den Obstgarten erreichten, wo er mich endlich losließ. Ich rieb meinen Arm und funkelte ihn an. Er funkelte zurück.

„Genug gehört?", schnappte er.

„Ich war nur ganz kurz da."

„Lügnerin."

In mir sträubte sich alles. „Also gut. Ich habe genug gehört, um zu wissen, dass Lord Gillingham mich tot sehen will, die anderen denken, ich sollte ins Exil und Sie wollen mein Gehirn für wissenschaftliche Zwecke sezieren."

Sein Mundwinkel hob sich leicht. Er lächelte mich doch jetzt sicher nicht an. Ich hatte das absolut ernst gemeint. „Dein Gehirn ist vor mir sicher."

„So, Sie haben eine Entscheidung getroffen. Werden die sich an Ihre Entscheidung halten?"

„Ja. Die eigentliche Frage ist, ob du das tun wirst."

Ich blinzelte ihn an. „Es ist nicht so, als ob ich allzu viele andere Optionen hätte."

„Man hat immer die Wahl."

„Dann wähle ich zu bleiben."

Ein paar Pulsschläge verstrichen, ehe er sagte: „Du hast mich nicht gefragt, was du hier tun wirst."

„Also gut. Was werde ich tun? Abgesehen davon, Ihr wissenschaftliches Experiment zu sein?"

„Meine Magd sein. Es gibt sehr viel Arbeit. Das wird nicht leicht. Ich verlange, dass du Staub wischst, den Boden putzt, dich um die Wäsche kümmerst—"

„Ich weiß, was eine Magd tut und ich nehme die Stelle an. Ich erwarte nicht, von Ihrem Wohlwollen zu leben. Ich werde hart arbeiten. Sie werden Ihre Entscheidung nicht bereuen."

„Ich bereue niemals etwas."

„Schön für Sie."

„Stimme noch nicht zu. Nicht, ohne alles zu wissen."

„Alles? Gibt es Zimmer, die ich noch nicht gesehen habe und die mit Matsch gefüllt sind?"

„Ich meine alles über mich."

„Ich weiß, dass es schwierig ist, mit Ihnen auszukommen." Ich schob das Kinn vor und forderte ihn so heraus, mir zu widersprechen. Er tat es nicht. „Ich weiß, dass Sie furchtbare Launen haben und es am besten ist, wenn ich Ihnen aus dem Weg gehe, wenn Sie aufgebracht sind."

Seine Augen wurden schmal. „Ich gebe zu, dass ich ein aufbrausendes Temperament habe, aber ich denke, ich kann mich beherrschen."

Ich schnaubte und fing mir damit einen finsteren Blick von ihm ein.

„Es gibt noch etwas, abgesehen von meiner Laune, das du wissen solltest." Er verschränkte die Arme und trat von einem Fuß auf den anderen. „Erinnerst du dich an den Mann, der dich angegriffen hat, als ich dich in Whitechapel abgesetzt habe?"

„Der ist schwer zu vergessen. Was ist mit ihm?"

„Ich habe ihn dafür bezahlt, dich einzuschüchtern."

Mir klappte die Kinnlade herunter. „Ihn bezahlt? Sie meinen …" Ich erinnerte mich an die Nacht. Der Kerl hatte erwähnt, dass er Geld bekommen hatte und sein Geist hatte Fitzroy angeklagt, ihn betrogen zu haben. Verdammt und zugenäht …

„Ich war darauf angewiesen, dass du deine Meinung änderst und mir hilfst, Frankenstein zu finden. Du musstest einsehen, dass du bei mir besser dran bist als auf der Straße."

Ich verpasste ihm eine Ohrfeige, so fest ich konnte. Meine Hand brannte und auf seiner Wange erschien ein befriedigender roter Fleck, der jedoch nicht ausreichte, um meine hochkochende Wut zu besänftigen. „Er hat versucht mich zu vergewaltigen! Was ist los mit Ihnen, dass Sie so etwas tun würden?", schrie ich.

Er betrachtete mich lediglich unter seinen langen, dicken Wimpern hervor, doch sein Gesicht veränderte sich nicht. Noch sagte er etwas.

„Sie haben diesen Mann getötet." Ich drückte eine Hand auf meinen flauen Magen. „Sie haben ihn erstochen, obwohl er genau das getan hat, worum Sie ihn gebeten haben."

„Nein, hat er nicht. Er ist zu weit gegangen. Er sollte dich nur einschüchtern."

„Das hat er geschafft."

„Er sollte es nicht durchziehen und dir wehtun."

„Tatsächlich? Sie dachten, Sie könnten einen solchen Mann kontrollieren?"

„Ja", sagte er leise.

„Vielleicht ist es Ihre Schuld, dass er beinahe Erfolg hatte", schnappte ich. „Vielleicht hat er Sie missverstanden. Oder Sie waren schlicht zu langsam in Ihren Reaktionen, um mich zu retten? Zu retten", presste ich hervor, ehe er antworten konnte. „Mein Gott, Fitzroy." Ich lehnte mich an den Stamm des Apfelbaumes und atmete tief durch, um meine flatternden Nerven zu beruhigen. „Wie *konnten* Sie nur?"

Er hatte das Monster nicht nur dafür bezahlt, mich *einzuschüchtern*, er war dann auch noch hingegangen und hatte ihn getötet. Wenn er zu solchen Dingen fähig war, zu was dann noch?

Er sagte nichts, während ich versuchte nachzudenken. Es war unmöglich zu sagen, was er dachte, bei seinem starren Gesicht und den verschleierten Augen. Er hielt sich ganz ruhig und schien darauf zu warten, dass ich etwas tun oder sagen würde.

„Warum erzählen Sie mir das?", fragte ich schließlich.

„Damit du eine vernünftige Entscheidung treffen kannst. Wenn du dich entscheidest, zu bleiben, dann ist das die Art von Mensch, mit der du leben wirst."

Ein kaltblütiger Mörder. Ein Mann, dessen moralische Grenzen verschwommen waren, der alles tun würde, was zum Erfolg führte. Der Leiter einer Organisation, die keine Nekromantin in ihrer Mitte haben wollte.

Und doch war es auch der Mann, der mich immer beschützt hatte, und der mir ein sicheres Zuhause unter Freunden geboten hatte.

„Möchten Sie, dass ich bleibe?", fragte ich.

„Ich möchte, dass du eine auf den Fakten basierende Entscheidung triffst. Wenn du dich entscheidest hierzubleiben, dann gibt es hier einen Platz für dich."

Das war nicht die Antwort, die ich haben wollte, aber ich wusste, dass ich keine Bessere von ihm bekommen würde. Er versuchte jedenfalls nicht, mir die Entscheidung leicht zu machen, indem er mir sagte, dass ich nichts weiter als eine Magd sein würde und mir außerdem die Augen darüber öffnete, was für eine Art von Person er sein konnte. Es war eine merkwürdige Methode, mich zum Bleiben zu bewegen, und doch war ich ihm dankbar, dass er ehrlich gewesen war und mir die Entscheidung überließ.

„Ich werde dir Zeit geben, darüber nachzudenken", sagte er, drehte sich um und ging.

Ich stieß mich vom Baum ab. „Ich werde morgen eine Antwort für Sie haben." Ich rannte hinter ihm her und er passte seine Schritte meinen an. „Sie hätten meine Hand abfangen können", sagte ich zu ihm.

Sein Blick glitt seitwärts zu mir.

„Ich weiß, wie schnell Ihre Reflexe sind. Sie hätten meine

Hand abfangen können, bevor ich Ihre Wange getroffen hätte." Als er noch immer nichts sagte, fügte ich hinzu: „Es wird Ihnen Genugtuung bereiten, dass es mir auch wehgetan hat."

„Wird es das?"

„Ich nehme an, da ich jetzt für Sie arbeite, werde ich nicht länger Gewalt gegen Sie anwenden können, wenn Sie etwas Unausgereiftes tun oder sagen."

„Die Annahme ist korrekt."

„Dann sollten Sie besser nichts Unausgereiftes tun. Ich habe nämlich auch ein ausgeprägtes Temperament und es ist nicht leicht, es unter Kontrolle zu halten."

„Ich werde das nächste Mal sicherstellen, deine Hand abzufangen."

Dass ich auch einen ordentlichen Tritt draufhatte, sagte ich ihm nicht. Wir gingen gemeinsam zum Haus zurück. Die Mitglieder des Komitees waren alle gefahren und der köstliche Duft von frisch gebackenem Brot wehte aus der Küche. Ich war kurz vorm Verhungern.

„Da seid ihr ja!", rief Seth vom Treppenabsatz. Er kam herunter und grinste mich an. „Es ist jetzt sicher, wieder reinzukommen. Die Drachen sind alle weg."

„Nicht alle sind Drachen", sagte ich lächelnd.

„Stimmt. Einige sind Schlangen."

Ich lachte.

Seths Blick streifte Fitzroy und sein Lächeln erstarb. „Das Mittagessen ist bald fertig." Er ließ uns allein und ging in die Küche.

Sobald er außer Hörweite war, sagte Fitzroy: „Wenn du hierbleibst, gibt es nur eine Regel, deren Einhaltung ich von dir verlange."

„Nicht das Tafelsilber klauen?"

„Keine Liebschaften."

Ich zog die Augenbrauen hoch, warf einen Blick in die Richtung, in die Seth verschwunden war und lachte. Er war ja ganz nett, aber ganz sicher keine Versuchung für mich. „Dann werde ich das von meiner Liste der morgendlichen Aufgaben streichen."

Ohne auf seine Antwort zu warten, eilte ich in die Küche.

Erst als ich den Koch, Seth und Gus gemütlich neben dem Herd plaudern sah, fragte ich mich, ob Fitzroy eigentlich auf eine Liebschaft mit ihm anspielte.

Diesen Gedanken fand ich nicht minder amüsant.

* * *

DIESER NACHMITTAG WAR ANDERS als alle, die ich bisher in Lichfield Towers verbracht hatte. Es war, als ob die vier Männer sich endlich entspannten, jetzt, da Frankenstein erwischt worden war. Nun, vielleicht war Fitzroy nicht ganz so entspannt, aber die anderen schon. Wir spielten nach dem Mittagessen etwas Karten, während Fitzroy in seinen Gemächern blieb, aber bis zum späten Nachmittag waren Seth und Gus unruhig geworden.

„Da ist noch was für euch zu spülen", sagte der Koch zu ihnen. „Die Spülküche sieht aus wie ein Schweinestall."

„Wir sparen das für Charlie auf", sagte Seth mit einem Augenzwinkern in meine Richtung.

„Noch habe ich meine Entscheidung nicht kundgetan", sagte ich. Fitzroy hatte sie kurz über meine Zukunft informiert und ihnen gesagt, dass er mir bis morgen Zeit gegeben hatte, mich zu entscheiden. Seth und Gus hatten mich seither als reguläres Haushaltsmitglied behandelt. Für sie schien es ganz selbstverständlich zu sein, dass ich bleiben würde.

Vielleicht würde ich das, aber ich wollte die volle Zeit ausnutzen, die Fitzroy mir gewährt hatte. Ich wollte die Entscheidung bei klarem Kopf treffen, nachdem ich alles genau durchdacht hatte. Ich gab immerhin meine Freiheit auf, um Dienstmagd zu werden.

„Willst du boxen?", fragte Gus Seth, nachdem er beim Kartenspiel alle seine Bohnen verloren hatte. „Ich brauche Bewegung."

„Sparring wäre gut. Wir treffen uns auf dem Rasen."

Die Männer gingen sich umziehen und ich steuerte den Rasen an, um dort zu warten. Sie tauchten zehn Minuten später mit bloßen Oberkörpern auf. Ich warf einen Blick zum Haus und erwartete jede Sekunde, dass Fitzroy herausstürmen und ihnen befehlen würde, sich vor mir ordentlich zu kleiden, aber das tat er nicht. Ich wollte nicht, dass die Männer wegen mir ihre Gewohnheiten änderten, also sagte ich nichts, saß nur im Gras und schaute zu.

Sie waren gut, aber Seth hatte eindeutig die Oberhand. Ich glaubte gern, dass er ein Boxkämpfer gewesen war, als Fitzroy ihn entdeckt hatte, bei den harten Schlägen und der Leichtfüßigkeit.

Als sie fertig waren, setzten sie sich neben mich, um wieder zu Atem zu kommen. Der Koch brachte Tee und Kuchen heraus und wir aßen im Gras sitzend. Ich schaute zum zweiten Stock empor und erwischte Fitzroy, wie er uns von seinem Fenster aus beobachtete. Er wandte sich ab und ich erwartete, dass er sich zu uns gesellen würde. Er kam nicht.

Abends versuchte ich mit ihm zu reden, aber er sagte mir, dass er beschäftigt war und wenn es nicht dringend war oder ich meine Entscheidung getroffen hatte, hatte er keine Zeit für belanglose Plauderei.

„Nichts als Arbeit und kein Spaß wird Sie nur noch grummeliger machen", gab ich zurück.

„Das Risiko bin ich bereit einzugehen."

Er knallte mir die Tür vor der Nase zu und ich machte eine obszöne Geste, ehe ich zu meinem eigenen Zimmer ging. Dort nahm ich ein Buch und las bis tief in die Nacht. Als ich in den Schlaf driftete, fragte ich mich, ob es mir erlaubt sein würde, in der Gäste-Suite zu bleiben oder ob ich in ein Dienstzimmer unter dem Dach ziehen musste, wenn ich mich entschied, als Magd in Lichfield zu bleiben.

Am folgenden Tag benötigte ich etwas Zeit allein, weg vom Haus. Ich hatte Fitzroy den ganzen Morgen und Nachmittag nicht gesehen, also sagte ich den anderen Bescheid, dass ich ein wenig zum Friedhof gehen würde. Ich versprach, vor Einbruch der Dunkelheit zurück zu sein.

Der Tag war warm, dank der Wolkendecke, die die Stadt erstickte, und meine Haut fühlte sich feucht an, bis ich das Grab meiner Mutter erreichte. Nein, nicht meine Mutter. Ich musste aufhören, sie so zu nennen.

Ein Schmerz breitete sich in meiner Brust aus. Vielleicht war sie nicht meine Mama, aber sie hatte mich bis zu ihrem Tod geliebt und daran wollte ich festhalten. Vielleicht fand ich nie mehr über meine wirkliche Mutter heraus, aber wenigstens hatte ich in meiner Kindheit die Liebe einer Mutter erfahren. Manche Kinder hatten noch nicht einmal das.

Ich saß an ihrem Grab und lehnte mich gegen den Grabstein, die Beine vor mir ausgestreckt, und atmete tief ein. Die Gerüche hier waren so viel erdiger und sauberer als sonst in der Stadt.

Ich musste irgendwann eingedöst sein, denn ich erwachte mit einem Ruck von grabenden Geräuschen. Der Friedhofswärter musste irgendwo in der Nähe ein neues Grab vorbereiten. Seltsam, denn die Dämmerung hatte bereits eingesetzt. Ich wollte gerade aufstehen und gehen, als Stimmen mich stoppten.

„Beeil dich!", zischte ein Mann. „Wir sind hier die reinsten Zielscheiben."

„Du wolltest doch bei Tageslicht kommen", sagte eine andere Stimme, ebenfalls männlich, aber etwas tiefer als die Erste.

„Willst du etwa nachts über den Friedhof spazieren?" Der erste Mann schnaubte.

„Was macht das aus? Wenn du dir Sorgen um böse Geister machst, dann solltest du diesen armen Teufel hier besser nicht ausbuddeln. Sein Geist wird nicht erfreut sein, wenn ihm sein Körper fehlt."

Ich linste um den Grabstein meiner Mutter herum und sah zwei Männer, die in dunkle Mäntel gekleidet waren. Beide hatten Schaufeln und neben ihnen türmte sich ein Haufen Erde auf. Es war ein frisches Grab, das ich auf dem Hinweg gesehen hatte, eins, das bei meinem letzten Besuch noch nicht da gewesen war. Warum machten sie es wieder auf? Wer auch immer sie waren. Ich war mir sicher, dass sie dort nicht graben sollten. Ihre Gesichter konnte ich nicht sehen, aber es waren beide kräftige Männer mit braunen Haaren, die unter ihren Mützen hervorschauten.

Die Grabarbeiten wurden in höherem Tempo fortgesetzt, bis der zweite Mann erneut sprach. „Wir müssten doch inzwischen tief genug sein."

Der Klang einer Schaufel auf Holz ließ sie beide auflachen. „Na also. Komm, wir holen ihn raus."

Ich beobachtete, wie sie noch mehr Erde entfernten und dann

einer in das Loch sprang. Der andere packte eine Decke aus und warf sie herab. Das Schaben von Holz auf Holz ließ mich zusammenfahren.

„Himmel!", sagte der Mann unten im Grab. „Was für ein widerlicher Gestank."

„Was hast du denn erwartet? Rosen?" Der andere sah sich um und einen betäubenden Moment lang dachte ich, er hätte mich gesehen. „Beeil dich."

Ich atmete langsam aus und verhielt mich ruhig. Sie würden mich nicht bemerken, wenn ich mich nicht bewegte.

Der Mann im Grab schob etwas nach oben. Es war in die Decke gewickelt und hatte eine menschliche Form. Sein Kamerad griff danach und zerrte es weiter heraus, dann reichte er seinem Freund die Hand. Danach hob er den eingewickelten Körper auf und warf ihn sich über die Schulter.

„Geh du vor", sagte er. „Gib mir ein Zeichen, wenn du jemanden siehst."

Mit hämmerndem Herzen sah ich zu, wie sie gingen. Ich sollte etwas tun, um sie aufzuhalten, aber was? Sie waren größer und stärker als ich. Stumm fluchte ich und wünschte, ich wüsste, wie man kämpft. Ich war so oft anderen ausgeliefert gewesen und jetzt hatte ich es satt. Hatte es satt, armselig und schwach zu sein. Schnell zu sein reichte nicht; ich musste Tricks erlernen, wie ich Angreifer abwehren konnte, die größer waren als ich. Ich hatte gesehen, wie Fitzroy das getan hatte. Der Kerl unter der Brücke war größer gewesen als er und Frankensteins Kreaturen wesentlich stärker.

Ich wartete mehrere Minuten, ehe ich das Grab meiner Mutter verließ. Die Leichenräuber sah ich nicht, obwohl ich nach ihnen Ausschau hielt. Am nächsten Morgen würde ich der Polizei Bericht erstatten müssen, aber die konnten wenig gegen solche Praktiken ausrichten, es sei denn, sie erwischten die Diebe auf frischer Tat. Jetzt waren sie längst über alle Berge.

Ich ging zügig zum Haus zurück und war etwas atemlos, als ich an Fitzroys Tür hämmerte. Er öffnete mit gerunzelter Stirn.

„Gibt es einen Notfall?"

„Nein. Ja. Eigentlich nicht."

Seine Augenbrauen hoben sich und er trat zur Seite. „Dann solltest du besser hereinkommen."

Er bedeutete mir, mich auf das Sofa zu setzen, aber das ging nicht. Ich war zu aufgeregt, zu sehr darauf bedacht, das zu sagen, was ich sagen wollte.

„Hör auf herumzutigern, Charlie, und sag mir, was los ist."

Ich blieb stehen. „Ich habe meine Entscheidung getroffen."

„Und?"

„Ich bleibe. Unter einer Bedingung."

Er hielt inne und sagte dann: „Keine Bedingungen."

„Hören Sie mir zu. Es ist keine schreckliche Bedingung. Ich denke, Sie werden sie sogar sehr gut finden."

„Fahr fort."

„Ich will, dass Sie mir beibringen, gegen jemanden zu kämpfen, der größer ist als ich."

Er lehnte sich an den Stuhl hinter sich und verschränkte die Arme. „Was ist der Auslöser dafür?"

„Alles! Mein ganzes Leben lang war ich verletzlich. Meine Größe und mein Geschlecht sind dafür verantwortlich. Ich muss andauernd wachsam sein, um mich zu schützen. Ich weiß, wie ich die meisten Situationen vermeide, ich kann schnell wegrennen, aber Wegrennen wird auf Dauer anstrengend und ich will von hier nicht wegrennen. Ich will bleiben und bleiben heißt, dass ich lernen muss, mich zu verteidigen."

Eine Ader in seinem Hals oberhalb seines Kragens pulsierte. „Du wirst dich nicht verteidigen müssen", sagte er leise. „Das bleibt mir überlassen—wenn du zustimmst, hier zu leben."

„Ich will mich aber nicht auf Sie verlassen, oder sonst jemanden. Was ist, wenn Sie nicht zu Hause sind und ich angegriffen werde? Das ist mit Holloway passiert. Oder was ist, wenn Sie sterben und ich mich allein in der Welt wiederfinde? Bei Ihrer Art von Arbeit können Ihnen alle möglichen Unglücke widerfahren."

Seine Augenbrauen zuckten. „Du hältst mich für unfähig, dich zu beschützen?"

„Ich halte Sie für menschlich." Ich überbrückte den Abstand zwischen uns und umfasste seine Arme. Er zuckte bei meiner Berührung, vielleicht hatte ich ihn überrascht, aber ich ließ nicht los. „Bitte Lincoln. Bitte bringen Sie es mir bei. Sie können Seth und Gus sagen, dass sie mein Training überwachen sollen."

„Nein", knurrte er. „Ich mache das."

Ich drückte seinen Arm. Seine Muskeln spannten sich an. „Ist das eine Zustimmung?"

Er nickte und bewegte sich von mir weg. „Mägde sprechen ihre Herren nicht mit Vornamen an", warf er mir über die Schulter zu. „Du wirst mich ausschließlich mit Mr Fitzroy oder Sir ansprechen."

Ich salutierte seinem Hinterkopf. „Ist das eine weitere Regel?"

„Ja."

„Also keine Liebschaften und keine Vornamen. Noch etwas?"

„Ich werde es dich wissen lassen, sobald ich mir welche ausdenke." Seine Stimme klang amüsiert, als ob er mich auslachen würde, aber als er sich zu mir umdrehte, lächelte er nicht. Ich war mir nicht sicher, warum ich das erwartete. Ich hatte ihn bisher noch nie lächeln sehen und hatte keine Ahnung, was nötig war, um das zu bewirken.

„Gut. Dann fange ich morgen an. Sir." Ich machte einen kleinen Knicks, der mich fast aus dem Gleichgewicht brachte.

„Morgens machst du deine Arbeit, nachmittags trainiere ich dich. Ist das klar?"

„Ja." Ich strahlte. Ich konnte nicht anders. *Das* war es, was ich wollte. Einen Angriff abwehren zu können, war die ultimative Form der Befreiung. Ich trat vielleicht in ein Dienstverhältnis ein, aber ich fühlte mich freier als ich es seit Jahren getan hatte. „Oh, ich muss mir etwas freinehmen, um zur Polizei zu gehen. Oder vielleicht können Sie das tun." Ich biss mir auf die Lippe und wand mich. Mit der Polizei zu sprechen, ging mir völlig gegen den Strich. Was war, wenn sie mich als den flinken Dieb Charlie erkannten?

„Hat das mit Holloways Angriff zu tun?"

Ich schüttelte den Kopf. „Ich war heute Nachmittag auf dem Friedhof und habe ein paar Grabräuber beobachtete, wie sie eine Leiche geklaut haben."

Er stakste durch den Raum zu mir. „War das Grab frisch?"

„Nur ein oder zwei Tage alt."

Seine Lippen wurden flach. „Das ist vielleicht keine Angelegenheit für die Polizei."

„Sie wollen die einfach so davonkommen lassen? Was ist, wenn sie zurückkommen?"

„Ich werde dem selbst nachgehen. Es gibt zwei Motive, eine Leiche zu stehlen. Das Erste ist medizinischer Natur, um Ärzte mit Leichen für ihre Forschungen zu versorgen. Das ist harmlos."

„Ich bin mir ziemlich sicher, dass der Geist des Toten anderer Ansicht wäre, ebenso wie die Familienmitglieder."

„Das Zweite ist übernatürlich."

Ich schnappte nach Luft. „Um Supermenschen zu erschaffen, wie Frankenstein es wollte?"

„Unter anderem."

Ich verzog das Gesicht. „Jetzt wünschte ich, ich wäre ihnen gefolgt und hätte geschaut, wohin sie gehen."

„Du hast das Richtige getan. Ihnen zu folgen wäre gefährlich gewesen."

„Ein Grund mehr, um sofort mit meinem Training anzufangen. Morgen Nachmittag", sagte ich, während ich zur Tür ging. „Nicht vergessen. Sie haben es versprochen."

Der finstere Blick, den er mir zuwarf, als ich die Tür schloss, war leicht zu entziffern—Resignation. Es war bisher das, was einem Gesichtsausdruck am nächsten kam. Anscheinend trug er doch nicht immer eine Maske. Dieser winzige Blick in seine Gedanken machte mich entschlossener denn je, seine Maske noch einmal fallen zu sehen, vielleicht dauerhaft.

Jetzt, da ich in Lichfield lebte, konnte ich mir überlegen, wie ich ihm mehr Ausdruck entlocken konnte, zusammen mit den Emotionen, die dahinterlagen. Es war ein Glück, dass ich sonst nichts zu tun hatte und nirgends hinmusste, denn ich hatte das Gefühl, dass das einige Zeit in Anspruch nehmen würde.

Um Charlies und Lincolns Geschichte weiter zu verfolgen,
schauen Sie nach:
DIE NEKROMANTIN IHRER MAJESTÄT
Band 2 der Ministerium der Kuriositäten Reihe von C.J. Archer

Abonnieren Sie den Newsletter von C.J., um über neue ins Deutsche übersetzte Bücher informiert zu werden. Abonnieren: WWW.CJARCHER.COM

HABEN SIE das Buch The Watchmaker's Daughter: Glass & Steele von C.J. Archer gelesen? Lesen Sie weiter, um eine Leseprobe zu erhalten.

EINE BEMERKUNG ZUR ZEITABFOLGE

Mary Shelleys *Frankenstein; oder Der Moderne Prometheus* wurde 1818 erstmalig veröffentlicht, mehr als 70 Jahre vor den Ereignissen in DIE LETZTE NEKROMANTIN. Da ich Victor Frankenstein nicht als 90-jährigen beschrieben habe, kann diese Diskrepanz einigen Lesern übel aufstoßen. Ich hoffe, dass die meisten von Ihnen mir diese künstlerische Freiheit verzeihen werden, ihn in das Jahr 1889 zu versetzen, und die Geschichte trotzdem genießen.

AUSZUG: DIE TOCHTER DES UHRMACHERS: GLASS & STEELE VON C.J. ARCHER

Über Die Tochter des Uhrmachers

India Steele ist verzweifelt. Ihr Vater ist verstorben, ihr Verlobter hat sie um ihr Erbe erleichtert, und niemand will ihr Arbeit geben, obwohl sie jahrelang ihren Vater, den Uhrmacher, unterstützt hat. Vielmehr scheinen sich die Uhrmacher von London vor ihr zu fürchten. Auf sich gestellt, verarmt und am Ende ihrer Kräfte lässt sich India vom einzigen Menschen anstellen, der sie nimmt – einem geheimnisvollen Mann aus Amerika. Einem Mann mit einer seltsamen Taschenuhr, die ihn regeneriert, wenn er krank wird.

Matthew Glass muss einen bestimmten Uhrmacher finden, aber er verrät India nicht, warum es nicht der nächstbeste tut. Genauso wenig erzählt er ihr von seinem Beruf in Übersee, und wie er es sich leisten kann, in einem Haus in einer der besten Straßen Londons zu wohnen. Als India von der Ankunft des amerikanischen Banditen Dark Rider in England hört, vermutet sie darum, dass Mr. Glass der Flüchtige ist. Es wird zur Gewissheit, als die Gefahr an ihre Tür klopft. Doch zur Polizei zu gehen hieße, wieder arbeits- und heimatlos zu werden – und den Mann zu verraten, der ihr das Leben rettete.

Mit verschrobenen Figuren, einem spannenden Geheimnis und einem Hauch Romantik ist DIE TOCHTER DES UHRMA-

CHERS der Reihenauftakt der historischen Fantasy Glass & Steele, eines mehrfachen *USA Today*-Bestsellers.

Kapitel 1:

London, Frühjahr 1890

ES GAB ETLICHE GRÜNDE, warum ich mich in Eddie Hardacre verliebt hatte. Aber als ich sah, wie ein Maler die letzten Striche des Schriftzugs "E. HARDACRE, UHRMACHER" auf eine Ladenfront pinselte, die über hundert Jahre lang im Besitz meiner Familie gewesen war, wollte mir kein einziger einfallen. Mein ehemaliger Verlobter war schlimmer als ein Pirat. Piraten waren zumindest ihrer Mannschaft treu. Für Eddie war Treue ein Unterpfand, das er dann einsetzte, wenn er es auf jemanden abgesehen hatte, dessen Vertrauen er gewinnen wollte. Jemanden wie meinen armen, törichten, verstorbenen Vater. Und mich.

Es war an der Zeit, Eddie zu sagen, was ich von ihm hielt. Ich hatte meine Wut lange genug unter Verschluss gehalten, und wenn ich ihr nicht Luft machte, würde ich mich nie wieder erholen. Außerdem war es der perfekte Zeitpunkt, denn gerade nahm ein Kunde eine von Vaters Uhren in Augenschein. Eddie verabscheute öffentliche Gefühlsausbrüche.

Ich würde ihm den öffentlichsten Gefühlsausbruch auftischen, den ich zustande brachte.

Ich zupfte am Revers meiner Jacke, nahm schwungvoll die Schultern zurück und marschierte an der glänzend schwarzen Kutsche des Gentlemans vorbei in den Laden, der hätte mir gehören sollen.

Weiter als bis zum Eingang kam ich nicht. Die Vertrautheit aller Dinge um mich herum zerrte an meinem Herzen. Der schwere Geruch nach poliertem Holz, in den sich unterschwellig eine metallische Schärfe mischte. Das endlose Ticken, das so viele Kunden nach nur wenigen Minuten im Laden in den Wahnsinn trieb, ließ eine Woge aus Erinnerungen aufwallen. Zusammen in einem Raum klangen die unterschiedlichen

Rhythmen chaotisch, aber mir versicherten sie, dass alles gut werden würde, dass ich nach Hause gekommen war. Es waren zwei Wochen vergangen, seit ich ihre Melodie zum letzten Mal gehört hatte. Zwei Wochen, seit ich den Laden betreten hatte. Zwei Wochen seit Vaters Tod.

Es war an der Zeit.

Im Inneren hatte sich nichts verändert. Hinten befand sich der Verkaufstresen, glatt und glänzend wie immer. Die Tür zur Werkstatt dahinter war geschlossen. Ich kannte jede Uhr, die an den Wänden hing oder auf den Tischen stand, und alle Schauvitrinen aus Glas schienen mit denselben Uhren gefüllt zu sein wie zuvor, von der billigen deckellosen Variante bis hin zu jenen mit aufwändig verzierten Silbergehäusen mit Sprungdeckeln. Sogar Vaters antike Musivgold-Schildpatt-Uhr tickte noch in ihrem einzigartigen Rhythmus vor sich hin, doch niemand hatte sich die Mühe gemacht, sie zu stellen. Sie ging drei Minuten nach.

„Ich bin gleich bei Ihnen", sagte Eddie, ohne von der Uhr aufzuschauen, die er dem Gentleman zeigte. Was für eine armselige Betreuung! Man sollte zu jedem Kunden Blickkontakt herstellen. Ein warmes Lächeln und ein freundlicher Gruß waren auch nie verkehrt.

Ich war jedoch froh, dass er mich nicht gleich gesehen hatte. „Entschuldigen Sie, Sir." Ich wandte mich an den dunklen Hinterkopf des Kunden. Er drehte sich nicht um, aber davon ließ ich mich nicht beirren. „Entschuldigen Sie, Sir, aber wenn Sie ihr Geld nicht einem Lügner und Betrüger überantworten wollen, sollten Sie von diesem Mann nichts kaufen."

Eddie sah auf und schnappte nach Luft. Alle Farbe wich aus seinem Gesicht. „India!" Er vertröstete seinen Kunden mit einem hastig gestotterten „Entschuldigen Sie" und kam um den Tresen herum. Den Arm hielt er ausgestreckt, um mich durch die Tür zu schieben, und die Farbe schwappte so schnell zurück in sein Gesicht, wie sie daraus gewichen war. „Wie nett von dir, mich hier zu besuchen, aber wie du siehst, bin ich recht beschäftigt. Ich werde dir später einen Besuch abstatten, meine Liebe."

Ich duckte mich unter seinem Arm hindurch, drehte mich, um ihn im Blick zu behalten, und ging rückwärts Richtung Tresen. Ich wollte sehen, wie Eddie puterrot wurde, während ich seinen Kunden über sein verabscheuenswürdiges Verhalten aufklärte. „Ich bin nicht mehr deine *Liebe*, und ich kann nicht glauben, dass ich das je sein wollte." Ich hatte ihn einmal für ansehnlich gehalten, mit seinen blonden Locken und blauen Augen, und ich hatte mich für einen Glückspilz gehalten, dass er mich als seine Braut auserwählt hatte. Meine Dankbarkeit war vor zwei Wochen zerschmettert worden, zusammen mit meiner Zukunft. Inzwischen hielt ich ihn für einen der hässlichsten Männer, die mir je begegnet waren.

„India!" Er sprang auf mich zu, aber ich war darauf vorbereitet und trat hinter den Tisch, auf dem die Sammlung kleiner Kaminuhren stand. „Komm sofort her." Als ich das nicht tat, stampfte er mit dem Fuß auf wie ein verzogenes Kind, dem nicht alle nach der Pfeife tanzten.

Ich lächelte ihn mit zusammengekniffenen Lippen an. „Wenn du willst, dass ich gehe, musst du mich erst mal erwischen."

Er schaute an mir vorbei auf den Gentleman, den mein schockierendes Verhalten wohl außerordentlich verblüffte. Mir war gleich, was er dachte. Ich war immer als die ordentliche, anständige Tochter von Elliot Steele bekannt gewesen, aber die jüngsten Ereignisse hatten mich verändert. Sollten die verstaubten alten Männer doch an der Gildentafel über mich schwätzen. Es spielte keine Rolle mehr, denn ich war nicht mehr durch Vater oder den Laden mit der Gilde verbunden.

Eddie hechtete plötzlich nach links. Ich wich aus und bewegte mich weiter um den Tisch. Er knurrte verärgert.

Ich lachte und kam langsam näher, forderte ihn heraus, es nochmals zu versuchen. Ein Teil von mir wollte, dass er mich erwischte, damit ich ihn zwingen konnte, sich vor einem Kunden als der herrische Grobian aufzuführen, als den ich ihn kannte.

„Du machst eine Szene", zischte Eddie.

„Gut."

Er leckte sich über die Lippen, und sein Blick huschte zurück zu dem Gentleman hinter mir. Er räusperte sich und straffte die Schultern, versuchte zu wirken, als hätte er alles im Griff. „Komm schon, India, sei ein braves Mädchen und lass diesen Gentleman in Ruhe. Er will kein Zeuge deiner Hysterie werden."

„Ich bin etwas alt, um als Mädchen durchzugehen, Eddie, meinst du nicht?"

„Durchaus", sagte er mit schnarrender Stimme. „Siebenundzwanzig ist auf jeden Fall jenseits der Blüte der Jugend."

Er hätte auch gleich kundtun können, dass ich zu alt zum Heiraten war. Ich war überrascht, dass er das nicht als Ausrede angebracht hatte, um unsere Verlobung zu beenden, doch er hatte mein Alter gekannt, bevor er mir den Antrag gemacht hatte. „Und ich bin auch nicht hysterisch", fügte ich an.

Eddie lächelte. Es war pure, verdrehte Grausamkeit. Ich stellte mich auf seine nächsten Worte ein. „India und ich waren einmal verlobt", sagte er zu dem Gentleman, der hinter mir keinen Ton von sich gegeben hatte. „Nun ja, ihre recht versponnene und unverblümte Art wurde erst nach unserer Verlobung offenkundig. Ich sollte wohl dankbar sein, dass sie ihr wahres Selbst nicht verborgen hat, bis es zu spät war." Sein Lachen war so schal wie sein blassblauer Blick. „Ich musste unsere Verlobung auflösen, da die Gefahr bestand, dass unsere Kinder darunter zu leiden hätten."

„Du hast unsere Verlobung aufgelöst, weil du bekommen hast, was du wolltest, und das war nicht ich. Es war Vaters Laden."

Ich hörte durch das Hämmern des Blutes zwischen meinen Ohren gerade noch, wie sich der Gentleman hinter mir räusperte. Eddie hatte es wohl auch vernommen, und er riss sich zusammen. Er leckte sich noch einmal die Lippen, eine Angewohnheit, die ich inzwischen verabscheute.

„Sir, ich bitte um Verzeihung." Eddie nickte mit dem Kopf, als würde er den kleinen mechanischen Vogel nachahmen, der zum Stundenschlag aus Kuckucksuhren kam. Er wirkte so lächerlich wie armselig. „India", fuhr er mich an. „Raus! Jetzt!"

Ich stemmte eine Hand in die Hüfte, lächelte und wirbelte herum, um den Gentleman anzusprechen und eine noch größere Szene zu machen. Dort stand ein stark gebräunter Mann mit dunkelbraunen Augen, hervortretenden Wangenknochen und dichten Wimpern. Wenn er nicht so finster dreingeblickt hätte, und wenn um seinen Mund und die Augen nicht die Anzeichen der Erschöpfung erkennbar gewesen wären, hätte er gut ausgesehen. Er war alles, was Eddie nicht war – hochgewachsen, dunkel und breitschultrig. Er trug einen gut geschnittenen schwarzen Anzug, der seinem beeindruckenden Körperbau gerecht wurde, einen Zylinder und eine graue Seidenkrawatte. Obwohl seine Kleidung eindeutig in Richtung Gentleman wies, stand seine Haltung dem entgegen. Er lehnte mit einem Ellbogen auf dem Tresen, als wäre er angetrunken und müsse sich stützen. Ein Gentleman hätte sich bei Anwesenheit einer Frau aufgerichtet, aber dieser Mann nicht. Vielleicht war er kein Engländer. Darauf ließ auch die tiefe Bräune schließen.

Ich brauchte einen Augenblick, um mich zu erinnern, was ich hatte sagen wollen, und in diesem Augenblick kam er mir zuvor. „Ich habe mit Mr. Hardacre Geschäftliches zu erledigen", sagte er mit einem gebrochenen englischen Oberschichtakzent. Er war durchaus vornehm, aber die Schärfe war ihm abhandengekommen und durch eine leicht schleppende Aussprache ersetzt. „Bitte nehmen Sie Ihren Streit mit hinaus, wenn Sie gehen." Er streckte eine Hand aus und zeigte mir die Tür.

Plötzlich fiel mir wieder ein, was ich hatte sagen wollen. „Mr. Hardacre ist ein Lügner und ein Schuft."

Eddie gab ein ersticktes Geräusch von sich.

„Das haben Sie bereits dargelegt", sagte der Kunde. Er klang gelangweilt, doch das konnte auch an seinem Akzent liegen.

„Ist das ein Mann, dem Sie ihre Geschäfte anvertrauen möchten?", drängte ich weiter.

„Zum gegenwärtigen Zeitpunkt ja."

Eddie kicherte. Meine Hand glitt von der Hüfte und ballte sich an meiner Seite zur Faust. Ich schluckte die Hoffnungslosigkeit hinunter, die mich zu überwältigen drohte. Mein Plan, Eddie zu diskreditieren, löste sich vor meinen Augen rasch in Luft auf. „Dann helfen und begünstigen Sie einen Mann mit der Moral einer Ratte. Ihm ist es egal, wen er ruiniert, um zu bekommen, was er will, solange er es am Ende bekommt – was immer dazu nötig ist." Ich hörte, wie armselig und verzweifelt ich klang, doch ich konnte nicht verhindern, dass die Worte aus mir hervorsprudelten. Ich war es leid, sie für mich zu behalten, zu lächeln und zu Bekannten zu sagen, dass es mir gutging. Mir ging es nicht gut. Ich *war* armselig und verzweifelt. Ich hatte keine Anstellung, kein Geld und kein Zuhause. Ich hatte innerhalb weniger Tage meinen Verlobten und meinen Vater verloren, obwohl ich, wie sich gezeigt hatte, nie wirklich einen Verlobten besessen hatte. Unsere Verlobung war eine Finte gewesen, damit Vater Eddie den Laden überschrieb.

„Ich bedaure das sehr, Miss", sagte der Gentleman und klang ehrlich mitfühlend.

„Gewiss tun Sie das jetzt. Eddie ist nicht besser als der Schlamm an Ihren Stiefeln."

Er seufzte, und die winzigen Fältchen in seinen Augenwinkeln vertieften sich. „Nein, ich meine, dass ich bedaure, was ich gleich tue."

Zwei Schritte brachten ihn zu mir, und ich konnte seine beeindruckende Größe und seinen Körperbau bewundern. Aber nicht lange. Zwei große Hände legten sich um meine Taille, hoben mich hoch und warfen mich über jene muskulösen Schultern, die ich bewundert hatte.

„Was machen Sie da?", rief ich. „Das ist empörend! Lassen Sie mich sofort runter!"

Das tat er nicht. Einen Arm fest über der Rückseite meiner Oberschenkel, marschierte er durch die Tür, als wäre ich nur ein Sack Mehl. Mir stieg das Blut in den Kopf. Mein Hut hing an den Nadeln. Ich schlug mit den Fäusten auf seinen Rücken ein, aber das zeigte keine Wirkung. Ich war völlig hilflos, und es gefiel mir gar nicht, nicht das geringste bisschen.

Hinter mir brüllte Eddie vor Lachen. Ich spürte, wie sich die Muskeln des Gentlemans anspannten, und hörte, wie er scharf Luft holte. Er wurde jedoch nicht langsamer, sondern schob einfach die Tür auf und stellte mich auf dem Bürgersteig ab. Ich stolperte, und er fasste mich an den Schultern, bis ich mein Gleichgewicht wieder gefunden hatte, dann ließ er mich gehen.

„Ich entschuldige mich, Miss", sagte er mit einem knappen Nicken. „Aber Ihr Gespräch nahm zu viel Zeit in Anspruch, und ich bin ein vielbeschäftigter Mann."

Ich zog meinen Hut gerade und richtete den Rücken auf, wobei ich an Würde zusammenkratzte, was mir möglich war. Es war nicht leicht bei all den Ladenbesitzern und ihren Kunden, die durch die Türen und Fenster starrten, um zu sehen, was los war. „Das ist mir gleich!" Zu meinem Entsetzen brach meine Stimme. Ich wollte *nicht* weinen. Nicht mehr. Ich hatte wegen Eddie und allem, was ich verloren hatte, schon genug Tränen vergossen. „Es ist mir egal, wenn Sie meinetwegen zu spät zu einer Verabredung kommen, oder wenn ich Eddie das Geschäft mit Ihnen koste. Sie sind ein Grobian! Ein Unmensch! Sie mögen ja aussehen wie ein Gentleman, aber Sie sind ganz gewiss keiner!"

„Cyclops", sagte der Mann zu jemandem hinter meiner Schulter.

Ich warf einen Blick nach hinten und sah eine riesige Gestalt mit einer schwarzen Binde über einem Auge geschickt vom Kutschbock springen und auf mich zukommen. Mit einem unterdrückten Schrei duckte ich mich weg, aber er erwischte mich am Arm. Ich wollte mich losreißen, da packte er meinen anderen Arm und verfestigte seinen Griff. Die rote, wulstige Narbe, die unter der Augenklappe hervorlugte, zeichnete sich auf seiner kohlschwarzen Haut ab, seine Zähne waren sogar noch auffälliger, als er sie knurrend fletschte.

„Lassen Sie mich gehen!", schrie ich und zog noch fester. „Mr. Macklefield! Hilfe!"

Mr. Macklefield, der Schneider von nebenan, warf einen Blick auf den Riesen und floh zurück in seinen Laden. Überall auf der Straße schlossen die Ladenbesitzer ihre Türen. Leute, die ich mein ganzes Leben lang gekannt hatte, duckten sich nach drinnen. Sogar der Maler oben auf der Leiter wurde ganz still, als hoffte er, niemand würde von ihm Notiz nehmen. Niemand kam mir zur Hilfe. Ich hatte mich noch nie so allein und verletzlich gefühlt.

Ich sah zu dem Riesen auf, der meine beiden Handgelenke hielt, und blinzelte heiße Tränen weg. „Bitte lassen Sie mich los", flüsterte ich.

„Kann ich nicht, Miss", sagte er mit dröhnender Stimme und einem Akzent, der dem des Gentleman ähnelte, aber aus der Gosse und nicht aus einem Stadthaus. „Sie bleiben einfach bei mir hier draußen und lassen Mr. Glass sein Gespräch zu Ende führen."

Ich schniefte. „Also lassen Sie mich nicht gehen, sogar wenn ich verspreche, nicht wieder hineinzugehen."

Er schüttelte den Kopf.

„Es wird nicht lange dauern", sagte der Gentleman hinter mir.

„Verstehe." Ich holte Luft, stieß sie wieder aus und stampfte mit dem Absatz auf den Stiefel des Riesen.

Er zuckte zusammen, und sein eines Auge weitete sich, aber los ließ er mich nicht.

Der Gentleman lachte leise. „Guter Versuch."

Der Riese knurrte. „Nicht schlecht für so ein kleines Ding."

Ich hätte vor Furcht wahnsinnig werden sollen, aber ihr leichtfertiges Geplänkel dämpfte meine Angst. Zwar fühlte ich mich nicht gerade sicher und zuversichtlich, aber ich hatte nicht mehr das Gefühl, dass der Riese oder sein Herr mir wehtun wollten.

„Sir, wenn Sie so freundlich wären", sagte Eddie in einem ekelerregend unterwürfigen Ton. „Bringen wir unser Geschäft drinnen zu Ende."

„Ich muss Ihnen erst ein paar Fragen stellen", sagte der Gentleman, Mr. Glass.

„Fragen? Zu der Uhr? Natürlich."

„Sir", sagte ich über meine Schulter. Mir blieben nur noch wenige Augenblicke, um das Ganze für Eddie zu ruinieren, so wie er mir ungleich viel mehr ruiniert hatte. „Mason And Sons haben bessere Uhren mit Sprungdeckeln als die, die Sie bei … da drinnen bewundert haben." Ich brachte es nicht fertig, den Laden Hardacre zu nennen. Für mich war es immer noch Steele und würde es immer bleiben. „Wenn Sie meinen Rat möchten, sollten Sie Ihr Geld in jenem Etablissement ausgeben. Dort werden Sie nicht nur exzellent bedient, sondern unterstützen auch eine aufrichtige Familie."

„India!", rief Eddie. „Wenn du dich nicht beruhigst, lasse ich einen Schutzmann kommen." Er schnippte mit den Fingern nach Jimmy, dem Jungen, der manchmal Botengänge für die Ladenbesitzer der Straße übernahm. Er war der Einzige, der sich nicht nach drinnen verdrückt hatte, aber nur, weil Jimmy die Läden nicht betreten durfte. Keiner der Ladenbesitzer vertraute darauf, dass er nichts stahl. Zumindest nicht seit Vaters Tod und der Tatsache, dass Eddie mich rausgeworfen hatte. Er spazierte herüber, die Hände tief in den Taschen, hielt sich jedoch zurück, da er offenbar nicht Eddie beispringen wollte, aber auch nichts tun konnte, um mir zu helfen.

„Ich war bereits bei Mason And Sons", sagte Mr. Glass zu mir, ohne Eddie zu beachten. „Dort gab es nichts, was mein Interesse weckte. Ich will mir *diese* Uhr ansehen."

„Kommen Sie, Sir", sagte Eddie und fasste Mr. Glass am Arm. Mr. Glass kniff die Augen zusammen, und Eddie ließ mit hörbarem Schlucken los. „Ich werde Ihnen für die Uhr einen guten Preis machen."

„Sie können nicht bei Mason And Sons gewesen sein", sagte ich zu dem Gentleman. „Mr. Mason hat wirklich ein besseres Exemplar derselben Uhr. Ich habe es gestern gesehen und bezweifle, dass er es bereits verkauft hat."

Mr. Glass schaute mich neugierig an. Wo er vorher müde gewirkt hatte, war er nun aufmerksam. Es war, als wäre ihm gerade etwas von entscheidender Wichtigkeit aufgefallen – und es betraf mich. Sein Blick konzentrierte sich mit entschlossener, drängender Intensität auf mich. Es war nervenaufreibend, dem unterworfen zu sein, noch mehr als die körperliche Anwesenheit seines Kutschers. Hätte mich niemand festgehalten, wäre ich weggelaufen und froh gewesen, entkommen zu sein – wem oder was, dessen war ich mir nicht sicher.

„Sie sind mit Mr. Mason und seiner Arbeit vertraut?", fragte er mich.

„Bin ich. Er war meinem Vater sowohl Freund als auch Rivale." Ihre Beziehung war komplex gewesen. Obwohl sie einander respektierten und mochten, mussten sie bei Londons Elite um Kunden konkurrieren. Zum Glück gab es genug Reiche in der Stadt, um sie beide und etliche andere Uhrmacher zu unterstützen. Mr. Mason war der erste gewesen, zu dem ich gegangen war, als Eddie unsere Verlobung gelöst hatte, aber er hatte mich nicht einstellen können, da er selbst drei Söhne und eine Tochter hatte.

Mr. Glass schloss die Augen und rieb sich die Stirn, als wolle er Schmerzen vertreiben. Es war so seltsam, unmittelbar nach diesem intensiven Blick, dass ich mich bei seinem Diener vergewisserte, ob er es für untypisch hielt.

Der Kutscher schaute seinen Herrn finster an. „Matt?" Er sprach seinen Herrn beim Vornamen an? Was für eine seltsame Übereinkunft. „Ähm, Sir? Müssen Sie ...?"

„Mir geht's gut", fuhr ihn Mr. Glass an.

„Sieht aber verdammt nochmal nicht gut aus", murmelte der Kutscher und klang etwas verletzt.

„Ihr Vater ist Uhrmacher?", fragte mich Mr. Glass und ließ die Hand sinken. Er klopfte sich auf den Mantel, als würde er etwas in seiner Tasche ertasten. Vielleicht war es Schnupftabak oder eine Pfeife, die er gern geraucht hätte, um wieder Farbe in seine Wangen zu bringen. Er wirkte recht kränklich.

„War." Ich breitete die Hände aus, um die Ladenfenster einzuschließen, mit den Taschenuhren, die auf dem unteren Regal aufgestellt waren, die oberen Regale voller Uhren in sämtlichen Formen und Größen. „Ihm gehörte dieser Laden unter dem Namen Steele bis zu seinem Tod vor zwei Wochen." Ich schluckte den Kloß, der in meiner Kehle aufstieg, aber trotzdem kamen mir die Tränen.

„Er hat ihn *mir* in seinem Testament überlassen", ging Eddie rasch dazwischen.

„Weil du ihm versichert hast, dass du dein Versprechen halten und mich heiraten würdest, und mein törichter Vater hat dir geglaubt. Ich habe dir geglaubt", würgte ich hervor. Es war mir inzwischen egal, was der Gentleman oder sein Diener von meinem Verhalten hielten. Vor zwei Wochen war ich zu traurig und schockiert gewesen, um Eddie zu sagen, was ich von ihm hielt, aber jetzt nicht mehr. Ich war immer noch traurig, aber jene zwei Wochen hatten mir Zeit zum Nachdenken gegeben. Inzwischen war ich nicht mehr schockiert, ich war wütend.

„Damals wusste ich noch nicht, dass du so ein stures Weibsbild bist", sagte Eddie. „Hätte ich das gewusst, hätte ich nicht um deine Hand angehalten. Nimm doch diese Vorstellung hier zum Beispiel. Man braucht keine weiteren Beweise für deinen Eigensinn."

Zorn tobte durch meinen Körper. Ich fühlte mich, als würde

er aus mir herausbrennen. „Was ich bin, ist die Tochter und Assistentin von Elliot Steele, Uhrmacher."

„Nein, das *warst* du. Nun bist du einfach nur ... armselig. Geh weg, India. Niemand will dich hier."

Ich biss die Zähne zusammen und zerrte an dem Mann, der mich hielt. Zu meiner Überraschung ließ er los. Ich stürmte zu Eddie und ohrfeigte ihn, bevor er meine Hand kommen sah.

Eddie taumelte rückwärts, hielt sich die Wange. Er starrte mich mit offenem Mund an, sein Ausdruck irgendwo zwischen Angst und Entsetzen, als wäre ich eine schaurige, seltsame Kreatur. Vermutlich war ich das auch irgendwie. Ich fühlte mich im Augenblick auf jeden Fall nicht wie ich selbst. Ich fühlte mich ... leichter, befreit, und ja, tatsächlich sehr seltsam.

Mr. Glass räusperte sich. „Miss Steele?"

Ich lächelte ihn und seinen einäugigen Diener an. Der Kutscher grinste zurück. „Ja, Mr. Glass?", fragte ich.

„Würde es Ihnen etwas ausmachen, sich heute Nachmittag im Tea Room des Brown's Hotel zu mir zu gesellen?"

„Ich?" Mein Lächeln entglitt mir. Ich starrte ihn an. „Aber ... warum?"

„Ja", murmelte Eddie. „Warum sie?"

Mr. Glass beachtete ihn nicht. „Um über Ihren Vater zu sprechen."

Ich versuchte zu entscheiden, ob es ungehörig war, mit einem fremden Gentleman allein in einem vornehmen Hotel Tee zu trinken, und ob mich so etwas noch kümmerte, als Eddie mein Schweigen ausnutzte. „Ich kann Ihnen alles über Elliot Steele erzählen, was Sie zu erfahren wünschen. Ich kannte ihn gut."

„Ach, hör doch auf, Eddie." Es schien, als wäre mir doch noch etwas eingefallen, was ich sagen konnte. „Ich werde Sie zum Tee treffen, Mr. Glass. Danke."

Die braunen Augen leuchteten kurz auf, und ein leichtes Lächeln zupfte an seinen Lippen. Es verschwand jedoch schnell, und sein Kinn spannte sich an. Der Muskel zuckte und ließ nicht locker. Es war, als würde er sich gegen Schmerzen stemmen. Mein Magen zog sich nervös zusammen. Ich kannte diesen Mann nicht, und er hatte einen recht einschüchternd wirkenden Diener, und doch hatte ich zugestimmt, mit ihm Tee zu trinken.

Es schien, als wäre der heutige Tag einer, an dem ich Dinge tat, die untypisch für mich waren. Ich schob die Nervosität von mir.

„Wir können über Uhren sprechen", sagte ich zu Mr. Glass, einfach um zu sehen, wie Eddies Gesicht wieder rot vor Wut wurde. „Wenn Ihnen ein Rufschlagwerk vorschwebt, dann gibt es in der Stadt viele gute Ausführungen. Viel besser als hier."

„Das waren die Uhren deines Vaters!", rief Eddie. „Diese Uhr ist exquisit."

„Die Stifte des Rückers klemmen, und sie verliert alle zwölf Stunden fünf Sekunden. Ich konnte das nie reparieren."

„Du meinst, dein Vater konnte es nicht", sagte Eddie selbstgefällig.

„Nein, ich meine, *ich* konnte es nicht. Ich habe die letzten drei Jahre alle Reparaturen durchgeführt, seit der Zeit, als Vaters Augenlicht nachließ."

„Nun gut, jetzt kann ich sie ja reparieren. Elliot hat *mir* all seine Aufzeichnungen hinterlassen."

„Die sind seit drei Jahren überholt. *Meine* Aufzeichnungen waren nicht Teil der Erbmasse." Ich wirbelte auf dem Absatz herum, nickte Mr. Glass zu, dann seinem Diener, und fragte: „Sagen wir drei Uhr?"

„Perfekt", erwiderte Mr. Glass mit einem Lächeln, das einen Augenblick lang die Müdigkeit aus seinem Blick verbannte. „Bis dann."

Ich ging die Straße entlang und fühlte mich, als würde mich die ganze Stadt beobachten. Ich umrundete eine Ecke und machte kehrt, gerade rechtzeitig, um Mr. Glass abfahren zu sehen. Er zog seine Handschuhe aus und musterte etwas in seiner Hand. Er schloss die Finger darum, legte den Kopf nach hinten und atmete tief ein, als würde er endlich die Ruhe bekommen, nach der er sich sehnte.

Es war jedoch nicht dieses Verhalten, das meinen Puls beschleunigte. Es war das Objekt in seiner geballten Faust, und das starke violette Glühen, das es abgab. Ein Glühen, das seine Haut durchdrang und seinen Ärmel hinauf verschwand.

Jetzt verfügbar:
Die Tochter des Uhrmachers: Glass & Steele

EINE NACHRICHT DER AUTORIN

Ich hoffe, Ihnen hat **Die letzte Nekromantin** genauso viel Spaß gemacht wie mir beim Schreiben. Als Indie-Autorin ist es für den Erfolg des Buches entscheidend, es bekannt zu machen. Wenn Ihnen dieses Buch gefallen hat, sagen Sie es doch bitte weiter und schreiben Sie eine Rezension in dem Shop, in dem Sie es gekauft haben.

ÜBER DIE AUTORIN

C.J. Archer begeistert sich für Geschichte und Bücher, seit sie denken kann, und wähnt sich glücklich, dass sie beides vereinen konnte. Sie verbrachte ihre frühe Kindheit in der dramatischen Schönheit des Outbacks von Queensland, Australien, lebt inzwischen aber mit ihrem Mann, zwei Kindern und einer frechen schwarzweißen Katze namens Coco in Melbourne.

Abonnieren Sie C.J.s Newsletter auf ihrer Webseite, um informiert zu werden, wenn sie ein neues Buch herausbringt: http://cjarcher.com/deutsch/

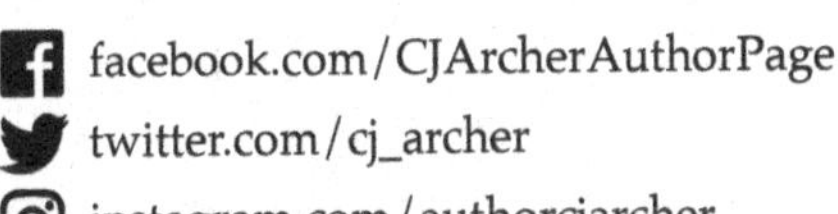